Manhattan by
GOLDMANN

Buch

Nach seinen vielbeachteten und preisgekrönten Romanen legt Jeff Noon mit *Pixelsalat* einen Band mit Stories vor – benannt nach dem gleichnamigen weiblichen Zauber-DJ in einer seiner wunderbar skurrilen Geschichten. Wie das Zauber-Girl seinen Musik-Mix mühelos zusammenstellt – sie hat »Hände aus Schmetterlingen« –, so »mixt« auch Jeff Noon seine Ideen mit leichter Hand: Mit einer grellen Mischung aus originell-komischen und im wahrsten Sinne des Wortes »traumhaften« Stories, Märchen, Gedichten, Gebrauchsanweisungen, Werbe- und Nachrichtentexten erweitert Jeff Noon sein dynamisches Erzähluniversum um den *Vurt*-Kult. Und wie in seinen Romanen *Gelb* und *Pollen* halten auch diesmal die bizarren Zukunftsvisionen des Autors so manche Überraschung bereit! Oder haben Sie schon einmal etwas von *Spook* gehört, der Limonade, bei der man durch geschicktes Drehen der Verschlußkappe seine eigene Geschmacksrichtung mischen kann? Man erzählt sich, daß sie süchtig mache und ein süßes Geheimnis enthalte …

Autor

Jeff Noon, geboren 1958 in Droylsden am Rande von Manchester, arbeitete im Buchhandel, bevor er mit *Gelb* über Nacht zum international gefeierten Autor wurde. Für *Gelb* wurde er mit dem *Arthur C. Clark Award* und mit dem *John W. Campbell Award* als bester englischer Newcomer ausgezeichnet. Neben Irvine Welsh, dem Autor von *Trainspotting*, gilt Noon als die aufregendste neue Stimme aus Großbritannien. *Gelb* ist mittlerweile in fünfzehn Sprachen übersetzt und gilt als das *Uhrwerk Orange* der neunziger Jahre; an der Verfilmung wird bereits gearbeitet. Jeff Noon, Musiker, Maler und Bühnenautor, lebt noch immer in der Nähe von Manchester.

Von Jeff Noon bereits bei MANHATTAN erschienen:

Gelb. Roman (54007)
Pollen. Roman (54031)
Alice im Automatenland. Roman (54065)

Jeff Noon

Pixelsalat

Stories

Aus dem Englischen
von Ingo Herzke

Manhattan by
GOLDMANN

Die Originalausgabe erschien 1998 unter dem Titel
»Pixel Juice«
bei Doubleday, London

Umwelthinweis:
Alle bedruckten Materialien dieses Taschenbuches
sind chlorfrei und umweltschonend.

Manhattan Bücher erscheinen im Goldmann Verlag,
einem Unternehmen der Verlagsgruppe Bertelsmann

Deutsche Erstausgabe März 2000

Umschlaggestaltung: Design Team München
Umschlagfoto: TIB/Gaz
Satz: Uhl + Massopust, Aalen
Druck: Graphischer Großbetrieb Pößneck
Verlagsnummer: 54118
Redaktion: Bernd Wiesner
Herstellung: Katharina Storz/St.
Made in Germany
ISBN 3-442-54118-2

1 3 5 7 9 10 8 6 4 2

WIDMUNG

Ein paar Geschichten für *Michelle* und *Bill;*
ein paar für *Steve* und *Barbara;*
»Super-Easy-Senderfrei-Spezial« für *Gordon;*
»Extrovurt« und »Die duftende Maschine«
für THE BULLETS OF AUTUMN
~ www.bulletsofautumn.co.uk;
»Waffenschuppen« für *Jimmy;* »Orgmente« für *Matthew;*
»Käferkompaß« für *Polly* und *Vana;*
»DJ-Hände« für *Doug;* »Homo Karaoke« für *Michael;*
und der Rest für *Pat* und *Jack*

Das Ganze und überhaupt alles für
Julie

INHALT

PROLOG

Armbanduhr

Als ich ein kleiner Junge war und zur Grundschule ging, vielleicht sechs oder sieben Jahre alt, kam eines Tages dieser Typ namens Colin Bradshaw auf dem Schulhof zu mir rüber.

»Wie spät ist es, Noonie?«

»Weiß nicht«, antwortete ich.

»Heißt das, du hast keine Armbanduhr?«

»Nee.«

»Aber ich. Es ist 'ne Spezialuhr, wie für Spione. Sie ist unsichtbar.«

Also, dieser Colin Bradshaw war der härteste Bursche in der Klasse, hing immer mit seiner Gang rum und ärgerte die anderen Kinder.

»Wow! Unsichtbar!« sag ich. »Kann ich sie sehen?«

»Die ist unsichtbar, Blödmann! Ich hab sie sowieso nicht dabei. Sie ist zu Hause. Du kannst sie haben, wenn du willst. Wir können tauschen.«

Also machten wir ab, daß Colin am nächsten Tag seine unsichtbare Uhr mitbringen würde und ich mein James-Bond-Modellauto, den Astron Martin DB5, komplett mit Schleudersitz und ausfahrbaren Knarren und allem. Das war in den Sechzigern, und das Bond-Auto war mit Abstand das coolste Spielzeug zu der Zeit – jeder wollte eins. Vor allem Colin Bradshaw.

»O.K.«, sagte er am nächsten Tag. »Her mit dem Auto.« Also gab ich ihm das Auto.

»Streck die Hand aus. Handfläche nach oben, Blödmann.«

Ich strecke meine Hand aus, und er steckt die Hand in die Hosentasche und zieht sie mit der unsichtbaren Uhr wieder raus. Und er legt die Uhr vorsichtig in meine zitternde Hand.

Und ich glaubte tatsächlich …

1. TEIL

Der Duft der Illusion

Die Shopper

Im ersten Laden kauften sie eine Packung Hundesamen, denn Doreen wollte schon immer ihren eigenen Hund großziehen. Im zweiten ein Paar Vogelschuhe, die ein wenig flatterten, als Matthew sie anzog. Im dritten Laden kaufte Klein-Tommy ein halbes Dutzend singende Kekse, von denen er fünf gleich verschlang, weil ihn Einkaufen immer hungrig machte. Es gab in der ganzen Stadt nur neun Läden. Im Grunde waren die Läden die Stadt. Schwer zu sagen, wo ein Laden aufhörte und der nächste anfing. Kein Wunder, daß die Kinder schon müde waren.

Im vierten Laden wählte Doreen einen Kasten Shadows. Einige davon benutzte sie, um die Kopfschmerzen zu verdrängen, die Tommys dauerndes Gesinge ihr bereitete. Im fünften Laden flog Matthew mit seinen Vogelschuhen über den Schirmschweinekäfig und behauptete, wenn Doreen schon die Shadows gekauft habe, dann müsse er zumindest *ein* Schirmschwein haben, um sich vor dem Regen zu schützen. Doreen warf ein, daß es in den Läden niemals regnete, und daß er statt dessen besser ein Wörterei kaufen solle. Matthew wurde langsam sauer darüber, wie diese Einkaufstour lief.

In Laden sechs kaufte Tommy einen Groschengeist. In Laden sieben erwarb Doreen eine Ewige-Flamme-Puppe. In Laden Nummer acht wollte Matthew ein Stück echte Kuh kaufen, aber Doreen sagte, das könnten sie sich nicht mehr leisten. Statt dessen mußte er sich ein Stadthaus in London kaufen. Im neunten und letzten Laden kaufte der kleine Tommy einen Rauchplan von Manchester, mit dessen Hilfe sie ihren Weg zurück durch das Labyrinth der Stadt fanden.

Aber auf dem Weg nach Haus rieselte die Hundesaat aus Doreens Tasche und wurde vom Wind davongetragen. Als die Vogelschuhe versuchten, die Körner zu fangen, rauschten sie in einen Ausstellungsstand und rissen den armen Matthew zu Boden. Er landete auf Tommy, der vor Schreck seinen letzten Keks verschluckte. Doreen brauchte noch viele von ihren Shadows, um Tommys Geheul auszublenden. Matthews Ei war viel zu schnell in seiner Tasche ausgebrütet. Die geschlüpfte Wörterwolke schwebte über der Flammenpuppe und bildete in der Luft das Wort »Heuschrecke«. Die Puppe rannte schreiend und mit funkensprühendem Haar ins Stadthaus. Das Haus brannte so heftig, daß die Feuerwehr es nicht löschen konnte: Sie hatten ihre Schläuche vergessen. Tommy rauchte seinen Plan auf, um sie nach Hause zu Mutters kleinem Kiosk zu bringen. Alles, was sie noch hatten, war der Groschengeist und ein einziger Shadow. Die Kinder weinten, aber ihre Mutter nahm den Shadow artig als Geschenk an und sagte Tommy, für seine Mühe und Freundlichkeit könne er den Geist behalten. An jenem Abend spielte er mit dem Geist, während seine Mutter ihre traurigen Augen mit dem Geburtstagsschatten trocknete und ihnen die Geschichte vom sagenhaften zehnten Laden erzählte; von dem, der hinter all den anderen lag.

Balsam

Erinnerst du dich an Spook?

– Nein.

Na klar, das kam auf den Markt, als du und ich und der Rest der Welt noch Kinder waren. Es war ein paar Jahre der Renner, ein neuer Softdrink. 99 Prozent Zucker; schmeckt zuerst furchtbar, aber wenn du einen getrunken hast, wirst du einfach süchtig nach dem Zeug. Es hieß, glaube ich, Spook. Ungeöffnet war es eine ganz neutrale Flüssigkeit, ohne Geschmack, und hatte so einen cleveren Dreh im Deckel: Man konnte den Deckel auf sechs verschiedene Arten drehen und kriegte sechs verschiedene Geschmacksrichtungen. Heutzutage nichts Besonderes, bloß ein paar billige Chemikalien, die je nach Geschmack austraten, aber genau das, worauf Kinder abfahren.

– Ach ja, richtig. Apfelsine, Brombeere, Apfel…

Genau. Limone, Sanddorn oder Mango. Jedenfalls – erinnerst du dich an Nesbit?

– Wen?

Du weißt schon, das magere kleine Superhirn mit den reichen Eltern? Er war der erste, der uns auf Spook brachte, es gab nämlich keine Werbung oder so was, man mußte einfach irgendwie mitkriegen, daß es das Zeug gab. Immer, wenn wir in einen Laden gingen, sagte er: »Ich nehme einen Spook.« Nie was anderes, vor allem nachdem er herausgefunden hatte, daß man die Geschmacksrichtungen mischen konnte, wenn man den Deckel geschickt drehte. Ich weiß nicht, ob den Herstellern klar war, daß das funktionierte, und wir mußten Nessie bezahlen, damit er für uns drehte, denn nur er kannte den Trick.

– Nessie?

Nesbit. Jetzt hast du's. Er machte uns alle eine Zeitlang süchtig nach dem Zeug, wir probierten alle möglichen Kombinationen. Es war cool, wie sich die beiden Farben zu einem Geschmacksmix vereinigten. Nessie war gut in Mathe und hatte ausgerechnet, daß man mit sechs Grundaromen mehr als sechzig verschiedene Kombinationen mixen konnte, wenn man nur den richtigen Dreh hinbekam. Die genaue Zahl habe ich vergessen.

– Er dachte sich Namen dafür aus, oder?

Korrekt. Brombeere und Sanddorn nannte er Sandbeere. Limone und Mango hieß Limongo, und so weiter. Er kriegte alle Zweierkombinationen heraus. Dann fing er an, drei zusammen zu mixen. Das war knifflig, den Deckel genau so zu drehen, daß drei Aromen gleichzeitig herauskamen. Er verbrachte Stunden mit den Flaschen – in den Pausen, nach der Schule, einfach immer. Ich bin mal zu ihm, da saß er auf dem Bett und hatte Dutzende von Flaschen um sich herum, und an einer drehte er, als wäre er in Trance, als wäre es das kniffligste Puzzle aller Zeiten.

Das erste Dreieraroma, das er entdeckte, war Brombeere, Limone und Apfelsine. Er nannte es Brolisine. Es schmeckte grauenhaft, aber er war so aufgeregt, daß ihm der Geschmack egal war. Er war ohnehin gar nicht so hinter dem Geschmack her, sondern wollte immer neue Aromen finden. Er war entschlossen, alle Dreierkombinationen zu finden und dann nach den Vierern zu suchen, dann den Fünfern und so weiter.

– Und dann fing er an, zuzunehmen?

Korrekt. Erst war er echt mager, aber so viel Zucker kann der Körper einfach nicht verarbeiten. Er ging beinahe jede Woche zum Zahnarzt, und er war der erste von uns, der Pickel kriegte, richtig üble. Er war mal gut in der Schule, aber dann gingen seine Noten in den Keller. Seine Eltern machten sich Sorgen; sie versuchten es damit, ihm Spook zu verbieten, gaben ihm kein Taschengeld mehr. Das war allerdings ein Fehler, denn er fing an, das Zeug zu stehlen und es heimlich zu trinken. Es war eigenartig, diese neuen Kombinationen, die er fand, müssen wirklich ekelhaft gewesen sein. Man hätte meinen können, daß ihm das Herumdrehen an den Flaschen genügt hätte – aber nein, er mußte jede Flasche austrinken, sogar die mißlungenen Experimente. Inzwischen wurden wir anderen langsam erwachsen. Suchten uns anspruchsvollere Vergnügungen. Bier zum Beispiel. Und Mädchen, und Kippen. Aber Nessie war immer noch bei Spook, immer noch auf der Suche.

Er ließ mich seine erste Vier-Aroma-Mischung probieren. Aplisango nannte er sie. Apfel, Limone, Sanddorn, Mango. Ich kann dir sagen, ein Schluck reichte; ich hab fast gekotzt! Er trank das Gebräu in einem Zug, ohne Probleme, aber ich sah an seinem Gesicht, daß er es schrecklich fand. Er konnte einfach nicht anders.

Ich nannte ihn einen Spookoholiker. Er fand das gar nicht komisch.

Statt dessen sagte er mit ganz klarer Stimme, er suche nach dem Balsam.

– Balsam?

Die ultimative Kombination. Alle sechs Geschmacksrichtungen zusammengeschüttet: Brombeere, Apfel, Limone, Sanddorn, Apfelsine, Mango. Er nahm die Anfangsbuchstaben der Früchte: B, A, L, S, A, M. So kam er auf den Namen. Balsam. Er sagte, es könne Jahre dauern, bis er den richtigen Deckeldreh gefunden habe, aber er sei entschlossen, es zu schaffen, auch wenn es ihn das Leben koste.

– Das hat er gesagt?

Und wenn es mich umbringt. Das hat er gesagt. Genau die Worte.

– Und hat er ihn je gefunden, diesen… was war es noch?

Balsam? Na ja, wir haben dann den Kontakt verloren, weil wir auf die High School kamen. Bei mir lief es ganz gut, ich kam auf eine gute Schule, aber Nessie, von dem wir alle gedacht hatten, er würde mal studieren, landete in der schlechtesten. Er hatte schlicht keine Lust mehr, brillant zu sein, schätze ich. Das nenne ich Sucht. Prost!

– Hoch die Tassen! Das ist ja eine Wahnsinnsstory.

Sie geht noch weiter. Neulich habe ich ihn zufällig getroffen. Mein Gott, es muß fünfzehn Jahre her sein, daß ich ihn zuletzt gesehen habe.

– Ehrlich, wo?

Kennst du diese Kneipe, das »Cut Above«? Dort, letzten Freitag. Später Nachmittag, nicht viel los. Nur ich und so ein anderer Typ, ein riesig fetter Kerl, der sich hinter einen Tisch gequetscht hatte. Sah aus, als würde er zwei Stühle brauchen. Ich blieb natürlich weg von ihm und setzte mich an die Theke. Er rief meinen Namen. Ich drehte mich um, und er winkte mich herüber, als würde er mich kennen. Es dauerte etwas, bis ich ihn erkannte.

– Nessie?

Ich ging rüber. Mann, sah der schlimm aus. Fett, wie gesagt, und immer noch voller Pickel, in seinem Alter. Als er mich angrinste, sah ich, daß seine Zähne – oder das, was davon übrig war – schwarz waren. Kam mir vor, als würde er aus dem letzten Loch pfeifen. Ich frage ihn, ob er was trinken wolle, und du kannst dir denken, was er sagte.

– Ich nehme einen Spook?

Korrekt. Der Tisch war schon voll mit leeren Flaschen, bestimmt ein Dutzend. Ich wußte gar nicht, daß das Zeug noch verkauft wird, hätte schon lange verboten sein sollen, finde ich. Ich habe ihm jedenfalls um der alten Zeiten willen noch eine bestellt. Der Barmann machte sie nicht auf, als hätte er entsprechende Anweisungen. Ich stellte die ungeöffnete Flasche vor ihn hin, und er starrte sie eine Weile bloß an. Ich versuchte, ein bißchen Konversation zu machen, fragte ihn, was er so getrieben habe, ob er einen Job habe, verheiratet sei, Kinder habe. Er antwortete, er sei arbeitslos, geschieden, und habe ein Kind, zu dem er keinen Kontakt habe.

Ich mach mir wirklich Sorgen um dieses Kind.

– Wie meinst du das?

Er hat mir die Geschichte erzählt. Erinnerst du dich an den Inwerb-Skandal vor langer Zeit?

– Vage. War er etwa einer von denen?

Das ist die Erklärung. Er hat es erst herausgefunden, als er einundzwanzig war; seine Eltern brachten es endlich fertig, es ihm zu sagen, die miesen Säcke. Deswegen waren sie so reich, weißt du. Spook, also der Hersteller, zahlte ihnen ein kleines Vermögen, ihnen und etwa zweihundert anderen jungen Paaren. Es sollte die neue Werbemasche werden: Mach sie schon im Mutterleib abhängig. Ich kenne die Einzelheiten nicht genau, es hatte irgendwas mit unterschwelligen Botschaften in der DNA zu tun. Natürlich suchten sie arme Leute aus und versicherten, es gebe keine Nebenwirkungen. Jetzt wissen wir Bescheid, aber diese zweihundert Kinder müssen den Rest ihres Lebens damit fertig werden.

Inwerb; das stand, glaube ich, für innere Werbung.

Ursprünglich sollten sie das Produkt nur verbreiten – Mundpropaganda ist die beste Werbung. Weißt du noch, wie Nesbit uns beinahe am Haken hatte? Dann ging etwas schief; der Haken saß zu tief, hatte sich festgesetzt. Das Produkt gewann die Oberhand.

– Sie bekamen Schmerzensgeld, nicht wahr?

Korrekt. Ein sehr großzügiges. Darum muß Nesbit auch nicht arbeiten. Hat ihm aber wenig genutzt, dem armen Schwein – du kannst dir ja denken, wofür er das Geld ausgibt. Und ich habe echt Angst um sein Kind, denn wenn das Zeug genetisch ist, könnte es vererbbar sein.

– Mein Gott. Willst du noch eins?

Danke, das eine reicht mir. Jedenfalls – Nesbit erzählt zu Ende, und dann nimmt er endlich die Flasche Spook, die ich ihm bestellt hatte. Ich wollte sie ihm inzwischen schon wegnehmen, um mir nichts zuschulden kommen zu lassen. Aber er war zu schnell für mich. Mit der Linken hielt er die Flasche, mit der Rechten drehte er blitzschnell den Deckel hin und her. Es war, als würde man einem Profi bei der Arbeit zuschauen, oder einem Zauberkünstler. Ich sage dir, ich war wie erstarrt, als plötzlich diese sechs Farben – dunkelrot, grün, gelb, brau, orange, hellrot – in der klaren Flüssigkeit auftauchten. Einen Augenblick lang war ein Regenbogen in der Flasche, ein Wirbelsturm aus Farben. Dann mischten sie sich, und die Flasche wurde schwarz. Schwarz wie die Nacht! Nesbit schüttelte sie noch einmal, nahm den Deckel ab, schenkte ein Glas voll und stellte es vor mich hin.

»Balsam«, sagte er.

Ich nahm es ganz vorsichtig in die Hand und schaute tief hinein. Ich schwöre dir, ich konnte es glitzern sehen. Wie Sterne am Nachthimmel.

Ich setzte das Glas an die Lippen und nahm einen Schluck.

– Und?

Was?

– Wie hat es geschmeckt, Mann?

Himmlisch. Ehrlich. Als würde der Himmel über meine Zunge fließen.

Der Schlüssel zur Nacht

Nun, da alle Welt von der Existenz der Olmstaff-Methode weiß, ist die Zeit reif für einen kurzen historischen Abriß des Verfahrens. Die Tatsache, daß die Anwendung der Methode selbst momentan illegal ist, ja selbst die Beschreibung des Rituals bereits eine Straftat darstellt, läßt es um so notwendiger erscheinen, sich mit den aufgeworfenen ethischen Fragen zu befassen.

Zu Bruder August Olmstaff muß nicht viel gesagt werden. Es sei in diesem Zusammenhang auf Professor T. P. Lechners berühmtes, wenn auch schwer greifbares Werk *Die heilige Wunde* (Cargo Press, 1967) verwiesen, in dem er ausführlich auf Olmstaffs Biographie eingeht. Die Fakten sind schnell dargestellt: Olmstaff wurde als Kind armer Bauern im Jahre 1455 in Lancashire, England, geboren. Er war der Jüngste und Schwächste von neun Geschwistern. Er war von Geburt an stumm. Sein Vater ließ ihn im zarten Alter von sieben Jahren dem örtlichen Schweigeorden der Nazarener beitreten. Wie bei vielen, die damals ins Kloster gingen, endet auch seine Lebensgeschichte in den staubigen Gemäuern unter langsam läutenden Glocken. Lechner datiert seinen Tod auf das Jahr 1487, während neuere Forschungen belegen, daß Olmstaff bis 1524 gelebt haben muß. (Für einen detaillierten Überblick über »die Biographiefrage« verweise ich auf meinen Beitrag »Die blinde Sonnenuhr« in

Schriften zur Moralphilosophie, April 1995.) Hier sei lediglich angemerkt, daß es für Lechner vorteilhaft war, Olmstaffs Tod früh zu datieren und auf den (angeblich) merkwürdigen Zustand der Leiche hinzuweisen.

Von den drei existierenden Handschriften, die Bruder Olmstaff zugeschrieben werden, brauchen wir zwei nur am Rande zu erwähnen: eine Abschrift von Platos *Republik* und eine recht schöne Illustration von Egbergs *Zur Chronologie gewisser Insecten*. Es ist einigen Betrachtern aufgefallen, daß Platos Philosophie ihn offensichtlich weniger interessierte als der Lebenszyklus der Schmeißfliege. Erst mit der Entdeckung der dritten Handschrift im Jahre 1959 wurde die Welt wirklich aufmerksam auf den »sprachlosen Mönch aus Barnstrop«. Wie dieser lateinische Text aus einem winzigen Dorf in Lancashire in die verlassene Bibliothek einer Düsseldorfer Familie gelangte, konnte noch nicht schlüssig erklärt werden. Er wurde dort von dem Antiquar Sir John Bosley aufgespürt, der seine englische Übersetzung im Jahr 1962, dem Jahr seines Todes, veröffentlichte. Dieser Zusammenhang zwischen Übersetzung und Ableben blieb nicht unbemerkt.

Bosley nannte seine Übersetzung *Der Schlüssel zur Nacht*, eine sehr poetische Wiedergabe von Olmstaffs lateinischem Original. Trotzdem weckte sein Werk wegen seiner gelehrten Form lediglich wissenschaftliches Interesse. Die Öffentlichkeit regte sich erst, als Lechner die Handschrift ins Lampenlicht rückte.

Bei all unserem akademischen Unwillen angesichts Professor Lechners populärwissenschaftlicher Methoden und unserem Mißtrauen gegenüber seinem ausschweifenden Lebensstil (er war bekannt für seinen Drogenkonsum, seine Freundschaft zu Timothy Leary und seine Befürwortung von LSD-Experimenten) müssen wir doch zugeben, daß die Olmstaff-Methode – wie sie heute genannt wird – ohne seinen Tod immer noch im Dunkeln läge.

Viele Menschen haben behauptet, Lechners öffentlichen

Auftritt im Jahr 1974 gesehen zu haben, bei dem er Olmstaffs Ritual ausführte; nur einige wenige können wirklich dabei gewesen sein. Und keiner von ihnen war danach noch derselbe.

Es ist sicher unpassend, zu behaupten, ich hätte das *Glück* gehabt, unter den Zuschauern zu sein. Ich war auf einer kurzen Werbetour durch amerikanische Universitäten für mein zweites Buch, *Moral und Tod im Zeitalter der Massenvernichtung*, und saß zu meiner Überraschung auf demselben Podium wie der charismatische Professor. Ich kannte seine Arbeit nicht, aber wir bezogen schnell gemeinsame Position gegen den Rest der Teilnehmer. Nach unserer Auffassung war Selbstmord ein legitimes Unterfangen angesichts der Erfindung und Verbreitung der Atombombe. Da einer unserer Gegner ein katholischer Bischof war, kann sich der Leser die Schärfe der Diskussion vorstellen. Dieser Bischof (ich werde davon absehen, seinen Namen zu nennen) hatte Lechners *Heilige Wunde* gelesen und verspottete die ketzerischen Ansichten des Buches. Lechner nannte das Buch einen religiösen Text – »verfaßt von einem Mönch Ihrer eigenen Kirche!« – und ein Zeichen für Gottes großzügige Güte und traf damit offensichtlich einen wunden Punkt: Der Bischof (zweifellos zu seiner ewigen Schande) forderte ihn auf, Beweise zu liefern für »das Sakrament des Teufels!«. Lechner hielt einen Augenblick inne, als wolle er Kraft schöpfen. Er erklärte dem Bischof, das Ritual dauere etwa fünfzehn Minuten, und er habe nicht die Absicht, das Publikum zu langweilen. Der Bischof bestand jedoch darauf und ließ das Publikum abstimmen. Es war eine knappe Entscheidung, und es ist nicht unwahrscheinlich, daß mein eigenes Handzeichen den Ausschlag gab. Wer weiß?

»Also gut«, sagte Lechner ganz ruhig.

Er schloß die Augen und begann, lateinische Sätze vor sich hin zu murmeln. Ich saß zwei Plätze entfernt, so daß ich nur ab und zu ein Wort aufschnappen konnte, und mein Latein war damals lange nicht so gut wie heute. Hin und wieder hob er die

Arme, um komplizierte Zeichen in die Luft zu malen. An einer Stelle, nach etwa fünfzehn Minuten, legte er die linke Hand auf sein Herz. Etwas später stampfte er mit dem rechten Fuß auf. Währenddessen flüsterte er ununterbrochen den lateinischen Text. Das Publikum hatte zu Anfang gelacht, begann sich aber bald zu langweilen. Nur der Bischof machte entrüstete Geräusche.

Als Lechner mit dem Ritual anfing, hatte ich auf die Uhr geschaut, und nach dreizehn Minuten wuchs die Spannung. Sogar der Bischof wurde still, als die letzte Minute verstrich. Im Publikum ließ jemand ein Notizbuch fallen, das Geräusch hallte durch den ganzen Saal und ließ mich zusammenzucken. Aber als fünfzehn Minuten vergangen waren, rezitierte Lechner immer noch vor sich hin, und ich begann wieder zu atmen, sogar ein wenig zu lächeln, besonders als Lechner endlich die Augen öffnete und mich direkt ansah.

Der Bischof lachte ein letztes Mal und machte eine abfällige Bemerkung.

Lechner schloß die Augen, ließ seinen Kopf sacht auf die Schulter und dann auf die Brust sinken. Er schien ganz entspannt, und im Publikum wurde laut diskutiert. Einige vorlaute Studenten buhten sogar und verlangten ihr Geld zurück.

Der Bischof war aufgestanden, schlug Lechner auf den Rükken und nannte ihn einen Lügner, ja sogar einen falschen Propheten. Durch den Schlag fiel der Professor nach vorn und landete kopfüber auf dem Podium. Ein Wasserglas, das er mit der Stirn berührte, fiel zu Boden und zerbarst. Ein tieferes Schweigen als vorher senkte sich über den Hörsaal.

Jemand lachte, verstummte aber sofort, als der Bischof Lechners Kopf von der Tischplatte hob. Seine Augen waren geschlossen, auf seinen Lippen lag immer noch dieses selige Lachen. Ich vermutete natürlich, wie der Bischof, einen albernen Scherz oder einen Drogenrausch hinter seinem Verhalten. Ich ging zu ihm, um ihn zurechtzuweisen, weil er unseren gemeinsamen Standpunkt in Mißkredit gebracht hatte, aber meine Worte vermochten ihn nicht aufzuwecken. Ich begann, ihn heftig zu schütteln – vergeblich.

Ich verlangte sofort nach einem Notarzt. Mein Ausruf sorgte im Publikum für einige Unruhe. Ein paar Studenten kamen nach vorn zur Bühne, ein paar eilten hinaus; die große Mehrheit verharrte auf ihren Plätzen, als würden sie über Lechners Schicksal nachsinnen.

Inzwischen war der Bischof etwas zur Seite getreten und bekreuzigte sich, als fürchte er die Folgen des Geschehens. Vielleicht dachte er auch schon an sein eigenes Verschulden.

Die Medien griffen die Story eher zögernd auf, und in der Zwischenzeit konnte ich ein Exemplar von Lechners Buch, *Die Heilige Wunde*, in einem esoterischen Buchladen in Haight Ashbury auftreiben. Ich war immer noch schwer erschüttert vom seltsamen Tod des Professors, besonders, als die Geschichte drei Tage später schließlich in der Lokalpresse auftauchte. Auf der Rückreise verbrachte ich einige nervöse Minuten beim Zoll; ich hatte das Gefühl, ich würde das Buch nach Großbritannien *schmuggeln*.

Das Buch war hierzulande nie veröffentlicht worden, und es sollte auch nie dazu kommen. Natürlich brachten clevere Geschäftsleute bald einen Raubdruck heraus, der auf dem Schwarzmarkt, so heißt es, eine beträchtliche Summe einbrachte. Meine Ausgabe war eine der wenigen legalen. Obwohl ich entschlossen war, den Inhalt unvoreingenommen zu betrachten, versteckte ich den dünnen Band aus irgendeinem Grund in meiner wertvollen Erstausgabe von Vesalius' *De Humane Corporis Fabrica*. Dort blieb er weitere zwei Wochen, ungelesen, während die seltsame Geschichte vom amerikanischen Professor, der »mit Worten Selbstmord begangen« hatte, kurz durch die Schlagzeilen ging. Die wenigen veröffentlichten Einzelheiten beschäftigten sich lediglich mit der Ratlosigkeit eines Arztes hinsichtlich Lechners genauer Todesursache.

Erst als die Story wieder aus den Schlagzeilen verschwunden war, wagte ich, *Die Heilige Wunde* selbst zu lesen.

Es war ein kurzes Werk von neunundneunzig Seiten, kaum mehr als ein selbstgefertigtes Pamphlet. Es war in vier Abschnitte unterteilt, wovon der längste Lechners Einleitung war. Diese Einleitung bestand aus der schon erwähnten Biographie des Bruder Olmstaff, einer kurzen Geschichte der *Methode*, einer pseudo-wissenschaftlichen Erklärung ihrer Wirkung, gefolgt von einem Plädoyer für ihre Legalisierung, und schließlich Anweisungen zur korrekten Ausführung des Rituals.

Lechner hatte die Ursprünge der Methode bis zu gewissen mysteriösen, verbotenen Texten zurückverfolgt, die beim Brand der Bibliothek von Alexandria zerstört worden sein sollen. Er kann nicht erklären, wie Olmstaff in den Besitz dieser Originalhandschriften gelangt sein mag.

Die Abschnitte zwei und drei enthalten die Bestandteile der Olmstaff-Methode selbst: zunächst der zu sprechende Text, dann die dazugehörigen Bewegungen. In kluger Voraussicht hatte Lechner diese Bestandteile voneinander getrennt, um zu verhindern, daß der unvorsichtige Leser versehentlich das komplette Ritual ausführte. Der Professor machte in seinen Anweisungen deutlich, daß die einzelne Ausführung der Bestandteile, der Worte oder der Bewegungen, völlig ungefährlich sei; erst die Kombination der beiden würde die Körperfunktionen aktivieren.

Sie können sich vorstellen, daß ich die beiden Abschnitte dennoch mit einiger Beunruhigung las.

Der letzte Abschnitt ist Lechners Versuch über die spirituelle Bedeutung der Methode, stark beeinflußt von Learys unter LSD geschriebener Interpretation des *Tibetanischen Totenbuchs*. Dieser Abschnitt ist der wahrscheinlich uninteressanteste.

Daß ich das Buch zu Ende gelesen hatte und noch lebte, war in gewisser Weise eine Enttäuschung.

Und obwohl ich beschloß, in jener Nacht in San Francisco

nur Zeuge eines besonders traurigen Zufalls geworden zu sein, würde ich doch um nichts in der Welt das Ritual den Anweisungen entsprechend ausführen.

Von der Olmstaff-Methode war ein paar Jahre nichts mehr zu hören, bis Dr. Elizabeth Cunningham im September 1985 ihren Artikel »Über die Selbstzerstörung des Körpers« im *Journal of Alternatives* veröffentlichte. Hier wurde erstmals eine medizinisch nachgewiesene Erklärung der Methode geliefert. Daß Cunningham später wegen Mordes verhaftet wurde, sollte unsere Bewunderung für ihre mutige und bahnbrechende Arbeit nicht schmälern. In einfachen Worten: Die Wissenschaftlerin hatte eine kleine Drüse (die jetzt ihren Namen trägt) in der unteren Bauchhöhle entdeckt. Diese Drüse war schon früher bemerkt worden, es konnte ihr jedoch keine Funktion zugeordnet werden. Cunningham stellte eine unzweideutige Verbindung zur Methode fest: Die kombinierte Ausführung von Textrezitation und rituellen Bewegungen aktiviert die Drüse, die dann, und nur dann, eine kleine Menge Gift in die Blutbahn absondert. Dieses Gift (die *Lechnersche Flüssigkeit*) ist in der Lage, die Abwehrkräfte des Körpers schnell und schmerzlos zu überwinden. Der Tod tritt innerhalb von zwanzig Sekunden nach der vollständigen Ausführung der Olmstaff-Methode ein.

Cunninghams Arbeit war natürlich höchst umstritten, nicht zuletzt wegen ihrer menschlichen Versuchskaninchen, von denen zwei während der Experimente starben. Beide hatten Krebs im Endstadium. Sie hatten sich freiwillig zur Verfügung gestellt und Einverständniserklärungen unterschrieben. Nichtsdestotrotz wurde die Wissenschaftlerin festgenommen und wegen Beihilfe zum Mord angeklagt und verurteilt. Sie erhielt eine Gefängnisstrafe von nicht weniger als zwanzig Jahren.

Cunninghams Fall wurde von der Sterbehilfe-Lobby aufgegriffen, die intensive öffentliche Kampagnen für ihre Freilassung organisierte, aber leider ohne Erfolg. Die Medizinerin wurde am 1. August 1989 tot in ihrer Zelle aufgefunden. Für ihr

Ableben konnte keine Erklärung gefunden werden. Ihr Prozeß und ihr Tod rückten die Olmstaff-Methode in den Mittelpunkt des öffentlichen Interesses.

Das kann niemanden überraschen: Selbstmord war und ist ein ständiger Begleiter des menschlichen Fortschrittstrebens. Vor der Entdeckung der Methode nahm man an, die menschliche Psyche hätte einen eingebauten Schutzmechanismus gegen Selbstzerstörung; als Beleg dafür konnten die zum Scheitern verurteilten Versuche gelten, Ersticken durch Luftanhalten herbeizuführen, oder das heftige Strampeln, das auch den Verzweifeltsten zurückbringt an die Oberfläche des dunkelsten Sees.

Die Olmstaff-Methode durchbrach diese Selbstverteidigung des Körpers und garantierte noch dazu einen völlig schmerzlosen Tod. Natürlich ist letztere Annahme nicht empirisch zu überprüfen, aber alle Zeugen des Rituals (mich eingeschlossen) heben das selige Lächeln und die entspannte Haltung hervor, die die letzten Augenblicke der Sterbenden begleiten. Um Lechners berühmten Satz zu zitieren: »Gott hat einen Aus-Schalter eingebaut.«

Obwohl neunzehn Untersuchungen unabhängig voneinander gezeigt haben, daß die Methode ein natürlicher Vorgang des menschlichen Körpers ist, ließ sich bisher keine Regierung der Welt davon überzeugen, sie zu legalisieren oder die Veröffentlichung von Anleitungen zu erlauben. Die Ereignisse in Dänemark bekräftigten diese Haltung und waren gleichzeitig der bisher schlagendste Beweis für die Wirksamkeit der Methode.

Vor dem Geschehenen hatte kaum jemand von den sogenannten »Kindern der göttlichen Erleuchtung« Notiz genommen, abgesehen von vereinzelten Gerüchten über ihre angeblichen »Sex-Gottesdienste«. Selbst die Einwohner Kopenhagens waren überrascht vom Ausmaß ihres Fanatismus, als alle 207 Mitglieder der Sekte eines frostigen Oktobermorgens 1992 tot aufgefunden wurden.

Die Leichen wurden von den dänischen Behörden auf Drogen oder andere Vergiftungen hin untersucht. Es überraschte mich nicht, daß keine derartigen Anzeichen festgestellt wurden, und daß das Abschiedsschreiben der Gruppe in glühenden Worten vom »Jenseits, das alle wahren Gläubigen hinter den Toren der Heiligen Wunde erwartet« sprach. Es ist interessant, daß das Ritual hierbei auf Dänisch vollzogen wurde; ich will darauf kurz eingehen. Wir erinnern uns, daß Lechner selbst das Sakrament auf Lateinisch rezitiert hatte, obwohl sein Buch den Text in Alltagsenglisch wiedergab. In seiner Einleitung zu *Die Heilige Wunde* merkt er an, daß die Formel sowohl auf Latein als auch auf Englisch gesprochen werden könne, obwohl er glaube, daß das Lateinische reiner sei, »näher an der Wunde selbst«, wie er es ausdrückte.

Ungefähr zu dieser Zeit stieß ich auf ein Exemplar von Sir John Bosleys *Die Schlüssel zur Nacht*. Auch wenn dieses Buch längst vergriffen ist, war es doch erstaunlicherweise weder hierzulande noch anderswo jemals verboten. Natürlich handelt es sich bei Bosleys Werk um eine wissenschaftliche Abhandlung, und seine Übersetzung aus dem Lateinischen ist voll mit mehrdeutigen Anmerkungen. Es hat wenig praktischen Nutzen, höchstens für sehr verschrobene oder verzweifelte Menschen.

Ein Vergleich von Lechners und Bosleys Version ist interessant, besonders weil Lechner die schwierigen Passagen vereinfacht und stellenweise auf der Suche nach der reinen Form ganze Sätze gestrichen hat. Beide Versionen zeigen die gleiche Wirkung, was die Vermutung nahelegt, daß es weniger auf die genauen Worte als vielmehr auf die grundlegende »Wahrheit« des Sakraments ankommt. Der gleiche Spielraum gilt auch für die begleitenden Bewegungen, die in verschiedenen Kulturkreisen leicht variieren.

Über die Jahre sind Hunderte von illegalen Übersetzungen entstanden, und alle sind geeignet, die Cunningham-Drüse zu aktivieren. Eine interessante Ausnahme ist die Bildsprache der K'dhall-Inseln vor Neuguinea. Hier funktioniert die Methode nicht. Die Gründe dafür werden noch erforscht. Ist es ein Wunder, daß die Methode soviel Anklang fand? Die Selbstmordrate stieg merklich an, als das Ritual bekannt wurde, vor allem in den Todeszellen rund um die Welt. Für Menschen, die an qualvollen unheilbaren Krankheiten leiden, ist es ein Leichtes, einen Arzt aufzutreiben, der ihnen gegen Honorar oder aus Gewissensgründen die richtigen Worte und Bewegungen beibringt. Andere, viel merkwürdigere Gerüchte werden kolportiert: Lechner zum Beispiel hatte behauptet, der Vatikan halte ähnliche Manuskripte seit Jahrhunderten in seinen Archiven unter Verschluß, um die christliche Art des Sterbens aufrechtzuerhalten. Bestimmte Kämpferorden hätten die Methode bis ins zehnte Jahrhundert benutzt, damit gefangengenommene Soldaten sich die Folter ersparen konnten. Die amerikanische Armee soll die Methode im Vietnamkrieg angewandt haben. Vielleicht haben die Geschichten, die von der Methode als einer Art Ausweg aus den Konzentrationslagern der Nazis erzählen, einen wahren Kern. Ein berühmter, vielleicht nur sagenhaft häretischer Text soll sichere Beweise dafür enthalten, daß Jesus, der Sohn Gottes, bei seinem Tod am Kreuz von der Methode Gebrauch machte.

Daß ich selbst so besessen von der Olmstaff-Methode bin, liegt zum einen an meinem beruflichen Interesse an der moralischen Wertung des Selbstmords, zum anderen an meiner persönlichen Beteiligung am ersten dokumentierten Fall. Mit Hilfe dieser beiden gewichtigen Argumente gelang es mir nach längeren bürokratischen Scharmützeln, die Genehmigung für eine kurze Ansicht der Originalhandschrift des *Schlüssels zur Nacht* zu bekommen.

In seinem Testament hatte Sir John Bosley Olmstaffs Handschrift dem *British Museum* vermacht, wo sie nach seinem ausdrücklichen Willen unter Verschluß im Raritätenzimmer aufbewahrt wurde. Ich wurde an einem trüben Dezembernachmittag des letzten Jahres dorthin geleitet und durfte eine Stunde mit dem Manuskript verbringen, wobei der Aufseher die ganze Zeit bei mir blieb; ob zum Schutz der Handschrift oder zu meinem Schutz, vermag ich nicht zu sagen.

Wie seltsam doch diese eine Stunde war. Das Manuskript wurde in einer Glasvitrine aufbewahrt und war auf der ersten Seite des Sakramenttextes aufgeschlagen. Die Kalligraphie und die Illustrationen waren von höchster Kunstfertigkeit, viel gelungener als bei Olmstaffs anderen Arbeiten. Die Farben waren so üppig, daß es mir schien, sie würden sich vom Pergament lösen und zu mir emporschweben. Es war tatsächlich ein Fest für die Augen.

Ich hatte seit meiner ersten (und letzten) Begegnung mit Professor Lechner etwas besser Latein gelernt und versuchte nun, so gut ich konnte, die Bedeutung des Textes zu entschlüsseln. Ich meine damit weder den reinen Inhalt, wie er von Bosley wiedergegeben wurde, noch die phantasievollen Interpretationen Lechners; ich suchte vielmehr nach der *versteckten* Boschaft des Werkes. Der Mechanismus, der Zauber, wenn Sie so wollen, der ein paar Worte, bloße Zeichen auf Papier, in ein Werkzeug verwandelte, das den menschlichen Körper auf so dramatische Weise beeinflussen konnte. Und die ganze Zeit, während ich las, war mir natürlich bewußt, daß Bosley, Lechner, Cunningham, und vielleicht sogar Olmstaff selbst, die Methode angewandt hatten. Sie waren alle nach den Worten des Buches gestorben.

Ich verließ das Museum früher, zwölf Minuten vor dem Ende meiner Ansichtszeit, und nie zuvor hatte sich der schmutzige Londoner Regen so großartig in meinem Gesicht angefühlt!

Ich werde diesen historischen Abriß mit einem kurzen Überblick über meine eigenen Forschungen über die Methode beschließen. Mein Hauptziel ist es, die genauen Grenzen der Wirkung des Rituals festzustellen. Ich kann beispielsweise Lechner schon beipflichten in seiner These, daß die Rezitationen und die Bewegungen völlig harmlos sind, wenn sie jeweils einzeln ausgeführt werden. Dies habe ich durch eigene Versuche bestätigen können. Ich bin bei meinen Experimenten stets genau nach Lechners Anweisungen vorgegangen.

In den letzten Monaten habe ich begonnen, Worte und Bewegungen in verschiedenen Kombinationen zusammen zu sprechen und auszuführen; ich habe zum Beispiel die Worte rückwärts gesprochen oder die Bewegungen spiegelverkehrt ausgeführt. Keine dieser abweichenden Versionen hatte irgendeine körperliche Wirkung.

Im Augenblick bin ich dabei, das Ritual in korrekter Reihenfolge durchzuführen, aber an unterschiedlichen Stellen innezuhalten, um die Summe der Wirkungen zu beobachten. Meine Schlußfolgerung aus diesen Versuchen ist, daß die ersten zehn Minuten des Sakraments keinen sichtbaren Effekt zeigen. Erst in der elften Minute breitet sich eine gewisse schwindelige Leichtigkeit im Körper aus. Das Gefühl ist nicht unangenehm. Es wird nach etwa dreizehn Minuten abgelöst von einem Moment der Angst, was eine physische Nebenwirkung der Methode sein könnte, aber auch ein berechtigtes Gefühl, verursacht durch den herannahenden Tod. Die vierzehnte Minute verstreicht fast unbemerkt. Während man die letzten Schritte der Olmstaff-Methode unternimmt, strömt ein Gefühl intensiver Spannung und Sehnsucht durch den ganzen Körper, als könne er es gar nicht erwarten, das Ritual zu vollenden und freudig in die Arme der Dunkelheit zu fliegen!

Nur mit enormer Willenskraft ist es mir gelungen, jenen letzten Schritt zu unterlassen. Von diesen Gipfeln der Empfindung so jäh herabzustürzen löst einen Grad der Verzweiflung aus, den ich mir bisher nicht vorstellen konnte.

Mir bleibt nur noch ein einziges Wort zu sagen, eine einzige Bewegung zu machen.

Das Wort lautet »Umkreis«. Die Bewegung: eine sanfte Berührung von Daumen und Mittelfinger, so daß sie einen Kreis aus Fleisch und Blut bilden.

Genau so.

Super-Easy-Senderfrei-Spezial

Nun warfen sie mich also aus dem Strangeways-Knast raus, mit einer Packung alter Kippen und den Klamotten, mit denen ich reingekommen war. Und einem Brief vom Anstaltsleiter, in dem er mich als braven Jungen lobte und meine Einsicht und Reue, und behauptete, ich könne auf jeden Fall anständig arbeiten, wenn man mich nur ließe. Genau, und deshalb ist das letzte, was sie mir noch mitgeben, so ein Sender um den linken Knöchel geschnallt. Radiomelder, Satellitenkarte, codiertes Schloß, 'ne raffinierte kleine funkelnde Eisenkugel. Ich sollte das Ding zwei Jahre lang tragen, zwei Jahre verfolgt werden, zwei Jahre sollte jede meiner Bewegungen in so einem riesigen Bullencomputer registriert werden. Fragt mich nicht, wie das Schmuckstück funktioniert, ich bin nur der Typ, der es tragen muß. Zwei Jahre lang Manchester nicht verlassen.

Betsy, meine Süße, wartete vor dem Gefängnis auf mich. Wir küßten uns, sagten Hallo, und sie sagte, niemand würde heutzutage noch solche Hosen tragen, und ich sagte ihr, verschwinde du mal vier Jahre von der Bildfläche, mal sehen, wie du dann wieder auftauchst. Dann sagte sie, wir müssen dich aus dieser Hose rauskriegen, und ich sagte, ganz sicher müssen wir das.

Zuerst war sie ein bißchen irritiert von dem Gerät, das da an meinem Knöchel hing, aber dann fand sie es irgendwie aufregend, als wäre es ein Teil von einem komischen Fesselspielchen, und als wir es das dritte Mal machten, sagte sie, es sei schade, daß ich nie richtig nackt sein würde, jedenfalls nicht für die nächsten zwei Jahre. Ich dachte bloß, daß irgend so ein schmieriger Bulle jetzt zuschaute, wie der kleine Punkt auf seiner Computerkarte auf und ab hüpfte. Als hätte man einen Spanner im Schlafzimmer. Machte mir Gänsehaut. Dann sprachen wir über unseren Coup, über das Geld und wo, zum Teufel, Danny Boy mit der Beute steckte. Da wurde sie still und drehte sich weg.

Aha, Danny Boy. Der gute alte verläßliche Danny Boy, treuer Helfer vergangener Tage, und nun mit der Kasse durchgebrannt. London, sagte Betsy. Letzten Monat, sagte Betsy. Und sie sagte, ich wollte es dir ja erzählen, in der Besuchszeit, aber ich dachte, das würde dir die Tage noch länger werden lassen. Und ich sagte nein, vor lauter Wut wären die Tage wie im Flug vergangen. Und sie sagte, wann willst du hinter ihm her, Dex? Und ich sagte, das ist ja das Problem, ich kann nicht.

Ich kann keine zwei Jahre warten, bis dahin hat Danny alles verjubelt, wenn er das nicht jetzt schon getan hat. Also hörte ich mich um, und der Freund eines Freundes sagte, es gäbe vielleicht einen Ausweg, aber das würde kosten. Ich sagte, laß hören, es ist sicher weniger, als ich mir von dem Schweinehund wiederholen kann, wenn ich ihn kriege. Und das war es auch – eine ganze Menge Bares, aber eine Menge weniger als unser großer Fang. Ich mußte ein paar üble Schulden eintreiben, um das Geld zum Aufschließen zu beschaffen. Der Typ sagte, er hieße JoJo, ein ganz schön bescheuerter Name, aber er hatte tatsächlich die Angewohnheit, auf und ab zu hüpfen, wenn er in Wallung geriet, so zum Beispiel, als ich ihm seine Gage zeigte. Natürlich mußte er für die Operation zu mir kommen, denn ich konnte meinen Pieper auf keinen Fall in einer üblen Gegend auftauchen lassen. Er hatte seine ganze Ausrüstung dabei, und die paßte in ein Kästchen so groß wie ein Etui für schicke Brillen. Alles ist viel kleiner geworden, seit sie mich eingelocht haben. Bald wird die ganze Welt verschwunden sein, glaubt mir. Also dieser Typ, JoJo, der holt dieses kleine Gerät aus dem Kästchen, drückt ein paar Tasten, hält es an den Sender an meinem Knöchel. Das Gerät macht brrrrr, der Sender macht piiieep! Und ich sage, das war's, ja? Und er sagt, das war's. Super-easy-senderfrei-spezial. Super, easy, senderfrei, spezial. Er war mächtig stolz darauf. Aber ich war nervös, und ich sagte, bist du sicher, daß das funktioniert? Ich meine, kann ich wirklich aus Manchester abhauen, ohne Probleme? Und er sagte, hau ruhig ab, dein Signal bleibt hier auf der Bullenkarte. Es bewegt sich hier auf den Straßen, als wärst du noch in der Stadt. Es ist ein Phantomsignal, kapierst du? Weil ich ihr Scheißsystem geknackt habe, kapierst du? Gibt es Ärger, ruf diese Nummer an. 24-Stunden-Service-Hotline. Und er fing wieder mit seiner Hüpfnummer an, diesmal allerdings ein bißchen schwerfälliger, weil er meine Gage in der Tasche hatte.

Ich fuhr also nach London, ich fand Danny, es dauerte insgesamt fünf Tage, wir hielten ein nettes Schwätzchen, und er rückte das Geld raus. Nur meinen rechtmäßigen Anteil, wohlgemerkt, und das zeigt schon den Unterschied zwischen uns beiden. Ich bin nämlich fair, selbst wenn ich beschissen werde. Das lief also gut, alles war wieder im Lot. Zurück nach Manchester, ein bißchen auf der Beute brüten, zwei Jahre stillhalten, Betsy von Kopf bis Fuß und von allen Seiten wieder kennenlernen. Wie der Typ sagte, super easy!

Ich kam am Samstag zurück nach Manchester, nachmittags war es, und ich dachte erst, ich sollte vielleicht gleich zu JoJo gehen, damit er mich wieder wirklich zurück auf die Karte bringen konnte. Aber dann dachte ich, vielleicht auch nicht, vielleicht muß ich demnächst noch mal die Stadt verlassen. Er hatte nichts über ein Zeitlimit gesagt, oder? Also wollte ich statt dessen bei Betsy vorbeischauen und fragen, ob sie Bock auf einen Zug durch die Gemeinde hätte, aber wen treffe ich auf meinem Weg? Dave, das Ekel, ein alter Bekannter, der gar nicht so eklig war, mal abgesehen von der Sache mit den Kumar-Brüdern. Und er sagt, hey Dex, du bist also draußen? Und ich sage ja. Und er sagt, dachte ich mir doch, daß du das warst. Und ich sage, na klar, ich bin's. Und er sagt, nein, ich meine letzten Mittwoch, ich hab dich auf der Straße gesehen, ich dachte, du wärst es, aber ich saß im Bus, deswegen konnte ich nicht anhalten. Und ich sage, nee, du mußt dich geirrt haben, letzten Mittwoch war ich weg. Oh, sagt er, dann war's wohl wer anders. Und ich sage, ja, muß wohl. Komisch, sagt er, sah genauso aus wie du.

Ich rufe Betsy an, aber sie ist nicht da. Ich könnte natürlich einfach hingehen, denn ich habe einen Schlüssel. Ich wohne ja im Grunde da, bis ich was anderes gefunden habe. Aber ich denke mir, was soll's, es ist Samstagabend, oder? Ziehen wir um die Häuser, meine Füße und ich, so wie in alten Zeiten, klappern die Clubs ab, sehen, was läuft. Ich hab 'ne Menge Spaß, treffe ein paar alte Kumpel, besaufe mich. Irgendwer sagt, weiß nicht mehr, wer, ich sei also wieder mit Betsy zusammen. Ich sage, na ja, wir machen ein bißchen rum, nichts Ernstes. Und er sagt, sah aber ziemlich ernst aus. Was? frage ich. Händchen halten und alles, sagt er. Natürlich bringt das einen guten Lacher: daß ich mit irgendwas Händchen halten könnte, womöglich gar mit einer Frau. Wann war das? frage ich. Und er sagt, Donnerstag, glaub ich. Ja, Donnerstag. Im Park. Ich ging grad mit dem Hund spazieren. Ehrlich, Händchen halten und alles.

Dann haute ich ab, lachte genau so laut wie die anderen. Ich nahm ein Taxi zu Betsys Wohnung. Der stärkste Antrieb war die wahnsinnige Eifersucht. Schon komisch, wo doch unsere Beziehung immer locker und easy war. Vielleicht lag es daran, daß sie schon was mit einem anderen anfing, kaum daß ich aus Strangeways draußen war. Und daß der Typ auch noch wie ich aussah, das war der Hammer. O.K., vielleicht zeigt das, daß sie mich liebte; ich war vier Jahre weg, und die einzige Gesellschaft, die sie ertrug, war ein Double. Diese Gedanken halfen mir jedoch auch nicht weiter. Und als ich zur Wohnung kam, und ich klingelte, keine Reaktion, und als ich versuchte aufzuschließen, und es nicht funktionierte …

Da trat ich also die Tür ein. Ich konnte gleich sehen, daß es hier vor kurzem zur Sache gegangen war, und zwar nicht schlecht, denn das Bett sah aus wie ein Schlachtfeld, und der Geruch und die Flecken … mein Gott! Wer war dieser Kerl? Und was für eine Frechheit von Betsy – direkt vor meiner Nase! Ich hatte keine Ahnung, was ich als Nächstes tun sollte, außer zu warten, dort auf dem Bett, und langsam immer wütender zu werden. Mein einziges Problem war: Wen sollte ich zuerst schlagen, den Mann oder die Frau? Irgendwann muß ich eingenickt sein, denn plötzlich komme ich zu mir, es ist ein Uhr, und alles ist dunkel. Ich frage mich, wo ich bin, und dann, wer ich bin. Ich schüttele mich, bis ich klar im Kopf werde. Dann höre ich Geräusche unten an der Tür. So, jetzt geht's los. Betsy wird die eingetretene Tür sehen und wissen, was los ist. Vielleicht kommen sie gar nicht rauf. Doch, sie kommen, Schritte von zwei Leuten. Ich höre sie durchs Wohnzimmer laufen. Ich richte mich auf, mache es mir bequem. Die Schlafzimertür geht auf. Zwei Männer kommen herein.

Es waren die Bullen. Oberinspektor Soundso, Inspektor Soundso. Sie verhaften mich ja bloß. Ich schreie sie an, was habe ich jetzt wieder verbrochen? Sie setzen mich freundlich in Kenntnis, daß Freitagnacht ein Einbruch verübt wurde, und daß ich nach den Aufzeichnungen ihres Senders zur Tatzeit am Tatort war. Ich protestiere, aber was soll ich schon sagen? Ich bin unschuldig, ich war in London? Als wir schließlich auf dem Revier ankommen, flehe ich sie mehr oder weniger an, mir zu glauben: Ich war in London! London! Nützt nichts, ich darf einen Anruf machen. Ich denke an meinen Anwalt, dann denke ich an Betsy, und dann denke ich an den einzigen Menschen, der mich aus dieser Scheiße holen kann. Ich wähle die Nummer, die JoJo mir gegeben hat.

Eine tote Leitung.

Alphabox

Der Buchladen auf dem Deansgate Boulevard in Manchester ist voller Worte – die meisten davon käuflich, von denen jedoch nur einige wenige den Weg in die Taschen der Kunden finden. Die meisten Angestellten essen im Bluefinch Café in der Dalton Street zu Mittag. Donna Clarke, die im Buchladen arbeitete, war eines Mittags gerade auf dem Weg zu diesem Restaurant, den Kopf wie üblich voller krauser Gedanken über ihre imaginäre Karriere als Schriftstellerin, als sie einen Mann bemerkte, der auf sie zukam und eine Kiste aus Holz trug.

Die Kiste war nicht allzu groß, aber der Mann schien Schwierigkeiten zu haben, sie zu tragen. Vielleicht war etwas Schweres darin. Seltsamerweise war er am nächsten Tag wieder da, selbe Zeit, selber Ort, und mühte sich immer noch mit dem Gewicht der Kiste ab. Und so den ganzen Rest der Woche: Immer wenn Donna zum Mittagessen marschierte, kam der Mann auf sie zu und ging an ihr vorbei, sein Gesicht vor Anstrengung verzerrt.

Donna wurde neugierig. Warum schleppte er diese Kiste mit sich herum? Wenn es überhaupt immer dieselbe Kiste war. Vielleicht mußte der Mann auch eine ganze Reihe solcher Kisten ausliefern; aber warum schickte er dann nicht alle auf einmal mit einem Lieferwagen? Und wenn es immer dieselbe Kiste war, wo brachte er sie dann hin und, viel wichtiger, was war darin?

Eines Tages mußte Donna wegen Büroterminen früher Mittagspause machen. Als sie ins Restaurant kam, war der Mann dort. Er aß zu Mittag, die Kiste stand neben ihm auf dem Tisch. Donna setzte sich auf den freien Platz gegenüber, bestellte das Übliche und versuchte, ein Gespräch anzufangen. Ihre Bemerkung zum Wetter beantwortete er mit einem schlichten »Ja, nicht wahr?« und aß weiter. Die Kiste war, wie Donna nun bemerkte, reich verziert und sah antik aus; die Schnitzereien zeigten Blumen und Singvögel. Sie schien aus einem Stück gefertigt zu sein, ohne Deckel, ohne sichtbaren Öffnungsmechanismus.

Der Mann schwieg, bis er sein einfaches Mahl (Spiegeleier, Kartoffeln, Bohnen) verzehrt hatte, und bestellte eine Tasse Tee. Erst, als diese gebracht wurde, sah er Donna direkt an. »Sie fragen sich sicher, was darin ist, oder?« sagte er.

Donna hielt inne, ihre Hand mit der Gabel blieb in der Luft hängen.

»Es ist ein Schriftzeichen«, sagte der Mann.

»Ein Schriftzeichen?« fragte Donna.

»Ja. Das heutige Schriftzeichen.«

»Ist die Kiste nicht ein bißchen groß für ein einziges Schriftzeichen?«

»Ich muß diese Kiste benutzen. Es steht im Vertrag.«

»Ich verstehe«, sagte Donna, die überhaupt nichts verstand.

»Und an wen ist es adressiert?«

»Adressiert?«

»Ja, das Schriftstück. Sind Sie Briefträger?«

Der Mann lachte freundlich und drückte auf verschiedene Stellen der Kiste, bis mit einem Surren die Blumen und die Singvögel voneinander wichen und eine kleine Öffnung freigaben. »Ich dürfte das eigentlich nicht machen«, flüsterte der Mann. »Nur einen ganz kurzen Blick, ja?« Es kam Donna zwar ein bißchen albern vor, aber sie war nun mal neugierig, und so beugte sie sich tief über die Öffnung und spähte hinein.

Es war eine fiebrig dunkle Welt, in der etwas silbrig Glänzendes schwach atmete. Es schien beinahe so flüssig wie Quecksilber zu sein.

»Sehen Sie es?« fragte der Mann.

»Ja«, sagte Donna. »Es ist der Buchstabe W.«

»Was!?« Der Mann wurde plötzlich nervös. »Lassen Sie mich mal sehen!« Er zog ihr die Kiste weg und hielt aufgeregt sein Auge an die Öffnung. »Ah, ich verstehe, was los ist.« Er atmete beruhigt aus. »Der kleine Schlingel hat sich auf den Kopf gestellt. Hier, schauen Sie noch mal.«

Diesmal sah Donna ganz deutlich, daß der kleine Buchstabe M sich in der Kiste bewegte, als sei er lebendig.

Der Mann vollführte wieder die geheimen Griffe, und die Kiste schloß sich. »Ich liefere die Buchstaben aus«, sagte er stolz. »Jeden Tag einen, entsprechend dem Vertrag.«

»Dem Vertrag?« fragte Donna.

»Dem Vertrag, den der Schriftsteller und ich abgeschlossen haben.«

»Welcher Schriftsteller?«

»Oh, er ist sehr berühmt, Fräulein, und möchte ungenannt bleiben.«

»Er schreibt nur einen einzigen Buchstaben am Tag? Dann muß er ein ziemlich langsamer Schriftsteller sein.«

»Jeden Morgen gibt er Bescheid, welches Schriftzeichen er als nächstes braucht. Ich hole es beim Hersteller ab und trage es quer durch die Stadt zum Haus des Schriftstellers. Eine Sekunde dachte ich eben, ich hätte aus Versehen ein W abgeholt. Das wäre eine Katastrophe gewesen.«

»Kann er sich die Schriftzeichen nicht mit einem Lieferwagen oder mit der Post bringen lassen?«

»Es steht im Vertrag, daß ich das Schriftzeichen eigenhändig tragen muß, in dieser Kiste.« Der Mann stand auf. »Aber jetzt muß ich los. Ich bin schon spät dran, und der Schriftsteller braucht das M sicher dringend. Wenn ich nicht pünktlich liefere, Fräulein, wird er sehr ärgerlich.« Der Mann nahm die Kiste an sich.

»Warten Sie!« rief Donna. »Sie haben mir gar nicht erzählt, worüber er schreibt.«

Aber der Mann war schon gegangen.

Metaphorazin

Johnny nimmt Metaphorazin. Jeden Uhrwerkstag. Sagt, es haut ihm die Sicherungen raus, wäscht ihm ordentlich den Kopf. Man könnte sagen, er frißt sich sein Problem rein, er spielt mit dem Feuer, sozusagen. Jeden zähen Gummiabend setzt sich die Pille an sein Steuer. Ertränk die Gefühle! Spiel den Schädelpiano-Blues! Johnny nimmt Metaphorazin.

Er ist ein Hund.

Lucy nimmt Simileum. Das ist nicht halb so schlimm. Sie ist bloß wie ein Mond, der ins Rutschen gerät, kopfüber durch den Himmel. Wie eine Flutwelle von Duft, wie ein Leck in deinem Herzen. Die Augen zugeklebt wie ein Briefumschlag, abgeschickt wie eine Träne. Wie eine Spritze voller Tränen. Wie ein Liebestrank im Tropf, wie ein Cadillac im Kopf, Lucy nimmt Simileum.

Sie ist wie ein Hund.

Graham nimmt Litotezol. Ein Hirn so groß wie ein Atom, wie eine Wolke aus Parasiten, die im Paradies in ein paar Läusen leben. Er ist ein Schwall geschmolzener Eiskrem, er macht Sex wie ein Phantom. Er sprüht Funken wie ein Friedhof und verspürt niemals den Drang, und dann klingt sein Halleluja! Halleluja! Halleluja! wie ein trüber Gesang. Graham nimmt Litotezol.

Er ist ein kleiner Hund.

Josie nimmt Hyperboldehyd. Zehntausend pro Sekunde. Sieh, ihr Gesicht steigt himmelan, fährt sie auf dieser Achterbahn. Dieser Mund! Welche Wonne! Alle Satelliten und Planeten nisten zwischen ihren Lippen. Vier-Minuten-Luftalarm! Nukleare Zunge! Nitroküsserin! Josie nimmt Hypberboldehyd.

Sie ist ein großer Hund.

Alanis nimmt Alliteran. Es hebt in höhere Himmel. All ihr heimliches Handeln hat einen Hauch von Hochmut. Ihre Herdplatte ist heiß, genauso heiß wie ihre hemmungslosen Halluzinationen. Hohlköpfe halten herrlich Hof hinter halbdunklen Hallen, Halbgötter hängen hinfällig herum. Alanis nimmt Alliteran.

Sie ist ein harter Hund, hörste?

Desmond nimmt Onomatopiate.

Er ist ein Wau-Wau.

Sylvia nimmt Oxymorox. Sie ist in den pubertären Wechseljahren. Schlägt viereckige Räder, wenn sie haftfreien Kleber schnüffelt. Trägt Hosen mit V-Ausschnitt, schaut sich im blinden Spiegel an. Tanzt den Amputierten-Tango, findet sich gedankenverloren im neuen alten England-Stil! Sylvia nimmt Oxymorox.

Sie ist ein Katzenhund.

Aber Johnny nimmt Metaphorazin. Schau in diese zerbrochenen Straßenlaternenaugen, das Gesicht ein mitternächtliches Zifferblatt. Das Wellfleischblechdach seiner Stirn. Das Besteck seiner Finger. Diese Frisur: ein glatter Regenschirm! Die ungeheizte Ein-Zimmer-Wohnung seines Gehirns. Und ich sag euch, er ist eine Fanfare aus Atomen.

Und wißt ihr noch, diese letzte auserlesene mathematische Formel, die von der Tafel gewischt wird, bevor die großen Ferien anfangen? Das ist er. Er schießt sich Sprache in die Blutbahn, Johnny nimmt Metaphorazin.

Er ist ein echter Hund.

Alphabox

»Worüber schreibt er?«

Immer wieder stellte Donna dem Mann mit der Alphabet-Kiste diese eine Frage, jedesmal, wenn sie sich trafen. In den letzten Wochen hatten sie sich angefreundet, manchmal aßen sie sogar zusammen zu Mittag, in einem kleinen Park hinter einem Kaufhaus.

Er erzählte ihr Geschichten, seine eigenen Geschichten. Geschichten von der Fabrik, die er jeden Morgen aufsuchte, davon, wie die Buchstaben gezüchtet und gezähmt werden, und von dem Schriftsteller und seinen Grausamkeiten. Oft ließ er Donna in seine Kiste hineinsehen: die silbrigen, schlüpfrigen Schriftzeichen, die in die Ecken glitten, als hätten sie Angst vorm Tageslicht.

»Worüber er schreibt?« antwortete der Träger Donna eines Tages. »Tja, das ist ja gerade das Problem. Wissen Sie, der Schriftsteller kommt nicht mehr viel raus. Er ist sehr alt. Darum bezahlt er mich, damit ich ihm die Buchstaben bringe. Als er noch jung war, oh, da war er berüchtigt für die Grausamkeit und Schlauheit, mit der er die Buchstaben jagte. Und nicht bloß diese zahmen kleinen Fabrikbuchstaben – nein, damals fing er wilde, gefährliche Buchstaben und zerrte sie schreiend nach Haus. Und seine Bücher waren deshalb ebenfalls wild und gefährlich. Heute sind seine Geschichten leider ziemlich zahm und immer über das gleiche Thema.«

»Nämlich?«

»Er schreibt natürlich übers Schreiben. Etwas anderes kennt er eben nicht.«

Und dann, am Mittag eines wunderschönen Tages im Herbst, als die Sonne aus Messing gemacht schien, zeigte der Träger Donna, wie die Kiste zu öffnen war. Die geheimen Griffe; ein sanfter Druck auf den Flügel eines Singvogels, auf ein Blütenblatt, auf einen Dorn. Die Kiste öffnete sich für Donna, und sie hielt ihr Auge nah an die gesegnete Dunkelheit.

Es war der Buchstabe Q.

Ein quecksilbriger Blitz, der sich krümmte und nach seinem Schwanz schnappte.

Qwertzphobie

Bei der Taufe fing der Ärger an. Die freudige Ankündigung »Ich taufe dich auf den Namen Quentin Thomas King« wurde vom plötzlichen würgenden Husten des Babys unterbrochen: Das Taufwasser färbte sich rot.

In den ersten Jahren seines Lebens suchten diese Attacken Quentin täglich heim. Seine Mutter rief seinen Namen, damit er sofort mit seinen Dummheiten – was auch immer es war – aufhörte: Der Junge fing an zu husten. Sein Vater las ihm eine Gute-Nacht-Geschichte vor: »›So ein Quälgeist‹, sagte der Mond.« Und schon bekam das Kind Hautausschlag. Seine Mutter sagte: »Mach nicht so einen Quatsch!« Blut lief aus seinem Mundwinkel.

Sein Körper wurde auf alle bekannten allergischen Reaktionen getestet. Weder Milch noch Pollen, nicht einmal die Hauskatze verursachte irgendeine Wirkung. Keiner der Tests brachte Klarheit über den Grund für Quentins Beschwerden. Immerhin war es ein schwacher Trost, daß die Symptome im Laufe der Jahre nachließen. Statt der plötzlichen Blutungen bekam er allmählich heftigen, brennenden Hautausschlag. Trotz all der Tests, die die unterschiedlichen Experten durchführten, fand Quentins Mutter als Erste den Grund des Übels. Dies geschah, als sie dem Jungen das Alphabet beibringen wollte. Er sollte die Buchstaben wiederholen, aber der Arme kam nur – ohne Schwierigkeiten – bis zum Buchstaben P und schwieg dann.

»Komm schon«, sagte seine Mutter, »der nächste Buchstabe ist Q, stimmt's?«

Die übliche Reaktion: Die Haut des Jungen verwandelte sich in eine Hülle aus Schmerzen. Mrs. King ließ sich für ihren Sohn sofort einen Termin beim Psychiater geben.

Der Psychiater, ein gewisser Dr. Crombie, bestätigte ihren Verdacht. »Mr. und Mrs. King«, teilte er den Eltern mit, »ich fürchte, Ihr Sohn ist allergisch gegen den Buchstaben Q.«

Quentin war dabei, und natürlich reicht das Hören der Diagnose schon, ihn wieder in Schmerzen zu stürzen.

»Ihr Kind ist nicht das einzige«, fuhr der Psychiater fort, nachdem Quentin ins sichere Bett gebracht worden war. »Ich habe eine ganze Reihe von Fällen in der Literatur gefunden. Die meisten ereigneten sich in den letzten fünf Jahren, was natürlich beunruhigend klingt. Es gab den Fall eines kleinen Mädchens im Jahr 1999, die sich vor dem Buchstaben E fürchtete; ein viel schlimmerer Fall, wie Sie sicher zugeben werden.«

»Aber was habe ich falsch gemacht?« rief Mrs. King. »Warum hat er diese … diese *Krankheit* bekommen?«

»Oh, das ist keine Krankheit, gnädige Frau; betrachten Sie es eher als negative Reaktion, als mentale Abwehr. Ihr Sohn hat eine tiefsitzende Abneigung gegen den siebzehnten Buchstaben des Alphabets, sowohl geschrieben als auch gesprochen. Diese Abneigung ruft bei ihm eine psychosomatische Reaktion hervor.«

»Kann man nichts dagegen tun?« fragte der Vater.

»Die Ursache des Phänomens ist unbekannt«, antwortete Dr. Crombie, »obwohl Untersuchungen gezeigt haben, daß es vor allem in wohlhabenderen, wenn ich so sagen darf, Familien der oberen Mittelschicht, wie Sie es sind, auftritt. Solange wir die Ursache nicht kennen, können wir nichts tun als Ihren Sohn mit äußerster Vorsicht zu behandeln.«

»O mein armes, armes Kind!« Mrs. King war in Tränen aufgelöst.

»Ich schlage vor«, fügte der Psychiater hinzu, »daß Sie Ihren Sohn etwas mehr isolieren.«

Also fingen die Kings an, ihren Sohn bei seinem zweiten Vornamen, Thomas, zu rufen. Sie entfernten alle mit Q infizierten Poster aus seinem Zimmer, und natürlich auch alle Bücher – wie sollten sie alle überprüfen? Nur die einfachsten Bilderbücher durften bleiben, und selbst hier mußten einige Seiten herausgerissen werden. Thomas durfte nicht zum Spielen raus, seine Freunde durften ihn nur unter strengsten Bedingungen besuchen, und auch dann bloß für jeweils wenige Minuten.

Zunächst fiel es den Kings schwer, den gefürchteten Buchstaben in Gegenwart ihres Sohnes zu vermeiden. Quälen, quer, Quark, Quintessenz, Quote; diese und andere Worte – qualmen und quatschen, Quarz und Quelle und Quantenmechanik –

mußten unbedingt unterlassen werden. Mit der Zeit wurden sie jedoch echte Fachleute auf diesem Gebiet. Wenn sie Thomas vorlasen und sich dem gefürchteten Buchstaben näherten, konnten sie mit einer geschickten Satzänderung das besagte Wort durch ein anderes ersetzen. Mit Hilfe dieser Methode konnten sie Thomas wenigstens ein gewisses Maß an Bildung verschaffen, und er fing sogar an, selbst Geschichten zu schreiben. Es waren zauberhafte Geschichten, und das nicht nur wegen des begrenzten Wortschatzes. Sogar in ihren eigenen intimen Gesprächen begannen Mr. und Mrs. King, ohne darüber nachzudenken, den Buchstaben wegzulassen. Dieses Ausweichen führte erstaunlicherweise dazu, daß ihre Liebe zueinander neu erwachte.

Als Thomas sieben Jahre alt war, berichtete der gute Dr. Crombie von einer neuen Behandlungsmethode. »Ich muß Sie jedoch warnen«, sagte er den Eltern, »das Medikament ist noch in der Testphase. Wenn Sie also zustimmen, daß Ihr Sohn behandelt wird, ist er im Grunde ein Versuchskaninchen. Und bitte bedenken Sie, es wird ihn nicht heilen, sondern nur die allergische Reaktion mildern. Wenn er von der Behandlung absehen möchte ...«

Die Kings unterzeichneten die nötigen Formulare.

Das Medikament stellte sich als trübe, blaßgrüne Flüssigkeit heraus. Thomas nahm es zweimal am Tag, immer morgens und abends. Jeden Tag spülte er sich so die Zunge. Bis eines schönen Frühlingstages ein zitternder neunjähriger Junge die folgenden Worte in sein Tagebuch schrieb: »Mein Name ist Quentin Thomas King.«

Ein leichtes Ansteigen des Pulsschlages, eine Hitzewelle über seine Stirn, ein nervöse Zucken im Arm.

Und dann ein Lächeln, Laute, die in seinem Kopf, auf seinen Lippen spielten.

Mit achtzehn Jahren trat er einer Selbsthilfegruppe namens *Word Up Positive* bei. Sie trafen sich jeden Donnerstagabend über einer Gastwirtschaft im Zentrum von Manchester. Es waren jeweils zwischen 12 und 39 Teilnehmer anwesend. Sie führten alle – dank bestimmter Medikamente – ein mehr oder weniger normales Leben, aber bei diesen wöchentlichen Treffen waren sämtliche Präparate verboten. Statt dessen sprachen sie in ihrem eigenen Dialekt, in dem sie sich eher zu Hause fühlten, weil sie die Gabe, die ihnen geschenkt worden war, nicht verlieren wollten.

Die Sprache, die sie benutzten, hing ganz von den Anwesenden ab. Manchmal, wenn das Treffen nur wenige Teilnehmer hatte, sprachen sie beinahe Englisch. Wenn der Gruppenraum jedoch voll war, konnten sie fast gar nicht sprechen, weil so viele Buchstaben eine Gefahr darstellten. Aber auch dann gelangen ihnen wirkliche Gespräche, und sie drückten in diesen zwei Stunden mehr aus, als sie es die ganze Woche über in unbeschränkter Umgebung getan hatten. Dreizehn von ihnen waren Schriftsteller. Quentin King folgte ihrem Beispiel und wurde der erfolgreichste von allen, schrieb drei Bestseller. Die Kritiker hoben die »majestätische Zurückhaltung« seiner Sprache hervor.

Mit 24 heiratete Quentin ein anderes Mitglied der Gruppe, Molly Unwin, die den Buchstaben U nicht ertragen konnte. Ein Jahr später kam ihr erstes Kind zur Welt: ein Junge, ein ganz normaler, gesunder Junge.

Sie gaben ihm den Namen Charles Gordon Alexander King.

Alphabox

(Mix)

Nachdem sie gelernt hatte, die Kiste mit geheimen Griffen zu öffnen, sah Donna den Träger einige Wochen nicht mehr. Vielleicht hatte er eine neue Route gewählt; vielleicht hatte er den Job verloren, weil er zu spät gekommen war oder das falsche

Schriftzeichen gebracht hatte; vielleicht hatte der Schriftsteller sein Buch zu Ende geschrieben. So sehr Donna auch ihre Mittagszeit verschob, wo sie auch suchte, die Alphabet-Kiste kreuzte nicht mehr ihren Weg. Sie begann, sich einsam zu fühlen, sogar deprimiert, und sie konnte nicht einmal erklären, wieso; schon gar nicht dem Geschäftsführer des Buchladens, der sie ständig ermahnte, daß sie ihrer Arbeit nicht gewohnt zuverlässig nachginge.

Zwei Monate, nachdem sie ihn zuletzt gesehen hatte, tauchte der Träger schließlich wieder im Café auf. Er sah sehr müde aus und ließ die Kiste achtlos auf den Tisch fallen, ganz ohne die frühere Sorgfalt.

Als Donna fragte, was denn los sei, sagte er: »Es liegt an dem Schriftsteller. Er macht mich wahnsinnig. Er will unbedingt sein Buch beenden. Er nennt es sein letztes großes Meisterwerk. Er ist todkrank. Er läßt mich zwei, manchmal sogar drei Buchstaben am Tag schleppen. Ich schaffe es einfach nicht.«

»Nehmen Sie doch zwei Buchstaben auf einmal«, schlug Donna vor.

»Zwei Buchstaben in der Kiste! Auf einmal! Sind Sie wahnsinnig? Sie würden sich paaren. Haben Sie jemals die Nachkommen eines G und eines P gesehen? Ein grauenhafter Anblick, kann ich Ihnen sagen. Nein, nein, wenn ich den Job behalten will, muß ich härter arbeiten, das ist alles. Hören Sie, ich habe bloß hereingeschaut, um Ihnen zu sagen, nun ja, daß ich nicht mehr oft hier sein werde. Ich habe unsere Gespräche sehr genossen, aber ...«

»Keine Sorge, ich verstehe schon.«

»Vielleicht können wir, wenn diese Geschichte vorbei ist ...?«

»Ja, das sollten wir.«

Der Mann nahm die Kiste und verließ das Café. Donna aß weiter. Sie wußte nicht recht, was sie denken sollte. Der Gedanke an den Buchladen kam ihr plötzlich wenig einladend vor.

Aber sie mußte ja Geld verdienen. Auf dem Rückweg sah sie eine Menschenmenge an der Ecke des Deansgate Boulevard, der Verkehr war zum Erliegen gekommen. Als Donna näher kam, wurde ihr klar, daß es einen Unfall gegeben hatte. Sie schob sich durch die Menge und sah den Körper des Mannes auf dem Boden. Jemand beugte sich über ihn. Ein Auto war auf den Bürgersteig gefahren.

Die Kiste lag etwas entfernt, unbeachtet. Donna hörte eine Stimme von irgendwoher.

(Kaum etwas über mich ist wahr.)

Sie beugte sich zu der Kiste hinunter, berührte sie verstohlen. (Ich möchte, daß alle das wissen.) Die geschnitzten Figuren glitten auseinander, gaben Dunkelheit frei. (Lest die wahren Bekenntnisse.) Sie steckte ihre Hand durch die Öffnung. (Alles auspacken, alles auspacken.) Griff nach etwas Nassem, Glitschigem, als würde sie einen Fisch mit bloßen Händen fangen.

(Jemand für mich schreiben lassen.)

Donna wußte nicht, wo der Schriftsteller wohnte, wußte nicht, wo die Schriftzeichen hergestellt wurden. (Es wäre nicht wahrhaftig.) Sie war schon verspätet für die Nachmittagsschicht, aber auf einmal war ihr alles egal, wirklich alles. (Du mußt etwas Besonderes sein.) Das gehörte jetzt ihr, dieses warme, sich windende Wesen in ihrer Hand.

(Du mußt etwas ganz Besonderes sein.)

Erst fünf Straßen weiter traute sie sich, ihre Hände zu öffnen.

(Dann wäre es nicht mehr wahrhaftig.)

Es war der Buchstabe J. Ohne zu wissen, warum, wußte die junge Buchhändlerin, daß es für Junior stand.

(Alles auspacken, alles auspacken.)

Donna fing an zu laufen.

Junior-Zuhälter

Vorneweg möchte ich allen sagen, daß fast nichts von dem, was in den anderen Zeitungen über mich gestanden hat, wahr ist. Die anderen Zeitungen haben keine Ahnung, nur in dieser Zeitung könnt ihr die wahren Bekenntnisse des weltberühmten Junior-Zuhälters lesen. Ich werde alles auspacken, ohne Geheimnisse, hautnah und schonungslos, und wenn die Polizei und die Kirchenleute und all die anderen hochnäsigen Typen das nicht mögen, dann wissen sie schon, wo sie sich's hinstecken können. Ich schätze, die sind sowieso bloß neidisch, weil sie bestimmt eine furchtbar langweilige Kindheit hatten, denn nicht jeder wird ein berühmter Junior-Zuhälter.

Ich heiße William Wheeler, und ich wäre froh, wenn mir meine Mama und mein Papa nicht diese beiden Ws gegeben hätten, aber ich kann auch nichts dran ändern, außer, mich Liam zu nennen. Das habe ich auch ein paar Jahre lang versucht, aber die andern haben mich einfach weiter Willy Wheels genannt; das ist nur ein Beispiel für die Sachen, mit denen ich mich herumschlagen mußte. Und dann tun die Leute furchtbar entrüstet und haben die Frechheit zu fragen, warum ich denn ein Junior-Zuhälter geworden bin.

Nun, lest einfach weiter, denn ich werde euch genau schildern, wie es dazu kam, und ich werde es auf meine Art tun. Die Zeitung hat mir angeboten, jemand für mich schreiben zu lassen, aber das habe ich mit der Begründung abgelehnt, dann wäre es nicht mehr wahrhaftig.

Ich bin elf Jahre alt, beinahe zwölf. Schon mit zehn wurde ich der berühmte Junior-Zuhälter, und das ist bestimmt rekordverdächtig, jedenfalls hierzulande. Inzwischen habe ich das Junior-Zuhälter-Dasein aufgegeben, und ich werde euch auch die Gründe dafür verklickern, aber um die zu erfahren, müßt ihr schon weiter diese Zeitung kaufen.

Benachteiligt

Ich wohnte mit meiner Mama und meinem Papa und meinem kleinen Hund Tango in einem hübschen kleinen Haus in Ashton-under-Lyne, einer Kleinstadt bei Manchester. Es gibt zwar ein paar heruntergekommene Ecken in Ashton, aber wir leben nicht in so einer, ganz und gar nicht, wir leben in einer der feineren Gegenden. Wir sind nicht besonders reich oder so, bloß nicht heruntergekommen, das ist alles. Ich erzähle euch das, damit ihr nicht denkt, ich sei dazu getrieben worden, Junior-Zuhälter zu werden, weil ich als Kind benachteiligt war.

Da liegt ihr völlig daneben. Ich war immer ziemlich gut in der Schule, besonders in Kunst, das ist mein Lieblingsfach. Ich zeichne gern, und zu meinen Hobbys gehören Fernsehen, Musik hören und Lesen. Ich war nie besonders fit in Sachen wie Fußball, Tennis oder Cricket, und Papa machte mich deswegen immer an, wann würde ich endlich ein richtiger Kerl wie die anderen Jungs? Aber davon abgesehen hatte ich eine sehr glückliche Kindheit verglichen mit anderen, zum Beispiel mit den Kindern aus der Shakespeare-Siedlung gleich hinter unserer Straße. Mama war anscheinend sehr sauer, als die Stadt die Siedlung bauen ließ, das sagte jedenfalls Papa immer, und sie wollte eigentlich sofort wegziehen. Sie sparten auf ein schöneres Haus in einer schöneren Gegend.

Mama sagt, es sei ein echter Witz, daß die Stadt die Siedlung nach Shakespeare und alle Straßen nach Figuren aus seinen Stücken benannt hat. Mama ist echt ein bißchen versnobt, ich hoffe, sie ist nicht sauer, daß ich das sage, wo ich ihr doch in letzter Zeit so viel Ärger gemacht habe, seit es raus ist, daß ich ein Junior-Zuhälter bin. Aber ich habe versprochen, die Wahrheit zu sagen, also muß sie einfach damit fertig werden, und sie beschwert sich ja auch nicht über das Geld, das ich für diese exklusiven Bekenntnisse kriege.

Ich wollte immer lieber mit den Kindern aus der Siedlung spielen, die waren nämlich viel lustiger als die Kinder aus unserer Straße, viel weniger langweilig. Es gab da besonders einen Jungen, mit dem alle abhängen wollten: Er hieß Paul Holland, aber alle nannten ihn nur Dutch. Er wohnte beim MacDuff Park, der ist schäbig und gar kein richtiger Park, aber dafür kann ja niemand was, außer vielleicht die Stadtverwaltung. Dutch war so alt wie ich, wirkte aber irgendwie älter, wenn ihr wißt, was ich meine, und er war Anführer einer Gang namens Die Parkas, weil sie alle beim Park lebten und diese langen Parkas trugen, sogar im Sommer. Man mußte einen haben, wenn man zur Gang gehören wollte. Ich bat meine Mama, mir einen zu kaufen, aber sie wollte nicht, waren ihr nicht fein genug. Aber ich wollte unbedingt, unbedingt in die Gang von Dutch, und ich tat alles, um bei ihnen rumzuhängen, obwohl sie sich immer über mich lustig machten und mich Willy Wheels nannten.

Nacktmagazine

Wir hatten Sommerferien, es war sehr heiß, und wir hatten nicht viel zu tun, außer vielleicht darüber nachzudenken, daß wir bald wieder zur Schule mußten. Wir hatten die Grundschule hinter uns, und ich glaube, das spornte Dutch ziemlich an, denn er schien immer verrückter, kühner und ausgeflippter in seinen Aktionen zu werden, je näher das Ferienende kam. Ich schätze, er hatte ein bißchen Schiß oder so und wollte die Zeit bis dahin noch richtig ausnutzen.

Ich werde euch erzählen, wie ich Mitglied der Parka Gang wurde, ohne daß ich eine dieser coolen Jacken brauchte. Ich fand Dutch und seine Kumpel eines Tages, wie sie auf dem kaputten Spielplatz herumhingen. Ich glaube, sie hatten mich bloß gern dabei, um sich über mich lustig zu machen, aber das war mir inzwischen völlig egal. Jedenfalls waren da diese Zeitschriften, die Dutch irgendwo aufgetrieben hatte. Nacktmagazine. Hatte ich noch nie vorher gesehen, jedenfalls nicht aus der Nähe, zum Angucken. Ich war baff! Gespreizte Beine und alles, Es waren zwar keine Hardcore-Hefte, aber ich hatte noch nie eine Frau gesehen, ich meine nackt, auch wenn das hier nur Fotos waren. Ich war nicht erregt, ich meine körperlich, und das wird später noch wichtig. Nein, es war einfach die Idee, die mich in Fahrt brachte. Ich war im Kopf erregt. Ich dachte nicht an Sex, wie Dutch und seine Kumpel. Die flippten total aus, rissen schmutzige Witze über die Frauen, protzten herum, wie groß ihre Dinger schon wären, und beschwerten sich, daß die Bilder nicht eindeutig genug wären. Ich war dagegen bloß fasziniert von den Formen, den versteckten Details, den Geheimnissen. Ich versuchte, so zu tun, als ob mein Ding auch größer würde, aber ich hatte keine Ahnung, wovon sie redeten. Ich glaube, ich war immer ein bißchen jung für mein Alter.

Ich fragte Dutch, ob ich mir eins der Hefte ausleihen könnte, und er sagte O.K., ich sollte bloß die Seiten nicht verkleben. Ich fragte ihn, was er damit meinte, aber er lachte mich bloß aus. Es machte mir nichts, wenn er mich auslachte, dann bemerkte er mich wenigstens.

Ich mußte es unter der Jacke ins Haus schmuggeln, damit Mama es nicht bemerkte. Es war schon schlimm genug, daß ich mit den Jungs aus der Siedlung herumhing, aber auch noch Pornos mit nach Hause bringen? Ich hatte einen Plan: Ich wartete bis zur Schlafenszeit, dann holte ich das Magazin raus und schaute es mir genau an. Danach holte ich meine Zeichensachen. Wie ich schon sagte, in Zeichnen war ich immer ziemlich gut, selbst, als ich noch ganz klein war. Jedenfalls komme ich am nächsten Tag wieder auf den kaputten Spielplatz mit dem Magazin in einer Plastiktüte. Ich gebe es Dutch zurück, und dann erzähle ich ihm, ich hätte selbst welche gemacht. Er fragt, was? Ich wiederholte, ich habe selbst ein bißchen Pornographie gemacht. Und ich hole diese vier Blätter aus der Tüte und verteile sie, für jeden von der Gang eins. Ihr hättet die Gesichter sehen sollen! Ich hatte mich nämlich an all die Sachen erinnert, die sie wirklich auf den Bildern sehen wollten, und genau die hatte ich gemalt, so naturgetreu, wie ich konnte. Was nicht besonders naturgetreu war, weil ich einige Details durcheinander gebracht hatte.

Aber Dutch war begeistert, ich bemerkte es, weil er immer wieder meine Zeichnungen anguckte und grinste und sabberte. Und so wurde ich ein echtes Mitglied der Gang, und deshalb stahl mir Dutch einen richtigen eigenen Parka, denn ich war ein Junior-Pornograph geworden! Ganz schön clever, oder?

Nuttig

Ich hatte einfach angenommen, Dutch hätte die Hefte im Zeitungsladen gestohlen oder aus der Heimwerkstatt seines Vaters, aber als er mir erzählte, wo er sie wirklich her hatte, da war ich doch echt verblüfft. Er hatte sie nämlich von seiner Schwester bekommen!

Ich hatte seine Schwester ein paar Mal gesehen, sie hieß Fiona und war siebzehn. Sie sah ziemlich gut aus, glaube ich, vielleicht ein bißchen nuttig, aber so sahen die meisten Mädchen in der Siedlung aus, ich glaube, das war Mode. Aber bei Fiona hatte man immer den Eindruck, daß es nicht bloß Mode war, sondern Lebensstil, wenn ihr wißt, was ich meine. Manchmal erschien sie mit einer Schramme auf der Wange, manchmal sogar mit einem blauen Auge. Sie konnte knallhart sein, wenn sie wollte, aber für mich hatte sie immer ein kleines Lächeln übrig. Die anderen Jungs versuchten sie immer anzubaggern, obwohl sie erst zehn waren und sowieso nicht gewußt hätten, was sie mit ihr anfangen sollten. Sie sagte ihnen nur, sie sollten das Maul halten und wiederkommen, wenn sie Männer wären. Bei mir dagegen war es anders: Ich habe sie nie angemacht. Ich glaube, sie hat mich einfach für einen kleinen Jungen gehalten, irgendwie unschuldig. Also lächelte sie mich an, und ich lächelte zurück.

Ich hatte dieses berühmte Lächeln. Ich wußte, daß ich es hatte, denn meine Onkel und Tanten nannten mich immer »den Lächler«. Ich konnte einfach nicht cool drauf sein wie die anderen Jungs, selbst wenn ich wollte. Wenn ich es versuchte, wirkte es bloß lächerlich, also gab ich es irgendwann auf, cool zu sein.

Fiona nannte mich sogar Liam, was überhaupt das Beste war. Sie machte sich niemals über mich lustig. Trotzdem war ich geschockt, als Dutch mir erzählte, daß sie ihm die Pornos gegeben hätte. Ich dachte, Mädchen könnten an so was gar nicht rankommen. Ich meine, ich wußte, daß Fiona leicht zu haben war – alle Jungs sagten das – aber Pornos! Also fragte ich Dutch, wo Fiona sie her hätte, und er antwortete, das brächte ihr Job so mit sich.

Ihr Job, dachte ich. Was konnte das für ein Job sein, der ein Mädchen an Pornos rankommen ließ, und überhaupt: soweit ich wußte, hatte sie gar keinen Job, denn sie hing an Wochentagen oft auf dem kaputten Spielplatz herum. Da erzählte mir Dutch, Fiona sei Prostituierte.

Ich war natürlich geschockt, wer wäre das nicht. Ich habe ihm zuerst nicht geglaubt, ich dachte, er macht einen blöden Witz. Es war aber keiner, wie ich ein paar Tage später feststellen konnte.

50 Pfund

Ihr müßt wissen, wir haben nicht viel mit unserer Zeit angefangen: Meistens hingen wir den ganzen Tag auf dem kaputten Spielplatz herum und redeten über Musik oder Fußball, und manchmal gingen wir die Hauptstraße runter und versuchten, was aus dem Laden an der Ecke mitgehen zu lassen. Dabei waren wir nie besonders erfolgreich, und das war einer der Gründe, warum ich so gern bei den Parkas war: Sie waren nicht wirklich böse, wie einige andere Gangs, von denen ich erzählen könnte.

Eines Tages lungerten wir vor dem Laden herum, nahmen unseren Mut zusammen, und ich weiß, es war schon ziemlich spät, weil ich dauernd auf meine Uhr guckte. Ich mußte zu einer bestimmten Zeit zu Hause sein, sonst würde Papa ausrasten. Er konnte ganz schön ausrasten und auch gewalttätig werden, aber meistens ließ er das an unserm Hund Tango aus. Ist mir egal, wenn alle Leute das wissen, es ist nun mal die Wahrheit. Es war schon echt komisch: Ich hatte ja diesen Parka an, den ich nicht tragen durfte; ich mußte ihn also draußen im Schuppen verstecken, mit meiner normalen Jacke rausgehen, diese gegen den Parka tauschen, und das Ganze wieder zurück, bevor ich wieder ins Haus ging. Ich dachte dauernd, wie schön es wäre, wenn man machen könnte, was man wollte, so wie Dutch oder Fiona. Ihren Eltern war es anscheinend völlig wurscht, was die beiden taten.

Also, wir hingen vor dem Laden herum, es wurde schon spät, bereits dämmrig, da kam Fiona aus der Kneipe gegenüber gelaufen. Sie hat einen Mann dabei, ein älterer Typ, echt fett und häßlich, und ich frage mich, was sie mit dem wohl zu schaffen hat. Dutch sagt zu mir, siehst du, ich hab's dir doch gesagt. Das ist ihr neuer Freier.

Niemals, sag ich. Der Mann und Fiona reden miteinander, ich sehe tatsächlich, wie er ihr Geld gibt, und dann hauen sie zusammen ab!

Wo geht sie hin? frage ich. Och, normalerweise gehen sie in ihre Wohnung, antwortet Dutch, oder auch bloß in eine dunkle Gasse, wenn der Typ nur einen geblasen kriegen möchte. Sie kassiert zwanzig Pfund für einmal Blasen. Zwanzig Pfund! sag ich. Klar, sagt er, und fünfzig für 'ne richtige Nummer. Fünfzig Pfund! rufe ich. Verdammt nochmal, das ist ja ein Vermögen! Und dann lachen sie mich mal wieder aus.

Aha! flüstert Dutch. Er schaut rüber zur Kneipe, wo dieser junge Kerl rausgekommen ist, ein echt fies aussehender Typ, enge Hosen, nackte Arme mit Muskeln und so. Wer ist das? frage ich. Das ist Melv, sagt Dutch. Melvin Flowers, Fionas Zuhälter. Ich frage, was ein Zuhälter ist, woraufhin sie alle richtig zu lachen anfangen. Willy Wheels! Willy Wheels! Weiß nicht, was ein Zuhälter ist! Und so.

Ich hatte das Wort natürlich schon gehört, aber es war einer dieser Ausdrücke, von denen ich nie wirklich rausgefunden hatte, was sie bedeuteten, vor allem, weil ich ihn bis dahin auch nie gebraucht hatte. Also erklärte mir Dutch, wie das Ganze funktioniert, daß dieser Typ Melv 70 Prozent von Fionas Einnahmen bekommt, und daß er dafür auf sie aufpassen, sie vor gewalttätigen Freiern beschützen soll. Und daß dieser Melv ungefähr fünfzehn Mädchen für sich laufen hat, und anstatt auf sie aufzupassen, verpaßt er Fiona meistens die Schrammen im Gesicht.

Dieser Melvin schaut also zu uns rüber, und Dutch winkt ihm zu, aber er kriegt bloß einen fiesen Blick als Antwort. Irgendwie erschien es mir nicht fair, aber stellt euch bloß mal all das Geld vor, wofür er praktisch nichts tut; und als ich in der Nacht wach lag, konnte ich an nichts anderes denken als daran, was er für ein Glück hatte.

Schrammen

In den nächsten zwei Wochen passierte nicht viel, und dann mußten wir wieder zur Schule. Ich verlor ein bißchen den Kontakt zu Dutch, denn als wir in die Mittelstufe kamen, veränderte er sich, er wurde ernster. Und wenn wir uns mal trafen, war es nicht dasselbe wie früher. Er wirkte plötzlich viel älter, ich schätze, er muß tatsächlich in die Pubertät gekommen sein, nachdem er die ganze Zeit bloß so getan hatte. Er hörte sogar auf, den berühmten Parka zu tragen. Manchmal ging ich zu dem kaputten Spielplatz und wollte die Gang dort treffen, aber sie waren fast nie da.

Ich ging trotzdem wieder hin, im Parka, falls sie doch da waren. Ich glaube, ich wollte bloß aus dem Haus, weil Mama und Papa sich inzwischen dauernd stritten, sie schrien viel rum und einmal schlug Papa Mama sogar. Aber ich war ein Einzelkind, und ich fühlte mich ziemlich hilflos, denn wie sollte ich Mama schon helfen, ich war doch für nichts zu gebrauchen.

Also hockte ich bloß auf dem kaputten Karussell und bemitleidete mich selbst, und dachte mir, daß Liebe, oder wie immer man das nennen will, wohl zu nicht viel nütze sei. Und wer taucht da auf? Fiona. Sie sah selber ganz schön übel aus, hatte wieder ein blaues Auge, schlimmer als sonst, und 'ne Menge Schrammen. Sie setzt sich also zu mir aufs Karussell, und wir reden erst mal nicht viel, hängen beide unsern Gedanken nach. Es war nett, einfach so da zu sitzen, als müßten wir gar nicht reden. Schließlich sagt sie: Das war's, ich hab ihn verlassen. Und ich wußte, wen sie meinte, ich mußte gar nicht erst fragen. Ich muß mir einen neuen Zuhälter suchen, sagt sie.

Mußt du einen neuen Zuhälter haben? frage ich.

Natürlich. Wer würde sonst auf mich aufpassen? Ich würde verprügelt werden.

Du wirst auch so verprügelt, sag ich.

Ich weiß, sagt sie. Schöne Scheiße, was?

Und dann fragt sie, was mit mir los sei, und ich erzähle ihr von meiner Mama und meinem Papa und dem ganzen Mist. Da kommt sie rüber auf meine Seite vom Karussell und setzt sich neben mich. Wir sind zwei echte Loser, was? flüstert sie, und da merke ich erst, daß sie heult.

Und ich kann nichts tun, als meinen Arm um sie zu legen. Wir müssen ein schönes Bild abgegeben haben.

Abgehauen

Eine Woche danach bin ich von zu Hause abgehauen. Ich war eines Abends spät nach Haus gekommen und hatte erwartet, Ärger zu kriegen, aber nein, Mama und Papa stritten sich schon wieder. Ich gewöhnte mich langsam daran, aber diesmal war es anders, schlimmer als je zuvor. Tango jaulte auch dazu, als wollte er mitmachen, und Mama heulte, und Papa schrie sich die Lunge aus dem Leib und schüttelte die Fäuste. Ich wußte, er brachte sich in Fahrt, um jemanden zu schlagen, entweder Tango oder mich oder noch schlimmer, meine Mama. Ich hatte einfach genug, also schrie ich zurück und fühlte mich gut dabei, denn es war das erste Mal, daß ich das geschafft hatte. Das brachte ihn eine Sekunde lang zum Schweigen, eine Sekunde nur, dann legte er um so lauter wieder los. Ich weiß auch nicht, irgendwie muß ich da innerlich einen Knacks gekriegt haben. Ich ging still auf mein Zimer, packte ein paar Sachen in einen Rucksack, ging wieder runter und raus durch die Hintertür. Keiner bemerkte, daß ich ging, nicht einmal Tango, und das war doch traurig. Aber ich mußte einfach so handeln, obwohl ich glaube, daß ich es eher tat, um auf mich aufmerksam zu machen, nicht, um wirklich abzuhauen.

Ich hatte keine Ahnung, wo ich hingehen könnte, außer auf den kaputten Spielplatz. Es war schon spät und dunkel, als ich da ankam. Ich hatte gehofft, Fiona würde dort sein. Seit dem ersten Mal hatten wir uns fast jede Nacht dort getroffen, bloß, um zu reden und ein bißchen miteinander zu lachen, und ich wußte einfach nicht, wo ich sonst hingehen sollte. Aber sie war nicht da. Natürlich hatte Fiona ihren Zuhälter Melvin nicht verlassen, das konnte sie schließlich nicht machen. Jede Prostituierte brauchte einen Zuhälter. Sie hatte mir erklärt, wie das System funktionierte, und daß es kein Entrinnen daraus gab, wenn man erstmal angefangen hatte. Ich glaube, darum vertrugen wir uns so gut – wir fühlten uns beide irgendwie in der Falle, schätze ich. Obwohl ich mir nie ganz sicher war, was mich eigentlich festhielt. Vielleicht bloß Langeweile.

Aber sie war nicht da. Ich hing ein bißchen herum, aber dann kriegte ich Schiß. Ich wollte nicht nach Haus, noch nicht, es war noch zu früh. Ich wollte, daß es meinen Eltern richtig leid tat, sich gestritten zu haben. Aber wohin sollte ich jetzt? Ich wußte nicht, wo Fionas Wohnung war, das hatte sie mir nie erzählt; ich glaube, sie hat das absichtlich geheimgehalten, weil es zum Zuhältersystem gehörte. Ich ging rüber zur Hauptstraße. Es war inzwischen so gegen elf, die Kneipen warfen ihre Gäste raus. Es war auch noch Samstag, so daß die Stimmung auf der Straße ziemlich rauh war, diese besondere Anspannung, kurz bevor ein Kampf lostobt. Ich schaute niemanden an, das ist die beste Methode, Prügel aus dem Weg zu gehen. Es war komisch, die harten Jungs wurden ganz still, wenn ich vorbeikam, so als wäre es ihnen peinlich, ein so kleiner Junge um diese Zeit auf der Straße. Ich sah immer sehr unschuldig aus, meine Mama war richtig stolz darauf, wie ich aussah, meine ich. Sie nannte mich Mamas kleiner Engel; ist das zu fassen! Kein Wunder, daß ich abgehauen bin. Ich hoffte jedenfalls, Fiona zu sehen, und ich hatte Glück. Na ja, nicht direkt Glück, samstags war schließlich ihre beste Nacht für Kundschaft. Ich hatte meinen Kopf benutzt, klar? Ich sah sie mit einem übereifrigen Kerl aus der Kneipe kommen. Mir fiel bloß ein, ihnen zu folgen. Aber erstmal wartete ich, ob Melvin auftauchen würde. Tat er natürlich, aber nur, um dem Typen eine Warnung oder so was mitzugeben, und dann drehte er sich um und sprach mit einem seiner anderen Mädchen, die einen Riesenaufstand machte, weil irgendein Besoffener ihr eine runtergehauen hatte. Ich folgte also Fiona und ihrem Freier. Es ging ganz leicht, es war dunkel und ich bin klein. Ich hielt mich im Schatten. Fionas Wohnung war sowieso gleich um die Ecke, über einem Zeitungsladen. Es gab einen Seiteneingang, den sie nahmen, und als ich an der Tür ankam, war sie natürlich verschlossen. Es gab ein kleines Klingelschilds mit ihrem Namen, das heißt, nur mit ihrem Vornamen, Fina, und ein Klingelknopf und so ein Lautsprecher, in den man auch reinsprechen kann.

Ich wußte nicht, was ich als nächstes tun sollte, also hing ich bloß so herum, wahrscheinlich, um zu warten, daß der Typ fertig wurde. Über dem Laden war ein Fenster, und dort lag Fionas Wohnung, weil da gleich das Licht anging. Ich sah, wie sie die Vorhänge zuzog, aber sie sah mich nicht. Ich mußte die ganze Zeit daran denken, was da oben jetzt wohl passierte. Alles, was ich kannte, waren die Nacktfotos und ein paar schmutzige Witze von Dutch und seiner Gang. Irgendwie konnte ich mir nicht vorstellen, daß Fiona so was Schmutziges machte, und da sieht man schon, wie unschuldig ich damals war.

Unschuldig

Ich muß da ungefähr zehn Minuten gewartet haben, als ich plötzlich einen Schrei hörte. Es war Fina! Ich sah zum Fenster rauf und bemerkte Schatten, die sich bewegten, und dann ging das Licht aus, und der Schrei verlor sich beinahe, so daß man ihn kaum noch hören konnte. Ohne nachzudenken rannte ich sofort zur Tür und drückte die Klingel. Ich hielt den Knopf gedrückt. Ich konnte die Klingel von oben hören, ein durchdringendes Geräusch. Ich hielt weiter meinen Finger drauf, bis er taub wurde. Und plötzlich hörte ich Fionas Stimme durch den Lautsprecher, Hilfe!, und der Summer ging und die Tür ließ sich öffnen. Irgendwie mußte Fiona an den Schalter rangekommen sein. Ich rannte die Treppe rauf. Nein, das stimmt nicht, ich ging die Treppe rauf. Ich hatte nämlich plötzlich Schiß, echt Schiß, wenn ich daran dachte, worauf ich gleich stoßen würde. Wo steckte der berühmte Zuhälter Melvin, war das nicht sein Job, seine Mädchen zu beschützen? Was konnte ich schon tun, ich war doch bloß ein Kind.

Am Ende der Treppe traf ich auf eine weitere Tür, die in ihre Wohnung führte. Die war nicht verschlossen, also machte ich sie vorsichtig auf. Ich konnte zuerst nichts sehen, weil das Licht immer noch aus war. Ich hörte von irgendwo Geräusche, aus einem anderen Zimmer, dachte ich, also ging ich in diese Richtung. Ich zitterte wie verrückt, aber was hätte ich sonst auch tun sollen? Fiona schrie wieder und rief nach Melvin: Sie dachte sicher, er käme, um sie zu retten. Mit mir rechnet sie bestimmt nicht. Ich ging in das Zimmer, Fionas Schlafzimmer. Stockfinster, aber meine Augen hatten sich inzwischen an die Dunkelheit gewöhnt. Jemand lag auf dem Bett, und jemand stand darüber gebeugt. Ich flüsterte Fionas Namen.

Fi...on...a...

Ganz leise.

Alles schien stillzustehen. Die stehende Person machte ein Geräusch und drehte sich zu mir herum. Fiona hatte es zur

Nachttischlampe geschafft, das Licht ging an, und ich konnte den Mann sehen, ein Riese, halbnackt und hatte seinen Gürtel in der Hand. Er kam auf mich zu, als wollte er jetzt mich damit schlagen.

Aber dann blieb er stehen.

Fiona rief laut meinen Namen.

Was ist hier los? pöbelte der Mann, in Wahrheit benutzte er Schimpfworte, die man in einer anständigen Zeitung nicht schreiben kann. Laß sie in Ruhe, forderte ich. Sei nicht so gemein. Der Mann lachte, bloß einmal, dann hörte er wieder auf. Er sah vor allem verwirrt aus, als sei ich das Letzte, was er erwartet hätte, und das war ich wahrscheinlich auch. Beinahe sah er selbst erschrocken aus. Dann nahm er sein Hemd und seine Jacke und ging – einfach so!

Abgefahren, oder?

Fiona stand auf und nahm mich in den Arm. Sie war fast nackt. Aber es war nett, einfach nur nett. Ich war nicht erregt, bloß froh, daß sie okay war, weiter nichts. Bloß froh, daß ich sie beschützt hatte. Sie ließ mich die Nacht bei ihr schlafen. Ich schlief im Wohnzimmer, auf der Couch. Nur, damit ihr nicht auf dumme Gedanken kommt.

Karriere

Ich glaube, so fing meine Karriere als der berühmte Junior-Zuhälter an, auch wenn mir das damals natürlich nicht bewußt war. Der fiese Typ hatte schon für seinen blöden Spaß bezahlt, und Fiona gab mir was von dem Geld, weil ich ihr geholfen hatte. Nicht viel, aber ich nahm es gern, ist ja klar. Am nächsten Morgen ging ich wieder nach Haus, das war Sonntag. Ich mußte natürlich einiges erklären, aber Mama war vor allem froh, mich wohlbehalten zurück zu haben. Papa versprach, daß er nie wieder streiten würde. Ich habe ihnen nicht erzählt, wo ich übernachtet hatte, ich habe bloß gesagt, ich hätte bei einem Freund geschlafen, und das stimmte ja auch fast.

Papa hielt sein Versprechen, jedenfalls eine Zeitlang. Sie wollten, daß ich von jetzt an abends zu Hause bleibe, aber ich sagte, das geht nicht, ich bin jetzt elf Jahre alt. Ich hatte nämlich in der Woche Geburtstag gehabt. Trotzdem tat ich ihnen den Gefallen, zumindest bis zum nächsten Wochenende. An dem Abend gingen sie aus: Das hatten sie seit ewigen Zeiten nicht mehr gemacht, Papa gab sich wirklich Mühe. Kaum waren sie zur Tür raus, war ich natürlich auch weg.

Ich ging direkt zu Fiona. Es war noch früh, und sie war zu Hause. Sie war allein und froh, mich zu sehen. Sie sagte, daß sie seit letzten Samstag nicht mehr ausgegangen wäre, und daß sie vom Anschaffen die Nase voll hätte. So nannte sie es, Anschaffen. Es schaffte sicher was ran, aber für wen? Den Zuhälter, schätze ich. Melvin. Er war vorbeigekommen, sagte sie, hätte gefragt, was los sei, wo sein Geld bliebe? Sie hatte ihm erzählt, sie sei krank, eine schlimme Krankheit, mit der man keinen Sex machen konnte. Natürlich hatte sie die Krankheit gar nicht, sie machte ihm nur was vor. Er sagte, in dem Zustand könnte er sie nicht gebrauchen, und sie sagte, gut, denn sie wollte aussteigen.

Ich überzeugte sie, daß sie nicht aussteigen wollte, sondern bloß Schiß hätte. Ich sagte, sie solle losgehen und sich einen Freier suchen, weil sie doch das Geld brauchte. Und wenn es Ärger gäbe, dann sei ich doch da, um sie zu beschützen – wie letzte Woche.

Das klingt jetzt so, als wäre ich sehr erwachsen. War ich wohl auch. Denn was mir in der Woche passiert war, hatte mich verändert. Es hatte mir ein paar Dinge über Erwachsene beigebracht, wie schlecht sie sein konnten und wie dumm. Wenn ich schon erwachsen werden mußte, dann wollte ich anders werden: Ich würde mein Leben in die Hand nehmen, wie die Leute in den amerikanischen Talkshows im Fernsehen immer sagten. Ich würde nicht so dumm sein wie andere Männer, das schwor ich mir.

Fiona war zuerst ein bißchen skeptisch, aber schließlich gab sie nach. Sie brauchte ja auch was zu beißen. Also machten wir einen Plan, und sie zog los auf Freierfang. Ich sollte mich im Wohnzimmer verstecken, bis sie mit dem, was sie so taten, fertig waren. Sie würde mich nur rufen, wenn es Ärger gäbe. Dann würde ich reinkommen und die Sache regeln.

Der erste Freier machte keine Probleme, der zweite auch nicht. Aber der dritte war ein härterer Brocken. Fiona rief also nach mir, und ich ging rein. Ich setzte meine perfekte Unschuldsmiene und mein berühmtes Lächeln auf. Ich lächelte diesen miesen Typen einfach an, so als wollte ich einen Stein erweichen. Und natürlich konnte er es nicht ertragen, er rannte weg. Ich glaube, die Freier konnten einfach nicht an Sex oder Gewalt denken, wenn ein kleiner Junge im Zimmer stand. Klingt das vernünftig?

Ist auch egal, es klappte jedenfalls. Ich verdiente in der Nacht eine Menge Geld, mehr, als ich je zuvor gesehen hatte. Das war nämlich Teil unserer Abmachung.

Neun Mädchen

So wurde ich also Junior-Zuhälter. Ich zog mehr oder weniger zu Fiona. Ich weiß, daß Mama und Papa meinetwegen die Polizei riefen, deshalb blieb ich die meiste Zeit in der Wohnung. Fiona kaufte ein. In der Schule waren gerade Osterferien, das ging also in Ordnung, und als die Ferien zu Ende waren, war mir die Schule herzlich egal. Fiona war deswegen sauer auf mich, aber was sollte sie machen, sie war auch nicht gerade eine Vorzeigeschülerin gewesen. Sie gewöhnte sich an meine Gegenwart. Ich war wie ihr kleiner Bruder, der kleine Bruder, der Dutch hätte sein sollen, wenn er nicht so blöd gewesen wäre.

Sie stellte mir ein paar der anderen Mädchen vor, und ich bekam einige Spezialaufträge von ihnen, wenn sie zu Freiern mußten, die ihnen früher Ärger gemacht hatten. Ich sag euch, wenn der kleine Junge auftauchte, machte niemand mehr Ärger. Schließlich kümmerte ich mich um neun Mädchen, das war natürlich klasse, aber ich mußte ganz schön jonglieren. Wir machten aus, daß alle schwierigen Freier in Fionas Wohnung kommen mußten, das heißt, Fiona wurde eine Madame, so nannte sie es, das ist französisch, oder? Ich blieb einfach da, manchmal ging ich nachts aus, ein bißchen Luft schnappen. Ich wurde gar nicht so oft gebraucht, die meisten Freier benahmen sich anständig. Aber ich war immer für sie da, für die Mädchen, meine ich, wenn sie mal Hilfe brauchten.

Fiona und die anderen Mädchen hatten sich so an mich gewöhnt, daß sie praktisch nackt vor mir herumliefen, als wäre ich Luft. Manchmal zeichnete ich sie, mehr oder weniger bekleidet. Sie hatten schöne Formen. Die einzige Regel bestand darin, daß ich ihnen nie dabei zuschauen durfte, beim Sex, meine ich. Wollte ich auch gar nicht. Natürlich mußte es irgendwann schiefgehen, und darüber erzähle ich euch im letzten Teil meiner Bekenntnisse, die ihr morgen in dieser Zeitung lesen könnt.

Erregung

Ich war insgesamt drei Wochen Junior-Zuhälter. Das hört sich nicht sehr lang an, aber wie lang wart ihr denn schon Junior-Zuhälter? Hm? Außerdem habe ich in diesen drei Wochen wirklich eine Menge erlebt und eine Menge Geld verdient. Aber früher oder später muß alles zu Ende gehen, auch die schönen Dinge. Jetzt erzähle ich euch also vom Ende meiner Karriere.

Die Polizei suchte immer noch nach mir. Ich hatte mein Gesicht im Fernsehen gesehen und in der Zeitung über mein Verschwinden gelesen. Aber die Polizei hat meine Karriere nicht beendet. Dutch hatte rausgefunden, was ich mit seiner Schwester am Laufen hatte. Er kam eines Tages vorbei und sah mich: Als ich ihm die Geschichte erzählte, auch ziemlich damit angab, also, das Gesicht, das er machte, war echt Gold wert. Nicht mal Dutch konnte sich einen abgefahreneren Plan ausdenken. Aber auch Dutch hat meine Karriere nicht beendet, er hat den Mund gehalten, das mußte er seiner Schwester versprechen.

Melvin, Fionas alter Zuhälter, saß im Knast, weil er irgendeinen Typen in der Kneipe zusammengeschlagen hatte. Hatte ihn ziemlich übel zugerichtet, deshalb hat er meine Karriere auch nicht beendet, er war aus dem Verkehr gezogen.

Nein, ich habe meine Karriere als Junior-Zuhälter selbst beendet.

Es war ein ruhiger Abend, ein Dienstag. Fiona und ich waren allein in der Wohnung, die anderen Mädchen brauchten mich an dem Abend nicht. Fiona wollte nicht ausgehen, sie sagte, dienstags sei sowieso nie was los. Ich sagte, sie müßte aber los, ich war schließlich der Boß. Es war zwar eigentlich nur so eine Art Spiel zwischen uns, aber sie behandelte mich inzwischen wirklich wie ihren Boß: Sie tat, was ich ihr sagte. Wir saßen in ihrem Schlafzimmer, sie lümmelte auf dem Bett herum und ich im Sessel. Sie trug noch ihre Hausklamotten, also sagte ich ihr, sie solle sich sexy anziehen. Ich sage euch, sie hatte ein paar unglaubliche Outfits. Sie stand auf und zog ihr T-Shirt aus, knöpfte ihre Jeans auf und zog sie runter. Ich saß bloß da und beobachtete sie, dachte, vielleicht sollte ich meine Zeichenmappe holen, als plötzlich etwas mit mir passierte.

Muß ich es buchstabieren? Ich hoffe, ich darf in einer anständigen Zeitung das Wort Erektion schreiben. Das war's jedenfalls, was passierte, ich bekam eine Erektion. Ich wurde erregt. Ich rutschte in den Sessel, um sie zu verstecken, aber je schärfer Fiona sich zurechtmachte, desto größer wurde sie. Sie schaute zu mir rüber, sah, daß irgendwas nicht stimmte, und fragte, was los sei. Ich sagte: Nichts, mach dich fertig! Aber dann sagte ich: Nein, mach dich nicht fertig, laß uns heute fernsehen, heute ist Dienstag, dienstags ist sowieso nie was los. Aber sie wollte nichts davon wissen, sagte, jetzt, wo sie schon fertig wäre, müßte es sich auch lohnen.

Also ging sie auf Freierfang.

Ich blieb allein in der Wohnung. Ich überlegte, was passiert war, versuchte es zu verstehen. Ich war kurz davor, ihn rauszuholen, ihr wißt schon, mein Ding, aber ich tat es nicht. Ich hatte Schiß. Schiß davor, was passieren könnte. Konnte ich sie jetzt noch beschützen, mit einem Steifen in der Hose? Irgendwann hörte ich schließlich Fiona die Treppe raufkommen, also verschwand ich wie üblich im Wohnzimmer. Ich hörte sie den Korridor zum Schlafzimmer lang gehen. Es war still, niemand redete. Manche Freier sind so, die reden nicht gern.

Ich wartete also, wie immer, versuchte ein bißchen zu lesen, aber ich konnte einfach nicht aufhören, mir vorzustellen, was da hinter der Wand wohl abging. Und je mehr ich mir vorstellte, desto schlimmer wurde es, meine Erregung, meine ich. Diese ganzen schmutzigen Bilder, die mir durch den Kopf gingen, wie im Kino. Nur für Erwachsene. Ich hoffte, daß heute abend alles glatt laufen würde, tat es aber nicht, denn nach ungefähr zehn Minuten rief Fiona nach mir. Ich wollte eigentlich nicht, aber ich schlich langsam ins Schlafzimmer. Mein Ding zuckte immer noch in der Unterhose. Ich stieß die Tür auf. Fionas Nachttischlampe war an, schön warm und rot leuchtend, und der Mann hatte sie ans Bett gefesselt. Ich wußte bei Fiona nie, wann es wirklich schlimm war, denn manchmal mußte sie schlimme Sachen tun, damit die Freier zufrieden gingen und wiederkamen. Aber wenn sie nach mir rief, dann war es wirklich schlimm, nicht nur gespielt.

Sie schrie jetzt wirklich, und der Freier kniete auf ihrem nackten Körper, voll angezogen, und schlug sie ins Gesicht, wieder und wieder, als würde er sie hassen oder so, als würde er die ganze Welt hassen, und Fiona hatte bloß das Pech, gerade in Reichweite zu sein.

Meine Erregung erstarb wie eine zermatschte Fliege. Natürlich erkannte ich den Freier sofort, sogar von hinten. Papa, sagte ich, ganz langsam und leise, als wenn ich es nicht richtig glauben könnte, und so war es auch. Er hörte sofort auf, das könnt ihr euch ja denken. Er drehte sich um und sah mich an, und die Überraschung auf seinem Gesicht, der Schock, das werde ich nie vergessen. Das Problem war, das machte ihn bloß noch wütender, die Überraschung, meine ich. Ich versuchte meinen üblichen Trick, unschuldiges Gesicht und Lächeln und so, aber das klappte jetzt natürlich nicht mehr. Ich meine, das war mein eigener Papa auf dem Bett, das dreckige Schwein!

Er sprang auf und kam direkt auf mich zu, mit erhobener Hand, als wollte er mich schlagen. Er warf mir irgendwas Schreckliches an den Kopf, als wäre ich schuld an seiner blöden Geilheit. Aber dann sah ich seinen Blick, den echten Blick, der irgendwie leer war. Und plötzlich begriff ich: Das Schwein erkannte mich gar nicht! Seinen eigenen Sohn! Er muß wohl vor Wut oder vor Lust, oder beidem, völlig außer sich gewesen sein; wahrscheinlich von beidem. Oder er wollte es einfach nicht wahrhaben, daß ich da war, vielleicht weil er sich schuldig fühlte.

Ich versuchte mich jedenfalls zu ducken, aber er hatte mich schon im Nacken gepackt. Er hob mich hoch, und ich bin überzeugt, er wollte mich gegen die Wand schmeißen. Ich bin ganz sicher. Also schrie ich echt laut seinen Namen, so laut ich konnte, natürlich nicht seinen richtigen Namen, ich schrie einfach PAPA!!!! PAPA, HÖR AUF!!!! In voller Lautstärke.

Und er hörte auf. Er hörte ganz plötzlich auf, hielt mich immer noch hoch, wie ein Baby. Dann ließ er mich ganz langsam runter. Er ging zum Bett zurück und brach tatsächlich darauf zusammen. Papa legte den Kopf in die Hände, sein Kopf fiel eher in die Hände, sein Körper schrumpelte richtig zusammen. Und dann fing er an zu heulen.

Falsch?

Ihr könnt euch denken, daß das das Ende meiner Laufbahn als Junior-Zuhälter war. Ich wußte nicht, was ich Papa sagen sollte, also schwieg ich. Statt dessen band ich Fiona los, und sie zog sich an. Ich war überhaupt nicht mehr erregt, kein bißchen.

Dann kam Papa zu mir und entschuldigte sich dauernd und

bettelte, ich solle Mama nichts davon erzählen, daß er bei einer Prostituierten gewesen wäre. Ich versprach es ihm, nur damit er den Mund hielt und endlich verschwand. Nachdem er abgehauen war, saßen Fiona und ich zusammen auf dem Bett und redeten fast gar nicht. Papas Geld lag auf dem Nachttisch, und sie bot mir tatsächlich meinen üblichen Anteil an, ist das zu glauben? Ich sagte ihr natürlich, wo sie sich das Geld hinstecken könnte. Dann sagte ich ihr Adieu.

Als ich nach Hause kam, war Mama außer sich vor Freude, mich zu sehen. Sie erstickte mich fast mit Küssen. Ekelhaft. Von Papa keine Spur. Mama wußte nicht, wo er steckte, und es war ihr auch egal, sagte sie. Ich hätte ihn nicht verpfiffen, hätte ich wirklich nicht, bloß Dutch mußte irgendwann das Maul aufreißen und irgendeinem blöden Journalisten von mir erzählen. Das gab einen Riesenaufstand, mit Zeitungsgeschichten und allen möglichen Leuten, die so taten, als wäre das der Untergang des Abendlands oder so was. Darum habe ich mich entschlossen, die wahren Bekenntnisse aus meiner Zeit als Junior-Zuhälter hier aufzuschreiben.

Jetzt ist jedenfalls alles vorbei. Ich wohne wieder zu Hause, bei Mama und Tango. Mama und Papa lassen sich scheiden. Ich gehe auch wieder zur Schule und versuche, den Stoff aufzuholen, den ich verpaßt habe. Ich möchte Künstler werden. Die Behörden können sich immer noch nicht entscheiden, ob ich was verbrochen habe. Was glaubt ihr – hab ich? Ich weiß es auch nicht, manchmal kommt es mir vor, als wäre das alles nie passiert, als wäre ich nie Junior-Zuhälter gewesen. Aber dann fällt mir wieder ein, was ich gesehen und getan habe. Mehr als jeder andere Junge in der Schule, sogar mehr als die, die schon Sex hatten oder das zumindest behaupten. Sie bewundern mich jetzt alle, weil ich berühmt bin, vor allem die Mädchen. Irgend so eine psychologische Expertin hat gesagt, es würde mich ein Leben lang beeinflussen. Das will ich auch stark hoffen.

Waffenschuppen

Eins der schönsten Dinge an der Kindheit ist, daß man Hobbys haben kann. Hobbys werden nicht danach beurteilt, wie pädagogisch wertvoll oder wie interessant sie sind; ob ein Hobby gut oder schlecht ist, hängt allein davon ab, wie viele *Teile* man dafür braucht. Briefmarkensammeln ist zum Beispiel zweifellos pädagogisch wertvoll, erfordert aber nur ein Album, Pinzetten, Klebefalze und eine Lupe, und damit hat's sich. Was die reine Anzahl von Teilen angeht, ist Angeln bei weitem das beste Hobby.

Für einen normalen Angelausflug eines durchschnittlichen Jungen braucht man Haken und Sinker, und Schwimmer und Schnüre, und Ruten und Rollen, und Kescher und Reusen, und komische Dinge wie das kleine Werkzeug, mit dem man den Haken aus dem Fischmaul zieht. Und all diese Einzelteile bekommen einen exakten Platz in einer der vielen Plastikschalen zugewiesen, und all diese Plastikschalen passen genau in den Weidenkorb, der gleichzeitig als Angelhocker dient.

Aber das beste Teil am Fischen ist der Köder. Damit meine ich ganz speziell Maden.

Man konnte die kleinen Viecher nach Gewicht kaufen, normalerweise in der nächsten Tierhandlung. Als wäre die Made ein Haustier. Es gab sie in allen Farben des Regenbogens. Das heißt: Irgendwo auf der Welt gibt es ein Kind, das auf die Frage »Was ist dein Papa?« stolz antworten kann: »Er ist Madenanmaler.« Man gab dem Verkäufer sein Geld, und er machte den großen Bottich auf, und da waren sie, Millionen Maden, und sie wanden sich wie verrückt. Er schaufelte deine Portion heraus und schüttete sie in eine braune Papiertüte. Die Tüte fühlte sich warm an und pulsierte leicht, und von dort schüttete man sie in eine Köderdose, die war aus Plastik und hatte einen Deckel. Manchmal gab es einen Tierfilm im Fernsehen, eine Zeitrafferaufnahme, die genau zeigte, wie diese Viecher in Sekundenbruchteilen ein Kaninchen verschlangen. Es dauerte ein bißchen, bis man danach seine Angst vor den Viechern überwunden hatte.

Aber bald schaffte man es, erst recht, wenn man erst mal ein paar mit dem Angelhaken aufgespießt hatte, direkt durch den Leib. Und man konnte so viel mit ihnen anstellen. Zunächst mal konnte man einen Haufen Maden aufs Wasser werfen, rund um die bunte Luftmatratze. Das sollte die Fische an den Haken locken. Noch besser war es freilich, eine Handvoll mit einer Schleuder übers Wasser zu verteilen. Was zu aufregenderen Varianten animierte, zum Beispiel Maden mit der Schleuder auf Freunde zu schießen. Dann gab es Wettbewerbe: Wer kann die meisten Maden essen? Und am besten war es natürlich, den Mädchen die Maden hinten ins Kleid zu stecken. Selbstverständlich ereilte Angeln bald das gleiche Schicksal wie alle anderen Hobbys: Man wurde älter und wandte sich erwachseneren Beschäftigungen zu. Und wenn das passierte, verschwand die ganze Ausrüstung – Rute und Korb, Rollen und Kescher, Köderdose und all die kleinen Teile, von denen man, um ehrlich zu sein, die meisten nie benutzt hatte – im Gartenschuppen.

Der Gartenschuppen war der traditionelle Ruheplatz entschlafener Hobbys, nicht nur der Kinder, auch der Väter. Er war bis zum Dach vollgestopft mit rostendem Werkzeug und alten Fahrrädern, mit kaputten Rasenmähern, mottenzerfressenen Blaumännern, einem Spaten ohne Griff, einem Griff ohne Spaten, unbeliebten Geschenken, Hockeyschlägern und platten Fußbällen, Marmeladengläsern voller Schrauben und Nägel, Stapeln verrottender Zeitschriften und all den nutzlosen Mitbringseln von Urlaubsreisen ans Meer.

Abgelegte Träume.

Mein Vater bewahrte seine Waffen im Schuppen auf. Als ich klein war, war der Krieg noch frisch genug, daß die Gedanken der Leute ständig um Erinnerungen an die Kämpfe kreisten. Die

Comics, die wir verschlangen, waren voll mit Wehrmachtssoldaten, die »Gott im Himmel!« und »Englischer Schweinehund!« riefen. Unsere Lieblingsbeschäftigung bestand darin, die großen Schlachten nachzuspielen, und ich schämte mich insgeheim, daß mein Vater im Krieg tatsächlich auf seiten der Deutschen gekämpft hatte. Das wußte ich, weil die ganzen Waffen im Schuppen den schrecklichen Adler trugen, und weil die Beschriftungen in deutscher Sprache waren.

Inzwischen weiß ich natürlich, daß mein Vater sie gefallenen Soldaten abgenommen haben muß.

Er hatte eine Pistole, eine Luger, glaube ich. Und ein Bajonett, ein Fernglas und ein paar Patronen, ungefähr ein halbes Dutzend Patronen. Manchmal schlich ich mich in den Schuppen, um mit diesen gewichtigen, verzauberten Dingen zu spielen. Das Fernglas habe ich bei einem Ausflug ans Meer am Strand von Blackpool verloren, und dafür wurde ich hart bestraft. Die Pistole und das Bajonett gaben wir ab, als die Regierung erklärte, man könne alte Kriegswaffen straffrei zurückgeben. Aber aus irgendeinem Grund wollte mein Vater die Patronen nicht abgeben, die sechs Patronen, ich weiß bis heute nicht, wieso.

Ein paar Wochen später, in der Guy-Fawkes-Nacht, als die letzten Nachzügler schon längst die schwelenden Überreste des öffentlichen Freudenfeuers verlassen hatten, ging mein Vater allein hin. Ich weiß nicht, was er vorhatte, wirklich nicht, aber ein paar Minuten später hörte man ein paar erschreckende Explosionen aus Richtung der Feuerstelle, und mein Vater kommt die Straße heruntergerannt, wild mit den Armen fuchtelnd.

Er hatte bloß die Patronen in die Glut geworfen!

Und am Morgen fanden wir über den ganzen Holzzaun verteilt die schwärzlichen Einschüsse. Ich glaube, zu der Zeit fingen die Leute in unserer Straße an, über meinen Vater zu reden.

Jetzt, wo er vom Fieber des Ausmistens gepackt war, ging er eines Tages entschlossen auf den Schuppen los und kündigte an, er werde den ganzen Müll ein für allemal loswerden. Er wühlte stundenlang im Schuppen, und vor der Tür wuchs der Müllberg. Wir Kinder verloren schnell das Interesse an der Sache, bis wir plötzlich einen Schreckensschrei aus dem Schuppen hörten. Mein Vater kam herausgerannt, verfolgt von einer Wolke, von einer schwarzen, summenden, lebendigen Wolke.

Er hatte die Köderdose geöffnet. Die Köderdose hatte wochenlang im Schuppen geruht, die Maden hatten sich zuerst in hartschalige Puppen verwandelt und dann in diese gierige Wolke, die eine Sekunde lang das entsetzte Gesicht meines Vaters umschwärmte, bevor sie sich schließlich davonmachte. Verstreute Asche, die zur Sonne entschwebte.

Homo Karaoke

Alle Systeme in Betrieb! Ich bin Girlforce 7 vom weltberühmten DUFTSCHWERT-*Team. Mit meiner coolen Trickhandtasche bin ich die größte Unbesiegbare. Hör vor allem auf mein tödlich giftiges Liebeslied! Spiel mit mir. Gemeinsam retten wir Moonchester von ansteckendem Bösen.*

Heute nacht trägt die Stadt den Duft der Dreckigen Schlampe und das dazu passende Outfit. Der Regen hat aufgehört, die Straßen haben feuchtes, fettiges Haar, Schmutzfasern verstopfen die Kanalisation. Alle Flyer zu sämtlichen Partys aller Zeiten werden im Abfluß des Lebens zusammengeschwemmt. Ich stehe auf dem Balkon von Cubteks Club und halte mir mit der Hand den Mund zu. Hoch über mir strahlen die Laser vom Dach und malen eine dunkle Wolke farbig, ein Chamäleon des Beats. Ich bin rausgegangen, um Luft zu schnappen, aber sogar die Musik hat Probleme mit der Hygiene; man kann ihr nicht entkommen. Es ist mein erster Gig in Manchester, und die ganze Stadt ist ein riesiger stinkender Arsch von Lautsprecher, kein bißchen

Kick. Von meinem Herausforderer keine Spur. Ich gehe zur Brüstung und schaue hinunter, ein Meer von Menschen strömt aus dem Club, epileptisch zuckend im stotternden Licht. Hinter dem Club fließt ein gesäuberter Kanal. Ein paar Tische, Stühle, Sonnenschirme, alle klatschnaß, aber egal; wichtig sind die kleinen Regenpausen, man muß lernen, in ihnen zu leben. Wolken von billigen Kaufhaushormonen steigen von den jungen Körpern auf. Ein Mädchen schreit. Ein anderes schüttet einem Kellner ihren Drink ins Gesicht; die Flüssigkeit geht glatt durch ihn hindurch und hinterläßt schimmernde Wellen. Ein Junge fällt ins Wasser. Alles total Fleischcore, sehr Mensch an Mensch, und ich muß mich anstrengen, um nicht zu würgen.

»Benötigen der Herr Hilfe?«

»Was?« Ich drehe mich um: Ein Kellner grinst mich an.

»Ist es die Feuchtigkeit, mein Herr?« Sein Gesicht zuckt heftig, buckelt wie ein schlechtes Kurvendiagramm.

»Mir geht's gut«, sage ich.

»Vielleicht einen Drink? Zur Beruhigung? Auf Kosten des Hauses?«

»Laß mich in Ruhe.«

»Junger Mann, ich wünsche Ihnen viel Glück für heute abend.«

Ja, sicher. Betonung auf *Mann*, ist das klar? Ein letztes Nicken, dann verschwindet er, flackert vorher ein paar Mal zwischen an und aus. Scheiße, immer noch Viren im System, das hat mir gerade noch gefehlt. Eine heruntergekommene Straßengang stolziert auf den Balkon. Ich fühle mich schon angespannt genug, werde es einfach nicht los, ich denke, das hier ist der VIP-Bereich, nur für DJs? Die Jungs umringen mich, drängen mich in die Ecke, reißen Witze: Von mir wird nur ein Haufen geschmolzenes Vinyl übrig bleiben, wenn der Killer Housebass mit mir fertig ist. Einer schlägt zu, ein harter, herausfordernder Schlag auf die Schulter. Es würde mir nichts ausmachen, schließlich bin ich auch bloß so alt wie sie; bloß ein Junge von

Nirgendwoher. Ich schaue aufs gegenüberliegende Dach, jenseits des Kanals, suche nach dem Glitzern des Sicherheitsdienstes, hey, schickt ein paar Freezer-Strahlen hier runter! Aber die Kameras sind blind und die ganzen Schläger auf LocoGras. Noch mehr Hänger im System. Oder vielleicht ist der ganze Laden gegen mich. Nie hast du Scheiße am Hacken, wenn du sie brauchst, aber sonst jede Menge. Das könnt ihr auf meinen Grabstein schreiben, wenn ich heute nacht verliere.

Und wieder fängt es an zu regnen.

Alle Systeme in Betrieb! Ich bin M. O. R. phin vom sehr berühmten DUFTSCHWERT-*Heldenteam. Mit meinem speziellen Lautsprecherblick verstrahle ich die Kraft des EeZeeListening. Alle Superschurken werde ich mit Death Lounge einlullen. Spiel mit mir. Gemeinsam wehren wir Angriff von bösem Skinvader ab.*

Erst heute morgen in Manchester eingetroffen, Zelte im Piccadilly Hotel aufgeschlagen, Zimmer bezahlt, wie versprochen, mit allen Extras. Getrennte Zimmer. Lassen wir's erstmal dabei. Margo hat sich gleich die volle Packung gegönnt: Fitneßstudio, Sauna, Massage und dann gnadenloses Mittagstrinken an der Hotelbar, alles auf Clubrechnung. Sie weiß, was das für Folgen hat, aber wie gesagt, lassen wir's erstmal dabei. Ich sitze oben in meiner Zelle und gehe die möglichen Tracks für heute nacht durch, sehe nach, ob die Geister glücklich sind, prüfe die Waffen.

Zehn nach eins, ich sehe mal nach Margo. Sie ist besinnungslos, tief im Nebel versunken. Neben dem Bett das übliche häßliche Besteck. Und lauter gebrochene Versprechen. Ich küsse sie auf den Mund. Wie weicher geräucherter Pfirsich riecht ihr Atem. Sie wacht vom Kuß auf, öffnet langsam die Augen.

»Gut hier, oder?« flüstert sie. »Hier in der Stadt?«

»Es ist toll, Margo. Wirklich toll.« Sie ist noch gar nicht aus dem Hotel rausgekommen. »Jetzt schlaf erstmal ein bißchen.«

»Sing mich in den Schlaf; nur einmal.«

Was soll's; ich singe ihr Lieblingslied, das über die Natur der Engel und das Gewicht der Wolken, und als ich fertig bin, sagt sie: »Vergiß den Deal nicht, Duft. Mach deine Sache gut.« Und mit einem langsamen, langsamen Lächeln versinkt sie wieder im Vergessen.

Klare Sache, der große Deal: Margo fährt den Wagen, Margo trifft die Entscheidungen, macht Auftritte klar, führt die Gespräche, zählt das Geld. Margo macht sich die Hände schmutzig, meine bleiben sauber. Aber was ist mit dem Deal des Herzens, Margo? Der dumme, nie unterschriebene Deal mit dem Herzen. Wie lange wird sie's noch machen? Wenn ich nur heute absahnen kann, den Gewinn einstreichen...

Ja, und lauter andere Versprechen.

Wir sollen um zwei Uhr zum Soundcheck im Club sein. Ich muß da echt hin, die Decks haben sicher ganz andere Ausmaße als meine üblichen. Ich rufe die Rezeption an und bestelle für vier Uhr einen Weckruf für Margo, dann mache ich mich auf den Weg, zu Fuß allein durch die Stadt. Durch das verstopfte Herz. Der Regen entschließt sich zu fallen. So fängt es an.

Der Club ist in der Whitworth Street, halb Backstein, halb Chrom. Nur ein Wort in rosa Neon, *Dubtek*, nicht angeschaltet. Weggeworfene Flyer liegen im Eingang. Mein Gesicht liegt da auf dem Boden, eine Handvoll meiner Augen, verstreut und schon vom Regen aufgeweicht. Ich und mein kleines Satellitentalent, wir treten heute, in der Sei-dein-eigener-DJ-Nacht, gegen das Hausteam an. Neunzehn Jahre alt, leichte Auflösungserscheinungen, nur von der Musik zusammengehalten.

Ich zerfasere.

Ein Typ läßt mich rein, und ich merke sofort, daß irgendwas nicht stimmt: Eine verwirrte Technikerin rennt mit Funken im Haar herum. Die Lichter geben auf, zerspringen wie kaputte Sterne, und über der Tanzfläche hängt der Geruch von verbranntem Fleisch. Und dieses Zittern, als ob mich das Gebäude abcheckt, auslacht, sich nähert. Die Technikerin kommt zu mir; ich sage ihr, wer ich bin und was ich will. »Soundcheck?« sagt sie. »Ich glaube nicht, so wie es hier läuft.«

»Wo ist das Problem?« frage ich. »Ihr habt doch keinen Virus?«

»Red keinen Quatsch. Wir sind rein wie die Jungfrau. Nee, ist bloß so eine technische Sache, wird heute abend geklärt sein, alles im Griff. Aber wie gesagt, kein Soundcheck, Kumpel. Du mußt halt blind fliegen. Wie war noch dein Name?«

»DJ Duftschwert. Viermal regionaler Champion.«

Sie sieht mich an, als wäre ich schon eine Kleinstadtleiche. »Hier in der Großstadt läuft alles ein bißchen anders. Niemand hat ihn je besiegt, klar? Nicht ein einziger. Skinvader ist ein Psychopath. Der frißt dich lebendig. Aber irgendwann ist immer das erste Mal, oder? Es gibt immer ein erstes Mal.« Und sie lacht wie eine Irre. »Muß arbeiten.« Sie läßt mich am Rand der Tanzfläche stehen. Die Luft wird dicht um mich herum, sie spürt mein Herz.

Da hätte ich gleich abhauen sollen.

Stattdessen…

Ich meine, allein die Größe der Tanzfläche, der Umfang, der dunstige ferne Horizont der Tanzfläche. Ich betrete die Bretter, irgendwie ängstlich, fühle, wie die erstklassige Federung meinem Gewicht sanften Atem verleiht. Um mich herum an den Wänden schimmert voller Sehnsucht die Projektoranlage. Jemand probiert eine Platte aus, schießt ein Loch in die Luft, in dem der Baß herumstreunt. Er haut dir in den Magen wie ein Tiefseetraum; die Höhen breiten glitzernde Flügel aus und lassen deinen Kopf klingeln.

»Was meinst du? Bißchen besser als im Blazer's, oder?« Na klar, es ist Margo, sie beugt sich rüber und flüstert über die Musik hinweg.

Irgendwie schafft sie es immer. Frisch aus dem Taxi sieht sie so aus, als sei sie niemals weg gewesen. Was soll ich dazu sagen?

Blazer's war der Club, wo ich mein Handwerk gelernt, meine ersten Babys aufs Parkett geschickt, meine ersten Geister beschworen habe. Die öde, vorstädtische, lange dunkle Disco für die Seele.

Und dies ist das Mutterschiff. Unter den zuckenden Lampen in der Musik, die sich in krankes, dunkles Knistern verwandelt, während Margo näherkommt, um mich zu küssen…

Alle Systeme in Betrieb! Ich bin Ninja Lizard Tongue von den Duftschwert-*Akrobaten. Meine Antwort ist giftiges Quecksilber, ich jage alle bekannten Feinde in klebrigen Tod. Skinvader ist nichts als eine Stubenfliege, die ich mit HipHop-Kammerjäger-Taktik kriege. Spiel mit mir. Komm und sieh. Wir verbreiten Pest mit Poesie.*

Heute abend ist dieselbe Tanzfläche ein Tempel von Schweiß, Lärm, Enge, schwitzend lärmender Enge, aromatischen Beats, Herzschmerz, nacktem Fleisch, benebelten Köpfen, verschüttetem Bier, befleckter Liebe. Ich dränge mich durch das Chaos, durch das feuchte Tanzfleisch, es macht mich klebrig. Die Leute erkennen mich von den Flyern wieder, was ich selbst kaum begreifen kann. Sie greifen nach jemand anderem, rufen jemand anderem Schimpfworte zu, einem Fremden, der in dieser kratzigen Hülle herumhängt.

Der Anheizer-DJ spielt nur Hits, kein Risiko, alles von Menschenhand. Ab und zu läßt das Licht für eine Sekunde nach, die Musik setzt aus, und die Masse hängt im Quantensprung-Modus.

Scheiße!

Ich hätte nie vor dem Gig auf die Tanzfläche gehen sollen, erst recht nicht vor so einem Riesengig, noch dazu auswärts. Margo ist auch da, tanzt wild in der Menge, ihr Gesicht ein Tachometer der Ekstase, und das, wo sie sich doch eigentlich um mich kümmern sollte. Es sind zu viele zustechende Hände, zu viele schreien *Verpiß dich* in mein Ohr, ich kann den richtigen Weg nach vorn nicht mehr sehen, also drehe ich mich um…

Drehe mich um, versuche es zur großen Tür zu schaffen zur Tür es zur Tür zu schaffen werde runtergezogen versuche es zur Tür zu schaffen werde runtergezogen da schwingt der Strahl eines Türstehers rüber Eiswellen alle Tänzer um mich herum frieren plötzlich ein auch ich stecke in der kalten Zange dieser Zeitlupenladung Jungle jetzt renne ich lauwarmes Fleisch Rauch *zu viele verdammte Löcher in meinem System!* direkt in die Arme des Sicherheitsdienstes und die Stimme des MC dröhnt durch die Lautsprecher …

Hier kommt der Soundclash!

Alle Systeme in Betrieb! Ich bin Metal 6-String Boy, gehöre zur Duftschwert-*Crew. Mit meinem Gitarrengeist-Zauber schalte ich jede bekannte Form von Moonchester Wahnsinn aus mit tausend stählernen Riffs. Gemeinsam erdrosseln wir böse Skinvader Todesbeatschwadrone. Spiel mit mir. Laß Gräber im Lärm explodieren!*

Sie schnallen mich in die DJ-Maschine. Es ist dunkel in der Kabine, die Welt rückt näher. Mein Herausforderer ist ein wirbelnder Schatten auf dem gegenüberliegenden Stuhl, er dreht sich weg von mir. Keine Margo. Ohne sie fühle ich mich verloren, es ist einsam, unterzugehen und keine Hand zum Festhalten zu haben, egal, woraus sie gemacht ist. Die zwei Turntablegesichter blicken mich an, sie drehen sich schon, ich rufe Margos Namen, aber meine Hände bewegen sich von allein auf das Auf und Ab der Rillen zu und liebkosen sie. Das Visier schließt sich um meine Augen, meine Finger drehen sich mit der Platte, dann meine Hände, sie versinken im weichen, schmelzenden Vinyl, und dann bin ich durch … … in der Musik, die aus tausend Lautsprechern strömt.

Alle Systeme in Betrieb! Ich bin Godzilla Bass Teil der irren Duftschwert-*Kampfbeat-Crew. Ich kreise im Orbit, hochschwanger mit megatiefen Vibrationen. Spiel mit mir, fühl mächtige Erdstöße tief im*

Bauch, Boom! Boom! Boom! Gemeinsam vernichten wir alle niederen Musikmonster!

Alles ist ruhig, schwebend, bereit, erwartungsvoll bebend. Unter mir, meilenweit weg, die Tanzfläche; ein Schäumen von Gesichtern, ausgestreckten Armen, kreischenden Stimmen. Ich hänge über ihnen, riesig von Gestalt, bestehe aus überkreuzten Wissensstrahlen. Ich schwinge meinen vergrößerten Arm nach unten, er streicht durch die Menge wie eine Wellenlänge. Manche zucken zurück, andere lassen die Illusion kühn durch ihren Körper schneiden. Was geht's mich an? Ich bin der allmächtige Godzilla Bass vom Duftenden Schwert. Noch nichts zu sehen von Skinvader, die Tanzfläche gehört mir, also schicke ich ein knurrendes Riff hinunter, das sie zum Tanzen bringt, ein so tiefer Angriff, daß sie sich bewegen müssen, auch, wenn er vom Gegner kommt. die Lichter im Club brennen durch und zerspringen, eine winzige Dunkelheit, Bruchteil einer Sekunde, ein kurzes Stottern im Beat, bis das System wieder anfährt, und hier bin ich, zerteile die Luft mit Bassklingen, ich liebe diesen Flash.

Jubel brandet auf, Kriegstrommeln ertönen. Ein Bass antwortet meinem, aber tiefer, zahngesäumt. Skinvader schiebt Donnern vor sich her und erwacht zum Leben; wild, dunkel, datengesättigt. Langsam schlagende Beats nehmen Gestalt an; ein riesiges Herz pumpt. Zärtlicher Blutschalldruck. Der Club zittert vor Wut. Nachtschwarze Flügel wachsen aus dem Herzen, lassen den Drachenbass höher steigen. Das Herz bricht auf und überschüttet mich mit Sternen, eine Melodie der Klingen. Schmerz durchströmt mich wie Sonnensaft. Taumelnd rufe ich Metal 6-String Boy auf, der verzerrten Funk aus seiner Geistergitarre kratzt. Wirf den Funk ab und hoffe, den Rhythmus kleinzubomben.

Skinvader mutiert; ein Nebelschwall psychedelischer Stürme, die sich in Flüstern auflösen. Jetzt verwandle ich mich in Ninja Lizard Tongue; ein uraltes Led-Zeppelin-Drumloop,

HipHop Psycho mit Schrotflinte. Schnellfeuer, scharfe Worte, ich disse den Haus-DJ, den Club, und alle, die darin tanzen. Skinvader ist Turntablenebel, getroffen von Musik, wieder und wieder. Die Leute kommen mit diesen Beats nicht klar, die ich ihnen runterwerfe. Da unten herrscht der kalte Wahnsinn. Jetzt killen wir ihn: Ich rufe M. O. R. phin, er schwebt auf kühl schimmernder Brise herein, mit Vibraphon und Fingerschnippen. Es ist sanft, es ist weich. Es ist ein Schlafzauber: Skinvader schmilzt dahin, sucht nach Schlummer. Jetzt versammle ich alle meine Monster und baue aus ihnen einen Wolkenkratzer, ich bin das Empire State Duftschwert! Ausgestrahlt durch die Außenanlage breche ich aus der Disco aus. Regen streichelt meinen Körper, doch mein Kopf ist über den Wolken. Mächtig inmitten der Straßen und Lichter und der fernen Berge, wo ich einst mein kleines Leben lebte. Aber das war im Gestern: Heute verneigen sich alle vor meinen 97 Millionen Stockwerken!

Ich bin von meinen eigenen Träumen eingelullt, als der Gegnerbass sich schlängelt, erdkerntief, und seine Drums sich aufbäumen, eine rasende Epidemie, die den Tanzenden durch die Venen fährt und ihre Energie anzapft. Der Sound springt wieder um, wird eine Schwertfisch-Lokomotive, eine Dampframme, zerstörerisch. Die Explosion trifft mein Gebäude im Nervenzentrum; lebenswichtig. Autobahn unter der Schädeldecke. Kopfknall. Ich stürze krachend zusammen, sehe nur noch die Decke des Clubs, alle Lichter siedend hell. Tanzende stürmen durch die eingestürzten Zimmer meines Körpers, zerstreuen sie jubelnd.

Es ist passiert. So leicht.

In gebrochenen Farben schwebend hängt Skinvader triumphierend an den Lichtstrahlen, wechselt die Gestalt: ein Pferd, ein Hammer, ein Springmesser, ein Wespenschwarm, eine Rakete; jede Gestalt hat ihre eigene schreckliche Melodie. Schließlich hängt eine riesige Schlange über mir, ein giftiger Song tropft aus ihrem Maul, jeder Tropfen frißt sich durch meine Wände.

Bis nur noch eine Person in meiner Vorstellung übrig ist, und ich fühle, wie sich Margos langsame, ausgebrannte Gefühle mit meinen vermischen. Aber sie lächelt; ich weiß nicht, warum. Sie flüstert. Die Lichter flackern noch einmal, die Strahler taumeln, die Zeit lahmt. Ich verstehe alles in diesem gedehnten Augenblick, verstehe, daß auch im Versagen ein Rhythmus liegt: Licht, Projektion, Musik… In der winzigen Stille, die folgt, rufe ich mit letzter Kraft Girlforce 7. Die Musik springt wieder an, die Zeit wird normal, weg bin ich, verschwunden. Die Schlange zischt umher, sucht. Aber ich bin klein, bin zart. Ein Engel im Dub. Ich bin das kleine Mädchen, das dir Gift ins Ohr singt, wenn niemand hinsieht…

Binde dir ein Wolkenpaar
rechts und links ans Haupt
Streu Regentropfen dir ins Haar
und der Himmel wird deine Braut
der Himmel wird deine Braut.

Jetzt zerren sie mich nacktes Fleisch aus der DJ-Maschine, was geht hier ab? Alles dunkel, drinnen und draußen, die Menge tobt irgendwo weit weg, mein Herausforderer liegt auf dem Boden der Kabine, Rauch steigt aus seinem schmächtigen, zuckenden Körper. In dieser Welt kann er nicht älter als zehn sein. Auch ich zittere, so schlimm, daß ich nicht mal Schmerz spüre, als mich jemand schlägt. Aber Margo ist da, sie ist immer da, wenn ich sie brauche, verlangt das Geld, die Trophäen. Jemand bietet mir einen Job an; Margo sagt, sie sollen ihn sich sonstwohin stecken, und das ist auch gut so, jetzt, wo ich dieses neue Ding in mir trage, wach für all meine Bedürfnisse…

Alle Systeme außer Betrieb. Ich bin Skinvader Todesbeat, neuestes Mitglied des allerbesten Duftschwert *Music Teams. Mit den Waffen des Melodie-Chamäleons bin ich bereit für jeden Kampf. Spiel dein nächstes Spiel mit mir. Wir machen aus Mondchester ein DJ-Paradies. Tod allen Herausforderern.*

Wir bleiben nicht mehr über Nacht, packen bloß die Taschen, checken aus, fahren los. Margo muß die ganze Zeit lächeln, ihr Mund fest in Freudenhand, während ihre Hände langsam übers Steuer gleiten. Wir sind raus aus der Stadt, folgen den beiden Lichtschlangen zurück in die Berge. Draußen ist alles ruhig, die Nacht huscht im Regen vorüber.

Wir reden nicht viel. Wir sind beide in unsern eigenen Gefühlen gefangen, im Staunen verloren. Bis wir die Bergkuppe erreichen und Margo anhält. »Ich kann nicht mehr fahren, Duft«, sagt sie. »Du mußt uns nach Hause bringen.« Klar. Sie steigt aus, zerbrechlich wie ein Geist, geht ein paar Schritte in die Dunkelheit. Ich folge ihr, greife nach ihrer Hand, die sich auflöst. Wir küssen uns im Mondlicht, ich lasse ihre Seele in mich zurücksickern. Eine tränenfeuchte Kadenz. Dann bin ich allein.

Ich gehe zum Auto zurück, beladen mit Schönheit.

Dub Karaoke

(Electric Haiku Remix)

Fließende Ruhe
Auf fluchtzitternden Wellen
Disco vergrößert

Den Groove entschlüsseln
Knistertanz spuckt und vermischt
Duft der Illusion

Apparate beatweich
Verzauberung durch Rhythmus
Schillerndes System

Saftig knallt der Bass
Weich dreht der Plattenteller
Kaleidodelisch

Nadelsprung Kopffeuer
Der Minutenbeat mutiert
operiert am Herzschmerz

Unsichtbarer Funk
Psychosonischer Engel
Zieht aus dem Zischen

Belegt die Zunge
Das kleine Mädchen flüstert
Giftiges Schlaflied

Sender Tränenfeucht
Schickt Düfte in den Äther
Verloren im Schnitt

Der Remix küßt dich
Zerstäubt die fremden Geister
Hochzeit mit dem Himmel

2. TEIL

Flirt mit dem Fieber

Käferkompaß

Tssss! Wie der Geschmack von Sonne auf dem Gaumen eines Kindes war die helle Feuerzunge, die aus dem Bauch des Kerzenkäfers zuckte. Die schnelle, kurze Flamme, die aus dem Kanal an der Unterseite zischte. *Tssss!* Ein Warnsignal, ein Paarungsruf, auch eine Waffe, und vor allem ein toller Fang für zwei Jungen, golden wie der Sommer, denen der Kopf leicht war von den endlosen Ferien. In meiner Erinnerung waren wir den ganzen Sommer auf der Jagd nach dem knisternden Funken, nach den winzigen Explosionen, die im schulterhohen Gras herumgeisterten.

Tssss!

»Hierher! Schnell! Hierher!«

»Nee. Weg. Haben ihn verfehlt.«

»Mist!«

So trieben wir durch die langen Tage, an denen der Sommer ewig auf den Spitzen des Rauchgrases schwebt, an denen die Schule tausend heiße Meilen entfernt ist. Drei Wochen, vier Tage, vierzehn Stunden entfernt, haargenau abgezählt, auch wenn die Zeit in der flimmernden Hitze verschwand. Wir sagten, es sei heißer als in der Achselhöhle eines Kolibris und lachten uns tot, aber am heißesten war das Feuer, das der Kerzenkäfer aus dem Arsch sprühte. Und jetzt stellt euch zwei Jungs vor, sieben und zehn Jahre alt, die wie verrückt mit Netz und Marmeladenglas durch die Gegend rannten, auf der Jagd nach den Rauchwölkchen, die langsam sonnenwärts schwebten.

Das Finden war leicht, man mußte nur den Rauchfahnen folgen, den Funken und Blitzen, dem verführerischen Geruch. Das

Sammeln war schwieriger, die Käfer zu fangen, bevor sie ihre Panzer aufklappten, die gefalteten Häute ausrollten und wegflogen.

Tssss!

»Hierher! Hierher!«

»Nein, hier!«

»Hab ihn! Ja!«

Eliot war volle drei Jahre älter als ich und auf diesem Feld ein Veteran mit zahlreichen Verwundungen: Seine Hände trugen unzählige Brandnarben. Sein Glas war immer voller Feuer, in meinem zuckten dagegen nur ein oder zwei Funken, aber mir war das ganz egal, ich hing gern an seinem Hemdzipfel. Wir wohnten beide in der nahegelegenen Shakespeare-Siedlung, und dorthin stiegen wir beide mit unserer Beute hinab, zwei grasbefleckte Krieger. Ich weiß auch nicht, das klingt alles nach Kinderkram, aber ich hatte das deutliche Gefühl, bald würde das alles vorbei sein. Eliot redete schon über Mädchen, als wären sie was Besonderes. Vor allem von einem Mädchen, Valerie, erzählte er dauernd. Ich glaube, indem ich sein Interesse an der Käferjagd wachhielt, klammerte ich mich an irgendwas.

Eliots Onkel kaufte uns die Kerzenkäfer ab, soundso viel Penny pro Käfer, je nach Wechselkurs. Eliot nannte ihn Onkel Slippy, ich weiß auch nicht, warum; vielleicht, weil er nie da zu sein schien, wo er war.

»Na, wie viele habt ihr heute?« fragte er.

»Siebenundfünfzig«, antwortete Eliot.

»Fünf«, antwortete ich.

»Verloren, Scribble«, sagte Eliot. »Streng dich mal ein bißchen an.«

»Laß ihn in Ruhe«, sagte Slippy.

Eliot hatte angefangen, mich Scribble zu nennen, seit ich ihm ein paar von meinen albernen Gedichten gezeigt hatte. Blöde Idee, ich weiß, aber ich wollte ihm beweisen, daß ich auch zu etwas tauge. Das war aber bloß der eine Grund: Ich mochte es, wenn er über mich lachte. Komischerweise dachte er sich für jeden Spitznamen aus, für jeden außer für sich selbst. Ich schätze, das war seine Art, die Kontrolle zu behalten, aber das sage ich nur rückblickend aus meiner heutigen Perspektive.

»Euer Geld, Jungs«, sagte Onkel Slippy.

»Danke, Onkel.«

»Und jetzt los, verschwindet hier.«

Wir wollten natürlich nie gehen. Onkel Slippy lebte allein, in einem Haus mit Vorhängen am Ende der Straße. Er bewohnte anscheinend nur ein Zimmer, das Schlafzimmer. Es steckte voller Wunder, von denen die meisten weder Sinn noch Zweck hatten, da bin ich sicher. Er war ein Sammler: von kaputten Weckern, von exotischen Vogelfedern, aber vor allem von Insekten. Er nannte sich Entomologe. Das beste Wort, das ich je gehört hatte. Einige seiner wertvollen Exemplare hingen in gläsernen Schaukästen an der Wand, grell bemalte Monster aus aller Welt. Andere, lebendige, hielt er in mehreren undurchsichtigen Terrarien. Ich drückte oft mein Gesicht daran platt, um die Geheimnisse darin zu ergründen. Das dunkle Flattern, die plötzliche Bewegung von Dingen, die du eben noch für eine Blüte oder ein Blatt gehalten hattest. Manchmal erzählte er uns die Geschichten der Insekten und ihrer seltsamen Fähigkeiten, und daß sie bei weitem die schönste und intelligenteste Tierart des Planeten seien.

»Ich hab euch beiden doch gesagt, ihr sollt verschwinden.«

»Was ist das für einer, Onkel?«

»Das? Ah, das ist der Kompaßkäfer.«

Wenn er erst mal anfing, war er nicht mehr zu stoppen.

»Der Kompaßkäfer. Es ist ein Männchen. Seit Jahren suche ich schon nach einem Weibchen, damit ich sie züchten kann. Wenn ihr mir jemals so ein Weibchen findet, ich sage euch, dann würde ich mich nicht lumpen lassen!« Und dann lachte er laut, als würden wir sowieso nie so etwas Großartiges fangen, nicht in hundert Jahren. Also schauten wir uns diesen widerlichen Käfer im Glasbehälter an. Muß mindestens fünf Zentimeter lang gewesen sein, schwarz und orange, ein schwarzes Kreuz auf seinem Rücken.

»Wenn ihr von denen einen findet«, sagte er, »würdet ihr euch nie wieder verlaufen; niemals. Ihr wärt direkt auf der Nadel, Jungs!«

Wir fragten, wieso, aber für heute war der Unterricht zu Ende. Manchmal allerdings, wenn wir Glück hatten und Eliot reiche Beute eingefahren hatte, schenkte uns Onkel Slippy einen seiner zahmen Kerzenkäfer. Er kannte irgendeinen geheimen Trick, die Käfer dazu zu bringen, seinem Willen zu folgen. Damit verdiente er seinen Lebensunterhalt. Er beschnitt den Käfern die Flügel, aber das war es nicht allein: Er stellte irgendwas mit ihnen an, so daß sie ihre Flamme auf Kommando strahlen ließen.

Eliot und ich nahmen den Käfer mit und das Geld, das wir verdient hatten. Normalerweise kauften wir uns davon Kippen. Dann gingen wir zurück zur Wiese und steckten uns mit dem zahmen Kerzenkäfer jeder eine Zigarette an. Man mußte sie nur zwischen Daumen und Zeigefinger halten und drücken, schon kam ihnen das Feuer aus dem Arsch geschossen. Und dann konnte man sich damit eine Kippe anstecken! Und so verkaufte Slippy sie auch: als lebende Feuerzeuge. Er machte ganz hübsch Gewinn, und Eliot war ganz besessen davon, wieviel Geld *wir* machen könnten, wenn wir nur wüßten, wie man die Käfer dressiert.

»Was glaubst du, wie er es anstellt, Scribble?« fragte er und zog an seiner Zigarette.

»Weiß nicht.«

»Ich glaube, es hat was mit diesen Federn zu tun.«

»Was, mit seinen Vogelfedern? Wie kommst du darauf?«

»Ich schätze, es sind Vurtfedern.«

»Vurt? Niemals. Doch nicht Vurt!«

»Müssen sie, schätze ich. Was glaubst du denn?«

»Ich weiß nicht, was ich glaube. Noch nicht.«

Wir hatten in der Zeitung eine ganze Menge über diese Vurtfedern gelesen, daß sie die besten Aufnahmeträger aller Zeiten wären, noch besser als Fraktalkassetten. Daß sich Musik auf ihnen viel lebendiger anhörte, daß die besten Spiele aller Zeiten drauf wären, daß man alle möglichen Informationen darauf speichern könnte, selbst Wissen, von dem noch niemand eine Ahnung hat. Es gab jede Menge Gerüchte über die Dinger. Daß man die Federn in den Mund stecken mußte, damit sie ihre Infos abspielten. So hieß es jedenfalls in den Zeitungen. Ich weiß auch nicht, mir kam das alles ein bißchen albern vor, aber Eliot fuhr immer auf verrückte Gerüchte ab. Alles, was ihn aus seinem eigenen Kopf raus- und in irgend welche Träume hineinbringen konnte. Er wurde so schnell erwachsen.

»Aber sie müssen doch blau sein, oder?« fragte ich.

»Vurtfedern meine ich. Das hab ich jedenfalls gelesen. Und Slippy hat keine blauen, ich hab noch nie welche bei ihm gesehen.«

»Nee, sie müssen nicht blau sein.«

»Nicht?«

»Nee, bloß die legalen.«

»Was, gibt es noch andere?«

»Na sicher, schwarze zum Beispiel. Sag jetzt nicht, du hast noch nie etwas von schwarzen Federn gehört.«

»Nein.«

»Schwarze Federn sind die besten. Es sind Raubkopien. Illegal. Echt stark. Und schwarze hat Slippy jede Menge, oder?«

»Klar, er hat jede Menge schwarze, das heißt aber noch lange nicht, daß es Vurtfedern sind. Vurtfedern sind noch nicht mal auf dem Markt. Kriegst du nur für einen Haufen Kohle. Und so viel Kohle hat Slippy nicht, niemals. Wo soll er eine Vurtfeder herkriegen? Ich schätze, es sind ganz normale Federn, Amselfedern oder so was.«

»Meinst du?«

»Ja, meine ich.«

»Also, ich glaube, es sind Vurtfedern, und ich glaube, er dressiert die Insekten damit.«

Wir waren bloß zwei Jungs, die nichts Besseres zu tun hatten, als im hohen Gras zu liegen, Kippen zu rauchen, den Kerzenkäfern um uns herum zu lauschen, und wir spielten mit unserm eigenen zahmen Kerzenkäfer und ließen seinen Arsch wieder und wieder Feuer spucken, bis er völlig aufgebraucht war. Bloß zwei Jungs, die über Sachen redeten, von denen sie keine Ahnung hatten.

Es hätte mich nicht überraschen sollen, was als nächstes passierte, ich kannte schließlich Eliot. Ich wußte, daß er nichts dagegen hatte, ab und zu was zu klauen, Comics und so, eine Nummer der *Game Cat* zum Beispiel, oder Kippen, oder einmal sogar ein Poster von Interactive Madonna, er nahm es einfach von der Wand, rollte es auf und ging mit dem Ding unterm Arm raus. Aber das passierte immer im Laden, ich hätte nie gedacht, daß er von Freunden oder von seiner Familie etwas mitgehen läßt.

Als er sich also mit mir verabredete, so zwei Wochen später, als die Ferien beinah vorbei waren, erwartete ich eine letzte große Käferjagd, bevor die Schule wieder losging. Ich brachte sogar Netz und Glas mit. Und irgendwie hatte ich auch recht.

»Du hast sie geklaut?« sagte ich.

»Klar.«

Eliot hatte sein Hemd ausgezogen. Es war wirklich ein heißer Sommer.

»Von deinem Onkel?«

»Ja, direkt aus dem Schlafzimmer. Ich bin hin und habe ihn gefragt, ob ich was für ihn einkaufen soll. Er sagte, er werde eine Liste machen, und während er dabei war und mir den Rücken zuwandte, habe ich die erste Feder geklaut, die ich greifen konnte.«

»Scheiße, Mann! zeig sie mal her.«

»Schön vorsichtig.«

Eliot gab mir die Feder, die schwarze Feder. Ich hielt sie an der Spitze fest, als wäre sie lebendig oder gefährlich oder so. Ich drehte sie rum, und die Wärme der Sonne schien sich in den Federästen zu fangen und brachte sie zum Glitzern.

»Siehst du, wie sie funkelt?« fragte Eliot. »Die Farben? Die rosa Flecken?«

»Ja.«

»Sie ist nicht bloß schwarz, siehst du. Es ist noch anderes Zeug drin.«

»Das ist bloß Farbe. Nur ein kleines bißchen rosa, mehr nicht. Was soll das bedeuten, daß rosa drin ist?«

»Keine Ahnung. Aber darin steckt das Wissen, in den Farben. Hast du das nicht gelesen?«

»Klar hab ich das gelesen. Heißt aber noch lange nicht, daß das auch eine Vurtfeder ist.«

»Es gibt nur einen Weg, das herauszufinden.«

»Was? Du meinst ...?«

»Machen wir's?«

»Das Ding in den Mund nehmen? Niemals!«

»Du hast Schiß, oder? Schiß vor einer Feder!«

»Nein, das ist es nicht.«

»Was ist es dann?«

»Du hättest sie nicht klauen sollen. Slippy bringt uns um.«

»Also machen wir's, bevor er es merkt.«

»Okay, aber du machst es. Du machst es allein. Ich schaue dir nur zu.«

»Nein. Man soll Vurt nicht allein nehmen. Hast du das nicht gelesen?«

»Klar. Klar hab ich das gelesen. Nimm es nie allein.«

»Also?«

»Du meinst, damit werden wir erfahren, wie man Kerzenkäfer dressiert?«

»So ist es, Scribble.«

»Okay. Aber du zuerst.«

»Nein, du zuerst.«

»Warum ich zuerst?«

»Sonst mach ich es, und dann machst du es nicht.«

»Und woher weiß ich, daß du es nicht genauso machst?«

»Weil ich es wirklich will. Verstehst du?«

»Ich verstehe.«

»Gut. Dann gib her.«

Ich gebe Eliot die Feder wieder. Er sagt mir, ich soll den Mund öffnen. Ich öffne den Mund. Weiter, sagt er. Ich öffne ihn weiter, so weit ich kann, damit wir es endlich hinter uns bringen. Und er nimmt die Feder, legt sie an meine Lippen, und sie berührt meine Zunge.

Die Kerzenkäfer um uns herum spielen verrückt. Und die Sonne, die Sonne brennt, ich kann sie fast auf meiner Zunge schmecken, und das hohe Gras ist voller Sehnsucht. Und eine winzige Sekunde denke ich, Gott sei Dank, es ist tatsächlich bloß eine Amselfeder, und dann bricht die Sonne in Flammen aus, sie brennt beinah aus.

Plötzlich.

Und ich gleite, zur Seite und abwärts...

Es ist Nacht. Irgendwo auf der Welt ist es Nacht. Ich wache in meinem Bett auf. Ich höre, wie sich meine Mutter und mein Vater unten anschreien. Vielleicht sollte ich mal zu meiner Schwester gehen. Desdemona stört es nicht, wenn ich sie ab und zu aufwecke und die ganze Nacht mit ihr quatsche, besonders, wenn Papa und Mama sich streiten. Also stehe ich auf. Aus irgendeinem Grund bin ich völlig angezogen ins Bett gegangen, aber das stört mich nicht. Dann klopft es an meine Schlafzimmertür. Ich sage herein, weil ich glaube, daß es Desdemona ist, aber Eliot betritt den Raum. Er sagt, los, Scribble, wir müssen jetzt diese Käfer finden, sie müssen in eurem Haus leben. ich denke, na klar, das müssen sie. Wir haben diese große Käferjagd ja geplant, ich muß es vergessen haben. Also gehen wir ganz leise runter. Ich höre kein Geschrei mehr, nur mein unterdrücktes Atmen, Eliots geflüsterte Anweisungen, das langsame Schlagen einer Uhr. Wir kommen zur Küche. Es ist finster, ich will das Licht anmachen, aber Eliot sagt nein, wir nehmen die Taschenlampe. Er hat eine Taschenlampe mitgebracht. Ich habe das Netz in einer Hand, das Glas in der anderen. Ich weiß nicht, wann ich beides in die Hand genommen habe. In der Küche hört man leise Geräusche, wie knisterndes Eis oder knirschender Kies. Es kommt aus der Spüle, in der ein Haufen dreckiges Geschirr liegt. Eliot sagt, halte dich bereit, ich mache gleich die Lampe an. Ich stehe mit erhobenem Netz da. Als das Licht angeht, ist es taghell und blendet mich. Und das plötzliche Krabbeln von Tausend orangefarbenen Splittern, als die Käfer die schützende Dunkelheit suchen. Ich habe Angst. Eliot schreit, schlag zu, also schlage ich mit dem Netz zu, schlage wahllos zu, die Töpfe krachen zusammen. Was für ein Lärm. Aber ein langsamer Lärm, ein blau gefärber Lärm. Hast du einen? fragt Eliot. Ich sag, ja, ich hab einen. Ich halte das Netz mit dem Kompaßkäfer zu, Eliot kommt mit dem Glas. Wir tun ihn hinein, verschließen das Glas. Geschafft. Das Haus hat auf unsern Lärm nicht reagiert. Was jetzt? frage ich. Los, sagt Eliot, zurück in dein Zimmer. Im Zimmer setzen wir uns aufs Bett und untersuchen den Käfer im Glas. Er ist wunderschön. So orange, und dann das schwarze Kreuz auf seinem Panzer. Haben wir gut gemacht, oder, Eliot? Ja, Scribble, echt gut. Er sitzt ohne Hemd auf meinem Bett, dann legt er sich hin, so daß ich meine Hand auf seine Brust legen kann. Sie ist ganz hart, nur Knochen. Ich streichle ihn sanft, und er läßt es geschehen. Er lächelt. Ich bewege meine Hand zärtlich auf seine Gürtelschnalle zu. Er war stolz auf diese Schnalle, geformt wie eine sich windende Schlange. Ich öffne sie …

Scheiße!

Was war das?

Eine Bewegung neben mir, mein Körper wird aus sich selbst gerissen, wie eine Peitsche, zur Seite und aufwärts und plötzlich.

Die Sonne geht an.

Ich liege auf der Wiese. Ich liege auf der Wiese, neben mir steht Eliot und zieht sein Hemd an. Er hat immer noch die Feder in der Hand, aber sie ist nicht mehr schwarz, sondern beige. Ein mattes beige.

»Scheiße!« sagt er.

»Was war das?« frage ich. »Was ist passiert?«

»Nichts.«

Seine Stimme klingt gepreßt, er unterdrückt seine Wut.

»Es ist nichts passiert, ist das klar? Nichts!«

»Es war ein Traum. Es war wie ein Traum.«

»Na, es war jedenfalls nicht mein beschissener Traum.«

»Wessen Traum war es dann?«

»Halt's Maul!«

»Wessen Traum war es dann?«

»Scheißonkel Slippy! Ich wußte immer, daß mit ihm irgendwas nicht stimmt. Scheißperverser! Das ist nie passiert, klar? Das ist nie passiert.«

»Es ist nie passiert.«

Ich stehe auf. Mein Kopf summt noch immer in einer fernen Farbe. Eliot geht schon weg. Ich nehme das Netz und das Glas und folge ihm. Erst da bemerke ich es.

»Ich sollte euch zwei umlegen lassen«, sagte Onkel Slippy. »Wißt ihr, womit ihr euch da einlaßt? Ihr laßt euch mit dem Wahnsinn ein. Verdammte Kinder! Das Klauen ist ja nicht so schlimm, solange ihr wißt, was ihr klaut. Ihr klaut meine verdammte Freude!«

»Aber wir haben dir doch den Käfer gebracht!« sagt Eliot. »Einen Kompaßkäfer.«

Ich halte das Glas hoch, damit Slippy ihn sehen kann. Er nimmt es mir weg.

»Blöde Jungs!« ruft er. »Das ist ein Männchen. Ich habe Tausende von Männchen. Ich brauche eine Königin. Männchen finden bloß Weibchen. Nur die Königin findet den Schatz. Dafür kriegt ihr von mir nichts. Gar nichts!«

»Aber…«

»Ihr kennt die Regeln, oder? Die Regeln des Vurt? Für alles, was man von dort mitnimmt, muß man im Austausch etwas dalassen. Was habt ihr dagelassen? Was habt ihr dem Vurt gegeben?«

Ich blicke zu Eliot, aber er will mich nicht ansehen. Er will einfach nicht.

»Nichts, Onkel«, sagte er. Ganz leise.

»Müßt ihr aber. So ist das Gesetz. Ihr werdet es eines Tages herausfinden, und dann mag Gott euch beistehen.« Er gibt Eliot das Glas zurück.

Danach sehen wir uns nicht mehr so oft, ein paar Wochen lang nicht, die Schule fängt ja auch wieder an. Aber daran liegt es natürlich nicht nur. Wir sprechen nicht drüber. Ich weiß, daß Eliot sauer auf mich ist, als wäre es meine Schuld. Ist es vielleicht auch, ich bin mir nicht sicher. Wenn ich ihn mal treffe, hängt er mit Jungs in seinem Alter herum, und meistens ist auch diese Valerie dabei. Er legt den Arm um sie. Küßt sie. Das ist gut so. Ich bin froh darüber. Vielleicht kann ich jetzt auch anfangen, groß zu werden. Eins fällt mir auf: Er hat immer noch den Kompaßkäfer bei sich. Der ist natürlich tot. Käfer leben ja nicht sehr lange. Er bewahrt das tote Ding in einer Streichholzschachtel auf. Hat er immer in der Tasche. Er sagt, er wird ihn nie wegwerfen, niemals. Er meint, es ist sein Wegweiser, sein Zeiger. Er sagt, seine Nadel sei jetzt echt am Rotieren, er würde fast zerspringen. Das ist auch gut so. Das ist doch was. Ich kann ihn verstehen, oder ich kann wenigstens sagen, ich verstehe ihn.

Und seine ganzen neuen Freunde und diese Valerie, die nennen ihn jetzt alle Beetle. Den Käfer. Das ist sein neuer Name. Beetle. Gut, oder? Paßt zu ihm.

»Los, Beetle«, sagt Valerie. »Laß uns diese Feder einwerfen.«

Eliot holt eine Feder aus der Jacke. Es ist eine blaue. Er wedelt sie vor meinem Gesicht herum. Er lacht mich an. Ich weiß nicht, wo er sie her hat. Und sie ziehen zusammen los, er und seine Kumpel, und ich weiß nicht, ob ich ihnen folgen soll oder nicht.

Fetischkabine Nr. 7

Nachdem er im letzten Jahr diverse Enttäuschungen persönlicher und beruflicher Natur erleben mußte, auf die es sich hier nicht näher einzugehen lohnt, beschloß ein gewisser Janus Fontaine, ehemaliger Popstar, seinem Leben ein Ende zu setzen. Da er ein bekanntermaßen melodramatischer Charakter war, wählte er für sein Abtreten einen besonderen Zeitpunkt: Die Mitternachtsglocken der Silvesternacht sollten sein Totengeläut, der Jubel der Betrunkenen sein Abschiedsgesang sein.

Er hatte keine bestimmte Todesart gewählt: keine geladene Pistole, keine sorgfältig geknüpfte Schlinge, keine aufgelösten Tabletten. Nichts Gewöhnliches. Er würde sich lieber dem Zufall überlassen. Auf irgendeine Weise würde die Silvesternacht sein Leben beenden. Das war alles, was er wußte.

Abgesehen vom Ende war Fontaines letzter Tag genau geplant. Um neun Uhr morgens erwachte er, der Kopf schwer vom Wein der letzten Nacht. Eine Faser Rindfleisch saß zwischen den Backenzähnen, er stocherte mit pelziger Zunge danach. Um zehn war er geduscht, rasiert und gepflegt gekleidet wie für einen Geschäftstermin oder ein Rendezvous. Er aß ein komplettes Englisches Frühstück (Extraportion Toast) im Speisesaal des Hotels Abgrund. Es war die erste Mahlzeit, die er außerhalb seines Zimmers zu sich nahm.

Er war erst vor einer Woche aus Manchester hier eingetroffen und hatte alle Visiten des Zimmerpersonals abgewehrt: Er dürfe nicht gestört werden, auch nicht, um die Bettlaken zu wechseln. Gelegentlich solle eine Mahlzeit vor seiner Tür abgestellt werden, dazu reichliche Mengen Alkohol.

Man kann sich vorstellen, daß das plötzliche Auftauchen des Gastes aus Zimmer 417 Anlaß zu Spekulationen gab. Er sah recht normal aus, wie er seinen Kaffee schlürfte und die Morgenzeitungen las. Einige ältere Angestellte erinnerten sich seiner aus besseren Tagen, als sein Haar voller, die Hüfte schlanker, die Augen klarer und seine Stimme klangvoller waren. Einer bat ihn sogar um ein Autogramm, das er gerne gab. Fontaine bezahlte die volle Rechnung an der Rezeption und machte sich auf. Er hatte kein Gepäck. Nachdem der Gast aus Zimmer 417 das Hotel verlassen hatte, wurde die unglücklichste Putzfrau der Welt von einem grauenhaften Geruch der Verwesung überwältigt. Das Hotelzimmer ein Schlachtfeld: Alle Handtücher waren mit Blut und Exkrementen beschmiert; die Bettlaken steif von getrocknetem Sperma; die üblichen Kunstdrucke in Streifen gerissen; der Fernseher abgeschraubt und zertrümmert, ebenso sämtliche Spiegel. Zerbrochene Weinflaschen glitzerten auf dem Teppich; Zigarettenrauch hing in allen Winkeln. Ein Haufen Pornozeitschriften lag auf dem Bett verstreut.

Zehntausend Pfund in einzelnen Scheinen lagen auf dem Nachttisch, mit einem Dankesbrief an die Angestellten. Inzwischen schob sich Janus Fontaine durch die Menge auf der Tottenham Court Road. London, die brodelnde Stadt. Eine greifbare Erwartung, in der man sich leicht verlieren konnte. Die Menschen erkannten ihn nicht, denn sie waren zu beschäftigt mit dem Kauf von Kameras, Videokameras oder Diktiergeräten. Während Janus die Straße entlangschlenderte, wurde er von tausend Linsen eingefangen, jedoch nur als eines von vielen Gesichtern eines bedeutenden Tages.

Er schlenderte ziellos umher, ließ sich von der Menge in den Strudel der Oxford Street ziehen. Er ging in fünf oder sechs Läden und verbrachte in jedem etwas Zeit; am längsten blieb er in einem der größeren Palettenläden. Nur zwei seiner sieben Platten waren im Regal, und auch diese nur in den Fächern für Super-Sonderangebote. Schließlich erreichte er Marble Arch und Speakers' Corner; er hörte dem Redner eine Weile zu. Dann aß er in einem der feineren Hotels in der Park Lane zu Mittag und bezahlte mit einem kleinen Teil des großen Bargeldbündels, das er in seiner Tasche trug. Seine letzten Reserven. Der Kellner sah den einsamen Gast unentwegt an und brachte schließlich den Mut auf zu fragen, ob er wirklich Janus Fontaine sei, »der Popstar?« Janus lächelte.

»Oh, meine Mutter wird ganz außer sich sein, wenn ich ihr das erzähle.«

Zeit, ein Fazit zu ziehen.

Die *Enzyklopädie der Popmusik* gibt nicht viel her über Janus Fontaine, nicht einmal seinen richtigen Namen. Geboren wurde er in Manchester. Seine erste Single, »Plastic Flowers«, war eine weltweite Nummer Eins. Ebenso die zweite. Sogar die dritte Single verkaufte sich gut. Wegen eines Marketingskandals kam die vierte Single, »Pixelkids Come Out Tonight«, nur bis auf Platz 95 in den Charts. Die fünfte, »Sooner Than Summertime«, versank spurlos, ebenso wie das gleichnamige zweite Album. Zehn Jahre lang war nichts von ihm zu hören, bis er einen langen, zähen Comebackversuch startete, diesmal als reifer, ernstzunehmender Künstler. Er veröffentlichte eine Reihe Platten auf einem unbekannten kleinen Label, die von der Kritik wohlwollend aufgenommen wurden. Keine von ihnen verkaufte sich besonders gut. Derzeitiger Aufenthaltsort unbekannt.

Aufenthaltsort unbekannt? Tot oder lebendig?

Im Hyde Park erfreute sich Janus an den toten Bäumen, den seilspringenden Kindern, den Hunden und dem Duft der Liebe, der in der Luft hing. Er beobachtete eine Gruppe junger Frauen, die vorübergingen, aber ohne eine Regung der Lust; allein ihr Lächeln schenkte ihm eine Art Freude. Sie verging jedoch schnell. Außerdem hatte es angefangen zu regnen.

Er zog sich in die Serpentine Gallery zurück.

Dort wurden die Werke eines jungen Künstlers ausgestellt, von dem er noch nie gehört hatte; viel geschmolzenes Plastik und zerbrochenes Glas. Es unterhielt ihn ein wenig, und er blieb eine Stunde in der Ausstellung. Die meisten Besucher gingen nach ein oder zwei Minuten wieder, zumal der Regen aufgehört hatte. Janus Fontaine war noch lebendig genug, zeitgenössische Kunst zu genießen und zu begreifen. Er lebte von seinen kleinen Tantiemen, seinen cleveren Investitionen, seinen vorsichtigen Spareinlagen. Ein Stück für Stück aufgespartes Leben. Wozu sollte das gut sein?

Um vier Uhr war er auf einer Parkbank eingenickt wie ein niedergeschlagener Penner, der seinen Rausch ausschläft. Als er aufwachte, bemerkte er einen kleinen Hund, der an seinem Bein schnüffelte. Er schüttelte ihn ab und setzte seine Reise fort.

Er lief wie in Trance den Constitution Hill entlang, in Richtung Mall. Wann würde es passieren? Dunkelheit begann, die Welt zu bedecken. Die Bäume im St. James Park zu seiner Rechten... alle von Dunkelheit bedeckt; die herumlaufenden Kinder... von Dunkelheit bedeckt; die Hunde, die Penner im Park, die feinen Leute zu seiner Linken, in Marlborough und The Mall, die Menschen, die sich versammelten ... alle von Dunkelheit bedeckt...

Sein kurzes Nickerchen hatte ihn noch müder gemacht, und der Tag dehnte sich unendlich vor ihm. Er mußte sich dringend betrinken, und zwar nicht in der Öffentlichkeit, also buchte er im nächstbesten Hotel – eine Nobelherberge – ein Zimmer. Er zahlte eine Übernachtung bar im voraus und trank dann in einer Stunde die Minibar in seinem Zimmer leer. Der Alkohol weckte seine Ängste. Er legte sich auf das prächtige Bett, um die Ungeheuer in seinem Kopf zu besänftigen. Er schlief sofort ein.

Er erwachte vom Klingeln des Telefons. Er ließ es verwirrt klingeln, noch halb in seinen unverständlichen Träumen.

Schließlich begriff er, was es war, und nahm ab. »Ihr Weckruf, Mr. Fontaine«, sagte die Stimme.

»Was?«

»Es ist acht Uhr, Sir.«

»Ach ja. richtig.« Janus sah aus dem Fenster und versuchte die Tageszeit einzuschätzen. »Acht Uhr abends?«

»Ja, Sir. Wie gewünscht.«

»Danke.«

Seltsam, er konnte sich nicht erinnern, an der Rezeption einen Weckruf bestellt zu haben. Etwas benebelt wusch er sein Gesicht, packte seine Habseligkeiten zusammen, ließ ein mehr als großzügiges Trinkgeld auf der Minibar liegen. Als er aus dem Hotel stolperte, wußte er ein paar Minuten lang nicht, wo er sich befand. Er ließ sich vom Strom der Menschen zum Trafalgar Square mitreißen. Der Platz war schon brechend voll und vibrierte vor manischer Erregung. Janus fiel ein, daß er eine Menge Bargeld bei sich trug und zog aus Angst vor Taschendieben den Mantel enger um sich. Schließlich stieß er auf eine kleine Gruppe von Leuten, die sich von der Masse abgesetzt hatte und ihn nordwärts in Richtung Cambridge Circus drängte. Er war eingezwängt und wurde geschoben, aber er fühlte sich ruhiger; endlich fühlte er sich als Spielball des Schicksals. Die Stadt bewegte sich in ihrem eigenen inneren Rhythmus. Wohin würde es ihn verschlagen? Plötzlicher Hunger und die Einsamkeit des Betrunkenen nagte an seinen Eingeweiden. Als die Menge ein wenig taumelte, nutzte er die kleine Lücke, um sich in Richtung Chinatown abzusetzen. Hier waren die Massen weniger hektisch, sie bewegten sich gruppenweise und nicht in Strömen. Und die Düfte und die Lebensmittel in den Schaufenstern weckten seinen Heißhunger.

Natürlich war jedes Restaurant völlig ausgebucht, aber die unglaubliche Summe, die er für ein einfaches Gericht zu zahlen bereit war, verschafften ihm bald einen Einzeltisch. Er aß lang und reichlich, verschiedene kleine Gerichte, und genoß jeden

Bissen. Er trank keinen Alkohol, weil er es für klug hielt, einen klaren Kopf zu behalten, jetzt, wo das Ende in Sicht war. Aber sein allerletztes Mahl war so köstlich, daß er am liebsten noch hundert weitere gegessen hätte. Es sollte nicht sein. Es konnte nicht sein. Die Entscheidung war gefallen.

Es ging auf elf zu, als er sich nach Soho drängen ließ. Zerdrückt von einem Strom des Fleisches. Feierndes Fleisch, erfüllt von Blitzlichtern und dem Surren der Videokameras. Er zuckte vor den Kameras zurück, als sei er immer noch weltberühmt, und gelangte vom schicken ins verkommene Soho. Hier, unter den geschmacklosen Leuchtreklamen, umgeben von Geschrei und Anmache, hier mußte es passieren. Es schien ihm angemessen, daß es zwischen all diesen billigen, verzweifelten Vergnügungen geschehen sollte. Laute, aufdringliche Musik quoll aus den perlenbehängten Eingängen; rauhe Stimmen versprachen spezielle Freuden; Wogen eingezwängten Fleisches boten sich ihm dar, kämpften um seine Aufmerksamkeit. Die schmalen, schmutzigen Gassen waren verschwommen vom Regen, der von nacktem Neon tropfte, und glitzerten wie ein billiger Regenbogen. Die meisten Clubs, Stripläden, Pornokinos und Live-Sex-Shows machten gute Geschäfte, weil die Leute ihre übliche Scheu abgelegt hatten. Männer und Frauen nutzten die plötzliche Lockerheit, die das Jahresende mit sich brachte, und das Aroma der Pheromone hing schwer in der Luft. Vor den gemäßigteren Etablissements bildeten sich Schlangen. Die Atmosphäre war geschwängert, überwältigend, beißend.

Ein Bettler, offenbar blind, hielt den Vorübergehenden eine zerbeulte Blechtasse entgegen. Janus zog einen wahllosen Betrag aus der Tasche und stopfte ihn hinein.

Dann tauchte er in eine schmuddelige kleine Seitengasse und fand sich in einer seltsam friedlichen Welt. Die Gasse war winzig, gerade breit genug für eine Person. Auf beiden Seiten waren die Wände von verschlossenen Stahltüren durchbrochen: die verriegelten Notausgänge der verschiedenen Striplokale. Mülltonnen quollen über von aufgeweichtem Abfall. Auf halber Strecke hing ein trüber Vorhang aus Plastikperlen unter einer flackernden Neonreklame, die früher einmal den SALON OF FETISH verheißen hatte. Jetzt stand dort nur noch LON OF FETI.

Janus blickte zurück zum Ende der Gasse, wo sich die Leute drängten, sangen und auf das Läuten der Glocken warteten. Es wirkte alles so weit entfernt, ohne Bedeutung, als er sich wieder zur Tür wandte. Die Perlen schwangen hin und her, als wollten sie Kundschaft anlocken. Bevor er es sich anders überlegen konnte, trat der ehemalige Popstar rasch in den Salon.

»Mr. Fontaine, nehme ich an?«

Drinnen war alles in dunklem Purpur gehalten, und der schwere Duft von Räucherkerzen überdeckte kaum einen tieferen, ranzigeren Geruch. Janus wartete, bis seine Augen sich an die Dunkelheit gewöhnt hatten. »Erkennen Sie mich?« fragte er die Stimme, deren Besitzer noch nicht zu sehen war.

»Nein. Ich nahm einfach an, daß Sie es wären.«

Eine Gestalt, ein Mann, ein alter Mann tauchte hinter einer niedrigen Theke auf. Er hielt ein Buch in den Händen, eine Art Ordner. »Sie haben eine Anmeldung«, sagte er mit einer Stimme, die so rauchig war wie das Zimmer.

»Anmeldung? Nein … ich …«

»Oh, steht alles hier drin.« Der alte Mann hatte das Buch aufgeschlagen und fuhr mit dem Finger die Seite entlang. »Mr. Fontaine. 23 Uhr 30. Sie sind ein wenig verspätet, aber das ist nicht schlimm. Wollen wir etwas aussuchen?«

»Hören Sie … ich …«

»Schnell. Was soll es sein? Eins, zwei? Drei, vier? Fünf oder sechs?« Der Mann deutete auf jede der sechs Türen, die hinter Samtvorhängen verborgen waren. »Sie haben Geld bei sich, nehme ich an?«

»Ja, ich habe es hier.« Janus holte seine Brieftasche heraus. Er fühlte wieder den Sog der Situation. »Wieviel wird es mich kosten?«

»Nun, das hängt natürlich davon ab, welche Kabine sie wählen. Jede bietet auf ihre Art große Freuden. Und gemeinsam bieten sie jede mögliche Art der Lust. Soll es Unterwerfung oder Dominanz sein? Vielleicht das englische Laster? Fesselungen sind immer sehr beliebt, Tiere sind jedoch etwas ausgefallener. Oder sind Sie ein Freund krimineller Praktiken? Was soll es sein, mein Herr?«

Janus schaute sich der Reihe nach jede Kabine an und versuchte, sich zu entscheiden. Seine Augen fingen von den Räucherkerzen an zu tränen. Der Raum schien sich langsam zu drehen, wie eine Tretmühle. Hinter der sechsten Tür erschien eine weitere Tür mit Vorhang.

»Was ist dahinter?« fragte er.

»Ah, Kabine Nr. 7. Sie sind wirklich ein Feinschmecker, Mr. Fontaine. Aber vielleicht übersteigt es Ihre Mittel?«

Janus öffnete seine Brieftasche und nahm das gesamte übrige Geld heraus. Er reichte dem Mann das dicke Bündel. Der lächelte sanft und blätterte die Scheine durch. »Sie haben klug gewählt. Bitte, genießen Sie ...«

Janus ging langsam zur siebten Kabine. In der Ferne, wie aus einem anderen Land, einer anderen Zeit, hörte er die Mitternachtsglocken, den Jubel der Menge, das gedämpfte Zischen und Knallen des Feuerwerks. Er zögerte nur eine Sekunde, dann zog er den Vorhang beiseite und trat ein.

Zuhälter! – Das Brettspiel

Dieses Ausstellungsstück ist bei weitem das vollständigste im gesamten Museum der Fragmente. Es wurde im Jahre 1997 urheberrechtlich geschützt und datiert. Die verschollenen Begriffe lassen sich leicht in einem guten Wörterbuch des späten zwanzigsten Jahrhunderts nachschlagen. (Weitere spekulative Bemerkungen s. Anmerkung*)

(Textbeginn)

Inhalt

1 Spielbrett mit schematischer Karte von Soho/London; 4 Spielfiguren (Zuhälter, Prostituierte/Hure, Freier, Bulle); £ 100 000 Spielgeld in verschiedenen Banknoten (kein legales Zahlungsmittel); 30 unterschiedliche Freudenkarten; 30 unterschiedliche Strafkarten; 30 unterschiedliche Fetischkarten; 4 Sexuelle-Ausdauer-Tabellen; 2 Würfel (sechsseitig bzw. zwölfseitig); 1 Spielanleitung.

Einleitung

Das Spiel *Zuhälter!* wird von vier Spielern gespielt, denen zunächst eine Figur – Zuhälter, Hure, Freier, Bulle – zugelost wird.

Die Spieler haben unterschiedliche Ziele, die sie allein oder in Bündnissen mit anderen Spielern verfolgen können. Die Bewegungen auf dem Spielbrett werden durch den Würfel bestimmt oder durch den Einsatz von errungenen Ausdauerpunkten.

Gewinner ist der Spieler, der zuerst sein Ziel erreicht, oder der als letzter Spieler noch am Leben ist.

Spielregeln

Die Spieler beginnen das Spiel auf den zugewiesenen Startpositionen: der Zuhälter in der Wohnung; die Hure an der Straßenecke; der Freier in der Kneipe; der Bulle auf der Polizeistation.

Die Spieler beginnen mit folgenden Geldbeträgen: der Zuhälter £ 100; die Hure £ 50; der Freier £ 200; der Bulle £ 1000. Der Rest des Geldes geht an die Bank. Man kann beim Spiel Geld gewinnen oder verlieren, je nach Spielgeschick. Wenn ein Spieler sämtliches Geld verliert, scheidet er aus, es sei denn, er kann einen Mitspieler überreden, ihm Geld zu leihen.

Zu Beginn des Spiels erhalten alle Spieler 6 Sexuelle-Ausdauer-Punkte. Diese können durch bestimmte Freudenkarten oder durch einen Besuch in der Wohnung des Drogendealers ergänzt werden. Wenn die sexuelle Ausdauer eines Spielers auf null sinkt, scheidet er aus.

Zu Beginn des Spiels erhalten alle Spieler 2 Fetischkarten. Beim Spiel können weitere hinzugewonnen werden.

Immer, wenn ein Spieler auf den entsprechenden Feldern (den Telefonzellen) landet, oder wenn er von einem Mitspieler gezwungen wird, muß er eine Freuden- und Strafkarte ziehen. Alle darauf beschriebenen Handlungen müssen sofort ausgeführt werden, es sei denn, der Spieler kann sich freikaufen. Fetischkarten können hingegen nach Belieben eingesetzt werden, vorausgesetzt, der Spieler verfügt über die benötigte sexuelle Ausdauer.

Um sein Ziel ganz zu erreichen, muß der Spieler nach der Erledigung auf sein vorgeschriebenes Startfeld zurückkehren.

Ziele

Der Zuhälter muß allen Mitspielern sämtliches Geld abnehmen, ohne vom Bullen verhaftet zu werden. Die Hure darf ihn nicht verlassen; der Freier darf ihn im Kampf nicht besiegen.

Die Hure muß die Nacht mit unversehrtem Eigentum überstehen, ohne vom Bullen verhaftet zu werden. Sie darf sich nicht in den Freier verlieben oder vom Zuhälter verprügelt werden.

Der Freier muß Sex mit der Hure haben, ohne vom Bullen verhaftet zu werden. Er muß die Hure dazu bringen, sich in ihn zu verlieben, damit er sie nicht bezahlen muß. Er darf sich im Kampf mit dem Zuhälter nicht besiegen lassen.

Der Bulle muß den Zuhälter verhaften. Er muß vom Freier ein Bestechungsgeld erhalten. Er muß Sex mit der Hure haben, ohne dafür zu bezahlen.

Exotisches

Geschlechtskrankheiten: ein infizierter Spieler verliert eine mit jeder Spielrunde zunehmende Anzahl an Ausdauerpunkten. Heilmittel können beim Drogendealer oder beim Apotheken-Notdienst erworben werden.

Sex ohne Kondomkarte erhöht das Infektionsrisiko um 10 Punkte.

Beim Drogendealer können verschiedene illegale Drogen erworben werden. Wenn ein Spieler einen Schlechten Trip durchmacht, werden ihm 2 Ausdauerkarten abgezogen. Speed erhöht dagegen die Stärke der Freudenkarten um 5 Punkte.

Jeder Spieler, der vom Bullen mit Drogen erwischt wird, verliert 6 Punkte, es sei denn, er kann den Bullen mit den Drogen bestechen.

Wird der Freier von seiner Frau entdeckt, verliert er 5 Punkte.

Der Zuhälter muß männlich sein. Der Bulle muß männlich sein. Die Hure kann männlich, weiblich oder transsexuell sein. Der Freier kann männlich oder weiblich sein. Sind der Freier und die Hure männlich, gilt der Freier als homosexuell. Homosexuelle haben ein höheres Spielrisiko.

Wird der Zuhälter getötet, kann jeder Spieler neuer Zuhälter werden – mit Ausnahme der Hure, für die es kein Entkommen gibt.

Der Bulle kann niemals verhaftet werden, nicht einmal wegen Mordes.

Jeder Spieler, der Fetischkabine Nr. 7 überlebt, ist Gewinner des Spiels, auch wenn er sein Gesamtziel noch nicht erreicht hat.

(Textende)

**Anmerkung:* Weder das »Spiel«, zu dem diese Anleitung gehört, noch eine Erwähnung desselben sind je gefunden worden. Dies brachte einige Forscher zu der Annahme, daß als Spielfeld die echten Straßen von Soho gedacht waren. Bestimmte Kommentare sprechen sogar davon, daß die Anleitung sich gar nicht auf ein Spiel, sondern auf das wirkliche Leben bezieht.

Chromosoft Mirrors (Version 4.2)

Der aufsehenerregende Aufstieg und Fall des Chromosoft-Imperiums ist schon oft kenntnisreich analysiert worden, besonders die Rolle, die die Mirrors-Version 4.2 beim schnellen und dramatischen Ende gespielt hat. Der folgende Bericht soll der offiziellen Geschichte eine menschliche Fußnote hinzufügen. Er erhellt mit einem einzelnen Lichtstrahl der Wahrheit ein dunkles Geschehen. Keine der existierenden Untersuchungen hat bisher aufdecken können, wer tatsächlich für den letzten, fatalen Fehler verantwortlich ist, weil sie sich mehr den großen Zusammenhängen gewidmet haben. Das entspricht jedoch ganz der Firmenpolitik Chromosoft: Alle Fehler unterliegen kollektiver Verantwortung.

Meine Großmutter, Elisa Gretchen, starb, bevor ich geboren wurde. Mein gesamtes Wissen über ihr Leben entsprang geborgten Erinnerungen, bis ich ihre privaten Aufzeichnungen entdeckte. Die näheren Details dieser Entdeckung sind nicht von Bedeutung. Ich möchte nur bemerken, daß die primitive Art der Aufzeichnung mich zwang, für viel Geld ein antikes CD-ROM-Laufwerk zu erwerben.

Elisa war Mitglied des berühmten Projektteams, das die ursprüngliche Idee für die Mirrors-Technologie entwickelte (es trug den Codenamen »Projekt Alice«), und sie war an allen Entwicklungsstadien und Testreihen aktiv beteiligt. Später wurde sie dem Krisenmanagement zugeteilt, das während der holprigen Einführungsphase schwer unter Druck geriet. Die Version 1.0 steckte voller Viren, und die neue Oberfläche selbst war so seltsam menschenfeindlich, daß die Kritiker den baldigen Untergang der Firma voraussagten, besonders, weil ihr Hauptkonkurrent von der Zurück-zur-Natur-Stimmung profitierte und DOS plötzlich wieder in Mode kam. Bei Version 1.1 waren zwar einige Probleme bereinigt, und V. 1.2 brachte erstmals das neue Rückkopplungsfeature; aber der Durchbruch gelang erst mit dem Neustart, der V. 2.0, die den unvorhersehbaren Erfolg einleitete. Eine brandneue Oberfläche, mehr Gedankenerkennungs-Software, und eine geniale Marketingstrategie mit dem zentralen Slogan »Chromosoft Mirrors – Wo steht ihnen heute der Kopf?« brachte bald die ganze Welt dazu, ins Innere ihrer selbst zu blicken.

Das Problem bei Windows – die bekannteste Benutzer-Oberfläche vor Mirrors – bestand darin, daß sie zwar immer raffinierter wurde (Version 491.7!), aber auch immer schwieriger zu benutzen war. Und trotz der zunehmenden Komplexität benutzte immer noch der Mensch die Technologie und nicht umgekehrt. Deshalb wurde das Mirror-Projekt gestartet. Man wollte eine neue Direktheit, etwas, das über die Idee eines »Fensters« hinausging, über die einseitige Blickrichtung. Meine Großmutter behauptet nicht, das ganze System erfunden zu haben, aber zumindest der Name »Mirrors« sei ihre Idee gewesen, schreibt sie. Es sei ihr aus heiterem Himmel eingefallen, eines Abends im Badezimmer eines Pariser Hotels, »nach einer kräftigen Dosis kontinentalem Sex«, wie sie es in ihren Aufzeichnungen nennt.

Natürlich war dies nicht das erste System mit Gedankenerkennung, aber es war das erste System, das die Gedankenerkennung erfolgreich mit einer Rückkopplungsschleife verband. Einfach ausgedrückt: Bei früheren Systemen konnte man das Programm wechseln, indem man nur daran dachte, aber erst Chromosoft ermöglichte es, daß die Information umgekehrt die Gedanken in eine neue Richtung lenkte. Das Mirrors System war eine neue Art des Arbeitens, eine neue Art des Seins.

Wo steht Ihnen heute der Kopf? Ich hab ihn runtergeladen.

Wie schon bei der Erfindung der Schreibmaschine und der Textverarbeitung entstand auch hier durch den »Spiegel« eine neue Sorte kreativer Produkte. Plötzlich waren Romane im »Unterbewußtseinstempo« der große Hit. Zeichensetzung verwandelte sich in puren Rhythmus, Erzählstrukturen lösten sich auf, Symbole gingen tiefer, wurden traumartiger, gefährlicher.

Version 3.0 stattete das System mit Netzwerkfunktionen aus, Version 3.4 verband es mit dem Internet. Diese Aufrüstung war radikal und hatte langlebige gesellschaftliche Auswirkungen: Auch wenn wir streng genommen nicht alle telepathisch miteinander verbunden waren, so fühlte es sich doch immerhin so an. Die »Entdeckung der globalen Seele«, die das Internet schon lange versprochen hatte, schien plötzlich kein Marketingtraum mehr zu sein, sondern unser gottgegebenes Recht. Version 4.0 brachte nicht viel Neues, nur einige kosmetische Verbesserungen, um den Produkten der Nachahmer voraus zu sein. Version 4.1 war wiederum etwas veredelt, und diese Version wurde drei Jahre lang Standard. Die Verbraucher finden ihre eigenen Nutzungsmöglichkeiten für neue Produkte normalerweise im Geheimen. Im Benutzerhandbuch zu Mirrors stand beispielsweise nirgendwo eine Warnung, daß man im Schlaf nicht angeschlossen bleiben solle. Es wurde auch nirgendwo erwähnt, daß das überhaupt möglich sei. Und an keiner Stelle wurde etwas über die Wirkung gesagt, die das auf die menschliche Psyche haben könnte: morgens aufzustehen, einfach das richtige Dokument aufzurufen und sich dann einen (zweiten) Blick auf die Träume der vergangenen Nacht zu gönnen. Konnte denn der Hersteller voraussehen, daß dies möglicherweise zum Wahnsinn führte, zu einer Kenntnis seiner selbst, die zu tief, zu weitgehend war?

Wo steht Ihnen heute der Kopf? Na, er spielt mit den brennenden Giraffen, tanzt mit einem türkisen Hummer auf einem Konzertflügel, vielen Dank der Nachfrage, Herr Pinguin.

Viele wurden von diesem Traumwissen heimgesucht, und

viele schafften nicht mehr den Sprung zurück aus dieser verdrehten inneren Welt.

Ich kann nun enthüllen, daß es meine Großmutter war, Elisa Gretchen, die die Funktion *Traum löschen* entwickelte und in die Version 4.2 von Mirrors integrierte. Etwa 6 Prozent der Bevölkerung aktivierten diese Funktion, bevor ihre Risiken erkannt wurden. Konnte Chromosoft, konnte meine Großmutter tatsächlich die Rückkopplungsschleife in der Benutzeroberfläche einfach vergessen haben? In ihren Aufzeichnungen findet sich nicht viel über den Augenblick der Erfindung, noch weniger über die folgenden Ereignisse, abgesehen von ihrer Bemerkung, daß »ein brennendes Gefühl der Scham in ihr aufstieg, eine Scham, die nicht weniger wurde, nachdem das Unternehmen die volle Verantwortung übernommen hatte«. Ihre letzte Aufzeichnung lautet schlicht: »Ich kann nichts mehr tun.«

Chromosoft Mirrors wurde auf Anordnung der Regierung vom Markt genommen, alle Geräte wurden zurückgerufen und zerstört. Aber zu diesem Zeitpunkt war es schon zu spät für jene 6 Prozent, die sich bereits der Löschschleife unterworfen hatten. Jene finsteren, verschleierten, unglücklichen Seelen, die nie wieder träumen würden. Ich brauche kaum zu erwähnen, daß auch meine Großmutter zu diesen Unglücklichen gehörte.

Wolkenläufer

Wir hatten die Streumasken auf und kontrollierten die Unterhaltungszonen, die die ganze Nacht offen hatten, hielten Ausschau nach Treibgut und Strandgut, die meist zu den billigen Nachttarifen spielten. Es war die letzte von fünf Nachtschichten, und irgendein dummer Arsch von Strand hatte sich von einem Piratenspot einfangen lassen. Als wir ankamen, war das Spiel schon eingefroren und von diesen bescheuerten tanzenden Garnelen überlagert. Niedrige Übertragungsstufe, wahrscheinlich aus Beenies Fishorama drüben auf Ebene 5. Kein Slogan, kein Schriftzug, bloß die Garnelen. Das Bild war die Werbung, und der sehnsüchtige Wunsch nach Garnelen war jetzt schon einem der Kids ins Hirn gepflanzt. Zwei andere, die in der Nähe standen, waren auch schon im »Bann«, so nannten wir diese Art des Einfrierens. Ein Mädchen sagte: »Am besten, Sie tun Ihre Arbeit, Lady.« Gumball kam dazu und sagte, er hätte ein Warnsignal vom Hauptquartier, was Übles sei auf Sendung. »Laß uns gehen, Muldoon. Um den Strand können wir uns später kümmern.« Er holte sein Kaugummi raus, es war blutig-rot, zog es in die Länge und ließ es mit einer gekonnten Zungenbewegung wieder zurückschnellen.

»Nein. Dauert bloß eine Minute. Und setz die Maske auf, Mann.«

»Ich hab bloß den Geschmack aufgefrischt.«

»Das ist ein Befehl.« Ich hatte die Störpistole schon in der Hand, kontrollierte Ladung und Fluß. Einige Strands waren noch klar genug, um das Geräusch zu hören; sie schauten mir zu, und ihre Augen waren trübe und spielgesättigt.

»Muldoon, was ist bloß los mit dir in letzter Zeit?« Gumball hatte seine Maske heruntergezogen, was seine Stimme dämpfte. »Möchtest du irgendwas loswerden?«

»Laß den Transporter an, Gum. Ich bin gleich da.«

Ich richtete den Störer auf den Schirm, zielte und feuerte. Der Spielschirm schien eine Sekunde lang zu schmelzen, wurde Pixelschrott, und dann sprang er hart zurück auf Sendung. Die Garnelen waren tote Werbung, das Spiel lief wieder. Der Strandjunge schaltete wieder auf Action, seine Finger zuckten automatisch über die Tasten, aber zu langsam. Bildschirmtod. »Scheiße! Wie ist das passiert?« Seine gerade aufgetauten Zuschauer lachten, dann bemerkten sie mich mit heruntergezogener Maske und der Spritze in der Hand.

»O Scheiße!« fluchte der Spieler. »Was habe ich abgekriegt? Na, Freunde, wollen wir uns ein paar Meeresfrüchte angeln?«

Ich wollte ihnen gerade den Schuß geben, als Gumball dazwischentrat und mich am Arm faßte. »Den Strand können wir nachher bei Beenies erwischen und ihm den Störschuß geben. Komm jetzt. Wir haben was Fieses. Einen dicken Fisch!«

Ich tauchte aus meiner seltsamen Voodoostimmung auf. Ich hatte selbst das Gefühl, gerade aufgetaut zu sein, und das ließ mich frösteln. Ich mußte wieder an Parker denken. Ich schob die Maske hoch, um Luft zu schnappen. Jetzt, da die Werbung tot war, war das ungefährlich. Die meisten Strands waren wegen der Action zusammengeströmt, dazu kamen ein paar Treibs. Strandgut waren diejenigen, die von der Gesellschaft ausgespuckt worden waren; Treibgut die anderen, die freiwillig ausgestiegen waren. Und alle starrten sie auf die Kanone, die von meinem Gürtel hing. Ich konnte sehen, wie sie in Gedanken Highscores damit erreichten, daß ihre Hirne nur davon träumten, wie sie die Knarre in ihre feuchten Finger kriegen könnten. Vor allem das freche junge Treibmädchen, das mich vorhin an meinen Job erinnert hatte. Sie besaß diesen totalen Kaufblick, aber von der illegalen Sorte. Gumball hatte den Blick auch bemerkt. »Komm zu den CommCops, Schwachkopf«, spuckte er aus, »wenn du gute Unterhaltung willst.«

Eine Minute später waren wir wieder im Einsatz, steuerten den Jeep durch die Einkaufsstraße zur Aufwärtsröhre.

Gumballs Kiefer mahlten auf Hochtouren, er hatte den Wagen auf Handbetrieb umgeschaltet. Ich habe wirklich noch keinen Menschen gesehen, der so viel Begeisterung für Kaugummi aufbringt, für ihn war es eine Art Kunst; und jedes Wort, das er ausspuckte, mußte sich seinen Weg durch die klebrigen Klumpen bahnen. Er behauptete, es mache einen schnellen Kopf, und so fuhr er auch: kurzentschlossen, eins mit dem Fahrzeug, die Sirene sang Hosianna und die Nachtshopper versuchten schreiend, aus unserer Flugbahn zu springen. Ich zog inzwischen die neuen Einsatzinfos aus den Armaturen.

Vorkommnis: Piratenspot
Ort: Dollberg, Einheit 1572, Ebene 10
Produkt: unbekannt
Sendequelle: unbekannt
Reichweite: unbekannt
Wirkung: 15 gefroren, 9 gefährdet
Code: APEG

»Guck dir das an!« schrie Gumball. »Ein Apex-Pirat. Hab ich nicht gesagt, das wird ein Hammer? Der Extrabonus lacht!«

Wir waren jetzt in der Aufwärtsröhre und schwebten an den Ebenen sechs und sieben vorbei. Apex war Bullenslang für den APEG-Code: Achtung, Piratenspot – Extrem Gefährlich. Im Ausdruck stand viel zu oft das Wort *unbekannt*, und ich dachte dauernd an ...

»Was ist los, Muldoon? Willst du keinen Bonus?«

Ich merkte, daß Gumball die ganze Zeit weitergeredet hatte. »Was?«

»Mein Gott, du bist heute wirklich nicht ganz da, Mädchen.« Er ließ sein Kaugummi zurückschnellen und mußte dafür mit einer Hand fahren.

»Bring uns bloß sicher hin, Gum. Und laß den Mädchen-Scheiß.«

»Entschuldigung, Madam. Officer Muldoon. Meine liebe Janet.«

»Wirst du wohl ...«

»Ah ... jetzt hab ich es geschnallt ... Parker wurde auch von einem Apex erwischt, oder? Die Treppe. Muß nicht heißen, daß das hier derselbe ist.«

»Ich will hier volle Einsatzbereitschaft, Gumball. Ist das klar? Jederzeit Maske auf, kein Schritt ohne meine Anweisung.«

»Klar. Das war ziemlich schlimm mit Parker, hab ich gehört. Du warst dabei oder? Was ist passiert? Ich meine, wirklich passiert?«

»Halt verdammt nochmal das Maul!«

»Okay. Wunder Punkt. Geht klar.«

Wir waren auf Ebene 10 angekommen und bogen in Straße 29 ein, wo sich die Dollberg-Einheit befand. Ein weiterer CommTransporter stand schon vor dem Laden, eine Gruppe Polizisten drum herum. Sie sahen nervös aus. Wir bremsten scharf, ich stieg aus und erkannte Chief Inspector Brendel im anderen Wagen. Sie trug natürlich die Streumaske, aber ich erkannte sie an der Figur: Wer so fett war, fuhr keine Streife. Saß nur am Schreibtisch. Sie rief mich rüber, ich salutierte, sie grüßte und sagte, ich solle in den Transporter steigen. Sie lehnte sich herüber, unsere Masken stießen fast zusammen: »Officer Muldoon«, sagte sie, »ich will nicht, daß Sie da rein gehen.«

»Aber…«

»Es ist zu frisch. Dies hier ist eine üble Nummer. Ich kann es mir nicht leisten, es wieder zu verbocken.«

»Ist es der gleiche? Die Treppe?«

»Das kann Ihnen egal sein. Officer Drane übernimmt das.«

Drane, ein mächtiger Typ in voller Montur, blickte mich mit debilem Grinsen an. Man konnte ihn kaum von den gelenkigen Robopuppen im Schaufenster unterscheiden.

»Auf keinen Fall! Das ist mein Job. Parker hat…«

»Sie sind entschuldigt. Danke, das ist alles.«

»Ich kenne diesen Piraten. Wer kennt ihn sonst? Ich werde damit fertig. Drane bestimmt nicht. Er kennt ihn nicht. Er stellt Sachen mit einem an. Er läßt einen wünschen…«

»Janet… bitte.«

Das war's. Wenn Brendel einen mit Vornamen ansprach, war das ein ganz schlechtes Zeichen. Entweder man trat den Rückzug an, oder man saß blitzschnell auf der Straße.

»Madam. Natürlich. Entschuldigen Sie, daß ich ungefragt geredet habe.«

»Bitte. Zweifellos schwerer Streß. Und persönliche Anteilnahme. Sie wissen ja, daß das tödlich für den Job ist.«

»Ja, Madam.« Ich sprach aus der Ferne. Drane und sein Team machten sich bereit, in den Dollberg-Laden einzudringen.

»Lassen Sie es nie zu nahe an sich rankommen, Muldoon. Und jetzt mal von Frau zu Frau, ja? In Kollegen verliebt man sich nicht. Kapieren Sie? Sie kapieren es bestimmt.«

»Sicher.«

Ich ging zum Wagen, wo Gumball schon die Waffen lud. »Wir sind draußen, Gum«, sagte ich ihm.

»Draußen? Scheiße. Das war unser Einsatz. Ein Apexalarm.«

»Komm, wir sehen uns mal bei Beenie nach den angefixten Strands um.«

»Das kannst du machen. Ich bleibe hier.«

»Wenn du hierbleibst, Gumball … dann war das dein letzter Job.«

»Madam.«

Wir kletterten zurück in den Wagen. Gumball schlich ein bißchen im Leerlauf dahin, aber schon hinter der ersten Ecke hielt ich ihn an. »Okay, wir schauen es uns von hier aus an.«

»Was machen wir? Was geht ab?« Er zog seine Maske hoch.

»Nein. Behalt sie auf.«

Ich hatte ein beschissenes Gefühl, denn ich wußte, Brendel kam mit dieser Sache nicht klar. Und als wir um die Ecke bogen, konnten wir die Schreie aus dem Laden hören und sehen, in welches Chaos die CommCops geraten waren. Brendel versuchte, aus dem Wagen zu klettern, und sogar aus dieser Entfernung konnte ich ihren Blick sehen, ihre Angst …

»Mein Gott! Was für eine …«

Es war Gumball, und er nahm für diese Worte doch tatsächlich das Kaugummi aus dem Mund. Aber was konnte ich tun? Er wollte losrennen, helfen, aber ich hielt ihn zurück. Ich wollte ihm klarmachen, wie schlimm es sein würde, wie hoffnungslos. Wenn die Menschen nur ab und zu mal auf mich hören würden, könnte das Leben viel schöner sein, und leichter, und länger. Aber dieses komische Gefühl von vorhin kam wieder über mich, diese Distanz zwischen mir und der Welt, und umhüllte mich wie der Schatten eines Fremden.

Später gingen Gumball und ich zu Beenies Fishorama. Wir wollten wohl beide unsere Verzweiflung in Arbeit ersticken. Zunächst nahmen wir uns Mr. Beenie selbst vor und hielten ihm den üblichen Vortrag über das Senden illegaler Werbebotschaften, beschlagnahmten seinen Sender, verpaßten ihm eine kostenpflichtige Verwarnung, die siebte allein in diesem Jahr. Dann sahen wir den Strandjungen vom Einsatz vorher. Er war nicht schwer zu finden: Er und seine Freunde hauten sich gerade eine Portion scharfe Garnelen nach der anderen rein. Ich gab ihm den Störschuß, und wenige Sekunden, nachdem er das Zeug in der Blutbahn hatte, fing er heftig an zu kotzen. Das Treibmädchen, das so scharf auf meine Störpistole gewesen war, war auch da. Das war komisch, denn normaleweise hielten sich Strands und Treibs voneinander fern, und außerdem aß sie auch gar nichts, sie hatte den Garnelenspot nicht von vorn gesehen. Sie sah mich jedenfalls wieder die ganze Zeit an, musterte die Uniform, die hochgeschobene Streumaske, die Pistole, vor allem die Pistole.

Inzwischen hatte sich Gumball auch ein oder zwei Teller Garnelen einverleibt. »Muß auch einen kleinen Blick genommen haben«, sagte er. »Macht ja nichts, oder? Ich bin sowieso hungrig.«

»Nein, bist du nicht, Gum«, antwortete ich. »Wie oft soll ich es dir noch sagen: immer Maske auf!«

Ich selber aß nichts, ich war noch zu mitgenommen von der Dollbergsache. Aber ich setzte mich zu ihm und schaute ihm beim Essen zu. Er hatte sein Kaugummi neben sich auf den Tisch geklebt, für zukünftige Zwecke. Sein Kaugummi hatte eine kränklich grüne Farbe, wie ein Mond, dem übel ist. Und zwischen den Bissen spuckte und quasselte mein neuer Partner wie ein Wasserfall.

»Was für ein Mist mit Drane, hm? Gott sei Dank sind wir nicht reingegangen. Hey, dafür sollte ich dir danken. Mein Gott! Was wird wohl mit ihm passieren? Mit Drane, meine ich? Das gleiche wie mit Parker?«

Ich zuckte mit den Achseln, wollte gelassen bleiben. Eigentlich wollte ich nur diese Schicht zu Ende bringen und dann schlafen.

»Du standest ihm nahe, oder? Ich meine Parker? Das sagen die Jungs jedenfalls. Ich meine, da lief was zwischen euch, oder?«

»Falsch.«

»Falsch? Aber ich dachte...«

»Hör zu, Gum. Halt einfach die Klappe und iß deine Garnelen.«

»Mach ich doch. Echt gut, diese Garnelen. Was ist passiert?«

»Was?«

»Du weißt schon, mit dir und Parker, diese... was war es noch gleich? Dieser Spot mit der Treppe. Was ist daran so scheißgefährlich?«

»Du hast doch die Berichte gelesen.«

»Der offizielle Blödsinn? Lese ich nie. Ich will die Wahrheit, Muldoon. Meinst du nicht, daß mir das zusteht? Niemand wollte Parkers Platz haben, weißt du das? Alle halten dich für den härtesten Brocken.«

»Meinst du, das kümmert mich?«

»Das kümmert dich einen Scheißdreck, ich weiß. Was meinst du, warum ich dich mag?«

Ich habe ihm natürlich nicht alles erzählt. Das Schlimmste habe ich weggelassen. Aber ich hielt mich an die Wahrheit, und ich erzählte sie kühl und distanziert. Ich erzählte sie wie eine Geschichte, die jemand anderem passiert ist, und das beruhigte mich irgendwie. Die Geschichte ging los, wie die meisten unserer Einsätze, nämlich nachdem sie begonnen hatte. Wenn wir einen Spot erwischen, bevor er irgend jemanden erwischt, gibt es einen doppelten Bonus, besonders, wenn es um einen Killerbann geht. Aber normalerweise kommen wir zu spät für die ersten Opfer. Wir sind eigentlich nur die Putzkolonne: Wir kommen nach einer schlechten Show und machen die Straße wieder sicher für den Steuerzahler. Die Apexeinsätze sind ein ganz neues Ding, und der Treppenspot war mein erster. Parkers letzter. Er war echt noch ein Kind, Parker, und ich hätte besser auf ihn aufpassen sollen. Als der Ärger losging, war er seit zwei Monaten mein Partner. Ich wußte natürlich Bescheid über die Tuscheleien der Kollegen. Es gibt immer noch nicht viele Frauen, die ein Team leiten, und Brendels Entscheidung, mir einen zehn Jahre jüngeren Kollegen an die Seite zu stellen, na ja… laß sie reden. Aber da war tatsächlich was, eine Art von Zusammenarbeit, die sich einfach gut anfühlte. Parker respektierte mich; ich mußte mich nicht ständig mit ihm in Schlagfertigkeit messen, so wie mit Gumball und all den anderen. Ich hätte echt besser auf ihn aufpassen sollen.

Wir bekamen das erste Mal Wind von dem Ärger, als eine erhöhte Zahl von Selbstmorden gemeldet wurde. Fast alles Klatscher, und meist von bekannten Gebäuden herunter. Ein öffentlicher Auftritt, ein wirkungsvoller Abgang. Es war ziemlich offensichtlich, daß ein Spot dahintersteckte, aber es erwies sich als schwierig, zur Quelle vorzudringen. Diese Spots heutzutage wollen einem nicht mehr bloß den neuesten Scheiß andrehen; sie wollen einen dazu bringen, alles mögliche zu tun. Darum haben wir diese scharfen Kontrollen; deswegen gibt es uns CommCops. Jemand hätte sich denken können, daß böse Menschen diese Technologie in die Finger kriegen würden, denn das passiert schließlich immer, oder? Killerspots hatte es schon vorher gegeben, aber noch nie so erfolgreiche und mit solcher Publicity. Die Sache hatte oberste Priorität bei allen Polizeiabteilungen, dennoch kamen wir kein Stück voran, bis eins der Opfer auftauchte.

Der Typ war in einem furchtbaren Zustand, er redete wirres

Zeug und schrie irgendwas über eine Treppe, »eine goldene Treppe, endlos… endlos…«. Schließlich kriegten wir etwas Verständliches aus ihm heraus. Er hatte ganz friedlich zu Hause gesessen, eine Spielshow im Fernsehen gesehen. Seine Frau saß neben ihm. Glücklicherweise waren seine Kinder in ihren Zimmern und bekamen den Spot nicht mit. Diesen Spot, der aus dem Nichts auftauchte, plötzlich zwischen all den anderen Spots, die den Bildschirm überschwemmten. Er zeigte nichts Außergewöhnliches, es war nur dieses Bild einer endlos ansteigenden Treppe. Kein Wort, kein Slogan, das normale Programm. Das übliche Einfrieren. Und der übliche Bann. Legale Spots haben nur eine niedrige Interferenz, und mit ein bißchen Willen kann man ihren Verlockungen widerstehen. Sie dachten sich also nichts dabei, der Mann und die Frau, aber in jener Nacht träumten beide von der Treppe, davon, hinaufzusteigen und herauszufinden, was dort oben auf sie wartete.

Am nächsten Tag um zwei Uhr nachmittags warf sich die Frau aus dem Fenster im obersten Stockwerk des Bürogebäudes, in dem sie arbeitete. Das war vor fünf Tagen gewesen, und natürlich war der Mann verzweifelt und trauerte über den Verlust seiner Frau, und natürlich wollte er ihr folgen. Da las er von den anderen Selbstmorden. Er mußte sicher ungeheure Willensreserven aufbringen, um sich zur nächsten CommCop-Station zu schleppen.

Brendel wollte ihn zu seiner eigenen Sicherheit in Haft nehmen, aber ihre Vorgesetzten spielten nicht mit. Also jagten wir ihm die größtmögliche Menge an Störmitteln rein und ließen ihn gehen. Er machte es noch zwei Tage. Wir ließen ihn natürlich die ganze Zeit beschatten, aber das half nichts. Er schüttelte den Kollegen eine Minute lang ab.

Eine Minute kann lang sein, wenn man fällt…

Dann wurde es richtig schlimm, weil die Geschichte publik wurde. Die Medien waren uns auf den Fersen, und Brendel war kurz vorm Explodieren. Sie strich sämtlichen Urlaub, verdreifachte den Apex-Bonus und sorgte dafür, daß die Jungs im Labor Tag und Nacht nach der Sendequelle fahndeten. Ihre einzige gute Nachricht war, daß der Treppenspot jedesmal nur auf einem Empfänger erschien. Wir nennen das eine Schmalspur. Er erschien auf einem Privatfernseher, auf einem Computermonitor, auf einem Spielhallendisplay. Aber nie auf öffentlichen Bildschirmen, wie etwa einer Kinoleinwand. So als würde sich der Spot nach und nach einzelne Leute herauspicken. Wie ein Heckenschütze. Wir brachten selbst Spots raus, die die Leute davor warnten fernzusehen, zu spielen, sich der Unterhaltung hinzugeben. Wir versuchten – wie immer vergeblich – die Fernseh- und Spielkonzerne zur Unterbrechung ihrer Übertragungen zu bewegen. Ja, klar, wir verzichten aufs Geldverdienen, bloß wegen eines unbestätigten Gerüchtes über einen Killerspot. Merkt ihr eigentlich noch was? Also verteilten wir gratis billige und häßliche Streubrillen, aber da kann man auch gleich versuchen, Strandgut in Nadelstreifen einzukleiden. Keine Chance, und jeden kann man sowieso nicht erreichen, jedenfalls nicht dauernd, und irgendwie fühlten wir CommCops uns ein bißchen wie nackte Straßenkämpfer, auf die hinter jeder Ecke ein unsichtbarer tödlicher Feind lauern kann. Wie läßt sich sonst erklären, was Parker tat, was ich ihn tun *ließ?*

Es war ein Sonntagabend, nicht viel los in den 24-Stunden-Hallen. Ein paar Treibs und Strands auftauen, nichts Besonderes. Parker langweilte sich und wurde kribbelig. Er hatte mehr vom Job erwartet, klar, so jung wie er war; es war mir ja genauso gegangen. Aber man findet schnell heraus, daß der Alltag eines CommCops nicht so aussieht wie in den Anwerbeanzeigen. Ich wollte ihm die Wirklichkeit demonstrieren, aber der dumme Junge interessierte sich gar nicht dafür. Er tickte echt aus, schwang große Reden, wie er diesen Treppen-Scheißkerl ein für allemal erledigen würde. Er war richtig heiß drauf, und ich konnte meine heimliche Freude nicht unterdrücken, vor allem, weil er mich so an meine Jugendjahre erinnerte.

Wir stießen auf eine Gruppe Strands, die total weggetreten auf einen Spielschirm starrten. Sie waren steif gefroren, und ich fürchtete schon, wir würden die Treppe auf dem Schirm sehen. Davor hatte ich schon seit Wochen Schiß: auf einen Zuschauer im Bann des Killers zu stoßen. Zum Glück waren es nur ein Paar Turnschuhe, die sich langsam drehten und insgeheim suggerierten: »Kauft mich! Kauft mich! Kauft mich sofort, ihr blöden Penner!« Leichte Beute; das Ding war so attraktiv wie ein Pferdearsch, ganz offensichtlich ein Spot von Minskeys Muskeln, einem Sportartikelgeschäft zwei Straßen weiter. Parker war ganz verrückt danach, die Turnschuhe vom Schirm zu schießen, er hatte die Pistole schon draußen und geladen, also sagte ich: »Er gehört dir, Junge«, und ging zu Minskey, um ihm die Strafe aufzubrummen.

Großer Fehler. Es dauerte länger als gedacht, Minskey machte ein Riesentheater, seine muskelbepackten Verkäufer hingen mit abgeschalteten Hirnen herum. Überall in dem Laden lief derselbe Spot auf vielen Bildschirmen, und dieser Typ behauptete, er würde »nie nicht solche schlimmen Spots bringen, aber nein, Madam, niemals nicht. Sehn Sie, hier alles gute Spots, saubere Spots, keine schlimmen. Kein Gefrier. Sehn Sie?«

Ich hoffte die ganze Zeit, Parker würde langsam mal auftauchen. Ich brauchte Verstärkung. Was trieb der Jungs bloß? Er mußte doch die Arbeit schon erledigt haben, ehrlich. Ich mußte schließlich mit leeren Händen wieder abziehen, was mich wirklich ankotzte. Ich war also wild entschlossen, meinem sogenannten Partner eine Abreibung zu verpassen. Natürlich war ich vor allem wütend über mein eigenes Versagen, und vielleicht hatte der Junge ja Probleme, aber egal: Ich kann es nun mal nicht leiden, einen Job nicht zu Ende zu bringen. Als ich zur Spielhalle zurückkomme, ist alles leer, alle Konsolen verlassen, die Spiele unterbrochen. Keine Strands, keine Treibs, kein Parker. Ich schaue mich um und fange an, mir Sorgen zu machen, da höre ich dieses Geräusch aus dem Nachbargang, ein Schreigeräusch. Wie ein menschlicher Schrei durch den Zerhacker gejagt. Ich hätte sofort Verstärkung holen sollen. Statt dessen renne ich rüber, auf das schreckliche Geräusch zu, das mir den Magen umdreht. Es packt mich tief drinnen. Um die Ecke sehe ich einen Haufen Leute, die vor einem Laden verrückt spielen. Das Schreien kommt aus ihrer Richtung. Okay, näher ran, und langsam, langsam, die Lage peilen, streng nach Vorschrift. Der Laden ist ein Schwarzes Loch, hat zugemacht. *Aufgegeben* sagt das aufgeklebte Schild quer übers Fenster. Die Tür ist einen Spalt breit geöffnet. Okay, was ist hier los?

»Meine Schwester! Meine Schwester! Helfen Sie ihr! Meine Schwester!«

Ein ausgerasteter Strandjunge kommt auf mich zu, er ist so verzweifelt, daß mir der Schweiß ausbricht. Jemand anders sagt: »Es ist dieses Treppending, da bin ich sicher.«

»Ist sie da drin?« frage ich.

»Holen Sie sie raus!« schreit der Junge. Schreit die ganze Zeit.

»Wo steckt mein Kollege?«

»Hä?« Stimmen.

»Der andere CommCop, wo steckt er?«

»Er ist reingegangen.« Stimmen von allen Seiten.

Scheiße.

Ich sehe mich in der Menge um. Die meisten sind jetzt still, schauen mich nur an, als könnte ich einen der ihren retten, dabei dachte ich bloß an Parker, das blöde Arschloch, der unbedingt allein reingehen mußte. Ich glaube, dann habe ich die Verstärkung von HQ angefordert, Code APEG. Ich konnte natürlich nicht darauf warten; statt dessen Maske herunterziehen, Störpistole laden, Tür auftreten.

Dunkel. Dunkel hier drinnen. Leichtes Farbsummen durch die Streumaske, Rauschen von einem Fernseher ganz hinten. Keine Spur von Parker oder dem Mädchen, und warum war in dieser beschissenen Müllhalde ein Fernseher an? Ich gehe weiter, Strahler an, bemerke Spuren von Bewohnern: ausgebreitete

Decken, Campingkocher, Töpfe und Pfannen. Strandbesetzer. Mein Strahler holt etwas aus der Dunkelheit, eine aufgerollte Decke oder so, dann sehe ich, daß es sich um ein Kind handelt, ein kleines Mädchen. Sie liegt auf dem Boden, ganz zusammengerollt, und wiegt sich hin und her, hin und her. Und als ich mich hinunterbeuge, sie umdrehe, als sie ihre Arme nach mir ausstreckt, sehe ich etwas Unglaubliches: Sie hat eine Maske auf.

Eine CommCop-Maske.

»Mein Gott, das wußte ich nicht«, sagte Gumball. »Das heißt…«

»Ja. Parker nahm seine Maske ab und gab sie dem Mädchen. Er hat ihr das Leben gerettet.«

»Mann.« Er war inzwischen fertig mit seinen Garnelen und hatte wieder das Kaugummi im Mund, das er jedoch jetzt ganz langsam kaute. »Das war verdammt mutig!«

»Es war dumm. Ja, okay, mutig auch. Ich fand ihn gebannt vor dem Fernseher. Er hatte die Knarre in der Hand, sie war auf den Bildschirm gerichtet, und ich schwöre dir, selbst im Bann versuchte er noch abzudrücken. Er hatte Tränen… Tränen auf den Wangen. Gefroren. Dann hörte ich die Sirenen – die Scheißverstärkung. Sie kam natürlich viel zu spät.«

»Hey, Muldoon, es ist nicht deine Schuld.«

»Nein? Hast du jemand anderen anzubieten?«

»Also…« Jetzt zog er das Kaugummi wieder lang aus dem Mund – diesmal war es schmutziggelb – und ließ es zurückschnellen. »Also wie sah er aus?«

»Der Spot? Ich hatte ja die Maske auf, kriegte ihn also nur durch den Filter. Nur so eine Treppe, nichts Besonderes. In Bewegung, das heißt, sie führte immer weiter hinauf, ohne Ende. Sah irgendwie billig aus, Du weißt schon, amateurhaft.«

»Das ist alles?«

»Das ist alles.«

»Mann!«

»Ja. Laß uns Feierabend machen.«

Aber als ich anfing, unsere Ausrüstung zusammenzupacken, bemerkte ich dieses Mädchen am Nachbartisch, in Hörweite. Sie sah zu uns rüber. Es war das Treibmädchen, die mit dem harten Kaufblick, jetzt ohne ihre Strandfreunde. Sie lächelte mich an.

»Was ist mit dir los?« fragte ich sie.

»Nicht viel, ich höre bloß zu.«

»Das sind Polizeiangelegenheiten«, sagte Gumball. »Mach, daß du wegkommst, aber schnell. Verdammte Strands!«

»Ich bin kein Strand. Ich bin Treibgut. Was fällt Ihnen ein!«

»Alles die gleiche Scheiße. Nichts im Kopf als Tag und Nacht bescheuerte Spiele.«

»Es sind keine Spiele. Es ist Kunst.«

»Ja, sicher.«

»Ich bin gut darin. Ich kann schummeln. Das ist ein geheimer Trick, es ist ein Teil der Kunst. Man muß es entdecken, und dann kann man sich weiterentwickeln. Auf die nächste Ebene gelangen.«

Gumball stand auf. Sein Mund bearbeitete den Kaugummi wie eine Maschine; wie eine Regenbogen-Maschine. »Ich werde dich auch gleich weiterentwickeln!« schnaubte er, und beim Sprechen konnte man in seinem Mund alle Farben in ständigem Wechsel sehen.

»Setz dich hin, Gum«, sagte ich. »Das ist bloß ein Kind.«

»Sie erzählen ihm nicht alles, oder?«

Das sagte sie mir direkt ins Gesicht, mit einem wissenden Blick.

»Was soll das heißen?«

»Erzählen Sie mir von der Maske.«

»Was meint sie?« fragte Gumball.

Ich ignorierte ihn, behielt das Mädchen im Auge. Sie sah so jung aus, neun oder zehn, obwohl man sich da nie sicher sein kann, wenn sie erst mal auf der Straße leben. »Was weißt du?«

»Sachen.« Und sie lächelte wieder.

»Wie heißt du, Mädchen?« fragte ich.

»Lucy. Und Sie?«

»Tut nichts zur Sache. Ich fürchte, du mußt mitkommen.«

»Toll. Kann ich bitte ein CommCop werden?«

Ich schickte Gumball nach Hause, meldete mich beim HQ ab und stellte den Pieper an. Dann lud ich das Treibmädchen zum Frühstück ein. Sie war sehr angetan; genehmigte sich aber keine Garnelen, nur Kaffee und Kekse. Sie saß mir gegenüber und schlürfte. Ich sah sie mir näher an: sehr hübsch, unglaublich dünn, als könnte ich sie wie eine Feder hochheben. Und gut gekleidet wie alle Treibs. Jedenfalls verglichen mit den Strands, die wie Müll herumliefen. Ich fragte sie, warum sie von zu Hause abgehauen sei, und sie sagte, ein Heim sei was für Einsame, und das konnte ich nachvollziehen. Ich war schließlich ein CommCop.

»Ich kann mir Spots angucken«, sagte sie, den Mund voller Kekse. »Ich wette, das können Sie nicht.«

Mir fiel ein, daß sie heute morgen ziemlich dicht am Geschehen war, vielleicht hatte sie einen kurzen Blick riskiert, ich war nicht sicher.

»Ich habe doch die Maske«, antwortete ich.

»Ich brauche keine Maske, glauben Sie bloß nicht, deswegen wollte ich zu euch, nur um ’ne Maske und ’ne Knarre zu kriegen, ich brauche sie nämlich nicht, na ja, die Knarre wäre geil, aber nur für den Kick. Warum will ich wohl keine Garnelen? Spots können mir nichts anhaben.«

Ich wußte, daß es ein paar Menschen gab, die gegen die Botschaften immun waren. Die Marketingleute nannten sie »Die Blindverbraucher« oder die »Resistenten 6 Prozent«. Ich wußte, daß Brendel dieses Mädchen, diese Lucy, nur zu gern in ihre Finger kriegen würde. Sie würde eine Million Experimente mit ihr veranstalten und jedes bißchen Streufaktor aus ihr extrahieren.

Ich war nicht besonders scharf darauf, denn ich hatte schon mit angesehen, was diese Extraktion mit den Immunen anstellte: Sie machte sie hohl.

»Was hätte ich meinem Partner über die Maske erzählen sollen?« fragte ich sie.

»Sie haben sie abgenommen, oder? Als Sie den Treppenspot gesehen haben. Stimmt's?«

»Nein. Ich meine... ich wollte... es war...«

»Es war, als würden Sie gezwungen, nicht wahr?«

»Ja... Ich war schon dabei... dabei, die Maske hochzuschieben... ich konnte nicht...«

»Wie weit?«

»Was?«

»Wie weit?«

»Nur ein bißchen, einen Spalt; eigentlich nicht die Rede wert.«

»Sie haben es niemandem erzählt?«

»Hör mal, was ist das hier? Es ist nichts passiert.«

»Und jetzt haben Sie Schiß. Schiß, daß man Sie von der Straße holt. Habe ich recht?«

Ich sah weg. Die Strandjungs waren inzwischen alle gegangen, andere Gäste hatten ihre Plätze eingenommen. Vielleicht hatten sie wirklich Hunger, vielleicht war er künstlich erzeugt, man konnte es ihnen nicht ansehen. Nicht ohne die nötige Ausrüstung.

»Du hast es gesehen, oder?« sagte ich zu dem Mädchen.

Sie war eine Weile still und fing dann an zu weinen. Keine Tränen des Schmerzes, der Wut oder gar der Verzweiflung. Sie nickte, sagte nichts. Weinte nur.

Es waren Tränen des Verlustes. Da bin ich sicher.

Später – ich hätte eigentlich schon lange zu Haus und im Bett sein sollen – nahm ich Lucy mit zur CommCopstation. Sie hörte auf zu weinen, sobald sie in den Transporter stieg, und die Fahrt durch die Stadt brachte sie schon zum Lächeln, besonders, als ich nur für sie die Sirenen anmachte. Ich wollte sie einfach ablenken, auf andere Gedanken bringen; mir war nämlich etwas unwohl bei dem, was ich vorhatte. Ich hatte keine Ahnung, wie die Reaktionen sein würden. Brendel hatte zum Glück auch Feierabend, und in den Hochsicherheitszellen trieb sie sich ohnehin selten herum. Ich trug mich bei der Wache im Keller ein, machte ein Kreuz bei »Wachhabender Offizier« und eins bei »Verwandte/Freunde« und ließ Lucy dahinter unterschreiben. »Es ist sowieso Frühstückszeit«, sagte die Wache. »Ich wollte es ihm gerade reinbringen.« Er hatte einen Teller Brei und einen Löffel in der Hand. »Wollen Sie es machen?«

Ich nickte. Nahm Teller und Löffel – beides aus Plastik – und wartete, während die Wache die Tür aufschloß.

»Vorsichtig da drinnen«, sagte er.

Der Insasse von Zelle 945 schlief, als wir eintraten. Dachte ich jedenfalls. Es war dunkel, das schwache Licht von der Tür zeigte nur einen massigen Schatten auf dem Bett. Ich hielt einen Finger an die Lippen, aber Lucy war sowieso still. Sie war so aufgeregt, daß sie nicht einmal laut atmete. Mir ging es genauso, und als ich die kleine und gut geschützte Deckenlampe anknipste und die Gestalt auf dem Bett sich ein wenig regte, war es mir, als würde ich die Toten wecken. Endlich hörte man jemanden atmen: Lucy sog die Luft ein, als sie sah, was aus Parker geworden war.

Geworden war.

Gemacht worden war.

Erlitten hatte.

Es war mein erster Besuch. Vielleicht hatte ich das Schuldgefühl ferngehalten, vielleicht auch nur das Gefühl der Hilflosigkeit. Er war an das kleine Bett gefesselt.

Angeschnallt. Das hatte ich nicht erwartet. Es mußte schlimm gewesen sein. Immer noch sein. Scheiße. Ich konnte an fast gar nichts denken, und als er die Augen öffnete – er brauchte eine ganze Weile, mich zu erkennen –, da war ich kurz davor umzudrehen.

Parkers Kopf lag auf einem Kissen und war der einzige Körperteil, den er überhaupt bewegen konnte. Und der Dreckskerl lächelt mich doch tatsächlich an. Dann sagt er: »Muldoon, du bist gekommen. Ist schon Frühstückszeit?« Ich gehe mit dem Teller zu ihm, nehme einen Löffel voll Brei. Ich führe ihn an seine Lippen, er öffnet den Mund, kaut das Zeug, schluckt. Nach ungefähr sechs Löffeln schüttelt er den Kopf, danke, mehr nicht.

»Hast du ihn schon erwischt?« fragt er.

Ich schüttle den Kopf.

»Bleib dran«, sagt er. »Mach dir um mich keine Sorgen.«

Kaum zu glauben, wie friedlich er klingt.

»Muldoon?«

»Ja.«

»Einen Gefallen, bitte.«

»Was du willst, Parker. Was du willst.«

»Mach diese Riemen los. Nur an meinen Armen. Nur am rechten Arm würde genügen. Ich möchte mein Essen selber essen. Ich kann es nicht ab, wie ein Baby gefüttert zu werden.«

Ich sehe mich in der Zelle um. Dann zur Tür. Dort steht Lucy, und sie nickt.

»Los, Muldoon«, sagt Parker. »Was soll ich schon anstellen?«

Ich lehne mich über ihn, um an den Riemen zu kommen. Er ist sehr fest angezogen, und als ich ihn löse, streichelt Parkers Hand kurz über mein Gesicht. »Danke«, sagt er. »Danke.« Dann nimmt er den Plastiklöffel und fängt an zu essen.

»Wer ist sie?« fragt er.

»Sie heißt Lucy«, antworte ich.

»Ich kann selbst antworten«, sagt das Mädchen. Sie tritt näher an Parker heran, aber bleibt ein paar Schritte entfernt stehen. »Ich heiße Lucy Bell. Ich bin zehn Jahre alt, beinahe. Spots können mir nichts anhaben. Und ich habe die Treppe gesehen.«

Parker hört auf zu essen. »Du hast sie gesehen?«

»Ja. Sie tauchte in einem Spiel auf, das ich spielte. Zum Glück war ich allein. Ich habe schon eine Million Spots gesehen, verstehen Sie, und nichts friert mich ein. Manchmal denke ich, das ist mein Pech, denn es muß doch schön sein, wenn einen etwas wirklich berührt. Normalerweise gehe ich einfach an eine andere Maschine, wenn der Schirm gefriert, aber diesmal war es anders, das merkte ich, aber ich wußte nicht, wieso. Irgendwas war mit dieser Treppe, wie sie so unendlich weitergeht...«

»Ja«, sagte Parker. »Unendlich...«

»Es machte mich richtig traurig, wie sie so nach oben führte, und niemand ging hinauf.«

»Ja. Traurig.«

»Ich mußte meine Hand ausstrecken. Ich konnte nichts dagegen tun. Ich faßte den Bildschirm an. Er war kalt, als wäre die Maschine kaputt. Aber es fühlte sich schön an, einfach nur die Finger auf die Stufen zu legen. Als würde ich schon hinauflaufen, wenn ich sie nur anfasse. Und es machte mich so traurig, daß ich zu weinen anfing. Fragen Sie mich nicht wieso, ich habe keine Ahnung.«

»Ich weiß«, sagte Parker. »Ich weiß.«

»Und seitdem läßt mich diese Traurigkeit nicht los. Es kommt mir vor, als hätte ich was versäumt. Inspector Muldoon hat erzählt, Sie wären so mutig gewesen, Sie hätten einem Strandmädchen ihre Streumaske gegeben und sie gerettet.«

»Nein, das war nicht mutig. Die Treppe hat mich dazu gebracht, die Maske abzunehmen. Ich merkte, daß das Mädchen sie noch nicht gesehen hatte, daß sie verzweifelt versuchte wegzusehen. Ich habe ihr meine Maske nur gegeben, weil ich sie nicht mehr brauchte.«

»Ich finde trotzdem, daß es mutig war. Und außerdem dachte ich gerade, vielleicht sollte ich mich freiwillig testen lassen oder so was. Da ist doch bestimmt irgendwas in mir drin, irgendwas Seltsames, das die Spots nicht mögen. Und ich weiß, daß die ganz normalen Sachen, Stördrogen und so, daß die diesmal bei der Treppe nicht wirken. Vielleicht sollte ich...«

»Nein.« Parker richtete sich auf, so weit er konnte. »Ich habe gehört, was mit den Leuten passiert, die man extrahiert. Das ist nicht gut. Gar nicht gut. Arbeite einfach mit Inspector Muldoon hier zusammen. Vielleicht könnt ihr herausfinden, wo die Spots herkommen? Wenn ihr zusammenarbeitet?«

»Das fände ich gut. Ich möchte so gern CommCop werden.«

»Das wirst du auch, Mädchen. Das wirst du.«

Ich beobachtete das alles aus einer Ecke der Zelle. Ich wußte nicht genau, was ich damit bezweckt hatte, die beiden zusammenzubringen. Dieses junge Mädchen, gerade den Kinderschuhen entwachsen, und hatte doch schon so etwas wie einen Mordversuch mit angesehen und überlebt; und dieser arme junge Mann, dieser Polizeianfänger, der eins von vielen Opfern geworden war. Ein junger Mann, ans Bett geschnallt, mit einem Plastiklöffel in der Hand. Sie schienen wenigstens glücklich miteinander zu sein. Parker rief zu mir herüber: »Halt Brendel von diesem Mädchen fern, okay?«

»Tu ich schon.«

»Gut. Und jetzt laßt mich bitte allein.«

Er schubste Lucy in meine Richtung. Sein Gesicht war plötzlich hart geworden. »Ich schnalle dich wieder fest«, sagte ich, aber Lucy war im Weg, und ich ging um sie herum, als mich ein plötzlicher erstickter Laut erstarren ließ. Es war Parker. Direkt vor meiner Nase hatte er sich den Plastiklöffel in den Rachen gerammt. Er stopfte ihn tiefer und tiefer hinein in seine Kehle. Ein paar Sekunden lang konnte ich mich nicht bewegen; sein Blick, diese reine Freude an der Unterwerfung, die aus seinen Augen leuchtete, nagelten mich fest. Als ich mich davon löste, rief ich gleichzeitig nach der Wache, stieß Lucy beiseite und stürzte zum Bett. Eine Hand auf seinem Gesicht, versuchte ich mit der anderen, seinen Mund zu öffnen, ihn zum Atmen zu zwingen, atme, atme wieder! Seine rechte Hand drückte mir die Kehle zu. Wo zum Teufel blieb diese Wache? Hinter mir, irgendwo hinter mir, weit, weit weg, fing Lucy an zu schreien.

Um elf kam ich nach Hause, todmüde und fertig. Ich hatte Lucy bei mir. Sie zeigte die Beschattungskünste eines Strandmädchens. Ich schubste sie aufs Sofa. »Du schläfst da«, sagte ich. »Glaub bloß nicht, daß ich deinetwegen auf mein Bett verzichte.«

«Ich will nicht schlafen«, antwortete sie. »Es ist Tag. Kommt Parker wieder in Ordnung?«

»Was heißt in Ordnung? Wir halten ihn gegen seinen Willen am Leben. Ist das in Ordnung?«

»Vielleicht sollten wir ihn … Sie wissen schon?«

»Denk nicht mal dran. Das meine ich ernst.«

Ich nahm die Pistole und Maske ab, und es kam mir vor, als würde ich meine Haut abstreifen, so lange hatte ich die Maske jetzt getragen.

»Okay«, sagte das Mädchen. »Eine schöne Wohnung. Wow, Sie haben einen Fernseher!« Es klang, als hätte sie noch nie einen gesehen.

»Betreten verboten«, sagte ich. »Nur ich habe das Kennwort.«

»Klar. Leben Sie allein hier?«

»Ja.«

»Nicht verheiratet?«

»Ich gehe ins Bett.«

»Keinen Freund? Oder Freundin?«

»Wiedersehen.«

Ich nahm Maske und Pistole mit ins Schlafzimmer, zog mich nackt aus und sank selig in die Kissen. Ich weiß nicht, wovon ich träumte. Es war eine lange, schlimme Nacht gewesen, der Morgen ebenso, und ich wünschte, dabei könnte es bleiben, die Nacht, schwarzer Schlaf, das Ende der Geschichte.

Aber manche Dinge kann man sich nicht wünschen.

Als ich aufwachte, fühlte ich mich schlechter als vorm Einschlafen. Ich hatte keine Ahnung, wie spät es war. Ich mußte mich durch mehrere Schichten Wirklichkeit wühlen, bis ich das

Geräusch bestimmen konnte: das Geräusch eines Fernsehers, irgendwo. Zuerst glaubte ich, mit Parker an der Seite einen Killerspot durch die glänzenden Kuppeln einer goldenen Spielhalle zu jagen; dann glaubte ich, es sei alles bloß ein Traum, und ich war sehr froh über diese Erkenntnis; dann hörte ich, daß meine Störpistole im Dauerfeuer abgeschossen wurde und glaubte mich wieder in der Spielhalle, aber nur eine Sekunde lang, denn dann ergriff ich den letzten Zipfel Wirklichkeit. Der Lärm kam aus meinem Wohnzimmer und wurde von einem grauenhaften Geheul begleitet.

Die Blindseite meiner Maske starrte mich vom Wandhaken an, aber die Pistole war weg. Dieses dämliche Mädchen…

Ich stieß die Tür auf. Nackt.

Das verdammte dämmliche Mädchen hockte direkt vor dem Fernseher. Sie hatte die Pistole in der Hand und feuerte immer noch auf den Bildschirm. Sie heulte jetzt nicht mehr, sie wimmerte nur leise. Ich weiß nicht, wie sie das Kennwort geknackt hat, aber das Mädchen war mir von Anfang an ein Rätsel. Und sie feuert immer noch. Feuerte und feuerte auf die goldene Treppe, die stetig aufwärts führte, die den Bildschirm hinaufglitt wie eine Rolltreppe in den Himmel. Sie rollte immer weiter, durch das ganze Störfeuer, das die Kleine auf den Bildschirm losließ.

Ja. Ich sah sie. Ich war nackt, kam direkt aus dem Bett.

Und die Maske hing noch am Haken im Schlafzimmer.

»Sieh nicht hin! Sieh nicht hin!«

Das waren die letzten Worte, die ich hörte, und sie schienen in der Luft zu gefrieren wie Eistropfen. Alles gefror. Für mich gefror alles.

»Es tut mir leid«, sagte Lucy. »Ich wollte…«

»Was?«

»Bitte, komm zurück zu mir!«

Durch langsam schmelzendes Eis tauchte ich auf, ich kam zu

mir und hatte die Augen auf den Bildschirm gerichtet, wo ein Elefant fröhlich umhertanzte. Keine Spur von einer Treppe. Alles schien normal, ganz normal. Ich und ein junges Mädchen vor dem Fernseher. Beinahe eine Familie. In mir waren keine Gefühle, nichts, was ich fassen konnte.

»O Gott, es tut mir leid.«

»Das ist schon okay.«

»Ich wollte ihn töten.«

»Ich sagte doch, es ist okay.«

Mir fiel auf, daß ich nackt vor dem Mädchen stand. Ich ging langsam zurück ins Schlafzimmer. Ich konnte nur an eins denken: mich anzuziehen. Ich setzte sogar die Maske auf, ich weiß nicht, warum. Ich setzte sie als erstes auf, als könne sie mich jetzt noch beschützen. Ich ging zurück ins Schlafzimmer, nahm Lucy die Pistole aus den verkrampften Händen, und dann ging mein Pieper los.

»Muldoon, bist du das?«

»Ja.«

»Schon gehört?«

Es war Gumball, und ich konnte ihn ganz deutlich verstehen, kein klebriges Schmatzen. Ich wußte, es mußte etwas Schlimmes passiert sein. »Ist es Parker?«

»Ja. Er hat es geschafft. Möchtest du Einzelheiten?«

»Nein. Nein, keine Einzelheiten.«

»Okay. Hör zu... äh... Scheiße, ich kann so was nicht besonders gut. Es tut mir leid. Scheiße. Hör zu, sie haben eine Teilpeilung für den Killerspot, er kommt aus der Gegend von Ancoats. Wir kämmen Haus für Haus durch. Bist du dabei?«

»Nein. Ich fahre zu den Spielhallen.«

»Zu den Spielhallen? Du hast doch gar keinen Dienst heute. Ist bei dir alles klar, Muldoon?«

»Klar. Mir geht's gut. Wiedersehen.«

Ich unterbrach das Gespräch, riß einfach den Pieper vom Gürtel, ließ die Kabel baumeln. Lucy sah mir erschrocken zu, wie ich die Pistole nahm und mit dem stahlverstärkten Griff den Fernsehschirm einschlug. Ich brachte den armen, dummen, unschuldigen Elefanten um. »Komm«, sagte ich und packte das Mädchen an ihren dünnen Unterarmen.

»Aber wohin?«

»Halt den Mund.«

Ich wußte nicht, wann der Selbstmordtrieb einsetzen würde. Bei manchen Opfern hatte es mindestens eine Woche gedauert, bis sie der Drang überwältigte, andere hatten ihn innerhalb von Sekunden verspürt. Also zählte jede Minute, und ich fuhr wie eine Wahnsinnige, der Jeep schlingerte wie eine verrückte Schlange durch den Verkehr. Ich wußte nicht einmal genau, warum ich zu den Spielhallen fuhr, es war wohl einfach mein natürliches Jagdrevier. Ich hatte das dringende Gefühl, dort gebraucht zu werden.

»Ich dachte, wir fahren zur CommCop-Station«, sagte Lucy.

»Noch nicht.«

»Das bleibt unter uns, Mädchen«, sagte ich zu ihr. »Ist das klar?«

»Ist es ein Geheimnis?«

»Ja. Ein Geheimnis.«

»Okay.«

Ich sah das Mädchen an. Sie war klein und schmal, machte sich noch kleiner, in dem sie sich in den Sitz drückte. Ihre Augen waren leer, sie starrte auf die schlecht beleuchtete Straße vor uns. Plötzlich tauchte die Spielhalle auf, zwölf Stockwerke, die sich fast herunterbeugten, um mich zu schlucken.

Ich fuhr zum Serviceeingang und hinunter in die Tiefgarage. Dort stand bereits ein CommCopwagen, und Gumball lehnte am Kotflügel. Er rief meinen Namen, aber ich fuhr an ihm vorbei und zur Aufwärtsröhre. Ich konnte hören, wie sein Motor knurrend ansprang und ein Echo durch die leeren Gänge schickte, und das Quietschen der Reifen.

Erster Stock. Zweiter. Jetzt schaltete er seine Sirenen ein, als ob mich das noch scheren wüde. Dritter Stock, vierter, fünfter. Ich feuerte den Wagen durch die Kurven des Gebäudes. Sechs, sieben, und Lucy schrie mich an, langsamer zu fahren, anzuhalten, einfach anhalten bitte jetzt bitte. Ich konnte nicht. Die Stockwerke falteten sich auf, aufwärts, aufwärts. Acht, neun, zehn. Ich glaube, da ungefähr verlor ich Gumball. Ich verlor überhaupt jeden. Es gab nur mich und das Mädchen und die Treppe, die mich leitete. Ich mußte nach oben kommen. Ich mußte nur nach oben kommen, dann würde alles gut werden. Etwas Schönes wartete dort auf mich. Elf, zwölf. Ich knallte den Wagen vor eine Barriere, die Kühlerhaube war hinüber. Elektrische Funken sprühten aus dem Motor, und das Mädchen weinte, als ich sie aus dem Fahrzeug zerrte.

»Bitte! Nicht…«

Ich konnte nichts erwidern. Ich packte Lucy an beiden Handgelenken und schleifte sie zur Tür, die aufs Dach führte. Mit einem Tritt löste ich den Riegel, schlug die Tür auf und zog das Mädchen hinter mir her.

Befreiung! Ich kam zu mir, erwachte aus einem tauben Frost. Fühlte, daß ich atmete, zum ersten Mal seit Stunden. Der ganze Trip nach oben – eine Kamerafahrt im Schnellfeuer. Aber wie schön jetzt alles war, als ich über den Dächern von Manchester stand. All dies gehörte mir – die dunklen Orte, die glitzernden Lichter. Der kalte Lufthauch, die ersten Regentropfen, das Kind an meiner Seite, das sich kaum noch wehrte.

»Lassen Sie mich gehen«, bat sie.

»Noch nicht«, antwortete ich und warf die Pistole zu Boden. »Ich brauche dich noch.« Ich nahm auch die Streumaske ab und ließ sie fallen. So viel verbrauchter Müll in meinem Leben. Ich bemerkte rechter Hand einen Schimmer und drehte mich zu ihm. Dort, oh dort! Die Treppe ging weiter, unendlich aufwärts, aus Wolken gemacht. Es war so einfach, so sauber, ich mußte nur weiterklettern. Dort erwartete mich Freude. Dort wartete sie, und was sollte ich schon anderes tun? Mit mich selbst erschreckender Gewalt riß ich das Mädchen von den Beinen und hob sie in meine Arme.

»Bitte. Was tun Sie da? Hören Sie auf. Bitte, hören Sie auf!«

Ihr Gewicht war ein Klacks, ein bloßer Schatten. Und die Worte des Schattens waren nur Gewebe der Nacht. Nur die Treppe zählte, nur der goldene Weg. Ich schritt darauf zu, zum Rand des Gebäudes. Ich ging ein paar Schritte, das Mädchen wehrte sich, aber damit wurde ich fertig. In wenigen Augenblicken war ich durch einen weiteren Frost gegangen und balancierte am Rande der Nacht. Unter mir und um mich herum lag die schweigende, leidende Stadt; so weit entfernt, daß sie nur schwach schimmerte.

»Muldoon!«

Eine Stimme von hinten, das Scheppern einer Metalltür.

»Muldoon! Ich bin's, Gumball. Was geht hier vor?«

»Bleib weg.«

»Es ist die Treppe!« rief das Mädchen in meinen Armen. »Sie hat die Treppe gesehen!«

»Komm da weg, Muldoon. Komm weg von der Kante. Wir sind ganz dicht an dem Sender dran. Wir haben eine Spur, Muldoon.«

»Bleib weg, Gumball! Ich muß es tun.«

»Dann setz wenigstens das Mädchen ab. Du mußt nicht ...«

»Halt's Maul!«

Ich blickte nach vorn. Das Mädchen war jetzt still. Es war grausam und schrecklich, was ich tat, und ich weiß nicht, welche Leidenschaft mich antrieb. Nur der Drang nach Herausforderung, nehme ich an. Ich mußte mich dem Spot stellen, sehen, wer stärker war. Er konnte mich zum Selbstmord treiben, das war einfach. Aber konnte er mich dazu bringen, jemand anderes zu töten, eine Unschuldige?

Vorsichtig, ganz vorsichtig setzte ich meinen Fuß auf die erste Stufe. Die Wolke erzitterte. Das Mädchen klammerte sich an mich, sie war alles, was mir geblieben war.

Die Regentropfen trafen mich.
Erwischen mich kalt.
Ich trat zurück. Taute auf. Die Treppe erzitterte erneut, dann verwandelte sie sich in einen Windstoß und ein paar Regentropfen, sie verschwand.
Ich stellte das Mädchen sicher auf die Füße, sie rannte in Gumballs Arme. Ich hob die Pistole und die Maske auf.
»Okay, Gumball«, sagte ich und ging auf die Tür zu. »Gehen wir und finden den Dreckskerl.«

Promos

Ich war erst fünf Images alt, als ich meine erste Promo bekam. Mama Wave kaufte sie mir, als Geschenk für meine allererste Pressekonferenz. Was war sie stolz auf mich! Ihre einzige Tochter, das jüngste Mädchen in unserer Straße, das je eine PressKon schaffte.
Stellt euch die Überschriften vor. Die Hintergrundanalyse: Junges Mädchen Zeugin kaltblütigen Mordes! Wütende Mutter verlangt öffentliche Anerkennung für trauerndes Kind. Neuer Virus befällt Gameworld®. Behörden ratlos angesichts des Todesfalles.
So geschah es: Tommy Smart war mein bester Freund, und ich vermisse seine Taktik sehr. Wir spielten gerade KonzernKomplott® auf dem GameDealer®. Tommy war so gut, daß er schon sieben Gratisangebote, fünf Aufwertungen, vier Mittagdrinks und zwei komplette feindliche Übernahmen gegen mich erzielt hatte, leicht und locker, bevor der Ärger losging. Zuerst war es bloß ein wirbelnder Schatten am Rande meines Gameblicks, so wie ein leichter Realitätseinbruch, nichts Beunruhigendes. Vielleicht riefen unsere versammelten Mamas nach uns, Essen kommen?
Bevor ich begriff, was passierte, hatte sich die schattenhafte

Gestalt auf Tommy gestürzt, hart und schnell. Sie zertrümmerte sein Spiel in eine Million Splitter und saugte ihm dann einfach das Image raus. Ich sprang ganz schnell aus dem Dealer und fiel…

In die Arme meiner Mutter. Zurück in die EchtWelt®, während Tommys Image vor meinen erschrockenen Augen auf Null sank.

Marketingkatastrophe!

Das Nullimage ist eine Art langsamer Tod. Tommy starb nicht wirklich, er wurde bloß ein Niemand. Ich konnte es nicht mehr ertragen, mit ihm zu spielen, denn er hatte keinen Reiz mehr, keinen Schwung, keinen Publicitywert. Ich denke, Zeugin seiner Auslöschung gewesen zu sein, machte mich zu schnell berühmt. Egal, bald schon klopften die CommCops® an meine Tür, und ich wurde weggeholt, um die PressKon zu geben. Ich mußte so eine tränenüberströmte Rede halten, was für ein edelmütiger Spieler Tommy gewesen sei. Die Sensationsjäger fragten mich einen Haufen Dinge über den ungeheuren Virus, der Tommys Image ausradiert hatte. Ich erzählte, er sei ein wirbelnder Strudel Datenrauch gewesen, wie ein Tornado, nur modischer. Ich lernte schon, mit den Medien umzugehen.

Am nächsten Morgen waren in allen Zeitungen Abbildungen des TwisterWipe® Virus, und es hieß, er würde alle Kinder vor den GameDealern® umbringen, wenn man ihn nicht schnell erwischte. So kam es zu meinem fünften Imagewechsel.

Von der »Medienjungfrau« zur »Trauernden Zeugin« in einem leichten Schritt.

Mama Wave war so zufrieden mit meiner PressKon, daß sie mir das Haustier als Belohung kaufte, weil ich so bereitwillig dem flüchtigen Ruhm nachjagte. PromoRaupen waren damals selten und teuer, aber Mama hatte meine Geschichte an einen der gewissenloseren Sensationsreporter verkauft.

Das war also meine allererste Promo. Ich nannte sie Knüller®.

Knüller war am Anfang nur fünf Zentimeter lang und von einem blassen Beige. Ich hielt sie in einem warmen Glasbehälter, den ich mit Erde und Sägespänen füllte. Ich folgte genau der Gebrauchsanweisung und gab ihr als erstes fünf Metazinartikel über meine Begegnung mit dem bösen TwisterWipe zu fressen, dazu ein Pärchen Videos, die meine PressKon austrugen, und das komplette Triumphgeheul des Schreiberlings, das die Exklusivstory meiner Mutter ausgelöst hatte.

Mama Wave schmiß eine Startparty, um meine Taten zu feiern, und lud alle Bewohner der Straße ein. Ich holte Knüller zum ersten Mal aus seinem Glashaus. Die PromoRaupe hatte inzwischen meine gesamte heiße Story verschlungen. Sie war von der Info drei Zentimeter gewachsen, und ihr früher nackter Körper leuchtete nun in den Farben meines neuen Images, meines eigenen Logos: UNTERNEHMEN TINA WAVE® stand auf ihrem Rücken. Die PromoRaupe saß freundlich auf meiner Schulter und strahlte Botschaften des guten Willens aus: *Wichtige Pressemitteilung! Tina Wave erholt sich momentan von ihrer traumatischen Erfahrung mit dem TwisterWipe. Sie wird bis zur Veröffentlichung des ersten Bandes ihrer Memoiren keine weiteren Interviews geben.*

Das war mein Alltagsname: Tina Wave. Kurz für Christina Waverley. So wie Promo die Kurzform von Publikations Roboter-und-MedienOrganizer ist. So wie die CommCops in Wirklichkeit die Kommunikationspolizei sind. Denn dies ist das Goldene Zeitalter der Erscheinungen®. Wir nennen sie auch eigentlich nicht Namen: Wir haben eher Logos oder Firmenimages oder auch Marken oder Warenzeichen, geschützte Geschmacksmuster, Slogans, Beschriftungen, Verlautbarungen.

Nichts ist echt, und so mögen wir es.

Inzwischen wurden immer öfter kleine Spieler ins Nullimage getwistet. Der große WipeOut®. Die CommCops konnten bloß Streife durch die Spiele laufen; sie waren nur nutzlose Wachhunde und entdeckten Null, überall Null.

Mein sechstes Image war »Einsame Wölfin«. Ich zog mich in

mein Schlafzimmer zurück, blieb eine ganze Saison drin, schrieb meine Memoiren und legte mir einen Spielplan für mein zukünftiges öffentliches Leben zurecht. Knüller fiel in den Winterschlaf und hüllte sich in einen Kokon ausgeschiedener Werbespots. Alles verlangsamte sich; auf der ganzen Welt ließen die Kids die Finger von den GameDealern, von ihren angsterfüllten Eltern abgehalten.

Natürlich wollten sich die meisten Kids mit dem Twister messen und waren ganz heiß auf das Image des Killervirenjägers. Aber der Wille der Eltern war stärker, und die Kids legten eine Offizielle Spielunterbrechung ein. Der Profit von BigDeal® stürzte ins Bodenlose.

Ab und an kam Tommy Smart vorbei, um mich zu besuchen, aber meine Mutter ließ ihn nie rein. Ich sah ihn von oben durchs Fenster; seinen dünnen, schwachen Körper, der im Abendrot verschwand. Was konnte ich schon tun? Er hatte schließlich keinen Verkaufswert mehr.

Bis zu meinem siebten Imagewechsel hatte ich fünf weitere Promos bekommen, darunter auch ein reizendes Weibchen, das ich Klatschmaul® nannte. Mein neuestes Image war »Ungezogene Göre«, und die Promos verbreitete diese Marke in großem Stil auf der Straße. Knüller hatte inzwischen ihr Raupendasein hinter sich gelassen: Er schlüpfte triumphierend aus seiner Hülle und schlug wie wild mit seinen neuen Flügeln, um sie zu trocknen. Zwei Stunden später flog er. Knüller wurde ein Flyer® und breitete mein Image freudig in der ganzen Siedlung aus.

Pressemitteilung! Tina Wave ist jetzt im Geschäft. Lesen Sie ihre Memoiren. Sie organisiert Ihre Kampagne. Werden Sie so berühmt wie sie.

Als ich zehn Images alt war (VERRÜCKTES ALIENMÄDCHEN AUF DER ERDE GESTRANDET!), hatte ich schon etwa hundert Promos, die für mich durch die ganze Stadt flogen. Mama Wave mußte mir keine Raupen mehr kaufen. Nachdem sich Knüller mit Klautschmaul gepaart hatte und ihre erste Larve, Plappermaul, geboren war, kamen die anderen Promos auch schnell zur Sache und machten ihre eigenen kleinen Anzeigenbabys. Aber Knüller war der ungekrönte König der Promos®, und ich war die Publicity Queen®. Die berühmte Tina Wave, das kleine Mädchen, das hinter den geflügelten Logos steckte. Ich hätte das Problem erkennen müssen: Ich war berühmt dafür, *berühmt* zu sein, und nicht für irgendwelche neuen Nachrichten und Meldungen. Ich verdiente eine Menge Geld mit meiner Marketingagentur, danke der Nachfrage, aber schon seit Monaten war mir nichts Unerhörtes mehr zugestoßen. Ich wurde ein Mediengeist, der nur noch von vergangenem Ruhm lebte.

Ich hätte es wirklich merken müssen.

Image Nummer elf: Schmollende Zicke®. Inzwischen schwirrten ungefähr eintausend Promos um meinen Körper herum, weil meine Mutter verzweifelt versuchte, meine öffentliche Präsenz zu vervielfachen. Sie hatte angefangen, die Promos mit PostwurfSendung® zu füttern. PostwurfSendung war von Robotologen entwickelt worden: ein fieses Rezepthormon, das die Promos in den Sexrausch trieb. Sie brachten einen summenden leuchtenden Glanz von Publicity zur Welt. Der neue Logoschwarm arbeitete als Einheit, sie ordneten ihre Körper zu einer zusammenhängenden Botschaft. Sie hingen über der Stadt wie eine Wolke der Sehnsucht.

Pressemitteilung! Kaufen Sie Tina Waves neueste Veröffentlichung! Band zwei ihrer Memoiren jetzt im Handel! Erfahren Sie alles über ihren Drang nach Öffentlichkeit!

Es schien, als müsse nun die ganze Welt über meine Taten Bescheid wissen; aber es war eigentlich nur die Publicity der Publicity. Selbstständige Vervielfältigung des Images, eine Art von Inzucht. Die PromoRaupen-Gebrauchsanweisung war da sehr deutlich: »Mangel an Mischpaarung kann zu Imagemutationen führen.« Und wie!

Mein zwölftes Image war »Psychotischer Teenager!« Und die Promos wurden immer hungriger: »Info! Mehr Info!« summten sie im zerfransten Chor. »Füttere uns! Füttere uns mit fetten Storys!«

Meine Images und ich selbst wurden mißgebildet, voller Klischees, dank des begrenzten Memopools. »Tu was, Tina!« rief Mama, im Lehnstuhl versunken. Sie starb langsam an mangelnder Rumpfbestrahlung.

Sie schrumpfte.

Mittlerweile hatten viele Kids eigene Promos, und die Schlachten zwischen den verschiedenen Öffentlichkeitsabteilungen hinterließen eine Menge Medienleichen, die die Straßen bedeckten. Meine traurige Armee mußte für ihre Siege teuer bezahlen. Ich fand meinen geliebten Knüller und seine Frau Klatsch tot auf der Straße liegen, und ihr erster Sohn, Plappermaul, saß weinend bei ihren Leichen. Ich begrub die beiden Pressemärtyrer in einem Grabhügel aus Nachrufen.

Hier ruhen Knüller und Klatsch. Mögen sie sich lange verbreiten.

Die Promokriege verschafften mir immerhin wieder etwas segensreiche Öffentlickeit, aber auch die ebbte bald ab, und Mama näherte sich bedrohlich dem Nullimage: »Tu etwas Drastisches, Unerhörtes! Rette den Markennamen der Familie! Rette das Logo!«

Mama hatte Redaktionsschluß. Traurig.

Vor ein paar Tagen habe ich gehört, daß man Tommy Smarts Leiche gefunden hat. Er hatte seine leere Hülle an einer Straßenlaterne aufgeknüpft. Eine finale Straßenwerbung, sein zweiter Tod. Kein Leben jenseits vom Image.

Die Promokriege, das Ableben von Tommy Smart, von Knüller und Klatsch, ach ja, und von Mama Wave: All diese Ereignisse schärften für kurze Zeit mein öffentliches Profil. Ich erkannte, daß der Tod die ultimative Werbung war.

Jetzt bereite ich also meine letzte Pressekampagne vor. Mein letztes Image. Glauben Sie mir, Sie werden von mir hören. Glauben Sie mir.

Alle meine Promos werden mir helfen.

PromoDub
(PressErklärung Twister Remix)

Exklusiv! In strahlender Todespool-Maschine heute nacht Taktik des Verlangens wolkenverschlungen.

Nachmädchenforschungen enthüllen Images nackter Jugendbewegung. Augenzeugen berichten von Memoschwärmen, die Wirklichkeit melken. Stellen Sie sich flüssigen Tod vor. Mode ermordet!

Öffentlichkeit kaufte Kindverbrauchervirus und injiziert Erkennung. Inzestuöse Betäubung mutiert zu Wurmlochsehnsucht und erzeugt finales Markenfeedback.

Spielgeheul der MetaKonzerne übernehmen unseren gesammelten Shadowzin-Verlust. Versunkene Farben reflektieren Einsendeschluß für Wert des Ruhms. Straße der Leere. »Friß Schleim!« tratscht klischeegesättigtes Larvenmaul. Gebrauchsanweisung des Plappererwerbs füttert Sichtspiel, gestaltet eine Million Rauchpläne aus heißen Daten. Markensturz von Jungfrau unvermeidlich bei durchsichtigem Trend zu Hormonkitzel. Cops vermuten Schwung von ReizRaupen.

Mulltornado entdeckt: Systemsexjäger radieren Strudel aus. »Reproduzieren ist schlimm«, verhüllen Robotmarketing-Spezialisten angesichts Nachrichtenkatastrophe.

Auslöschungskampagne nennt Info zu weiblich. »Dunkles, nacktes, brutales kleines Logo!« verlautet Rampenlichtjunkie und Alien. »Zu viel Raupe verbreitet Billigpaarungen.«

CommTwister sendet mit Flügeln zersplittertes Knüllervideo: »Publicity, verkauf dein Ultra!« BioLogoTod. Fallende Medienslogans stoßen Nullmedien aus. Ein Niemandsimage.

Mißgebildetes Abendrot infizierte letzen Shadow. Körper zeigten Werbespots; geschütztes Zeitlupendesign verschwindet im UnterNull. Brütet neue Anweisungen aus: Der Fluch des Fiebers entfaltet sich.

Unterdessen: Weltgipfel zur Glanzreduzierung gibt Änderung des leergesaugten Geistes heraus.

Zwilling

Die Firma schickte mich zur Fortbildung zurück nach England. Ich war zum ersten Mal seit Jahren wieder da, und wie immer überkam mich schon bald der dringende Wunsch, wieder zu verschwinden. Aber was soll's, dachte ich, es ist Weihnachten, und mein schlechtes Gewissen setzte sich schließlich durch. Also nahm ich den Zug nach Manchester. Mann, was für ein Gestank. »Erinnerst du dich an mich?« fragte ich meine Mutter. »Ich habe dir Parfüm mitgebracht.« Sie schnüffelte mißtrauisch daran, als wäre es der Rotz von Außerirdischen. Wir tauschten unbeholfen ein paar Floskeln, bis sie mich mit der Mitteilung überraschte, Oswald Peel wohnte immer noch im selben Haus in unserer Straße, immer noch bei seinen Eltern. »Aber der Typ ist in meinem Alter«, sagte ich. »Wieso wohnt er noch zu Hause?«

»Du solltest ihn mal besuchen«, antwortete meine Mutter. »Er arbeitet fürs Wetter.«

Also klingelte ich am Weihnachtsmorgen an der Tür des großen alten Hauses. Sein Vater erkannte mich nicht gleich, ich mußte sein Gedächtnis auffrischen. »Ich bin Billy, Mr. Peel. Erinnern Sie sich? Billy Sunset, hier aus der Straße? Ich wollte Oswald besuchen.«

Seine Mutter war weinbrandgetränkt und fernsehgesättigt, sie lächelte beseelt den 24-Stunden-Wetterkanal an. Es wurde Schneefall angesagt. »Oswald ist in seinem Zimmer«, sagte sein Vater. »Soll ich ihn herunterrufen?«

»Nein, nein. Ich gehe rauf.«

Das Zimmer war dunkel, die Vorhänge hielten das Tageslicht ab. Das neueste Teleskop ragte durch die Vorhänge, sicherlich auf irgendeinen fernen, unsichtbaren Stern gerichtet. Oswald saß auf seinem Bett und las ein Buch. Es sah alles aus wie vor Jahren. »Hallo, Ozzie«, sagte ich. »Frohe Weihnachten. Schau, ich habe dir ein Geschenk mitgebracht. Riech mal dran. Wie geht es dir?«

Er legte das Buch hin, stand vom Bett auf. Als erstes fiel mir auf, wie gut er für sein Alter aussah. Ich habe in den letzten Jahren ein bißchen Haar verloren und Bauch zugelegt, Ozzie hatte dagegen einen dichten Schopf und eine sportliche Figur. Mistkerl, dachte ich, das sollte verboten werden.

»Wer sind Sie?«

»Billy. Weißt du noch?«

»Billy Sunset?«

»Genau. Ich habe dir Aftershave mitgebracht. Das ist jetzt mein Job. Ich verkaufe Düfte. Und was machst du so? Ich höre, du bist Meteorologe?«

»Ja, fürs Fernsehen.«

»Das ist toll!«

»Findest du?«

Nein, nicht wirklich. Ich hätte gedacht, Oswald würde es viel weiter bringen. Aber davon wollte ich nicht anfangen. Stattdessen sagte ich etwas noch viel Dümmeres: »Das mit Junior tut mir leid. Hörst du mal was von ihm?«

Oswald sah mich nur an. Dann ging er zum Teleskop.

Es war natürlich schlimm, so etwas zu sagen, über Junior, meine ich, aber die Jahre als Vertreter haben mich kalt gemacht, schätze ich, kalt und gefühllos. Meine Erinnerung trug mich zurück zu einem anderen Weihnachtsmorgen, als es noch nicht so kalt war.

Ozzie war in unserer Gegend das Kind, das man einfach hassen mußte. Ich meine, erst mal hatte er diesen blöden Namen, dann hatte er es geschafft, zwei Elternteile sein eigen zu nennen, eins mehr als alle anderen Kinder in der Straße. Und natürlich waren diese Eltern auch noch reich und vornehm: zwei Einkommen, ein schönes Haus und zwei Autos, klassische Modelle, ganz zu schweigen von den Rassehunden und der verdammten liebevollen Beziehung, was auch immer das sein sollte. Außerdem bekam er wirklich jede Kleinigkeit, die er sich wünschen konnte, der verwöhnte Bengel, und das waren all die Kleinigkeiten, auf die ich niemals hoffen konnte. Den neuesten Modellbausatz, das Gewehr, um die Welt zu retten, ein Teleskop, das zu den Sternen schaute.

Ich hätte ihn also vom Grunde meines Herzens hassen müssen, ihn und seine Spielzeugsammlung. Tatsächlich aber war ich beinahe verliebt in ihn, was mir natürlich viele billige Sprüche von meinen anderen Freunden einbrachte. Ich war neun, Oswald zehn, und wir hingen ziemlich oft zusammen, redeten über den Mondschuß und seine möglichen Folgen für die Erdatmosphäre, und stellten uns vor, was wir wohl zu Weihnachten kriegen würden. Ich hoffte auf einen neuen Fußball oder etwas ähnlich Bescheidenes, während Oswald vom Weihnachtsmann die neueste Version des Zwillingsjungen forderte.

Ich lachte ihn natürlich aus, denn Zwillingspuppen waren *das* Spielzeug der Saison, seit das Einzelkind-Gesetz verabschiedet worden war, und wie sollten sich selbst Oswalds wohlhabende Eltern einen solchen Luxus leisten? Aber noch in derselben Woche verschwand eins der antiken Autos, ebenso einer der Rassehunde, beide verkauft an denselben Raritätensammler. Zwei Tage später wurde Oswald ins Krankenhaus gebracht.

Ich sah ihn bis zum Weihnachtsmorgen nicht mehr. Dann schaute ich vorbei, um mit meinem neuen Air UK Fußball anzugeben – auch meine Mutter hatte Opfer gebracht. »Kommst du mit, 'ne Runde kicken, Ozzie?« fragte ich, aber er sagte, er sei noch zu schwach von der Operation. »Was? Heißt das, es ist tatsächlich passiert?« Ich war sprachlos. »Du hast es wirklich durchgezogen? Hat es nicht wehgetan?« Ich schauderte bei dem Gedanken, mir mein eigenes Knochenmark ausschaben zu lassen.

»Nicht sehr«, antwortete er ziemlich langsam. »Es ist schließlich nur ein bißchen Erbgut, davon habe ich genug übrig.« Wir gingen zusammen rauf in sein Zimmer, wo sein 1A Geschenk in einem eigens angefertigten Bett lag. Ich sah zum ersten Mal einen Zwilling, ich meine, in echt, nicht im Fernsehen. Ich muß zugeben, daß ich zunächst ein bißchen enttäuscht war, hauptsächlich, weil der Hersteller die Zwillinge als wundervolle Dinge angepriesen hatte, als exakte Kopien ihrer Besitzer. Aber dieses schlafende Spielzeug war nur dreißig Zentimeter lang, ein bißchen pummelig und mit leerem Gesicht, Haaren und Augen – ein bißchen wie eine Blindschleiche. »Aber der sieht ja gar nicht aus wie du, Ozzie«, sagte ich.

»Gib ihm etwas Zeit.« Ozzie nahm die Puppe aus ihrem Bett. »Er heißt übrigens Junior. Er ist mein kleiner Bruder.« Das arme Ding rührte sich in seinen Armen und fing an zu gurgeln.

Nun, die Ferien waren bald vorbei, wir gingen wieder zur Schule. Oswald kam erst fünf Tage später und hielt die Zwillingspuppe an die Brust gedrückt. Er setzte die Puppe in jeder Stunde auf seinen Tisch, und das gab natürlich ein paar erstaunte Blicke und die Witze, die Kinder so machen, wenn sie neidisch sind. Und vielleicht fragen Sie sich, was ein zehnjähriger Junge überhaupt mit so einer Puppe wollte? Die Sache war folgende: Die Zwillinge konnten richtige Ungeheuer sein, wenn man sie reizte. Irgendein Schläger versuchte mal, Junior zu klauen; vielleicht hatte der Junge noch nie was von den Sicherheitsvorkehrungen gehört, oder vielleicht war es ihm auch egal, weil er zu blöd war.

Jedenfalls gab es einen gewaltigen Blitz, einen Funkenregen und einen lauten Schrei von dem Schläger. Eins kann ich euch sagen: Gitarre spielt dieser Junge nicht mehr. Oswald wurde elf, bestand locker alle Prüfungen und ging zur High School. Er nahm seinen Zwilling mit. Der war inzwischen über einen halben Meter groß und hatte eine etwas verzerrte Ähnlichkeit mit seinem Besitzer. Das Ding konnte inzwischen sogar ein bißchen sprechen, eine mutierte Version von Sprache. Ich folgte ihm, so gut ich konnte, hörte auf, Fußball zu spielen, um mich aufs Lernen zu konzentrieren. Aber Oswald zog sich jetzt zurück, er war wohl lieber mit seinem Zwilling zusammen als mit echten Menschen. Ich muß zugeben, daß ich wirklich eifersüchtig war, wie ich Oswald und Junior da so zusammen aufwachsen sah; sie wurden immer vertrauter. Das Ding hatte spezielle Wachstumshormone und holte ziemlich schnell auf. Ich schätze, andere Kinder hatten auch solche Puppen, aber die hingen nicht die ganze Zeit mit ihnen herum, oder? Nicht so wie Ozzie und sein Bruder.

Als er sechzehn war, hatten die beiden ungefähr die gleiche Größe und waren so gut wie unzertrennlich. Oswald machte natürlich einen hervorragenden Schulabschluß und wurde problemlos zum Studium zugelassen – Physik und Astronomie an der Universität von Manchester. Und je besser Ozzie wurde, desto schlechter lief es bei mir. Mit sechzehn ging ich ohne Abschluß von der Schule und fand einen miesen Job bei einem Herrenausstatter: der Anfang einer glorreichen Verkaufskarriere. Immerhin besaß ich Geld und Freiheit, und schon bald konnte ich ein eigenes Zimmer mieten. Ich wollte unbedingt diesen Kleinstadtmief aus den Kleidern schütteln. Das dauerte auch nicht lange. Ein Jahr später wurde ich als Lehrling bei einer großen Londoner Firma eingestellt und fing an, Düfte zu verkaufen. Ich ging rüber zu Ozzie, um mich zu verabschieden. Ja, er lebte immer noch zu Hause, trotz der Verlockungen des Studentenlebens. Keine Freundinnen oder so was, nicht unser Ozzie. Nicht Ozzie und Junior.

Ich hatte sie eine Weile nicht gesehen. Ozzie machte die Tür auf, gratulierte mir und so, umarmte mich, wahrscheinlich das erste Mal, seit wir uns kannten. Ich weiß nicht, irgendwas war komisch: Vielleicht war die Haut nicht warm genug oder zu warm. Ich weiß nicht mehr genau. Irgendwas eben. Und dann fühlte ich dieses Knistern, Elektrizität unter der Haut. Ich wich zurück und sah einen weiteren Oswald hinter dem ersten auftauchen.

Nicht einmal ich konnte sie noch auseinanderhalten.

Der Strom floß mir noch durch die Finger, als ich den beiden ins Haus folgte. Die Mutter wedelte die ganze Zeit um sie herum, schon wieder voll mit Weinbrand, als hätte sie die Zwillinge selbst zur Welt gebracht. Wenn überhaupt, schien sie mehr Zuneigung für Junior zu empfinden. Warum auch nicht? Der Zwilling sah besser aus als das Original. Der arme, ratlose Vater sah sich das Ganze nur ungläubig an, so als könne er sowieso nichts daran ändern.

Ich machte, daß ich so schnell wie möglich wegkam. Und zwar richtig weit weg, bis nach London. Im Zug schmierte ich mich mit Aftershave ein, um den Geruch meiner Herkunft zu überdecken.

Es war mein Abgang.

Ich hielt noch ein paar Jahre Kontakt zu meiner Mutter, das heißt, ich beantwortete einfach einige der vielen Briefe, die mir quer durchs Land folgten. Manchmal hatte sie Neuigkeiten über Ozzie, öfter noch von Junior, aber nichts Gutes. Der Bruder wurde sehr unangenehm, machte Ärger, prügelte sich, lief Amok. Mir war schon zu Ohren gekommen, daß sich manche Zwillinge so entwickelten, wenn sie älter wurden. Eine schlimme Reaktion darauf, immer nur Zweiter zu sein. Zuletzt hörte ich, daß er abgehauen war. Aufenthaltsort unbekannt.

Ich hoffe, er hat gefunden, wonach er suchte. Das war alles, was mir einfiel, und daß Oswald den Verlust nicht so schwer nehmen sollte.

Am Ende läuft alles im Kreis. Und hier hatte ich nun meine Antwort: ein einsamer vierzigjähriger Mann, der immer noch bei seinen Eltern wohnte, Tag für Tag in einem abgedunkelten Zimmer hockte und durch ein Teleskop starrte.

»Komm schon, Ozzie«, sagte ich. »Bitte rede mit mir. Du denkst doch bestimmt noch an Junior.«

»Nicht oft«, war seine Antwort.

Sein stierer Gesichtsausdruck, trug noch den Ausdruck des Teleskops, das Abbild eines fernen Sterns. Weit entfernte Dinge hatten offenbar größere Anziehungskraft. Und dann dachte ich, wieso starrt er am hellichten Morgen durch dieses Ding? Was gibt es da zu sehen? Ich blickte hindurch. Ein Kreis öffnete sich auf das Haus gegenüber. Ein Schlafzimmerfenster. Eine halbnackte Frau ging durchs Blickfeld.

Hinter mir hörte ich ein Geräusch, ein trockenes Schluchzen; dann fühlte ich eine Hand, die sich sanft auf meine Schulter legte.

Ich spürte das Knistern.

Rückrufaktion: Marilyn Monroe

Die Firma Celeborg hat an ihrem Modell Marilyn Monroe 729 einen leichten Fehler festgestellt. Das betroffene Produkt trägt die Rahmennummer CC729-45X und hat die Farbe *Hollywood Pink*. Bitte geben Sie die in Frage kommenden Modelle sofort beim nächstliegenden Vertragshändler zurück. Celeborg legt besonderen Wert auf den Dienst am Kunden. Die folgenden Informationen sind daher vor allem für unsere treuen Kunden gedacht; sie sollten etwaige Gerüchte entkräften, die in der Presse in anderen Medien kolportiert werden.

Marilyn Monroe ist von einem Virus befallen.

Unseres Erachtens ist dies der erste Virus seiner Art: ein Parasit, der Biotechnologie befällt. Er scheint durch eine infizierte Charge RoboVaz in unsere Herstellung gelangt zu sein. Dieses Produkt wurde leider bei einer kleinen Anzahl von Modellen verwendet. Normalerweise lebt und vermehrt sich der Parasit im Lauföl und beeinträchtigt dadurch in keiner Weise die exzellente Leistung des Wirtes. Nun scheint sich aber eine neue Unterart des Virus entwickelt zu haben, die sich frei innerhalb der Modelle umherbewegen kann und nicht mehr vom Öl lebt, sondern von der Spezialfarbe, die bei den letzten Marilyn Monroes Verwendung fand. Allmählich verschlingt der Eindringling mit dem gewaltigen Appetit den Star. Es besteht die – wenn auch unwahrscheinliche – Möglichkeit, daß das Modell während des Gebrauchs kollabiert und so den Verbraucher gefährdet.

Aus diesem Grund rufen wir alle Marilyn Monroes zurück und bitten unsere Kunden, diese Modelle von anderen Prominenten fernzuhalten, um eine Übertragung zu vermeiden. Besonders anfällig dafür sind unsere Modelle John F. Kennedy und Bugs Bunny. Die Spekulationen, der Virus lebe in symbiotischer Gemeinschaft mit dem Modell, entbehren jeder Grundlage. Er verleiht dem Star *kein* zusätzliches Charisma.

Bei Rückgabe erhalten Sie ohne jegliche Nachzahlung eine neue, garantiert »unbefallene« Marilyn Monroe.

Wir wünschen Ihnen sichere Zärtlichkeiten.

Extrovurt

Mr. Alan Cooder, Vertreter für Kinderzubehör, stellte bei seiner Ankunft mit Bedauern fest, daß die Fluggesellschaft irgendwo zwischen Manchester und New York sein Gepäck verloren hatte. Er trug noch einen kleinen Aktenkoffer bei sich, der seinen Paß, Kataloge und Kreditkarten enthielt, konnte also die verlorene Kleidung leicht ersetzen. Unglücklicherweise hatte der fehlende Koffer jedoch auch seinen Nahrungsvorrat enthalten.

Alan Cooder hatte am Gepäckschalter zu erklären versucht, daß er keinesfalls ohne Nahrungsaufnahme reisen könne; man hatte ihn lediglich auf den kürzlichen Absturz einer Maschine in Deutschland hingewiesen, dessen Ursache offensichtlich »einer von seiner Sorte« gewesen war, der während des Fluges gegessen hatte. Anscheinend hatte der notwendige Vorgang die

Kontrollsysteme des Flugzeugs beeinträchtigt. Ihm wurde beschieden, daß sein Vorrat im Frachtraum verstaut werden müsse, und daß er sich jetzt und hier mit genügend Energie für die Dauer des Atlantikfluges versorgen solle. Das hatte er widerstrebend auf der Herrentoilette getan, denn es war ihm immer noch peinlich, sich in der Öffentlichkeit zu füttern.

Jetzt war er in einer Stadt gelandet, die er noch nie zuvor gesehen hatte, und die Wirkung der letzten Mahlzeit ließ schon nach. Er fühlte, wie er langsamer wurde, schon als das Taxi ihn am reservierten Hotel absetzte. Sein Zimmer war klein, heiß und ein Tummelplatz für Küchenschaben. In den Reiseführern stand nie etwas über Insekten, und ihn schauderte bei ihrem Anblick. Er versuchte, ihnen so gut es ging aus dem Weg zu gehen, während er – zuallererst – sämtliche Spiegel mit Handtüchern verhängte, ohne dabei hineinzublicken.

Alan Cooder konnte seinen Anblick nicht ertragen, wenn er hungrig war.

Eigentlich hätte er sich auf seinen ersten Termin vorbereiten sollen; statt dessen fragte er bei der Rezeption nach dem nächstgelegenen zuverlässigen Geschäft. Der Blick voller Abscheu, den ihm der Portier zuwarf, erfüllte ihn mit Haß. Man sagte ihm, »die beste Adresse für solche Dinge« sei »gleich hier am Times Square: ein Kaufhaus, zu Fuß zu erreichen«.

»Aber sehen Sie sich vor, mein Herr«, fügte der Portier mit einer Grimasse hinzu. »Es gibt da ein paar fiese Gestalten.«

In der Tat. Alle Häßlichkeit auf Erden schien sich in diesem kleinen Stadtteil versammelt zu haben. Schon nach wenigen Schritten ins Gewirr der Lichter und Geräusche wurden ihm feuchte rosa Träume angeboten, Straßenhändler wedelten mit ihren Federn wie mit magischen Rasseln. Ein alter Schwarzer war an einer Wand zusammengesackt. Eine Feder ragte aus seinem Mund, und sein Körper zuckte im Rhythmus des billigen, schmutzigen Traumes, durch den er flog. Alan Cooder ging schnell und mit gesenktem Kopf. An einem Stand kaufte er eine billige Sonnenbrille und einen Stadtplan und versuchte, den Hinweisen des Portiers zu folgen. Aber der Plan war anscheinend verkehrt herum gedruckt, denn nach fünfzehn Minuten hatte er in dem Labyrinth völlig die Orientierung verloren. Es war Mittag, die Hitze war zwischen die Gebäude gepreßt. Er schaute auf seine Uhr und stellte fest, daß er sie noch nicht auf die neue Zeitzone eingestellt hatte. Seine Augen fühlten sich wie Nadelstiche an, sein Magen schmerzte vor Entbehrung und keine Spur von einem Fachgeschäft oder gar einem Kaufhaus. Er versuchte, denselben Weg zurück zu gehen, und landete ganz woanders, in einer schmalen Gasse ohne Namen oder Hausnummern, überschattet von bröckelnden Fassaden und nach zu oft benutztem Fleisch riechend.

Am Ende dieser Straße fand Alan Cooder einen schmuddeligen kleinen Laden, der sich Slick City nannte. Unter den trüben, gesprungenen Neonröhren ein kleineres, handgemaltes Schild: »Was immer Sie wollen, wir haben es. Kein High zu hoch.« Und darunter ein gekritzeltes Etikett: »Robos null Problemo.«

Ein willkommener Anblick, auch wenn Cooder das Wort Robo haßte, auch wenn das Schaufenster schwarz angemalt war, auch wenn »Nur für Erwachsene! Kein Herumschnüffeln!« auf der Tür stand. Er ging hinein.

Der Laden war klein, eher ein Durchgang, die beiden Wände vom Boden bis zur Decke voll mit Federn in Kisten, am Kopfende eine Theke, hinter die sich eine dicke Frau gezwängt hatte. Zwei andere Kunden waren da, die sich und dem Neuankömmling tunlichst aus dem Weg gingen. Cooder sah sich nur eine Sekunde lang um, seine Nasenflügel füllten sich mit dem schweren Geruch der Ware, dann wandte er sich zur Theke.

»Was gibt's?« fragte die Frau und wischte sich mit einem Lappen die Stirn ab.

»Hätten Sie vielleicht etwas... etwas für...« Er zögerte, typisch englisch und schamhaft, trotz seiner verzweifelten Notlage.

»Ooh, ich liebe diesen Akzent, Mister!« quietschte die Frau. »Englisch ist so sexy.« Sie lachte, und die Falten ihres Fleisches bebten auf der Theke. Ihre Bluse war zu klein und über ihrem fetten Bauch zum Zerreißen gespannt. Cooder konnte den Anblick nicht ertragen, denn er wußte genau, was darunter verborgen war.

»Hey, Kumpel!« rief die Frau über Cooders Schulter. »Lies mal das verdammte Schild!«

Cooder drehte sich um. Einer der anderen Kunden hatte eine Feder aus ihrer Kiste genommen und war gerade dabei, sie sich in den Mund zu stecken. Über ihm hing ein Hinweisschild: Willst du Lutschen, lass knete Flutschen! Der Kunde legte die Feder hastig zurück ins Regal und eilte aus dem Laden.

Die Frau wandte sich wieder Cooder zu. »Sie sind einer von uns«, sagte sie. »Ich seh das sofort. Und... au! Es geht Ihnen nicht gut. Ich kenne den Geruch. Hier, ich zeige Ihnen mal, was wir haben.«

Die Frau zeigte bloß mit dem Finger, denn sie schien hinter der Theke festgeklemmt zu sein. Cooder folgte ihrem Zeigefinger zu einer Abteilung an der Wand, die mit »Nur für Roboter!« markiert war. Hunderte von Federn in Kisten, keine kannte er, keine war AutoBuzz, seine übliche Marke. Die Kisten waren bebildert; ein krankes Kaleidoskop illegaler Träume, überwältigend.

»Suchen Sie was Spezielles, Mister?« rief die Frau, und Cooder ging, peinlich berührt, rasch zur Theke zurück.

»Ich möchte nur essen«, murmelte er. »Nichts von diesem ...«

Er wies auf die Regale.

»Sie wollen keine rosa Feder?«

»Nein. Ich mache ... ich meine, ich nehme sie ... ich möchte nur essen, bitte.«

»Sie wollen eine lila Feder?«

Cooder nickte. »Ich hätte gern AutoBuzz, haben sie die?«

»Ist die englisch?«

»Ja.«

Die Frau machte ein schmatzendes Geräusch. »Nicht zu kriegen, nicht für Geld und gute Worte. Das hier haben wir letzte Woche reinbekommen.« Sie kramte eine Kiste unter der Theke hervor. Die Kiste war schlicht weiß und trug die Aufschrift Extrovurt. Cooder nahm sie in die Hand. Kein weiteres Wort stand auf der Verpackung: keine Gebrauchsanweisung, keine Dosierungshinweise, kein Herkunftsland, nicht einmal der Name des Herstellers.

»Extrovurt«, sagte er. »Davon habe ich noch nie gehört.«

»Es ist gut. Sehen Sie sich's mal an.«

Cooder öffnete den Deckel. Drinnen lagen mindestens ein Dutzend lila Federn. Er hielt eine gegen das trübe Licht.

»Sie sind nicht rein.«

»Natürlich sind sie rein. Wir verkaufen nur reine.«

»Nein, sehen Sie selbst – es ist etwas rosa drin.«

»Kann ich mal? Nein, das ist bloß Design. Hören Sie, Mister, ich nehme das Zeug schon seit einer Woche. Null Problemo. Ist ein Werbeposten. Probeexemplare, ist noch nicht auf dem Markt. Auch ein guter Preis. Bei Macey's sind sie sauteuer. Wollen Sie welche? Sie können sie hier probieren. Wir haben ein Hinterzimmer. Privatkabine.«

»Nein, nein. Danke, ich nehme sie. Das heißt, eine. Ich nehme eine. Wieviel?«

Er zog eine Kreditkarte hervor, aber die Frau starrte sie an, als hätte er einen toten Fisch auf die Theke geworfen. Er zahlte schließlich in bar, eine ordentliche Summe. Dann wollte er nur noch raus aus dem Laden, frische Luft schnappen, saubere Luft, wollte in sein Hotelzimmer, sich das Zeug einwerfen. Sein Magen fühlte sich an, als würde er in sich zusammenfallen.

Seltsamerweise fühlte er sich schon besser, als er mit der Feder im Aktenkoffer wieder auf der Straße stand. Ein junges Mädchen (glaub, sie war jung, glaub, es war ein Mädchen) rief »Hey Robo, willst du Lecki-Lecki?«, aber er lief weiter, kein

Problem. Kein Problem, den Rückweg zu finden, kein Problem, auf das Kaufhaus zu stoßen. Wie konnte er das nur verpaßt haben, so dicht beim Hotel? In diesem sauberen, wohlgeordneten Geschäft fand er ein ganzes Regal voll AutoBuzz, für halb so viel Geld, wie er eben ausgegeben hatte. Er kaufte sechs vollkommen reine Federn, alles in einem dunklen, vollen Lila, das er lieben gelernt hatte. Und im Hotel wartete eine Nachricht auf ihn: Die Fluggesellschaft hatte seinen Koffer gefunden und schickte ihn per Kurier nach.

Plötzlich lief die Reise nach Maß. Er würde seinen ersten Geschäftspartner anrufen, sich für die Verspätung entschuldigen, aber zuerst…

Cooder zog die Vorhänge zu, machte die Nachttischlampe an. Ohne ein weiteres Licht stand er am Waschbecken, die Badezimmertür offen. Er fand die Hotelpackung KörperVaz, öffnete sie und hielt sie bereit. Er nahm das Handtuch vom Spiegel über dem Waschbecken. Sein Aktenkoffer lag offen auf dem Toilettendeckel. Eine Küchenschabe krabbelte auf dem Boden; er trat zur Seite, um sie vorbei zu lassen. Er nahm eine der schönsten AutoBuzz-Federn aus dem Koffer; die feine Pulverbeschichtung hinterließ eine zarte Wolke. Er sah in den Spiegel und begann, sein Hemd aufzuknöpfen. Bevor er den letzten Knopf öffnete, schaute er sich noch einmal die Feder an, die er gewählt hatte, und blickte dann in den Aktenkoffer.

Dort lag die Extrovurt-Feder zwischen den anderen, den üblichen, den normalen, den alltäglichen Angelegenheiten, die sein Leben bestimmten. Die seltsame Feder, auf deren lila Grund zarte Spuren von Rosa funkelten. Er nahm sie in die Hand, um sie näher zu betrachten.

Was bildete er sich ein? Ein einsamer Handlungsreisender, ein Mann ohne Abenteuer, und hielt solch einen Gegenstand in Händen.

Alan Cooder: Autogen Nr. 279 954XY. Die Wahrheit stand in seinem Paß.

Wie er das Wort »Roboter« haßte. Er war kein Roboter. Die Menschen waren so grausam; glaubten sie, es war einfach, sich jeden Tag mit Träumen zu füttern, nur um als menschlich durchzugehen? Sie sollten es mal versuchen. Kein Wunder, daß Autogene unter ihresgleichen blieben.

Vielleicht würde er später einen Club, einen Treffpunkt finden; gerade New York mußte doch Tausende davon haben, man mußte sie nur finden. Er hatte darüber im *Autogen Lifestyle* gelesen.

Von diesem Traumbild des Landes der unbegrenzten Möglichkeiten angespornt, tat Alan Cooder etwas, was er noch nie getan hatte: Er ging ein Risiko ein; ein kleines Risiko.

Er rieb eine Handvoll Vaz auf die Extrovurt-Feder und öffnete dann sein Hemd ganz, legte den Bauch frei.

Der Mund war da und wartete. Er keuchte.

Komisch, er hatte nie das Gefühl, der Mund sei ein Teil von ihm, obwohl er doch mit dem Mund im Bauch erzeugt worden war. Mit diesem vollen roten Lippenpaar, das sich jetzt in Erwartung der Nahrung öffnete, mit der kaum noch feuchten Zunge, die leckte und kitzelte, kitzelte und leckte, hungrig nach Nahrung.

Der Mund einer Frau.

Cooder schmierte etwas Vaz auf die trockenen Lippen und schob dann die lila-rosa Feder in seinen Leib. Die Lippen schlossen sich darum, nahmen sie tief in sich auf, saugten tief ein, um jeden Tropfen des Traums aufzunehmen.

Cooder fütterte sich.

Fünf Stunden später erwachte er ausgestreckt auf dem kleinen Bett, mit einer geschwollenen Erektion. Eine Schabe kroch über seine nackte Brust. Er zerquetschte sie ohne Schwierigkeiten zwischen Daumen und Zeigefinger. Er zog die verbrauchte Feder aus seinem Bauch. Das kräftige Lila war einem matten Beige gewichen. Leer. Geschluckt. Er knöpfte nur rasch sein Hemd zu und warf sich die Jacke über, dann verließ er das Zimmer.

An der Rezeption versuchte der Portier, ihm etwas über eine telephonische Nachricht und einen Koffer mitzuteilen. Cooder ignorierte ihn, trat hinaus in die Nacht von New York, Bilder des Traums rasten immer noch durch seinen Körper. Visionen einer Frau seiner Art, der schöne Mund eines Mannes in einem weichen, hungrigen Bauch, sie küßten sich, knabberten aneinander, steckten sich gegenseitig die Zungen in den Bauch, stundenlang.

Die Stadt um ihn herum rief Schönheit, Leben und laute Farben wirbelten.

Ein junges Paar hielt ein Taxi an; Cooder drängelte sich vor, stieg ein. »Wohin, Kumpel?« fragte der Fahrer.

»Innenstadt«, sagte Cooder, »wo die Robos spielen.«

»Mhm. Sollen das eher weibliche Robos oder männliche Robos sein?«

»Egal.«

»Oje. Halt dich fest, Kumpel.«

Die duftende Maschine

Autogene sind von Natur aus zu pathologischer Schüchternheit verurteilt, fast kann man von panischer Furcht vor den menschlichen Reinen sprechen. Dies hat zur Bildung verschiedener Geheimbünde und halbgeheimer Sekten geführt und zu ihrer Ansiedlung in selbstgewählten Ghettos. Das berühmteste von diesen ist »Toytown« in Manchester, England, das erste seiner Art.

In dieser seltsamen, quasi vorstädtischen Themensiedlung sammelte der renommierte Wissenschaftler Professor Kalk Stoff für seine erfolgreiche Studie der autogenen Fortpflanzungsmethoden, *Die parfürmierte Maschine*. Daß die Autogenen das Wort »Maschine« in Bezug auf ihre Körper verabscheuen (wie jedes Wort – Roboter, Automat, künstliches Wesen, biomechanisch – das sie an ihre Erfindung erinnert), scheint weder Professor Kalk noch seine Leser gestört zu haben. Auch die Tatsache, daß er sich während seiner Nachforschungen als Autogener ausgab, mußte bei den Objekten dieser Forschung natürlich Wut hervorrufen. Und ganz sicher muß der Satz, der sie am meisten aufstachelte – »Autogene sind nichts als ein fehlgeschlagenes Experiment« – als fatale Provokation eingestuft werden.

Aber es kann nicht der Zweck dieser kurzen Abhandlung sein, Mord zu entschuldigen oder die Rechte der autogenen Bevölkerung zu fördern; hier soll lediglich ein für allemal Klarheit geschaffen werden über die sexuellen Gewohnheiten der sogenannten »parfümierten Maschinen«.

Obwohl Autogene ihr Maschinendasein entschieden verleugnen, haben sie nie behauptet, völlig menschlich zu sein; ihr einziges Ziel ist es offenbar, als eigene, vollwertige Art angesehen zu werden und die Rechte einer solchen zu beanspruchen. Erinnern wir uns, daß die Verbrechensrate unter ihnen viel niedriger liegt als bei den rein Menschlichen, und daß der Nationale Rat für Autogenetische Angelegenheiten Professor Kalks Tod öffentlich verurteilt hat.

Wie dem auch sei: Wir können nur vermuten, wie überrascht die Mörder waren, als sie feststellten, daß Prof. Dr. Chandra Kalk in Wirklichkeit kein Betrüger, sondern ein voll ausgebildeter männlicher Autogener war. Hätten die Täter den Mund in Kalks Bauch vor ihrem brutalen Verbrechen bemerkt, hätten sie vielleicht Gnade walten lassen. Wir werden es nie erfahren.

Es ist viel diskutiert worden über die seltsamen Beweggründe des Professors, sich so lange als Mensch auszugeben. Es ist gut möglich, daß er nur so die Wand von Vorurteilen umgehen konnte, die immer noch verhindert, daß mehr als 5 Prozent der autogenetischen Bevölkerung akademische Karriere machen, trotz ihrer natürlichen Begabung in dieser Hinsicht. Vielleicht gibt es auch noch andere Gründe (psychologische beispielsweise; Autogene leiden bekanntlich öfter als andere unter

Störungen in diesem Bereich) für seine Tarnung. Sie erklärt jedenfalls die außerordentlichen Erfolge seiner Feldforschungen!

Ich frage mich, ob er wohl in seinen letzten Momenten versuchte, »er selbst« zu sein. Oder war der Professor so sehr in die verschiedenen Schichten seiner Verstellung verstrickt, daß er nicht rechtzeitig herausfand?

Die letzte Täuschung ist seine Arbeit selbst. *Die parfümierte Maschine*, ein Buch, das die öffentliche Wahrnehmung vom exotischen Leben der Autogenen entscheidend prägte, ist inzwischen als Lügengeflecht entlarvt worden. War dies letztlich der Grund für die mörderische Vergeltung? Daß Kalk mit einem Buch ein Vermögen verdient hatte, das aus nichts als seinen kranken Phantasien bestand?

Hier nun also die Tatsachen: Autogene verfügen über drei verschiedene Arten der Fortpflanzung, die unterschiedliche Arten von Nachkommen hervorbringen. Die erste, über die Kalk freimütig berichtete, ist eine vereinfachte Nachahmung des menschlichen sexuellen Akts, bei dem ein Mann und eine Frau gemeinsam ein Kind zeugen. Wie beim natürlichen Vorgang besteht die Erbmasse des Kindes auch hier je zur Hälfte aus väterlichem und mütterlichem Erbgut. Diese Methode wird in Zeiten wirtschaftlichen Überflusses angewandt, wenn eine lange Erziehungszeit machbar erscheint.

Die zweite Art der Fortpflanzung (die Kalk nur andeutete) wird in Zeiten wirtschaftlicher Stagnation häufiger praktiziert. Dies ist die autogenetische Fortpflanzung in reiner Form. Das Weibchen pflanzt sich ohne männlichen Partner fort. Resultat ist ein mehr oder weniger mit der Mutter identisches Kind, das sehr schnell (in höchstens vier Jahren) völlig ausgewachsen ist. Diese Nachkommen sind immer weiblich und können in der Gebärmutter »aufgestockt« werden: d. h., ein Fötus kann bereits einen weiteren Fötus in sich tragen und so weiter, bis hin zu einem noch nicht erforschten Endpunkt.

Die letzte Art der Fortpflanzung (die Kalk überhaupt nicht erwähnte) steht im Zusammenhang mit den sogenannten Bauchmündern, die der häufigste Anlaß zur Diskriminierung der Autogenen sind. Offensichtlich werden sich menschlich Reine von diesem Aspekt des autogenetischen Körpers immer abgestoßen fühlen, und das sicher nicht ohne Grund. Das Weibchen trägt einen männlichen Mund im Bauch, das Männchen einen weiblichen. Jeder Mund hat eine Zunge, die über zwanzig Zentimeter lang werden kann, und ein verkümmertes Gebiß. Kalk behauptete, der Akt des »Bauchküssens« sei lediglich ein Gruß unter Vertrauten oder aber eine Form des Vorspiels. Heute wissen wir, daß es sich um die schwierigste und gleichzeitig am meisten angestrebte Art der autogenetischen Fortpflanzung handelt. Die weibliche Bauchzunge wird hierbei in den männlichen Bauchmund eingeführt. Man nimmt an, daß das weibliche »Sperma« im Speichel enthalten ist. Das Männchen wird schwanger. Im Magen, der sich zu diesem Zweck in eine Art männliche Gebärmutter verwandelt, bildet sich ein kleines Ei. Dieses Ei wird – wiederum mit Hilfe der Bauchzunge – ausgestoßen und vom Weibchen übernommen, die es (außerhalb des Körpers) schützt und so lange warm hält, bis der Nachkomme schlüpft, was an die zwei Jahre dauern kann. Das Baby ist immer männlich und braucht allein 35 Jahre bis zum Erreichen der Pubertät. Dieser seltsame Sexualakt hat eine Mißerfolgsquote von 98 Prozent. Kommt es zur Befruchtung, sterben viele Nachkommen noch im Ei. Diejenigen, die tatsächlich geboren werden, sind immer schwach und kränklich; viele sterben, bevor sie ausgewachsen sind. Aus diesen Gründen werden die »Gebrüteten« für wertvoller gehalten als die beiden anderen Arten der Autogenen. Ihre bloße Existenz kann bei »normaleren« Kindern bereits heftige Neid- und Eifersuchtsgefühle hervorrufen. Die Gebrüteten gelangen oft zu Macht und Autorität, obwohl sie mit psychologischen Problemen zu kämpfen haben. Andererseits entwickeln sie sich auch oft zu Kriminellen oder Außenseitern. Es bestehen nur noch geringe Zweifel an der These, daß Professor Kalk ein solches Kind war.

Anleitung zum Gebrauch von

Das folgende unvollständige Dokument (aus dem Museum der Fragmente) ist vorläufig auf das frühe 21. Jahrhundert datiert worden. Mehrere Theorien zur Art des erwähnten »Gerätes« wurden bereits aufgestellt, keine jedoch konnte bisher vollständig überzeugen.

(Text beginnt)
1c. Das Gerät darf nicht von Kindern unter 14 oder Erwachsenen über 39 benutzt werden.
2b. Soll das Gerät im Handbetrieb benutzt werden, Schalter B auf *tragbar* stellen.
2e. Soll das Gerät gemeinsam benutzt werden, *Schutz*modus aktivieren.
3a. Gerät nicht öfter als 4 Mal täglich benutzen, wenn keine weitergehende Autorisierung vorliegt.
3b. Kein Betriebsdurchgang darf länger als 60 Minuten oder bis zur automatischen Abschaltung des Gerätes dauern; je nachdem, was zuerst eintritt.
3c. Nach automatischer Abschaltung Gerät mindestens 30 Minuten nicht benutzen.
4d. Zur Benutzung in der Öffentlichkeit ist eine spezielle Genehmigung erforderlich.
5b. Bei einem solchen Absturz (siehe 5a) liegt die Verantwortung allein beim Besitzer.
5c. Bei einem legalen Absturz sollte das Gerät vom Körper entfernt und zum Händler zurückgebracht werden.
5d. Auf keinen Fall sollte das gestörte Gerät am Körper verbleiben.

6a. Während des *Entsorgungs*vorgangs darf das Gerät unter keinen Umständen unbeaufsichtigt bleiben.
7c. Ungeschützte Entsorgung kann zur Ansteckung des Auffangsbehälters führen.
(Text endet)

3. TEIL

Die Flugbahn des Giftes

Sicherer Heimweg
(Remix)

Schon zwei Uhr morgens durch, unsere Gang brach vom Megadog-Gig in der Academy in der Oxford Road in Manchester auf. Außer mir waren noch vier Leute aus dem Buchladen dabei, in dem ich arbeite, und ein paar Fremde, mit denen wir gequatscht haben. Insgesamt acht Personen, und kein Taxi hält für so viele Leute, also machten wir uns auf den Weg zum Royal Northern College of Music.

Es war Samstagabend, und die Straßen waren voller Volk, das nach Hause wollte. Als wir zum College kommen, ist der Taxistand brechend voll. Ich schätze, mehr als tausend Leute stehen Schlange. Ich weiß nicht, ob ihr den Taxistand kennt, den sie aus der Musikschule gemacht haben? Die Taxis fahren in der Tiefgarage ab, und die Schlange endet auf dem Dach. Von dort muß man sich Ebene für Ebene hinunterarbeiten, immer außen ums Gebäude herum, bis man im Untergeschoß ankommt.

Wir waren, glaube ich, bis zum zweiten Stock von oben vorgedrungen, in dieser langen, sich windenden Menschenschlange, als ich meinen Freund Rikki weiter unten entdeckte. Rikki wohnte früher in Manchester, ist aber vor ungefähr einem Jahr nach London gezogen, und seitdem habe ich ihn nicht mehr gesehen. Also sage ich meinen Begleitern, daß ich meinen Freund begrüßen gehe.

Ich klettere an der Seite des Gebäudes runter. Irgendwann komme ich bei ihm an, und wir quatschen ein bißchen. Ich schaue wieder über die Brüstung, und diesmal sehe ich Ian, einen weiteren Kumpel, der nach London gezogen ist. Ich habe

Ian seit mindestens fünfzehn Jahren nicht mehr gesehen, und damals war er mein bester Freund. Jetzt habe ich nicht einmal seine Telefonnummer, also muß ich unbedingt runter zu ihm und mit ihm reden. Ich fange an zu klettern, aber irgendwie klettere ich zu weit, und er ist plötzlich über mir und sieht zu mir herunter. Er schmeißt mir eine Serviette zu. Sie weht ein bißchen hin und her, aber ich kann sie fangen, und seine Nummer steht drauf. Jetzt mache ich mir langsam Sorgen, daß ich meine Gang vom Anfang verloren habe. Aber kaum, daß ich mich versehe, sitzen wir alle acht in einem Taxi und fahren nach Levenshulme, wo ich wohne. Wir fahren echt schnell, viel zu schnell für ein Taxi. Und als ich aus dem Fenster schaue, sehe ich, daß wir durch Droylsden fahren, der Stadteil, in dem ich geboren bin. Das ist bestimmt falsch, denn um nach Levenshulme zu kommen, fährt man nicht durch Droylsden.

Dann schnalle ich es plötzlich. Ich bin in einem Traum! Ich erzähle das meiner Gang, aber sie lachen mich alle aus und sagen, daß ich betrunken sei. Also versuche ich, es ihnen zu beweisen. Ich fange damit an, daß wir acht Leute im Taxi sind, wo doch nur fünf erlaubt sind, und daß kein Taxifahrer so viele mitnehmen würde. Das überzeugt sie nicht, also erinnere ich sie daran, daß die Musikschule kein riesiger Taxistand ist, und daß Tausende von Leuten sich niemals gleichzeitig für ein Taxi anstellen würden. Ich erzähle ihnen, daß wir durch Droylsden fahren, den falschen Weg nach Hause. Ich erzähle ihnen, daß ich gerade zwei Freunde getroffen habe, die ich seit Jahren nicht gesehen habe, beide in der Taxischlange. Ein zu großer Zufall. Dann fange ich an, Stimmen zu hören... (zu meinem siebten Geburtstag)

Aber meine Freunde lachen mich weiter aus. (zu meinem siebten Geburtstag sagte ich meinen Vater, er solle mir ein Fahrrad klauen) Also erklärte ich ihnen, was ich für ein Gefühl habe, diese plötzliche Erkenntnis, in einem Traum zu sein. Dieses ganz spezielle Gefühl, das man nur in einem Traum kriegt. (und nicht bloß irgendein Rad) Dieses Gefühl kriegt man nie im richtigen Leben. Jetzt werden sie hellhörig. (Bumerang Mountainbike 509) Einige sehen besorgt aus, andere werden sauer. Ich glaube, sie merken, daß es mein Traum ist, und daß sie einfach verschwinden werden, wenn ich aufwache. Sie wollen aber nicht verschwinden. Sie kämpfen dagegen an. Ich höre immer noch diese Stimmen… (und nicht bloß irgendein Rad, Bumerang Mountainbike 509) (und nicht bloß irgendein Rad, Bumerang Mountainbike 509) Ich mache ihnen das Angebot, ein für allemal den Beweis anzutreten. Ich sage ihnen, daß ich die Taxitür aufmachen und aussteigen werde, obwohl wir mit Höchstgeschwindigkeit auf einer vielbefahrenen Straße dahinrasen. (klau mir ein Rad, klau mir ein Rad) Ich sage ihnen, daß mir nichts passieren wird, weil es ja nur ein Traum ist.

(ich höre diese Stimmen, verirrt im Remix)

Ich mache also die Tür auf. (Pixelgesicht Bumerang) Die Straße ist bloß ein vorbeirasender Schemen. Ich mache mich bereit, den Fuß auf den Asphalt zu setzen. Als ich aussteige, sehe ich, daß ein großer LKW auf mich zugeschossen kommt.

(Bumerang Mountainbike 509)

Nichtsdestotrotz steige ich aus, nur ein kleines bißchen ängstlich…

Pixelgesicht

Zu meinem siebten Geburtstag sagte ich zu meinem Vater, er solle mir ein Fahrrad klauen. Und nicht bloß irgendein Rad, sondern ein Bumerang Mountainbike 509. Senfpulver-Lackierung, mit allen Schikanen: japanische Gangschaltung, siebenundvierzig Gänge, verstärkter kalifornischer Rahmen, britische Reifen. Fraktallenker.

»So 'nen Scheiß kann ich nicht auftreiben«, sagt er. »Wie wär's mit einem neuen Computer?«

Ich sag ihm, daß ich schon zwei habe, und wenn er das Rad nicht liefert, verpfeife ich ihn bei den Cops.

»Nun gib Melvin schon, was er haben will, du nutzloser Trottel«, sagt meine Mutter.

Ich mag meine Mutter, die kann fluchen!

»Geh du zur Arbeit«, sagt mein Vater zu meiner Mutter, »bevor wir alle verhungern.« Dann dreht er sich zu mir um und sagt, »Klau dir dein Scheißrad selber, wenn du so was Protziges brauchst. Hab ich's dir nicht beigebracht?«

Na ja, schließlich gibt er doch nach, mit Mutters Hilfe, aber dann bringt er an meinem Geburtstag ein lila Wombat 207 mit schlappen neunzehn Gängen mit. Mit Stützrädern wär's auch nicht viel peinlicher gewesen.

»Nun sag schon was, du Arsch«, fordert mein Vater.

»Danke, Dad«, sag ich, aber in Wirklichkeit denke ich, wer so einen Scheiß klaut, sollte verhaftet werden.

»Herzlichen Glückwunsch, Melvin«, sagt meine Mutter. »Los jetzt, du kommst zu spät zur Schule.«

Aber jetzt hatte ich mein eigenes Rad unterm Hintern, und die Schule konnte mich am Arsch lecken. Ich fahre also zur alten Keksfabrik in der Hamlet Road. Es regnete wie immer und die Fabrik sah großartig aus vor diesem Himmel, wie ein Totenschädel mit tausend Fensterhöhlen als Augen. Mein Vater hatte dort seinen letzten richtigen Job, er produzierte tonnenweise Vanillecremewaffeln und Kognakbohnen und Vollkornkekse. Aber jetzt wurde da nicht mal mehr ein Krümel hergestellt.

Jedenfalls ist hinter der Fabrik eine Müllhalde. Da, wo sie das Krankenhaus abgerissen haben, ohne es wieder aufzubauen. Es gab dort früher auch mal einen Teich, aber dem haben sie das Wasser abgelassen, so daß dort jetzt bloß noch ein Loch ist.

Bloß ein großes beschissenes Loch in der Erde. Total! Die Gang ist weg, sie umkreisten das Loch, machten Lärm und rasten dann die Hänge hinunter wie in einem verrückten Videospiel.

Ich blieb eine Zeitlang am Rand, dann dachte ich, jetzt oder nie, und dann *Wuuusch!* Brenner anschmeißen! Koordinaten checken! Handsteuerung aktivieren! Ich spiele *Xterminator* 7 gegen *Flutsch & Chips* im *Haus der irren Robokatze*, abwärts abwärts abwärts! Ich schreie irgendwas Lautes und Dämliches, ich weiß nicht mehr, was. Scheiße, ich fliege, Mann! Ja, das war's bestimmt. O Mann, die Abfahrer denken, hier kommen die Bullen! Sie flattern wie die Hühner auseinander, bis sie merken, daß ich es bloß bin. Dann werden sie sauer. Dazzle und Spike fangen an, mich auszulachen.

»Was für ein Schwuchtelrad!« sagt Dazzle. »Was ist das? Ein Wombat 205!«

»207«, antworte ich und versuche, es nach was klingen zu lassen.

»Sieht eher aus wie ein Kinderwagen!« sagte Spike, und Streichholz fängt an zu kichern und mitzulachen.

Streichholz war ein Irrer. Er tat kaum was anderes als Kichern und Lachen.

Und dann lacht die ganze Gang außer Flöte, die ist ein Mädchen und Dazzles Freundin. Sie hält sich also zurück und sagt gar nichts. Aber sogar Flöte hat ein besseres Fahrrad als ich, und das ist total peinlich.

»Was willst du?« fragte Dazzle.

»Er will was aufs Maul«, sagt Spike und schwingt den Hammer seines Vaters.

»Ich will ein Abfahrer werden, Dazz«, sage ich. »Ich will Sachen klauen.«

»Laß mal sehen, wie sich der Kinderwagen fährt!« sagt Spike und zieht eine Grimasse.

Dazzle und Spike wohnen in meiner Straße, King Lear Walk in der Shakespeare-Siedlung, fünf Meilen außerhalb von Namchester. Shakespeare ist echt eine Müllhalde. Keine Shakes und auch kein Bier. Nur ein oder zwei Schutthalden, ein paar schmuddelige Spatzen und eine zerfledderte Amsel. Alle

Straßen sind nach irgendwelchen Geschichten von diesem Shakespeare-Typen benannt. Das hat mir Dazzle erzählt, nicht, daß er diesen Shakespeare je getroffen hat oder so. Dazzle war eigentlich ganz nett zu mir, jedenfalls, wenn er nicht mit den andern abfuhr, und ich wollte immer zur Gang gehören.

»Scheiße, du bist zu jung«, sagt er jetzt.

»Ich bin heute sieben geworden«, antworte ich.

»Man muß aber acht sein, um dabei zu sein.«

»Ich hab ein Fahrrad«, sage ich.

»Wow!« sagt Spike. »Das beschissene Melvmobil! Wackel los damit!«

»Scheiße, Mann, wackel los!« sagt Streichholz, und das von ihm! Das war echt zu viel.

»Soll ich ihm das Licht ausknipsen, Dazz?« sagt Spike.

»Das reicht«, sagt Dazzle. »Kommen wir zur Sache. Abfahrt!«

»Bis später«, sagt Spike und lacht.

»Und später und später«, setzt Streichholz nach. Er war Spikes Jünger, und alles, was er sagte, war eine Kopie von Spikes Sprüchen.

Die Jungs aus der Gang ziehen ihre Mützen ins Gesicht, klappen den Kragen hoch, ziehen die Kapuzen runter, setzen die Sturmhauben auf und fahren davon.

Allein. Wie immer. Bloß der Regen und die Keksfabrik. Ich fahre also in Richtung Schule, überlege mir ein paar Entschuldigungen fürs Zuspätkommen. Ich komme natürlich gar nicht erst an. Statt dessen radle ich zur Caliban Mall. Ich verbringe den ganzen Morgen dort, esse Chips und schaue mir die Fernsehshows im Schaufenster an. *Die irre Robokatze* und *Xterminator 7*. Fernsehen im Schaufenster ist viel besser als zu Hause, weil die Fernsehläden massenhaft Geräte haben, die alle verschiedene Sender zeigen, und mein Vater guckt immer bloß Sport oder den Pornosender im Kabel. Natürlich hört man durchs Schaufenster keinen Ton, aber wer braucht schon den Ton, um *Flutsch & Chips* zu verstehen? Mir reicht es jedenfalls, einfach so im Einkaufszentrum abzuhängen, bis sich eine Frau zu mir auf die Bank setzt und mir den Spaß verdirbt. »Bist du heute nicht in der Schule, Melv?« fragt die Frau, und als ich zur Seite schaue, merke ich, daß neben mir Jackie Flint sitzt und ein Schinkensandwich ißt.

Jackie Flint ist Dazzles ältere Schwester, so achtzehn Jahre alt. Sie ist das weiße Schaf der Familie, weil sie tatsächlich einen Job hat. Und nicht so einen Job wie meine Mutter in der Bingohalle, sondern einen richtigen Job. Sie arbeitet in einem Elektroladen in der Caliban Mall, verkauft Camcorder und Computer und CD-ROM-Laufwerke und so.

»Die Lehrer kotzen mich an«, sage ich lässig.

»Und warum?«

»Sie bringen einem nicht die richtigen Sachen bei.«

»Da ist was dran.«

Ich habe oft gedacht, Dazzles Mutter muß mit irgendwem anders gevögelt haben, um Jackie zu zeugen: Sie war so clever. Jackie hatte einen Haufen Computer und alle möglichen Zusatzgeräte in ihrem Zimmer. Das war klasse, denn damit konnte sie sich immer in die neuesten Computerspiele reinhacken und uns Abkürzungen zeigen. Sie konnte jeden Code knacken.

Wir sitzen also bloß da und schauen eine Weile die stummen Fernseher an. Jackie hatte gerade Mittagspause. Ein Sicherheitsbeamter kommt und sagt, Fahrräder seien in der Mall nicht erlaubt. Jackie sagt: »Das geht in Ordnung, er gehört zu mir«, was mich lauthals grinsen läßt. Der Trottel frißt ihr gleich aus der Hand. Ich sehe sofort, daß er total verschossen in Jackie ist, warum auch nicht? Würde mir auch so gehen, wenn ich alt genug wäre.

Ich überlege mir, wie einfach es wäre, etwas aus den Läden in der Mall mitgehen zu lassen, vielleicht würde das Dazzle genügend beeindrucken, aber da sagt Jackie zu mir: »Du gehst jetzt besser«, und dann dreht sie sich um und küßt den Ladenhüter, den Mund immer noch voll mit Schinkensandwich.

Ich verstehe nicht, warum sie so was tut, aber ich lasse die beiden allein, was soll ich sonst schon tun? Es ist inzwischen zu spät für die Schule, und was macht ein verlorener Tag? Nicht viel, also gurke ich ein bißchen in der Stadt rum, gewöhne mich an das Rad, hole das Beste aus dem blöden Ding raus.

Ich komme rechtzeitig aus der Schule, so als wäre ich im Unterricht gewesen, und am nächsten Tag fahre ich wieder zum Loch raus. Diesmal jedoch bleibe ich weg, bis die Abfahrer-Gang tatsächlich von dort aufbricht. Dann folge ich ihnen mit Abstand, wie im Film. Sie fahren zur Pitstop-Werkstatt in der Macbeth Street. Ich sehe zu, wie sie alle Stellung beziehen.

Dazzle ist der Anführer. Er war alt, schon neun. Schon fast zu alt. Er war heiß drauf, als Drogenkurier für die Namchester-Jungs zu fahren. Er wollte seine Fähigkeiten unter Beweis stellen. Er stahl nicht mehr, er lenkte nur den Verkehr.

Ein schickes Auto fährt auf den Hof und parkt hinter einem klapprigen roten Mini.

Streichholz diente als Ablenkung. Er war schon elf, aber im Kopf wie drei. Der arme Junge hatte einen totalen Sprung in der Schüssel, und das war gut als Ablenkung. Der Schwachkopf wackelt also mit seinem Rad auf den Hof und singt ein kleines Liedchen.

Ein schicker Typ steigt aus dem schicken Auto und geht zur Zapfsäule. Er schaut sich nach Streichholz um, der laut heulend vorbeieiert. Sieht gut aus.

Flöte stand Schmiere. Acht Jahre alt, sah echt gut aus in ihrem Trainingsdreß mit Sturmhaube. Dazzle stand auf Mädchen, die mit dem Rad umgehen konnten, und das konnte sie blendend. Sie hat bestimmt die Überwachungskamera im Auge und den Typ an der Kasse auch. Er hat hoffentlich mit einem andern Kunden zu tun, dem aus dem roten Mini. Ich sehe, daß noch jemand in dem schrottigen Mini sitzt, ein Inder oder Pakistani, der könnte Ärger machen. Aber dann steigt er aus und geht in den Laden, vielleicht um Kippen oder einen Schokoriegel zu kaufen, und das Beste ist: Er läßt ein Fenster weit offen!

Währenddessen grinst der schicke Typ an der Zapfsäule Streichholz an.

Ich beobachte das alles von oben, mein neues Rad steht auf einer Schutthalde. Na ja, es war mal eine Schutthalde, bis die Stadtverwaltung sie begrünt und Themenpark genannt hat. *Schuttland*. Ich ziehe die Mütze runter, klappe den Kragen hoch, ziehe die Kapuze nach unten, setze die Sturmhaube auf. Es war natürlich keine offizielle Abfahrer-Sturmhaube, sondern die, die mein Vater als junger Motorraddieb getragen hat. Ich habe sie aus seiner untersten Schublade geklaut.

Flöte gibt das Signal, und Spike kommt hinter der Werkstatt hervorgeschossen mit seinem Bumerang 509, voll ausgerüstet! Spike war Dazzles Stellvertreter, fast neun. Er fährt zum schicken Auto, schlägt mit dem Hammer das Fenster ein, greift hinein.

Der schicke Typ dreht sich nach dem Klirren um. Sicher dreht sich auch der Witzbold an der Kasse erschrocken um. Vielleicht dreht sich sogar der Besitzer des Minis um. Ich beobachte das alles vom Grashügel aus, bereit loszufliegen. Inzwischen ist Streichholz verschwunden, und Spike rast mit dem Aktenkoffer des schicken Typen davon, den er aus dem Auto geklaut hat.

Leichte Beute! Und jetzt fliege ich auch los, auf der Suche nach Überbleibseln. Ich fahre auf den Hof, der schicke Typ rennt zu seinem Auto, die Überwachungskamera surrt, der Typ an der Kasse ruft die Cops. Jetzt komme ich, fahre seitlich an den Mini ran. Fenster offen, ich sehe hinein, eine blöde kleine Handtasche wartet auf mich. Spitze! Der dunkelhäutige Typ kommt aus dem Laden gerannt, eine junge Frau bei ihm, aber viel zu langsam, ich greife rein, schnappe die Tasche und dann nichts wie weg! Heiße Scheiße. Heimflug!

Ich brauchte all mein Können, um den Mini abzuhängen, und darauf war ich mächtig stolz.

Wir treffen uns also alle im Loch, und Dazzle legt gleich los, macht mich fertig, weil ich so dämlich gewesen und so spät eingestiegen bin. Ich sage, ich habe doch aber was gegriffen, oder? Die Handtasche der Frau. Und was hat Spike? Bloß einen Scheißaktenkoffer.

»Mit mehr als hundert Scheißpfund drin, du Idiot!« sagt Spike und schmeißt mit dem Koffer nach mir. »Du hast uns beinahe auffliegen lassen!«

»Hab ich gar nicht«, sage ich.

»Das stimmt«, sagt Flöte. »Niemand wurde geschnappt. Mal sehen, was der Kleine gegriffen hat.«

»Verpiß dich, Mädel«, sagt Spike. »Wer hat dich gefragt?«

»Das reicht«, sagte Dazzle, macht die Handtasche auf und holt die Sachen raus. Ein paar Tampons, eine Brieftasche mit 15 Pfund, ein Roastbeef-Sandwich in Zellophan, eine Diskette, ein Foto von einem Hundebaby, ein Stadtplan von Namchester. Nicht viel mehr. Ach ja, eine Vogelfeder, fragt mich nicht, wie die da rein gekommen ist. So grün und gelblich. Aber dann fangen Dazzles Augen an zu leuchten: Er zieht eine Knarre aus der Tasche!

Das verschlägt der Gang die Sprache, kann ich euch sagen, auch wenn es nur so eine kleine Frauenknarre war.

»Jesus, auf'm Rad!« sagt Spike.

»Ist sie geladen?« fragt Flöte.

Klick, klick. »Ist sie.«

»Jesus auf'm Mountainbike!« sagt Streichholz und lacht und zuckt.

»Was macht eine lausige Handtaschenmieze mit einer Wumme?« fragt Flöte. »Was wollte sie beschützen?« Niemand antwortet.

Dazzle steckt die Pistole und die Brieftasche in seinen Rucksack und gibt mir die Tasche samt übrigem Inhalt. »Das kannst du behalten, Melvin«, sagt er. »Melv ist dabei. Aber nur auf Probe, okay? Wir geben ihm sieben Tage.«

»Total geil!« schreie ich.

»Ach du Scheiße«, sagte Spike. »Die Gang ist im Arsch.«

»Gang voll im Arsch«, stimmt Streichholz ein.

»Er hat uns immerhin eine Pistole besorgt«, sagt Flöte, und ich bin ganz sicher, daß wir uns kurz zulächeln, aber wahrscheinlich ist das Wunschdenken.

Dazzle erklärt uns den nächsten Job. Hängt euch rein! Ich muß Schmiere stehen, ich komme mir vor wie ein neuer Verteidiger von Nam United. Es läuft ganz gut. Noch drei Jobs, dann machen wir Schluß für heute. Dazzle verteilt die Anteile an der Beute. Ich kriege am wenigsten, abgesehen von Streichholz, der würde es sowieso bloß für Süßigkeiten ausgeben. Ich sage Dazz, daß die Pistole doch bestimmt Hunderte wert sei. Er sagt mir, ich soll das Maul halten, er ist der Boß und er muß sie ja erst noch verkaufen. Das hier ist auf Kredit, sagt er.

Ich kriege 45 Pfund für mein Tagwerk. Mehr als ich je hatte. Als ich nach Hause komme, gebe ich meiner Mutter einen Zehner Kostgeld. Mein Vater warnt mich, ich solle mich nicht mit Jungs wie Dazzle einlassen, aber meine Mutter sagt, er ist bloß neidisch, und er bringt es sowieso nicht mehr.

Ich mag meine Mutter. Mich großzuziehen war ein harter und beschissener Job, und ich nehme ihr nichts übel. Außerdem hat sie Tattoos. Und sie sagt, ich könne ruhig mit der Gang herumhängen, wenn ich die Schule nicht zu sehr vernachlässige. Das habe ich ihr versprochen.

Tja, so kam ich in die Abfahrer Gang.

An diesem Abend gehe ich früh auf mein Zimmer, um die Handtasche zu checken. Ich esse das Sandwich, schmeiße den Tampon und das Hundebabyfoto und die blöde Vogelfeder in den Müll. Ich schaue mir die Diskette an. Vielleicht ist es ein Computerspiel? Ich schiebe sie ins Laufwerk und so eine Startseite namens Flugbahn 5.02 erscheint, und darunter steht Demoversion. Muß ein Flugspiel sein, bei dem Namen, aber es gibt kein Menü oder so, bloß ein paar Zeilen Programmierzeug.

Da steht, daß es von einer gewissen Celia Hobart programmiert wurde. Vielleicht war Hobart die blöde Schnalle in dem Mini. Was läßt sie auch ihr Fenster offen, weiß sie nicht, was für Dreckskerle sich auf der Straße herumtreiben? Ich denke noch, muß wohl ein Prototyp sein, da taucht plötzlich ein START HIER KLICKEN auf dem Monitor auf.

Ich schiebe die Maus rüber und doppelklicke.

Der Bildschirm erstrahlt und zeigt eine Feder, ja, eine Vogelfeder in Bewegung, genau wie die, die ich gerade weggeschmissen habe, millionenfach schillerndes Grün und Gelb. Der Anblick zieht mich irgendwie in den Bann, als wäre ich auf Drogen oder so. Schön wär's.

Aber sonst passiert nichts, bloß diese Feder, die auf dem Bildschirm herumschwebt, als wär's für immer. Egal, welche Taste ich drücke, sie bleibt einfach da und dreht sich langsam. Ich glaube schon, einen bescheuerten Bildschirmschoner geklaut zu haben, als plötzlich die Worte KENNWORT BITTE erscheinen. Ich probiere sofort die üblichen Verdächtigen, die Jackie mir beigebracht hat, GOTT, JESUS, GEHEIM, KENNWORT, MUTTER, VATER, aber keines funktioniert, und nach sechs Fehlversuchen verschwindet das Kennwortfenster, so als hätte ich meine Chancen verbraucht, und nur die Feder bleibt zurück, sie dreht sich immer noch, ich kann nichts machen.

Ich überlege, ob ich Dazzle eine Nachricht schicken soll, daß die Diskette ein Kennwort hat, aber das würde mich nur blöd aussehen lassen. Diese Feder auf dem Schirm macht mich müde, als müßte ich mich schlafen legen. Bevor ich das tue, hole ich die echte Feder aus dem Papierkorb und lege sie auf mein Kissen. Ich weiß nicht, wieso: Ihr Geruch macht mich schläfrig, und das Drehen auf dem Bildschirm, das Drehen, das Drehen, und ich wußte gar nicht, daß Federn riechen…

Am nächsten Tag fahre ich zum Loch, ganz aufgeregt und gespannt auf die Abenteuer des zweiten Tages, aber niemand ist da.

Ich überlegte, was passiert ist, vielleicht wollen sie mir aus dem Weg gehen. Ich checke kurz die Pitshop-Werkstatt, aber da ist auch nichts los, und die anderen Routen der Abfahrer kenne ich nicht. Also fahre ich zur Caliban Mall, vielleicht weiß Jackie ja, wo Dazzle sich heute herumtreibt, und dann kann ich sie auch gleich wegen der Diskette anhauen.

Bis zu ihrer Mittagspause sind es noch Stunden, also laufe ich zu dem Laden, wo sie arbeitet – Ye Olde Computer Shoppe. Mist! Der Aufpasser von gestern lungert vor der Tür herum, will wohl schon wieder einen Kuß. Ich sage ihm, er soll auf mein Rad aufpassen. Ich bin nämlich noch nicht dazu gekommen, ein Schloß zu klauen. Er will diskutieren, aber ich bin schon im Laden und suche Jackie.

Sie hat keine Ahnung, wo ihr Bruder steckt, also frage ich sie, ob sie versuchen könnte, für mich ein Kennwort zu knacken. Ich hole die Diskette aus der Tasche, aber lasse die Feder drin, ja, die habe ich auch dabei, keinen Schimmer, warum. Es ist gerade nicht viel los, also schiebt Jackie die Diskette ins Laufwerk von einem der besten Computer im Laden. Die Startseite erscheint, dann die Pixelfeder, aber sonst nichts. »Wo ist das Kennwortfenster?« fragt Jackie.

»Es ist verschwunden. Ich habe sechs Worte ausprobiert, und dann ist es verschwunden.«

»Alles klar. Das Programm weiß, daß du nicht der Besitzer bist. Ich nehme die Diskette mit nach Hause und sehe, was ich machen kann.«

»Danke.«

Dann gibt es draußen Tumult, und wer kommt zur Tür rein? Dazzle persönlich, hinter ihm der dämliche Wächter, der ziemlich sauer aussieht, vielleicht weil Dazzle tatsächlich mit seinem Rad in den Laden gefahren ist! Warum ist mir das nicht eingefallen? Er kurvt um die Regale, lacht wild, als ob er was Heftiges eingeworfen hätte, und hat offensichtlich vor, seiner Schwester Ärger zu machen. Manchmal gab es ziemlichen Streß zwischen den beiden. Der Wächter rennt hinter Dazzle her, macht aber keine gute Figur.

Jackie schreit ihn an, er soll abhauen, was den Geschäftsführer aus seinem Büro lockt, und dann schreien sie alle herum: Jackie, der Wächter, der Geschäftsführer. Ich bin der einzige, der den Mund hält, vor allem, weil Dazzle komischerweise seine Sturmhaube nicht auf hat, aber vielleicht will er heute auch keine große Nummer abziehen, nur ein bißchen rumnerven. Deswegen haben sie auch nicht auf mich gewartet, weil der Job nicht so wichtig war. Ja, so muß es sein.

Aber dann dringt neuer Lärm von draußen herein, und Dazzle macht eine totale Kehrtwendung, flutscht mühelos am Wächter vorbei und ist weg, draußen und auf Hochtouren!

Ich bin auch sekundenschnell draußen, denn ich will wissen, was zum Teufel hier abgeht.

Dazzle rast quer durch die Mall, ich springe auf mein Rad, um ihm zu folgen, aber mein Wombat 207 kann natürlich mit dem Bumerang 509 nicht mithalten. Dann sehe ich, wo der Ärger herkommt: Großeinsatz beim ausgetrockneten Springbrunnen. Die Alarmsirenen heulen, Flöte schießt auf den nächsten Ausgang zu, Streichholz rennt mehr oder weniger im Kreis herum, und dann kommt Spike aus einem Musikladen geschleudert, den Arm voller Beute, Werbe-T-Shirts oder so. Alle waren vorschriftsmäßig maskiert, bis auf Dazzle. Ich konnte sehen, daß ihn diese Nummer ziemlich ankotzte. Spike hatte anscheinend einfach so losgelegt, genau wie ich gestern, und so etwas haßte Dazzle. Aber bei mir war es wenigstens gut gegangen, hier waren dagegen drei Typen vom Sicherheitsdienst hinter Spike her, und Jackies Freund war auch nicht weit weg. Spike schlug einen schönen Haken, fand die Lücke und gab Gas, hinter Flöte her. Streichholz war nicht so schnell. Er war wohl irgendwie vom Rad gefallen. Dazzle war bei ihm und half ihm hoch, als die Wächter sie einkreisten.

Und was Dazzle dann tat? Unglaublich. Er zog die von mir geklaute Pistole – hatte ich bereits total vergessen, aber jetzt war ich stolz drauf, sehr stolz sogar – vor allem, als er sie auf den ersten Wächter richtete und wild anfing zu schreien, Spitzenflüche.

Total abgefahren!

Die Wächter zogen sich zurück, ich auch, irgendwie wurde mir das plötzlich zu heftig und zu verrückt. Ich versteckte mich hinterm Springbrunnen und schaute von da zu, und Jackie tauchte neben mir auf und schimpfte auf ihren Bruder, weil er so dämlich sei. Dazzle hatte Streichholz wieder aufs Rad gesetzt, und der raste davon, Dazzle gab ihm Deckung. Er wollte ihm gerade selbst folgen, als wir die Polizeisirenen hören. Zeit für einen schnellen Abgang: *Flutsch & Chips* zum Mitnehmen und los!

Ich hatte keine Ahnung, wohin: Schule ging nicht, nach Hause ebensowenig, also radelte ich zum Loch, und tatsächlich waren da Flöte und Spike und Streichholz und schrien sich an. Na ja, Flöte und Spike schrien sich an, Streichholz lag bloß da wie eine Häufchen Elend und heulte. »Sie haben Dazz erwischt!« sagte er immer wieder. »Sie haben Dazz erwischt! Die Cops haben Dazz erwischt!« Verrückte Zeiten.

Ich schlich mich ganz vorsichtig ran, aber Spike ging gleich auf mich los, nannte mich Feigling, weil ich mich rausgehalten hatte. Er hatte gesehen, wie ich mich hinter dem Springbrunnen versteckt hatte. Ich schätze, er wollte bloß ein bißchen Schuld auf mich abwälzen, und das geht in Ordnung, er brauchte es. Flöte versuchte, mich zu verteidigen, aber ich merke schon, wenn ich überflüssig bin, also stieg ich aufs Rad und fuhr, fuhr, fuhr. Fuhr überallhin, bis ich ein bißchen Regen auftrieb, durch den ich radeln konnte. Das fühlte sich gut an, die Kapuze abzunehmen und sich die Haare naß regnen zu lassen.

Als ich wieder zu Hause war, hielt ich den ganzen Abend den Mund über die Ereignisse; ich wollte nicht, daß meine Mutter mitkriegte, wie viel Schiß ich hatte. Ich hockte in meinem Zimmer und tat so, als machte ich Hausaufgaben, aber in Wirklichkeit starrte ich bloß stundenlang die blöde Feder an, als könnte ich in die Farben hineinfallen und ewig weit wegfliegen.

Ich ging zum Abendessen runter, der Fernseher lief wie immer, mein Vater wartete auf die Sportnachrichten. Dann tickte alles aus, es war, als wäre ich wieder in der Mall und müßte mir den ganzen Ärger nochmal anschauen, wieder und wieder und für immer. Es kam bloß in den Nachrichten, aber es wirkte absolut echt. Es war alles zu sehen, gefilmt von der Überwachungskamera unter der Decke: wie Spike aus dem Laden geschossen kam und Flöte wegraste und Streichholz von seinem Rad fiel und wie Dazzle die Wächter mit seiner Knarre bedrohte. Hinter den Brunnen reichte die Kamera nicht, also war ich nicht drauf. Verdammt, wäre ich aber gern gewesen. Irgendein verkrampfter Reporter laberte was von Jugendkriminalität, und das war ganz witzig, aber das Allerbeste war natürlich, was sie mit Dazzles Gesicht gemacht hatten. Gut, sie hatten Dazzle zwar geschnappt, doch das war jetzt ganz egal, denn er war berühmt. Berühmt, weil er ein erstklassiger Radfahrer und ein großartiger Anführer war, aber vor allem berühmt, weil er gepixelt worden war. Die Videomaske! Ihr wißt schon, getarnt mit diesen kleinen farbigen Computerquadraten, um seine Identität geheimzuhalten.

Ewig und wie für immer, oder?

Dazzles Eltern waren so was von stolz, ihren Jungen im Fernsehen zu sehen, und dann noch mit Pixelgesicht. An diesem Abend luden sie die ganze Straße zum Videogucken ein. War echt eine nette Party. Meine Eltern waren auch da, und Flöte und Spike und Streichholz. Sogar Jackies Freund war da, der dicke Wächter aus der Mall, ob ihr's glaubt oder nicht, und sah sich strahlend seinen Fernsehauftritt an. Jackie rannte ständig umher und filmte das Ereignis auf ihrer neusten digitalen Videokamera. »Und hinter mir kommt stets heran«, sagt sie, »der Zeit geflügelter Sicherheitsmann.«

Ich sage ihr, sie soll die beschissene Kamera aus meinem Gesicht nehmen. Ich glaube, ich war immer noch sauer, daß ich nicht im Fernsehen war. So ein Pixelgesicht wie Dazzle, das wünsche ich mir mehr als alles andere auf der Welt; das würde mich zu einem echten Abfahrer machen, gar keine Frage! Jackie erzählt ihrer Mutter, sie könnte Dazzles Gesicht möglicherweise wieder zurückpixeln, mit Hilfe der Technik, die sie vielleicht im Laden klauen könnte. Das lehnten die Eltern natürlich ab. Sie wollten, daß ihr Sohn versteckt blieb und schimpften mit ihm, weil er seine Sturmhaube nicht getragen hatte, wie es ihn sein guter alter im Knast sitzender Onkel gelehrt hatte. Es schien niemanden zu stören, daß man Dazzle verhaftet hatte: das war gute Familientradition.

Später, als die alkoholischen Getränke beinahe alle sind, gibt mir Jackie die Flugbahn-Diskette wieder und sagt, es wäre ihr zu gefährlich, sie im Haus zu behalten, weil ein Zielmechanismus drauf ist. Ich frage sie, was das heißt, und sie sagt, meine sechs Fehlversuche mit dem Kennwort hätten ein Signal aktiviert, das durchs Netzgeht und den Besitzern ziemlich schnell und genau mitteilt, wo sich die Diskette befindet. »Software wie ein Marschflugkörper«, sagt sie, »und dein Computer ist das Ziel. Ich konnte meine Adresse gerade noch schützen.«

»Kannst du meine nicht auch schützen?

»Zu spät, Melv. Sie sind dir auf den Fersen.«

Ich glaube, das hat sie bloß gesagt, um mich zu erschrecken, denn sie war genau so betrunken wie ich, aber dann erzählt mein Vater, daß heute nachmittag jemand bei ihnen gewesen sei und nach Kindern im Haus gefragt habe.

»Was?« Ich versuche verzweifelt, meine Angst zu verbergen.

»Keine Angst«, sagt mein Vater, »ich habe ihnen gesagt, sie sollen sich verpissen.«

»Ihnen?«

»Ja. Eine Frau und so ein Paki.«

Mein Vater lacht über mich, und ich glaube, inzwischen lacht die ganze Party über mich, sogar meine Mutter. Also lasse ich die Diskette auf dem Weg nach Hause in einen Gully fallen. Was wahrscheinlich ziemlich dämlich von mir war, aber ich hatte die ganze Zeit das Gefühl, gleich würde ein schrottiger roter Mini aus einer Seitenstraße kommen. Und als ich nach Hause kam, löschte ich als erstes die Kopie von Flugbahn 5.02 von meiner Festplatte.

Nachdem ich stundenlang bloß dagelegen und die echte Feder angestarrt hatte, die sogar im Dunkeln funkelte, schlief ich ein und hatte einen großartigen Traum. Ich fuhr durch die Mall, Maske ab, posierte für die Überwachungskamera und rettete in voller Fahrt nicht nur Streichholz, sondern auch Dazzle vor den Sicherheitsbeamten; der ernannte mich am nächsten Tag im Loch zu seinem neuen Assistenten. Flöte gab mir einen Kuß, Streichholz plapperte meine Worte nach, und Spike war gern bereit, meinen Befehlen zu folgen. Er tauschte sogar sein Rad gegen meins!

Ich wache früh auf, stecke die Feder in meinen Beutel, ich kann sie einfach nicht in Ruhe lassen.

Als ich zum Loch kam, war natürlich nur Streichholz da, der neben seinem Rad saß und wartete. »Wo sind Spike und Flöte?« fragte ich.

»Weiß nicht«, antwortete er. »Ich warte auf Dazzle.«

Ich bemerkte, daß Dazzles Rad unter dem von Streichholz lag. »Dazzle kommt heute nicht«, sagte ich.

»Kommt nicht? Nein. Dazzle kommt immer. Schau, ich habe sein Rad. Hab ich aus der Mall geholt, nachdem sie ihn geschnappt haben. Hab ich das gut gemacht, Melvin?«

»Sehr gut, Holz.«

»Sie können Dazzle nicht verhaften. Das würde er nicht zulassen. Dazzle wird gleich hier sein. Wartest du mit mir?«

»Ich kann nicht, Streichholz. Ich gehe zur Schule.«

»Schule?«

»Ja. Komm doch mit.«

Aber er wollte nicht, also ließ ich den armen Kerl einfach im

Loch sitzen, was sollte ich sonst tun? Als ich die Spitze des Hügels erreiche, sehe ich den schrottigen roten Mini über die Müllkippe auf mich zu kommen. Ich will eigentlich in den höchsten Gang schalten, aber plötzlich kann ich nicht mehr. Als wäre alle Kraft aus mir gewichen, so wie bei der verrückten Robokatze in der Folge mit der riesigen Twister-Wipe-Schlange. Ich sitze da auf meinem Fahrrad und warte, daß das Auto kommt und mich holt. Ich wollte wahrscheinlich einfach, daß es vorbei ist; noch mehr konnte ja gar nicht schiefgehen.

Der Mini hält also an, ich sehe die Frau auf dem Beifahrersitz und den Pakistani neben ihr. Er steigt aus, sie bleibt sitzen, als ob sie der große Boß ist, als wäre sie Dazzle und er Spike.

Der Mann kommt auf mich zu, und hinter mir höre ich Streichholz näher kommen. »Wer ist das, Melv?« fragt er. Ich sage ihm, er brauche keine Angst zu haben, er solle zurück ins Loch gehen und auf sein Rad steigen. Das tut er aber nicht. Er steht bloß da und wartet.

»Wo ist sie?«

Der Mann spricht. Ich schüttele den Kopf, wische mir den Schweiß von der Stirn.

»Na los.«

»Hab sie weggeschmissen«, antworte ich.

»Das will ich nicht hoffen.«

»Doch! Sie liegt in einem Gully.«

Jetzt wird er sauer und macht einen Schritt auf mich zu. Streichholz ist plötzlich verschwunden, weiß nicht, wohin. Nur ich und der Mann, und sein Gesicht ist direkt vor meiner Nase, seine Hände halten meinen Lenker fest, ich rechne damit, daß er mich runterschmeißt.

»In einem Gully!« schreie ich. »Und ich hab's von meiner Festplatte gelöscht.«

»Nicht die Diskette, Junge. Die Feder.«

»Die Feder?«

»Komm jetzt! Wo ist die Feder?«

Jetzt hat er mich an den Schultern gepackt, und ich frage mich, was der ganze Aufstand soll, bloß für ein blödes Stück von einem toten Vogel? Also schreie ich ihn an, er soll mich loslassen und abhauen und versuche gleichzeitig, mich und das Rad aus seinem Griff zu kriegen, aber schließlich schmeißt er uns beide um, das Rad und mich. Das Rad landet auf mir, und als ich aufstehe, nehme ich das Ding in beide Hände, nehme es einfach und werfe es nach ihm.

Ja!

Voll erwischt.

Er fällt beinahe um. Einen Moment lang denke ich, er fällt um, aber er bleibt stehen. Er packt mein Rad und knallt es auf den Boden. Ich sehe sofort, daß im Vorderrad eine Acht ist, also bleibe ich einfach stehen und starre ihn an, wie im Film. Er steht auch nur da, und ich glaube, ich habe ihn ein bißchen beeindruckt, denn er fängt an zu lächeln. »Wie wär's mit einem kleinen Deal, Junge?« Er hat seine Brieftasche in der Hand und wedelt mit ein paar Scheinen.

»Zwanzig Pfund«, sagt er.

»Zwanzig Pfund? So viel kann ich in zwei Minuten klauen.«

»Fünfzig?«

»Fünfzig? Nur für die Feder?«

Er nickt und ich nicke auch. Er will die Feder, aber ich will erst das Geld. Er gibt es mir, und ich denke mir, vielleicht sollte ich jetzt losrennen. Aber statt dessen mache ich meinen Beutel auf und hole die Feder raus. Die Frau ist aus dem Auto gestiegen, sie wartet, daß ich die Feder übergebe. Ich sehe, daß sie ziemlich jung ist, vielleicht gerade mal doppelt so alt wie ich. »Alles in Ordnung, Celia«, sagt er über die Schulter; ich schätze, weil ich ihm jetzt die Feder gebe.

»Was ist das?« frage ich.

»Sie ist wunderschön, nicht wahr?« sagt er.

»Ja. Sie ist das Schönste, was ich je gesehen habe.«

Da lacht er, verständlicherweise, denn in meinem Leben gibt

es schließlich nicht viel Schönheit zum Vergleich. »Hast du sie benutzt?« fragt er.

»Benutzt?«

»Hast du damit geträumt?«

»Was?«

»Schon gut. Ich hoffe, es war was Schönes. Deinetwegen.«

Dann ist er weg, zurück im Wagen, die Frau sitzt neben ihm. Ich schaue dem roten Mini nach, bis er verschwindet, dann werfe ich einen Blick auf mein Rad. Kaputt. Streichholz ist verschwunden, aber Dazzles Rad wartet unten im Loch auf mich. Warum nicht? Dazzle wird es in nächster Zeit ohnehin nicht brauchen. Ich halte es für ihn in Schwung.

Ich denke kurz an die Schule, ehrlich. Ich fahre sogar zuerst in die Richtung, aber als ich den Bumerang 509 unter mir spüre, den hohen Sattel und die schweren Reifen, da kann ich nicht widerstehen. Der Rest des Tages ist ein einziger wilder Ritt, mit Wheelies und Drehungen, die mit so einem guten Rad ganz leicht fallen. Ich halte die Augen offen nach möglichen Opfern für einen Blitzüberfall.

Ich komme spät nach Hause, und meine Mutter wird wütend, als ich ihr erzähle, daß ich nicht in der Schule war. Ich verspreche ihr, morgen ganz bestimmt hinzugehen. Mein Vater will wissen, wo ich das Protzrad her habe, und ich sage ihm, er soll sich in seine Kneipe verpissen, wo er hingehöre. Dann erzählt meine Mutter, daß sie Dazzle rausgelassen haben, weil irgendwas passiert ist, sie weiß aber nicht was. Ich fahre also rüber zu Dazzle und bin schon total sauer, daß ich das gute Rad so schnell wieder los bin und daß ich meins einfach so unten im Loch liegengelassen habe. Aber das vergesse ich alles, als ich ankomme, denn die ganze Gang ist da und sieht fern, Dazzle und Jackie und Spike und Flöte und Streichholz. Sie hocken alle um die Glotze, als liefe das WM-Endspiel und England führt zehn Sekunden vor Schluß. Aber als ich reinkomme, werden sie ganz still. Ich frage, was los ist, aber sie machen mir bloß Platz, als wenn ich so was wie ein Held wäre. Sie setzen mich direkt vor die Glotze, und Dazzle steht für mich auf! Er macht das Video mit der Fernbedienung an, das von seiner glorreichen Verhaftung. Ich frage mich, warum ich mir das nochmal angucken soll, aber dann merke ich, daß es eine andere Sendung ist, die erst heute abend ausgestrahlt wurde, sicher ein Nachbericht. »Melvin, du bist der Hammer!« sagt Dazzle, und bevor ich fragen kann, ist der Reporter fertig mit seiner Ansage, worüber auch immer, und der Überwachungsfilm aus der Mall läuft an.

Dazzle ist auf dem Bildschirm, kurz bevor die Cops zugreifen, und die Kamera fährt auf sein schön gepixeltes Gesicht, bis die Großaufnahme den Bildschirm füllt. Dann zerplatzen die Pixel wie Seifenblasen, einer nach dem anderen, und darunter ist nicht sein, sondern mein Gesicht!

Ich drehe mich zu Dazzle um, der grinst, alle grinsen, und keiner sagt was, vor allem ich nicht, bis Flöte fragt: »Scheiße, Mann, wie hast du das gemacht, Melv?«

Ich sehe Jackie an, weil ich denke, sie steckt mit ihren High-Tech-Tricks dahinter, aber sie lächelt mich nur an und sagt: »Ich nicht, Melv. Das hier ist aus der Polizeistation, und das Band in der Mall zeigt dasselbe. Ich hab's überprüft.«

»Die Cops wissen nicht, was sie tun sollen, Pixel!« ruft Spike und zerwühlt meine Haare.

»Cops wissen nichts vom Pixelgesicht!« tönt Streichholz, und dann fallen sie mir alle um den Hals und klopfen mir auf die Schulter, so als wäre ich ein Held, und wißt ihr was? Ich bin ein Held, ich bin ein Held, Scheiße!

So war es, ich schwöre. So habe ich meinen neuen Namen gekriegt, so hat mir Dazzle sein Bumerang 509 geschenkt, wie für immer, und so wurde ich offizielles Mitglied der Abfahrer, bloß daß wir jetzt die Pixelkids heißen. Und es ist mir scheißegal, wenn ihr Cops mir nicht glaubt, denn so war es, und ich kann es nicht erklären, und ich will es auch gar nicht.

Stigmatika

Flöte war keine von den üblichen lauen Mitläuferinnen, nicht billig und geil und nur halb dabei. Natürlich konnte sie Tränendrüsenmärchen erzählen, wenn die Cops sie in die Enge trieben, zum Beispiel, daß sie ein Retortenbaby sei, ihr einziges echtes Zuhause sei aus Glas gewesen, so daß es doch kein Wunder sei, wenn sie mit Steinen um sich wirft? Nie einen Vater gekannt, bloß eine verirrte Tiefkühlprobe. Ihre Mutter war eine Neo-Lesbe mit latenten Heterotendenzen, noch dazu reich, konnte sich die beste Ware aus dem Eisfach leisten, es mußte also an der Spermientheke was vertauscht worden sein, oder? Muß doch irgendwas Übles drin gewesen sein, wie ließen sich sonst ihre kriminellen Neigungen erklären?

Solche Geschichten konnte Flöte erzählen, ohne den Mund aufzumachen, und ihr Blick sagte, glaub mir lieber, Baby, sonst kriegst du das hier aufs Maul, comprendez? Ja, verstehen wir.

Ein paarmal versuchte sie, ehrlich zu werden, bloß, um zu beweisen, was für ein gutes Herz sie hatte, einmal mit acht, einmal mit neun, und ein letztes Mal mit elf Jahren. Aber dann kam die Pubertät, und sie klaute ihre erste Packung Tampons, und damit fiel die Entscheidung, ihre Weste hatte sozusagen Flecken. Eine Spur dunklen Blutes fing an zu laufen.

Am nächsten Tag rannte sie von zu Hause weg und mit vierzehn kannte man sie überall als die Beste ihres Faches. Alle Jungs aus der Siedlung, die Braven wie die Bösen, hingen gern mit ihr ab. Keine Chance. Sie wartete auf den Richtigen, Dazzle, so ein verrückter Bursche. Ein verrückter Bursche auf Staatsurlaub, in Ihrer Majestät Abenteuercamp für Jugendliche, der hoffte, in einem Monat oder so wegen guter Führung entlassen zu werden. Bis dahin hielt Flöte ihm die Treue, stahl die Tage, klaute die Nächte, ließ den Mond mitgehen. Was sie brauchte, nahm sie. Ohne zu fragen.

Den Cops immer einen Schritt voraus, immer auf der Suche nach dem übernächsten Abenteuer eines danebengegangenen Lebens.

Eines Tages – es war im Juli vergangenen Jahres – stahl Flöte einer Frau in einem Café die Kamera. Handwerklich kein Glanzstück, die Frau hatte selber schuld, ließ ihre Tasche einfach unbewacht herumliegen und war so sehr mit Essen beschäftigt, daß sie nichts mitkriegte.

Zurück in ihrem Versteck, sah sich Flöte den Fang an. Eigentlich eine magere Ausbeute: Die Kamera sah nach nicht viel aus; klein, aber immerhin mit coolem Zubehör; na ja, nicht schlecht für eine Minute Arbeit. War auch noch ein Film drin. Auf einer Seite ein kleines Lämpchen, das gelb leuchtete. Nur so aus Spaß richtete Flöte die Kamera auf die ausgebrannte Keksfabrik in der Ferne, wartete auf den Autofokus und drückte den Auslöser.

Klick!

So einfach.

Dann kriegte sie Panik, hatte so eine wahnwitzige Vorstellung, daß die Cops mit Hilfe des Schnappschusses genau errechnen könnten, wo ihr Versteck lag. Also riß sie den Film aus der Kamera, belichtete ihn. Sie war so von Paranoia gepackt, daß sie nicht einmal bemerkte, wie das Licht an der Seite tiefrot pulsierte.

Am nächsten Tag war Markttag, also ging Flöte mit einem Haufen Zeug, daß sie in der letzten Woche angesammelt hatte, zu Crabtree. Für jemanden, der so weit unten in der Nahrungskette hing, war Crabtree verdammt wählerisch; er wollte nur erste Ware, Sachen, die er in ein, zwei Tagen wieder losschlagen konnte. Flöte hätte gern seine Kontakte übernommen, um vielleicht selbst ins Hehlergeschäft einzusteigen. Ja, sie hatte zweifellos Ehrgeiz. Er nahm also die Videokamera mit Kußhand, ebenso das Mountainbike; das Motherboard und die Mikrochips waren schon schwieriger, sie gingen verdammt zäh seit dem Update letzten Monat, aber Flöte akzeptierte seinen Rabattpreis.

Sie regelten die Geschäfte, und als letztes lag die coole Kamera auf dem Tisch.

Flöte erwartete nicht viel, nur ein kleines bißchen mehr Gewinn, das war alles.

Aber Crabtree wollte sich nicht die Finger daran verbrennen.

Er wollte das Ding tatsächlich nicht mal anfassen, er wich vom Tisch zurück, als würden daraus schon die Flammen lodern. Flöte fragte ihn, was denn los sei. Er wollte es nicht sagen, zeigte nur auf das blinkende rote Lämpchen und sagte, sie solle sich sofort von seinem Arbeitsplatz verpissen.

Flöte fühlte sich den ganzen Abend ziemlich beschissen, und sie wußte nicht wieso. Das restliche Zeug wurde sie bei anderen Hehlern los, noch weiter unten auf der Leiter. Aber niemand wollte die Kamera anfassen; und niemand wollte sagen wieso.

Sie wachte schweißgebadet aus einem schlechten Traum auf. Bekam sie Fieber? Sie stolperte ins Badezimmer, um sich ein Glas Wasser zu holen. Ihre Augen im Spiegel waren blutunterlaufen. Ihre Hände zitterten, als sie den Hahn aufdrehte, um sich das Gesicht anzufeuchten.

Sie schnappte nach Luft und wich vom Waschbecken zurück, aus dem Lichtkegel.

Und dann wieder vor, zuerst eine Hand, dann die andere, beide Hände zurück ins Licht, so als wären sie vom Körper abgetrennt. Geisterhände, blaß und durchscheinend. Und auf jedem Handgelenk ein kleiner roter Fleck.

Sie erwachte, dachte, es sei nur ein Traum gewesen. Zog die Hände unter der Bettdecke hervor.

Der Fleck hatte sich ausgebreitet.

Sie wusch sich wieder und wieder, doch der Fleck blieb; inzwischen bedeckte er ihre Handgelenke und kroch in ihre Handfläche, auch auf den Handrücken, kroch immer weiter. Sie wusch und schrubbte, schrubbte und wusch.

Der Fleck kroch weiter.

Am nächsten Tag und den Rest der Woche trug sie Handschuhe, und zwar nicht, um Fingerabdrücke zu vermeiden. Sie dachte kurz daran, einen Arzt aufzusuchen, aber sie hatte keinen Hausarzt, würde wahrscheinlich nie einen haben. Ein Arzt war eine Autorität, eine Art Cop, ein KörperCop. Das war nicht ihr Ding. Statt dessen ging sie noch einmal zu Crabtree. Es war schon wieder Markttag, aber diesmal hatte sie kein Diebesgut zu verkaufen, nur eine Frage zu beantworten.

Sie zog die Handschuhe aus, einen nach dem anderen, pellte sie langsam herunter, um den Schmerz erträglich zu halten. Als sie die Hände hob und Crabtree zeigte, sog er scharf die Luft ein. Denn ihre Hände, die ganzen Hände, brannten beide vom Gelenk bis zu den Fingerspitzen leuchtend scharlachrot.

Crabtree sagte ihr, sie solle schön auf Distanz bleiben und ihn bloß nicht anfassen und auch seine Sachen nicht.

»Was ist es?« fragte sie mit Angst in der Stimme.

»Wir wissen nicht, wie es funktioniert. Noch nicht. Wir arbeiten dran.«

»Und was kann ich tun?«

»Du hättest auf das gelbe Lämpchen achten sollen. Hast du das gelbe Lämpchen nicht gesehen?«

»Doch, habe ich.«

»Du hättest wissen sollen, was es ist. Bist du nicht auf dem laufenden?«

»Ich habe keine Zeit, auf dem laufenden zu bleiben. Bitte, was kann ich tun?«

»Du mußt dich stellen.«

»Nein!«

»Muß sein. Geht nicht anders. Sie können die Dinger jetzt an alles dran bauen. Der Besitzer hat den Code und sonst niemand, du mußt diese Kamera benutzt haben.«

»Nur einmal. Nur ein klitzekleines Bild.«

»Tja, das war's. Du bist infiziert. Bleib weg! Ich hab gesagt, bleib weg von mir!«

»Bitte, es ist doch nicht ansteckend, oder?«

»Weiß nicht. Bleib einfach weg von mir.«

»Aber es muß doch irgendwas geben… was man machen kann?«

»Jetzt können dir nur noch die Cops helfen. Du mußt dich stellen.«

Flöte zog ihre Handschuhe wieder an; die Röte war schon an ihren Handgelenken oberhalb der Handschuhe zu sehen und kroch langsam ihre Arme hinauf.

Aber sie wollte sich nicht stellen.

In der Nacht zerschlug sie die Kamera, und eine dünne Spur roter Flüssigkeit tröpfelte aus dem roten Lämpchen wie aus einer Drüse.

Der Sommer zog in die Siedlung ein, und die Jungs im Viertel, die Braven wie die Bösen, waren schwer enttäuscht, daß die berühmte Flöte dieses Jahr völlig verhüllt war, keine offenherzigen Tops wie letztes Jahr. Was war los mit ihr? Wo sie doch sonst immer so stolz auf ihren Bauch war mit dem süßen gepiercten Nabel? Und was noch schlimmer war: Sie klaute nicht mehr. Was sollte man mit einem Mädchen anfangen, das nicht klaute?

Sie würde sich nicht stellen, nicht den Cops, auch nicht einem Arzt, niemandem, der was zu sagen hatte.

Wenn sie überhaupt mal jemand zu Gesicht kriegte, dann im Schatten, im Dunkeln, niemals im Tageslicht. Und selbst dann war sie bis zum Kragen zugeknöpft, sogar im Hochsommer, und schwitzte.

Sie würde sich nicht stellen.

Als die Jungs sie das nächste Mal sahen, hatte sie einen Hut ins Gesicht gezogen, trug eine Sonnenbrille und ein Halstuch bis übers Kinn. Und ihre Nase und Wangen waren dick geschminkt. Inzwischen hatten natürlich alle von dem Fluch gehört und waren deshalb nicht mehr an ihr interessiert, hielten sich fern. Sie war froh darüber, denn sie war lieber allein.

Und dann wurde Dazzle entlassen. Auf der Straße wurde viel

darüber geredet, was er wohl von der neuen Flöte halten würde, eingewickelt wie eine Mumie und nahtlos gerötet. Es gab auch eine Menge Gelächter, von Jungen und Mädchen, denn alle wußten, wie sehr Dazzle seine Flöte liebte, jetzt wollen wir doch mal sehen, wie er sie liebt, hm?

Niemand stahl mehr richtig viel, nicht, seit es den Fluch der Roten Hand gab, denn man konnte sich auf keine Videokamera oder Stereoanlage und auf keinen PC mehr verlassen. Sie konnten sich alle gegen dich wenden und dich beißen, und das war's dann.

Nur Dazzle stahl munter weiter, noch mehr als vor dem Camp, und niemand konnte sich erklären, wieso: Was spielte er für ein Spiel?

Eines Tages stahl er einen Laptop mit der Ausstattung, nach der er suchte – einem gelben Lämpchen an der Seite.

Er schaltete den Computer an und schrieb einen kurzen Liebesbrief.

Das Licht an der Seite wurde rot – ein leuchtend pulsierendes Rot.

Was für ein Anblick ein paar Tage später: Dazzle und Flöte wie in alten Tagen, stolz kamen sie auf die Straße, knapp bekleidet, tatendurstig, und selbstbewußt zeigten sie ihre neue Farbe, die Farbe ihrer Arme und Bäuche und Gesichter und sogar ihres Haares, die ganze scharlachrote Show.

Und die Jungen wie die Mädchen konnten nur erstaunt zuschauen und sich wünschen, sie wären selbst so stolz auf ihr Handwerk.

Sechs Monate später wurde die Diebstahlssicherung *Stigmatika* vom Markt genommen.

Obduktion eines Kolibris

1.1. *Entdeckung*. Die Leiche wurde in einem leerstehenden, verwilderten Gartencenter in Cheshire gefunden, wenige Meilen vom Flughafen Manchester entfernt. Laut Bericht des untersuchenden Beamten waren keine sichtbaren Wunden oder Prellungen an der Leiche zu sehen. Es handelte sich um eine junge weiße Frau. Sie war vollständig bekleidet. Anhand verschiedener Papiere, die in einer Handtasche bei der Leiche gefunden wurden, hat die Polizei die Frau als Georgina Finch identifiziert. Eine beträchtliche Geldsumme in losen Scheinen wurde ebenfalls gefunden. In der Vagina stellte man Spermizid-Gel fest; außerdem fanden sich Hinweise auf kürzlich erfolgten Geschlechtsverkehr. Es gab jedoch keine Anzeichen sexueller Mißhandlung, was bedeutet, daß der GV in gegenseitigem Einverständnis stattgefunden hat. Es wurde kein Sperma festgestellt, was auf die Benutzung eines Präservativs schließen läßt. In der Handtasche der Toten befand sich ein Päckchen mit sechs Präservativen, von denen eins fehlt. Es wird vermutet, daß die Frau während oder kurz nach dem Geschlechtsakt starb. Die Polizei sucht noch nach dem Präservativ, das bei diesem, ihrem letzten Beischlaf benutzt wurde.

1.2. *Hintergrund*. Georgina Finch war als Prostituierte bekannt. Sie arbeitete von einem Hotel in der Nähe des Flughafens aus und war auf eintreffende ausländische Geschäftsmänner und Diplomaten spezialisiert. Ihr »Straßenname« lautete Gina, obwohl sie die Straße natürlich längst hinter sich gelassen hatte. Seit einem Jahr arbeitete sie im einträglichen Flughafengeschäft. Die Verhöre mit ihren Freundinnen und Kolleginnen ergaben das Bild einer jungen Frau mit aufbrausendem Temperament und einer klaren und deutlichen Zukunftsperspektive. Gina war Realistin, wenn auch mit der Zeit abgehärtet. Ihr »Geschäftspartner«, ein gewisser Tony Malone, wird derzeit noch verhört. Er besteht darauf, daß Gina zum Zeitpunkt ihres Todes nicht mehr sein »Eigentum« gewesen sei, da ihre Wege sich etwa fünf Wochen zuvor wegen einer Geldstreitigkeit getrennt hätten. Es sei nicht das erste Mal gewesen, daß sie ihn zu hintergehen versucht habe. Er wisse nichts von einem neuen »Zuhälter«, der seinen Platz eingenommen habe.

1.3. *Frage*. Warum ging Gina mit ihrem letzten Kunden ins leerstehende Gartencenter? Ihr Revier war eigentlich die Hotelbar, und der Kunde zahlte immer das Zimmer, normalerweise eines der besseren. War dieser Szenenwechsel ein Sonderwunsch des Kunden gewesen? Vielleicht kannte ihn jemand im Hotel, Kolleginnen zum Beispiel. Oder wollte er sie aus niedrigeren Beweggründen in diesen dunklen, zugewucherten Garten führen?

2.1. *Merkwürdiges*. Zu Beginn seiner Untersuchung bemerkte der Pathologe eine frische lange Narbe quer über den Bauch der Frau. Bei näherer Untersuchung stellte er mit Schrecken fest, daß ein leises, tiefes Summen aus der Bauchhöhle der Frau drang.

2.2. *Fund*. Als der Bauch der Frau aufgetrennt wurde, entdeckte man im Magen eine kleine »Maschine«. Dieser eiförmige Apparat war an der Magenwand befestigt und mit mehreren anderen Organen durch Leitungen und Kabel verbunden. Auf dem Ei waren keinerlei Markierungen zu erkennen, abgesehen von einem grünen Lämpchen. Und trotz des Todes der Frau war der Apparat noch in Betrieb; das Lämpchen blinkte, und das seltsame Summen war jetzt, da der Magen geöffnet war, noch lauter geworden. Neugierig, da er noch nie etwas Vergleichbares gesehen hatte, benachrichtigte der Pathologe den leitenden Kriminalbeamten.

2.3. *Verlegung der Leiche.* Man entschied, daß der Apparat am Körper angebracht bleiben solle, bis man seine Funktion geklärt habe. Zu diesem Zwecke wurde eine Wissenschaftlerin der Universität Manchester hinzugezogen. Sie verlangte, daß die Leiche mit ihrem seltsamen Zubehör sofort zur weiteren Untersuchung in die Universität gebracht werde.

3.1. *Verdächtiger.* Inzwischen hatte sich Ginas letzter Kunde auf einer Polizeiwache gemeldet. Er hatte Berichte über den Todesfall im Fernsehen gesehen (wobei natürlich alle Einzelheiten, die den Apparat betrafen, zurückgehalten wurden) und hielt es für das Beste, sich freiwillig zu melden. Obwohl schon vier Tage vergangen waren, war der Mann von seinen Erlebnissen immer noch stark mitgenommen. Nach seiner Aussage war er auf Geschäftsreise aus New York in England eingetroffen und hatte aufgrund seiner Erschöpfung beschlossen, die Nacht im Flughafenhotel zu verbringen. Wie bei starker Übermüdung oft zu beobachten, wurde er dort von plötzlichem heftigem sexuellem Verlangen übermannt. Er sprach Gina in der Bar an, er zahlte die verlangte Summe, sie gingen auf sein Zimmer. Der Akt wurde vollzogen. Nach eingehender Befragung brach der Verdächtige zusammen. Er gab zu, die junge Prostituierte zu bestimmten Praktiken gezwungen zu haben, zu denen sie nicht wirklich bereit gewesen sei, jedenfalls nicht zu dem Preis, den er bezahlen konnte. Er hatte jedoch nicht abgelassen. Während dieser nicht näher bezeichneten Praktiken hatte er einen Schlag bekommen, eine Art elektrischen Schlag, der ihm heftigen, wenn auch nur kurzen Schmerz bereitet hatte. Er behauptete, der Schlag sei vom Körper der Prostituierten selbst ausgesandt worden. Er war daraufhin sofort aus dem Bett gesprungen. Seine empörte Forderung nach Rückerstattung seines Geldes rief nur Gelächter hervor, und als es deswegen zu einer Rangelei kam, habe er wiederum einen Schlag durch den ganzen Körper bekommen. Er gab an, daß die Frau anschließend sein Zimmer verlassen habe; diese Angabe wurde später von einer Putzfrau bestätigt, die zur angegebenen Zeit im Flur tätig war. Die Putzfrau konnte sich deutlich an das Lächeln der Frau erinnern.

3.2. *Motiv*. Eine Kollegin der Verstorbenen traf sie nach dem oben beschriebenen Vorfall an der Bar. Sie bestätigte bestimmte Einzelheiten der Aussage des Kunden, die ihr die Verstorbene berichtet hatte. Außerdem gab es Hinweise auf ein mögliches Motiv: Miss Finch hatte ihr erzählt, sie wolle aussteigen und behielte deshalb mehr von ihren Einnahmen, als ihr zuständen. Die Freundin hatte sie gewarnt, wie gefährlich es sei, einen Zuhälter zu betrügen. Die Freundin kannte allerdings den Namen von Ginas neuem Zuhälter nicht.

3.3. *Zeuge*. Miss Finch wurde eine Stunde später gesehen, wie sie auf der Zulieferstraße vom Hotel wegrannte. Der Zeuge, der dies zu Protokoll gab, war zum Zeitpunkt seiner Beobachtung angetrunken; seine Aussage, daß sich die Verstorbene voller Panik in Richtung des Gartencenters bewegte, deckt sich jedoch mit den bisherigen Fakten. Der Zeuge fügte hinzu, daß die Frau, obwohl sie allein gewesen sei, den Eindruck gemacht habe, verfolgt zu werden. Dies war das letzte Mal, daß die Verstrobene lebend gesehen wurde.

4.1. *Laborergebnisse*. Experten der Universität Manchester führten weitreichende Untersuchungen des merkwürdigen eiförmigen Apparates durch, der in der Leiche entdeckt worden war. Röntgenaufnahmen wurden gemacht, aber erst, als der Apparat zu arbeiten aufhörte (das grüne Lämpchen erlosch; das Summen verstummte), wurde das Ei tatsächlich aus dem Magen entfernt. Durch einen einfachen Mechanismus ließ es sich in der Mitte aufklappen. Die beiden Schalenhälften enthielten eine primitive Platine mit einem Mikrochip, verschiedene Steuergeräte (wie den oben erwähnten »Schockmechanismus«), eine komplexe organische »Nährlösung« und ein auswechselbares Aufzeichnungsgerät. Als man Letzteres abspielte, fanden sich eine detaillierte Aufstellung aller geschlechtlichen Aktivitäten bzw. Transaktionen Ginas während der letzten fünf Wochen, einschließlich der genauen Preise jeder einzelnen, des gezahlten Betrages und jeglicher »Rückstände«.

4.2. *Todesursache*. Es wurde festgestellt, daß Georgina Finch an einem massiven elektrischen Schlag verstarb. Die Polizei geht von einem Mord aus.

5.1. *Nachtrag*. Nach Verfassung des obenstehenden Berichts konnte die Polizei die Hersteller des Apparates ermitteln. Sie wurden verhaftet und bleiben für die Dauer der Ermittlungen in Untersuchungshaft. Der Apparat wurde unter der Bezeichnung *BioOrganizer & ShockSystem* (kurz »Boss«) vertrieben. Es wird empfohlen, der Öffentlichkeit alle Einzelheiten vorzuenthalten. Die Hersteller haben zugegeben, bereits zwölf der Geräte verkauft zu haben, darunter auch vier »männliche« Modelle. Wir müssen alles in unserer Macht Stehende tun, um sie zu finden.

Aus dem *Buch der Nymphomation*

Das folgende Dokument (die jüngste Schenkung an das Museum der Fragmente) wurde in den Ruinen Manchesters gefunden. Wie alle unsere Exponate wirft es mehr Fragen auf, als es beantwortet. Es gab verschiedene Versuche, die beiden vorhandenen Seiten zu vervollständigen; wir ziehen die vorliegende Version vor. Ein unscharfer Blick auf eine versunkene Welt. Alter: unbekannt. Bitte beachten Sie: Der Inhalt des Fragmentes ist für Jugendliche nicht geeignet. Ansicht auf eigene Gefahr.

(Text beginnt)

Amour *f* Liebe eines Menschen zu Tier oder Maschine.

Anal-yse *f* Sinformation, die durch den Anus aufgenommen wird.

A.n.u.s. *m* Abk. für Außerordentliches Nahrungs- und Unterhaltungs-System. Aufnung, die sich sowohl bei männlichen als auch weiblichen Maschinen findet (und daher als den geschlechtsspezifischen Aufnungen überlegen gilt) und die zur Einführung artifäkaler Information in den Körper dient. Vgl. Vaginoden.

Aphrodate *f* Göttin des Input an Nymphomation; auch bekannt unter dem Namen Intra-Venus. Geliebte des Zuse.

Artifäkal *adj.* nicht aus Echt-Leben entstanden; das Leben imitierend.

Art-Leben *n* Abk. für artifäkales Leben; der Entwicklungsprozeß der Sinformation, bei dem sie sich Echt-Leben angleicht, bis sie nicht mehr davon zu unterscheiden ist; das Produkt dieses Prozesses.

Attraktion *f* Maß der Schönheit eines Sinput. Wird in Attraktonen gemessen.

Attrakton *n* Maßeinheit der Attraktion. Ein Attrakton bedeutet pure Langeweile, zehn Attraktonen pure Schönheit.

Aufblaspuppe *f* früher Versuch einer artifäkalen Puppe, mit deren Hilfe ein Mensch den Sexualakt mit Materie vollziehen konnte.

Aufnung *f* Körperöffnung, die speziell zur Aufnahme von Nymphomation konstruiert wurde.

Autogen *n* Produkt der Fortpflanzungstechnologie.

Baby *n* Entstehungsprodukt eines ungeschützten Sexualakts zwischen einem männlichen und einem weiblichen Menschen.

Baby-dat *n* Entstehungsprodukt eines ungeschützten Sexualakts zwischen männlichem Sinput und weiblichem Datenträger im nymphomatischen System.

Bastardat *m* illegitime Nachkommenschaft zweier Sinputs, die nicht vorschriftsmäßig in Nymphomation getraut wurden.

Beauty *f* Attraktionsmenge, die einem Sinput beigegeben wird, um die Nymphomation zu erleichtern. Vgl. Häßlichkeit.

Bioplastik *n* Material zur Herstellung von Biorgs.

Biorg *m* eine liebende Verbindung von Lebewesen und Maschine.

Biorgasm *m* was mit einem Biorg geschieht, wenn die Nymphomation einsetzt.

Biorgie *f* was Biorgs veranstalten, wenn sie zu viel Nymphomation eingeführt bekommen.

Blasen *vb. (ugs.)* anderer Ausdruck für Cunnilogos oder Intellatio.

Borbipuppe *f* komplexeste Puppe des frühen 21. Jh's.; Freundin von RoboKen, mit dem sie das Babydat Borble zeugte.

Borble *n* erstes echtes Kind der Nymphomation. Das Kind als Produkt, das Produkt als Zukunft.

(Text endet)

Der Schatten irgendwo

Ich war im Bad und kämmte mir Schmiere ins Haar, als mich plötzlich dieser blaue Schauer durchfuhr. Spitze kleine Fingernägel kratzten mich im Nacken, kitzelten. Von der Straße erklang der Lärm der Leute, die einen draufmachten. Und ich war hier oben und hatte ein Date mit meinem eigenen Schädel. Plötzlich fühlte ich mich bereit: Ich zerbrach mir tatsächlich den Kopf, ob ich die Tür aufmachen und Dugg hereinbitten sollte, Dugg und seine Dunkelheit. Ein Schatten im Spiegel, ein Lächeln in der Schwebe, gleich hinter mir und meilenweit weg. Ein Hauch Pheromone, eine Ahnung von Zucker. Wenn man am letzten Tag des Jahres keine Nummer schieben kann, wann, bitte schön, dann?

Genau da fängt der Ärger an, und genau deshalb… letztes Mal, als ich ihn rausgelassen hatte, war er ein bißchen ausgerastet, trotz aller Versprechungen. Ich hatte Schiß, daß er sich danebenbenehmen und uns alles kaputtmachen würde. Diesmal würde ich ihn schlafen lassen.

Ich schüttele das Gefühl ab, drehe mich um; der Schatten dreht sich mit und ist weg.

Verschwunden.

Als ich im Club ankomme, sind natürlich alle schon völlig dicht und jenseits von Gut und Böse, dabei sind es noch fünf Stunden bis zum globalen Mitternachtskuß. Ich hatte mich ans Singledasein gewöhnt und holte mir meine Kicks, indem ich anderen Leuten bei ihren Kicks zuschaute, aber das Countdown-Fieber erwischte mich auf dem falschen Fuß. Heute regierte der Wahnsinn, die Tanzenden, Männer und Frauen, umkreisten einander wie die Tiere. Ich konnte den Sex in der Luft schmecken, so wie ein blinder Hund den Mond aufgehen spürt. Ich tanzte, kippte Drinks, sprach sogar mit ein paar Frauen, versuchte, den Vorfall im Badezimmer zu vergessen. Dann kamen die Cops, um mich zu holen, und durchsuchten die Menge.

Zehn Minuten später fuhren sie mich nach Old Trafford zum Kloster, wie das Gefängnis für Sexualverbrechen allgemein genannt wird. Auf den nassen Straßen tanzten die Leute, was mich nur noch mürrischer machte. Der Obercop, eine Frau namens Kinsey, hatte mir nur verraten, daß mein Schatten entflohen sei. Dann schwieg sie und ließ mich mit meiner Angst allein: Eigentlich war Dugg doch ein ganz friedlicher Perverser, und meines Wissens war noch nie jemand aus dem Kloster ausgebrochen.

Ich bekam von Kinsey keine Antwort auf meine Fragen, bis wir in Sichtweite des Gefängnisses waren. Ich wollte wissen, wie Dugg entkommen konnte.

»Sie haben einen Namen dafür?« fragte sie, und die Art, wie sie fragte, ließ mich vor Scham erzittern, weil ich weiß, daß die Normalen uns einfach nicht verstehen.

Der Klosterknast ragte jetzt hoch über den Fluß, alle Lichter waren vom Regen verschleiert, und Sirenen heulten. Ein riesiger treibender Rumpf voller Leben in Käfigen. Und als wir über die Brücke fuhren, hinüber auf die andere Seite …

Auf die andere Seite …

Jedesmal, wenn ich die Brücke zu besseren Zeiten überquerte, hatte ich die Bedeutung dieser Worte gespürt und freudig akzeptiert. Jetzt fürchtete ich die Überfahrt. Ich bedrängte Kinsey mit Fragen nach Details. »Sagen Sie mir wenigstens, wann er geflohen ist«, bat ich.

»Ist die Zeit denn so wichtig?« fragte sie. »Haben Sie was gespürt?«

Sie sagte mir die Ausbruchszeit, und es war natürlich um 18.35 Uhr passiert, gerade, als ich mir die Haare eingelte und das Gefühl mich durchzuckt hatte.

Es ist komisch, du weißt immer, wann deine dunkle Seite sich einsam fühlt. Selbst, wenn ich auf Geschäftsreise in London bin, kann ich es fühlen. In Konferenzräumen und Büros, im Zug oder im Taxi, wo auch immer: Wenn Dugg vögeln will, fühle ich es. Nicht, daß ich sofort eine Erektion hätte oder so was Plattes, das geht nur, wenn Dugg auch da ist; es ist mehr so das Gefühl, gebraucht zu werden, tief im Schädelinneren. Ein Zittern, ein Kribbeln, was auch immer.

»Aber wie?« fragte ich. »Es ist doch unmöglich, oder?«

Kinsey drehte sich weg. Der Wagen bog aufs Werftgelände, wo ein zerzauster Wachtposten unsere Ausweise kontrollierte. Jemand hatte etwas auf die Wand neben ihm gesprüht: Gnomes go home. Am Tor lungerte eine Handvoll Antragsteller herum, verzweifelt und durchnäßt. Anscheinend hatte die Verwaltung alle Übergaben gestrichen, denn die traurige Meute bettelte bei den Wachen darum, hineingelassen zu werden.

Keine Chance.

Wir wurden dagegen problemlos durchgelassen, und als der Wagen anhielt, fühlte ich mich bereits schuldig; hätte ich Dugg doch nur rausgelassen. Hätte. Er durfte fünf Tage im Jahr raus, und ich hatte dieses Jahr nur vier genutzt. Ihm stand noch einer zu, das Jahr ging zu Ende: Er muß ziemlich verzweifelt gewesen sein.

Aber ausbrechen? Wie konnte er so etwas tun? Bei allen vorherigen Freigängen hatte er sich gut betragen, die Regeln beachtet, na ja, außer beim letzten Mal, aber das war nur eine Funkstörung gewesen, nichts Ernstes. Noch ein paar Monate, und er wäre endgültig draußen gewesen, und ich weiß, wie sehr er sich darauf gefreut hat. Glaubt mir, ich weiß es.

Was hatte ihn so durchdrehen lassen?

1999 wurde ich als Sexuell Abartiger Klasse E eingestuft, die schwächste Stufe, bei ordnungsgemäßer Kontrolle kein Problem. Dachten jedenfalls alle: Aber eines Tages ließ ich das Tier in mir von der Leine. Es war gar kein schlimmer Vorfall, niemand verletzt außer mir selbst, und dafür hatte ich schließlich auch bezahlt. Aber irgendein professioneller Spanner meldete die Sache, und schon wurde ich vor einen Richter gezerrt, der anordnete, meinen inneren Schmerz entfernen zu lassen.

Digitale Kastration. Das oder selbst in den Knast wandern. Was ich wahrscheinlich nicht überlebt hätte, nicht bei meinen Neigungen.

Eine vierjährige Trennung begann.

Gleich nach der Operation denkst du, du würdest nie über die Einsamkeit hinwegkommen, denn der Schatten deiner Begierden hängt immer über dir, wie ein Phantomschmerz. Aber langsam gewöhnst du dich daran, beginnst sogar, deine Freiheit in gewisser Weise zu genießen. Das Leben wird einfacher, wenn sich die Schlange in deiner Brust nicht mehr regt.

Solches Zeug denkst du, denn du betrachtest deine verlorene Sexualität mit der Zeit als eigenständiges Wesen; eine andere, dunklere Lebensregung.

Und manchmal, wenn die Nacht am dunkelsten ist, kommt

das Kribbeln wieder. Als E-Klasse bekam ich die fünf Tage Freiheit, um die Not immerhin ein wenig zu lindern. Aber die mußt du dir gut einteilen: Befriedige ein echtes Bedürfnis und hör nicht auf die flüsternden Stimmen. Und natürlich mußt du es auch im Griff haben, wenn du es rausläßt, nur die normalen, die langweiligen Sachen; besser als nichts, wie es so schön heißt. Na klar.

Aber du kannst damit leben. Du lebst damit. Und Dugg benahm sich gut, ich hatte wirklich das Gefühl, das Leben im Exil hatte ihn verändert.

Gereinigt.

Aber jetzt…

Vielleicht stimmt es, daß der Knast dich zu einem schlechteren Menschen macht.

Wir setzten auf einem klapprigen Boot zum Kloster über, und ich war bis auf die Knochen durchnäßt – ich hatte immer noch meine Partyklamotten an. Bei meinen vorherigen Besuchen war mir das Schiff ziemlich zivilisiert vorgekommen, hatte mich eher an ein Labor als an einen Knast erinnert. Die Wachen trugen gepflegte Anzüge und rochen nach Mundwasser, die ganze Zeit hörte man sanft beruhigende Musik. Diese gepflegte Hülle hatte das Kloster jetzt abgestreift. Man führte mich einen langen Flur entlang, an alten Zellentüren vorbei. Hinter mir hörte ich einen grauenhaften Lärm, wie von lauter eingesperrten wilden Tieren. Was ich für Sirenen gehalten hatte, war in Wirklichkeit dieses hungrige Geheul hinter Gittern.

Wie sieht die menschliche Sexualität aus, jedenfalls in ihren übleren Spielarten, wenn man sie aus dem Gefängnis des Körpers befreit? Die künstlerischen Darstellungen nach »wahren Augenzeugenberichten« zeigten entweder einen Klumpen unförmigen Fleisches, so als hätte man jemandem die Gedärme herausgerissen, oder eine blassere, durchscheinende Version des Sünders, eine Art Tagtraum oder Geistergestalt. Auf einem berühmten Foto war ein widerliches, mißgestaltetes Ungeheuer zu sehen, klein und gebückt, mit einem gehässigen Grinsen. Das Bild war schlecht belichtet und entwickelt, je nachdem, was man sehen wollte. Nach diesem Foto entstand der verbreitete Name für die sexuellen Mißgeburten.

Die Verdrehung von Pheromone: Pherognome.

Zugegeben, man konnte auf dem Bild eine gnomenhafte Gestalt erkennen, aber für mich war das Innere immer ein flüchtiger, anhänglicher Schatten. Die Behörden wiederum behaupteten, sexuelle Erfahrung sei genau das: *Erfahrung*. Wissen. Reine Information; ein Bündel digitalisierter Biologie, gefangen auf einer Festplatte. Wenn dem wirklich so war, was für seltsame Wesen machten dann diese grauenhaften Geräusche in ihren Zellen?

Kinsey und ihr Partner schubsten mich praktisch in den Transferraum. Drinnen saß noch ein Typ, ein älterer Mann. Ich erinnerte mich an sein Gesicht, ich hatte es bei der Trennung gesehen: der Gefängnisleiter. »Also«, begann er, »das ist ja eine sehr unerfreuliche Art …«

In meinem Hinterkopf tauchte die Frage auf, von was für einer Art er redete und ob sie wohl zu den gefährlichen gehörte.

»…, Silvester zu feiern.«

Ah ja. Ich riß mich zusammen, um nicht zu zerspringen. Vor mir stand ein Stuhl. Ich setzte mich. Legte die Hände auf den Tisch. Um sie ruhig zu stellen. Bat um eine Zigarette. Wurde ignoriert. Leute redeten über mich hinweg. An mir vorbei. Der Tisch war an die Wand gestellt. Vor mir, in die Wand eingelassen, war das Transfergerät …

Wie oft hatte ich schon an diesem Tisch gesessen und geduldig darauf gewartet, daß Dugg zurück in meinen Körper transferiert wurde. Fast unbewußt glitten meine Hände jetzt über die Schalter und Knöpfe, als wollten sie den Computer zum Leben erwecken. Als wollten sie aus diesem Traum erwachen und feststellen, daß Dugg am Leben war, anhand der Zeilen, Zeichen und Zahlen, die sein Dasein abbildeten. Es sollte nicht sein. Normalerweise spürte ich immer, wenn ich an Bord kam, wie sein Verlangen wuchs; je näher wir einander waren, desto stärker wurde die Verbindung. Jetzt aber schien das Schiff ganz leer zu sein, das erregende Prickeln war nicht zu spüren. Mein Schatten war verweht. Jemand redete. Der Name Breakheart fiel und weckte eine dunkle Erinnerung in mir, dann hörte ich eine andere Stimme: »Das arme, arme Kind...«

»Ein Kind«, flüsterte ich und drehte mich um.

Zum ersten Mal hatte ich jetzt die ungeteilte Aufmerksamkeit der zwei Cops und des Gefängnisleiters. Kinsey lachte und tat dann etwas Seltsames (oder vielleicht auch nicht): Sie schlug mich. Ein harter Hieb mit der flachen Hand, kräftig genug, um mich mit einem Schock in die Gegenwart zurückzuholen. Das Seltsamste aber war der furchtbare und lächerliche Gedanke, der mir durch den Kopf schoß: Unter anderen Umständen, in meinem früheren Leben, als Dugg noch in mir steckte, hätte mich nichts mehr angemacht, als von einer Uniformträgerin so behandelt zu werden. Ein Cop! Ein weiblicher Cop! Haut mir eine runter! Das war der Stoff, aus dem meine schmutzigen Träume waren, und ich mußte teuer dafür bezahlen.

»Du vergreifst dich gern an Kindern, was?« fragte Kinsey. »Willst du es mal mit mir versuchen?«

»Aber... aber Dugg... das heißt... ich... ich wollte nie...« Ich suchte verzweifelt nach dem Gefühl.

»So einer war ich nie!«

»Beruhigen Sie sich, Mr. Carter«, sagte der Gefängnisleiter. »Und Sie auch, Detective Sergeant. Mr. Carter ist unschuldig. Das Gefängnis, das heißt, ich selbst übernehme die volle Verantwortung. Es wird eine unabhängige Untersuchung geben.« Über das Gesicht des Gefängnisleiters zog sein ganz eigener Schatten, ein Schatten des bevorstehenden Verlustes, als er sich mir zuwandte.

»Erzählen Sie mir bitte, was geschehen ist«, sagte ich. »Was ist los?«

»Heute abend hat es ein Sicherheitsleck gegeben. Ein schweres Sicherheitsleck. Jemand ist in unseren Zentralcomputer eingedrungen. Können Sie mir folgen?«

»Dugg ...«

»Doug?«

»So nennt er seinen Sextrieb«, erklärte Kinsey. »Niedlich, was?«

»Ich verstehe. Ja. Ihre Sexualität wurde entwendet.«

Ich mußte beinahe lachen, ich weiß auch nicht wieso. »Was ist mit den Sicherheitsmaßnahmen?«

»Nur die allerbesten. Aber. Nun ja ... haben Sie schon mal von Breakheart gehört?«

»Thomas Breakheart? Na klar. Er sitzt im Knast.«

»Unglücklicherweise nicht. Er wurde vor sechs Monaten entlassen.«

»Entlassen?! Aber ...«

»Seine Reststrafe wurde erlassen. Das war Teil der Abmachung, weil er sich freiwillig zur Verfügung gestellt hatte.«

Kinsey schlug mit der Faust gegen die Wand.

Der Gefängnisleiter übersah es. »Also, wie Sie sehen ...«

»Er hat Dugg in sich?« fragte ich ungläubig. »Und ist da draußen?«

Er nickte. »Wir brauchen Ihre Hilfe, Mr. Carter. Nur Sie können ihn finden. Sie erinnern sich vielleicht an Breakhearts Methode. Er wird vor Mitternacht zuschlagen. Wir haben noch ...« Er schaute auf seine Uhr und erschauerte. »Wir haben noch nicht einmal drei Stunden.«

Plötzlich war noch eine fünfte Person im Raum. Jener flüchtige Schatten, oder vielleicht lag es an der Bewegung des Schiffes im dunklen Wasser, daß mich jemand im Nacken streifte. Kinsey oder der andere Cop ...

Ich fuhr herum. Sie standen einige Schritte von mir entfernt.

»Mr. Carter?«

Wer hatte da gesprochen? Der Leiter? Kinsey?

»Carter! Ist alles okay?«

Nein. Das Kribbeln. Das Zittern. Es geschah. Geschah wieder.

Ich glaube, ich habe irgendwas gesagt. Glaube ich. Muß ich wohl.

Ich kam anscheinend erst im Auto wieder zu mir, als wir über die Brücke zurück nach Manchester rasten, unter mir die Wellen, in mir die Wellen, irgendwo der Schatten, irgendwo…

Hinter uns fuhren andere Autos, ihre Lichter zuckten wie Gedankenblitze durch den jaulenden Sirenennebel. Kinsey saß mit mir auf dem Rücksitz und bedrängte mich, ich solle stark bleiben und die Verbindung halten.

Die Verbindung…

»Finde den Scheißkerl einfach«, sagte sie.

Vor fünfundzwanzig Jahren – am letzten Tag des Dezember – wurde ein elfjähriger Junge auf dem Parkplatz einer Keksfabrik gefunden, erwürgt und mit verstümmelten Geschlechtsteilen. Eine Grußkarte war am Körper befestigt, buchstäblich ans Fleisch geheftet, darauf die Worte »Frohes Neues Jahr, Billy«. Unter der Botschaft war eine krakelige Zeichnung eines gebrochenen Herzens, der Pfeil hatte es glatt in zwei Hälften gespalten.

Trotz intensiver Nachforschungen gab es keine Festnahmen. Ein Jahr später, wiederum am letzten Dezembertag, wurde ein weiteres Opfer gefunden, diesmal ein Mädchen, genauso alt. Die gleiche Tötungsart, der gleiche Gruß; diesmal »Frohes Neues Jahr, Daphne«. Das gleiche gebrochene Herz.

Wieder keine Spur vom Mörder.

Die nächsten fünf Jahre wurde jede Silvesterfeier von gleichartigen Mordfällen überschattet. Es gab zahlreiche Medienspekulationen von zahlreichen Experten über die Geduld – wenn man es so nennen durfte – dieses eigenartigen Mörders; was für ein kalt entschlossener Geist war in der Lage, die nächste Befriedigung seines finsteren Triebes so weit hinauszuschieben?

Ein Schatten, irgendwo …

Schließlich machte der Mörder seinen Fehler, und Thomas Breakheart, ein ruhiger, wohlerzogener Computerprogrammierer, wurde verhaftet. Er gestand die sieben Morde bereitwillig und gab als Erklärung an, seine eigenen Eltern seien an einem 31. Dezember ermordet worden, als er gerade neun Jahre alt war. Das stimmte zwar, und der Mord war noch immer ungeklärt, aber es stimmte die Geschworenen keineswegs versöhnlicher. Breakheart wurde zu lebenslänglicher Haft verurteilt.

Ein paar Jahre später wurden die ersten Experimente zur digitalen Kastration durchgeführt, ausschließlich an Lebenslänglichen und ohne die Öffentlichkeit zu informieren. Sechs Freiwillige starben in der Frühphase, ohne daß etwas bekannt wurde. Breakheart war der erste Erfolg; seine beschädigte, abartige Sexualität wurde von seinem Körper getrennt und auf Diskette gespeichert. Diese kranken Daten wurden anschließend analysiert, in der vergeblichen Hoffnung, Warnsignale zu entdecken.

Als die Regierung schließlich an die Öffentlichkeit ging, gab es den üblichen Aufschrei aus liberalen Kreisen, aber die meisten Leute unterstützten die Kastration; der Rachedurst war befriedigt, jedenfalls zum Teil. Wenn man die Mörder schon nicht hinrichten konnte, sollte man sie wenigstens so bestrafen, das war der allgemeine Tenor. Eine Kampagne konservativer Gruppen führte zu der gesetzlichen Bestimmung, daß bei allen Perversen der Klasse A die Sexualität zu vernichten war.

Vernichtet. Abgeschaltet, ausgelöscht.

Drei Jahre nach Beginn seiner Haftstrafe wurde Thomas Breakhearts Sexualität vom Zentralcomputer des Gefängnisses gelöscht. Er war allein, entmannt und hatte noch fünfzehn Jahre Haft vor sich bis zu seiner versprochenen Entlassung, der Ge-

genleistung für die Teilnahme am Experiment. Fünfzehn Jahre; er brachte die Zeit friedlich hinter sich, studierte in der Gefängnisbibliothek Mathematik, machte den Wachen keinen Ärger und zeigte alle Anzeichen bester Heilung. Am vereinbarten Tag wurde er ohne Öffentlichkeit und ohne Aufhebens entlassen. Heimlich.

Er mußte jetzt 55 sein.

Der Schatten irgendwo, und ich folgte dem Dunklen durch die Dunkelheit wie ein Hund. Duggs Signal war schwach, verdünnt, vielleicht schon verfälscht. Kinsey drängte mich, schrie mich an; manchmal wurde sie ganz still und starrte mich nur an, während ich mich einzuklinken versuchte. Natürlich waren die Straßen voller Menschen, die Kinder noch spät auf zur Feier des Tages, was die Sache schwierig machte; der Lärm, die ganze übergeschnappte Freude war im Weg, als wäre ich das einzige, was sie trennte vom Ende des Tages, vom Ende ihrer Kinder, vom Ende der Liebe.

Ich folgte …

Ich dirigierte den Wagen zu einer freien Fläche, einem Parkplatz hinter einer Fabrik. Ich wollte aussteigen, aber Kinsey hielt mich fest. Hinter uns waren weitere Wagen, vollbesetzt mit bewaffneten Polizisten, die den Platz durchkämmten. Es dauerte etwa fünfzehn Minuten, aber ich wußte schon vorher: Die Spur hing zwar noch in der Luft, aber er war nicht mehr da. Der Schatten eines Schattens, der wie ein krankes Verlangen langsam verblaßte, um woanders wieder aufzublühen.

»Weißt du, wo wir hier sind?« fragte Kinsey. »Hier hat er das erste Mal zugeschlagen. Breakheart. Hier hat alles angefangen.«

Ich blickte durchs Fenster auf die kahle Silhouette der Keksfabrik. Die Polizistin schlug vor Wut auf die Rückbank: »Der Scheißkerl macht eine Erinnerungstour!«

In der nächsten Stunde suchten wir die sieben Tatorte ab. Jede verfügbare Polizeieinheit war im Einsatz. Es wurden keine

Leichen entdeckt, das war beruhigend; leider auch keine Spur von Breakheart, das war beunruhigend. An vier Tatorten konnte ich schwache Spuren wittern, dünne Schwaden eines beinahe verwehten Nebels, so als würde Dugg mich aus der Ferne mit langsam ersterbender Stimme rufen. Irgendwo …

Als der letzte Tatort durchsucht wurde, zerrte Kinsey mich aus dem Auto. Sie warf mich gegen die Wand und hielt mir ihre Knarre unter die Nase. »Deine letzte Chance, Carter«, zischte sie mir ins Ohr. »Wo zum Teufel ist er?«

Ich konnte nur langsam den Kopf schütteln.

Mir war kalt wie Stein.

Wir kamen erst nach elf zurück zur Polizeiwache. Auf dem Rückweg schauten wir in Breakhearts schäbiger kleiner Wohnung vorbei. Ein paar Cops waren abgestellt worden, um die klapprige Ausrüstung auf dem Schreibtisch zu bewachen. Von hier hatte sich der Killer Zugang zum dunklen, digitalen Herz des Klosters verschafft. Ich war drin im Bau seines neuen Besitzers, spürte jedoch gar nichts, als sei Dugg nie hier gewesen, niemals. Der Verlust senkte sich über mich wie eine dunkle Wolke; Hoffnungslosigkeit, Versagen, Mut über das Versagen, Angst. Angst um die Kinder.

Auf der Wache lungerten ein paar Cops herum, schlugen die Zeit tot, tranken starken schwarzen Kaffee, warteten auf den Einsatzbefehl, hofften, daß er ausbleiben würde. Denn der Befehl verhieß: Das Schlimmste war passiert. Die Zeiger der großen Wanduhr krochen gen Mitternacht, unter den Blicken wütender Augenpaare. Ein paar traurige Ballons hingen von der Decke, und ein Transparent verkündete: Frohes Neues Jahr! Niemand sprach mit mir oder sah mich an. Wenn die Uhr doch nur auf zwölf spränge, vielleicht würde der Mörder dann nicht mehr zuschlagen, weil es nicht seinem Muster entsprach.

»Woher wissen Sie eigentlich, daß er es war?« warf ich in den Raum.

Kinsey war gerade am Getränkeautomaten. »Was?«

»Breakheart. Hätte doch sonst wer sein können, der da eingebrochen ist.«

»Er hat seine Duftmarke hinterlassen.«

»Was, eine Grußkarte?«

»Ja. War auf allen Bildschirmen. Mit Animation: Das gespaltene Herz drehte sich.«

»Das hätte von jedem kommen können. War doch in allen Zeitungen …«

»Die Botschaft. Willst du die Botschaft hören?«

Ich nickte.

»Frohes neues Jahr, Douglas.« Kinsey lachte mitleidlos. Ich nahm es ihr nicht übel.

»Das ist mein zweiter Vorname. John Douglas Carter. Deswegen hat er mich ausgesucht? Wegen des Namens? Gestohlen, meine ich. Meine …«

»Er hat es auch bei anderen versucht. Alle Gefangenen namens Douglas. Hat nie geklappt. Haben sich alle gewehrt.«

»Oh.«

Dugg war schon immer ein devoter Sklave gewesen. Ihm war jeder Herr und Meister recht.

»Findet doch einfach diesen Douglas«, sagte ich. »Findet alle Kinder namens Douglas, warnt ihre Eltern …«

Kinsey sah mich voller Verachtung an und schüttelte den Kopf.

»Aber wie soll er es tun?« fragte ich. »Breakheart, meine ich. Jemanden umbringen. Wie kann er das? Vielleicht kann er es nicht. Vielleicht …«

»Sehr beruhigend, Carter. Wirklich.«

»Nein, ehrlich. Es ist schließlich nicht seine Sexualität. Seine wurde getötet, abgeschaltet. Es ist meine. Ich stand nie drauf, jemandem wehzutun, oder auf Kinder. Niemals. Er ist bloß der Körper, die Hülle. Das Verlangen ist nicht in ihm, es ist im Schatten.«

»Im Schatten?«

»Der Trieb. Der Gnom.« Ich war voller Erregung augesprungen. »Dugg ist Masochist, nicht Sadist. Was soll Breakheart damit anfangen? Wahrscheinlich gar nichts. Vielleicht kann er gar nicht tun!«

Kinsey zerknüllte ihren Kaffeebecher.

»Wie auch immer, er läuft da draußen rum und sucht was.«

Wir wurden alle wieder still. Einer der Cops, Kinseys Partner, riß das »Frohes Neues Jahr!«-Transparent herunter. Ich ging zur Toilette, wusch mir das Gesicht, starrte mich im kaputten Spiegel an, rieb mir den Nacken. Jemand stand hinter mir, eine dunkle Gestalt in einer der offenen Kabinen.

Ich brauchte ein paar Sekunden, bis ich bemerkte, daß meine Hände noch auf den Armaturen lagen. Trotzdem berührte jemand meinen Nacken.

Dicht.

Ich drehte mich um: Der Schatten drehte sich mit mir.

Copauto, Achterbahn, Straßen von Tänzern überzogen, glitschig von Kotze, knutschende Pärchen. Kinsey saß neben mir und hielt mich fest. Meine Augen geschlossen, meine Hände fest geballt, schwitzend, frierend. Innerlich kochend vom stärksten Gefühl, das mich je überfallen hatte. Das war er, das war Dugg, aber er war stärker, kräftiger, irgendwie dunkler und bestimmender. Er war anders als sonst: Er verlangte, er wollte nicht verlangt werden.

Er verlangte.

Dicht. Er war dicht bei der Wache.

Straßenlampen blinkten, Musik pulsierte, alle Uhren in Manchester tickten und tickten. Elf Uhr fünfundzwanzig. Wir hupten, um die Menge zu teilen. Sie wußte nichts von der Dunkelheit, die in ihnen wohnte: der Dunkelheit, die wartete, sich versteckte, zwischen den Augenblicken, den Blitzlichtern, dem Gelächter und dem betrunkenen Gegröle herumschlich.

Ich hatte einen Stadtplan im Kopf und folgte einem schwarzen Fleck, der auf den Straßen dahinkroch, sich drehte und wandte. Haar stand mir zu Berge. Kinsey gab unsere Positionswechsel über Funk weiter. Der schwarze Spiegel in meinem Kopf war klar, als ob Dugg mir auch Botschaften sandte, mich rief, Widerstand leistete. SOS. Notsignal. Finde mich, hilf mir, hol mich hier raus. Halt mich auf. Halt mich auf.

Er verlangte.

Irgendwo steckte der Schatten, ein verdrehtes Irgendwo, fast verloren, schwächer werdend, ich gab dem Fahrer Anweisungen, bis der Schatten wieder dunkler wurde, das Kribbeln wie zerbrochenes Glas, alles wird scharf, scharf und blendend im Kopf.

»Hier!«

Copauto, Achterbahn Vollbremsung, Motor keucht, Reifen quietschen. Endlich ausatmen. Staub legt sich, Regen fällt langsam, Radio quäkt. Raus. Ich, die Cops, noch mehr Cops. Nicht mehr denken, nur verfolgen. Lauschen. Dugg ruft… so viele Leute. Ufer des Flusses Irrwell. Fußweg verstopft, Blasmusik vom andern Ufer, klar und deutlich.

Zeit: 11:47.

Rennen, Leute wegschubsen. Cops hinter mir, manche schon vor mir, machen den Weg frei. Gut. Freie Bahn. Boote auf dem Fluß, Partys. Ravemusik mischt sich hinein. Aber wohin, wohin jetzt? Ein Mann und eine Frau, verzweifelt, sie rufen: »Douglas! Douglas, Kleiner?! Wo bist du?« Die Frau schreit, dann weint sie, als sie die Polizei sieht, so viele Polizisten. »Oh, Gott, bitte…«

All das ist wie ein vorüberziehender Nebel, dann…

Schatten, pechschwarz. Laß mich nicht allein! Finde mich! Die Menge wird lockerer, verläuft sich. Ein kaputter Zaun. Schlamm hinter ein paar Läden, halbfertigen Läden, weiß nicht mehr weiter. Kinsey neben mir, Pistole im Anschlag, laut atmend. Wir klettern durch, Haare im Stacheldraht. Gestalten vor uns. Zwei. Ein Mann, ein Junge. Der Junge am Boden, zerrissene Kleidung, o Gott, bitte… der Mann torkelt zwischen Mülltonnen herum, verzweifelt, er heult. Wir kommen näher. Kinsey untersucht den Jungen. Am Leben, gut. Sie steht auf, richtet die Waffe auf den Mann im Schatten. »Breakheart!«

Er taucht aus der Dunkelheit auf, dreht sich um, erschrocken. Nein, ängstlich. Nein, leer. Eine leere Hülle. Sein Gesicht, seine Augen, weit aufgerissen, nichts dahinter. Allein. Er kommt näher, langsam, vom Albert Square tönen die Mitternachtsglocken über den Fluß, der Jubel der Menge, die Blitze des Feuerwerks, Explosionen. Breakhearts Gesicht wirkt geisterhaft, ein fahles Orange und Gelb, er stolpert im Schlamm und Regen, »Kann ihn nicht finden… hab ihn verloren… kann ihn nicht finden… bitte…«

Cops von allen Seiten, aber ich gehe rüber zu den Mülltonnen. Eine Bewegung, raschelndes Papier oder Plastik. Eine flatternde Mülltüte. Knistern. Näher, schattendunkel. Irgendwo… zweifaches Glitzern unter einem Haufen Müll; zwei dunkle, purpurne Augen wie Juwelen, aufgerissen vor Angst.

»Dugg?« Ich sage es leise, um ihn nicht zu…

Die Gestalt bewegt sich, zuerst langsam, dann stürmt sie aus dem Versteck, rennt auf mich zu. Ich breite die Arme aus, bereit zu empfangen. Hinter mir eine Stimme: »Nicht! Nicht schießen!« Kinseys Stimme, aber schon feuert eine Waffe, ein lauter Knall, ein Feuerstrahl. Er brennt in mir, der Schmerz, als der Schatten zurückzuckt, tief ins Metall der Mülltonne geschleudert.

»Hab ihn erwischt!« Eine Copstimme, ein Mann, leicht unter Schock.

Er gleitet zu Boden, dieser Klumpen, den eines traurigen Tages jemand rausgeworfen hat. Ich gehe langsam auf ihn zu, kann kaum atmen. Kinsey ist neben mir, »Carter, ich wollte ihn aufhalten… o Gott!«

Ich knie nieder und streichele den Kopf der Kreatur, seinen

kleinen, zerbrochenen, mißgebildeten Körper. Die Augen sind offen, gerade noch. »Du hast es geschafft, Dugg«, sage ich. »Du hast ihn gestoppt.«

Die Augen, zwei wunderschöne Juwelen, schließen sich langsam.

Der Schatten in mir wird heller, verwandelt sich in eine Duftwolke, die schließlich ins Nichts davontreibt.

Im Reich der wirren Tiere

Hund J-Loop braucht gut klar Kopf. Hungrige Würmer krabbeln drin rum im Schädel, machen Gedanken kribbelig. Juckt schon schlimm genug auf Manchesters Straßen. Ist schon schlimm genug, daß Frauchen Pennerzeitung Big Biscuit verkauft und immer sagt: »Was ist nur los mit dir, J-Loop? Du sollst nach ›Ohne Hütte ohne Knochen‹ aussehen, nicht nach ›Tollwut und Räude‹!« Ist noch schlimmer, daß gutes altes Whistle nicht läuft, weil Würmer im Weg sind. Whistle ist schnellste Gassi ins Interschnauz. Frauchen gibt dir Whistle zu fressen. Dann kannste über Interschnauz mit ihr reden. Ist schlimm genug, gemeinsame Sprache zu verlieren, aber am schlimmsten ist, daß J-Loops Musik langsam neben Spur liegt.

J-Loop ist Robohund-DJ im Howling Club, legt die neusten Dogga-Scheiben auf für kollektive Mischlingsmeute auf der Tanzfläche. Letzte Nacht ganzes Netz der Meute beinah zusammengebrochen, weil J-Loops Hirn ausm Takt kommt wegen Wurmattacke. Boß vom Howling, alter Geldsack, schreit ihn zusammen wegen Fehltritt.

Nach Hause traben, Trost von Frauchen.

»Na, mein Guter, was ist los?« Frauchens weiche Hände streicheln sein ganzes Fell. J-Loop kriegt grad genug Interschnauz hin, um die Richtung zu ahnen.

»Hab die Würmer, Frauchen.« Hofft, das Geknurre gibt Sinn.

»Oh, mein armes Hundchen!«

Nanowürmer sind Alptraum von jedem Frauchen; wimmelnde Eindringlinge, machen, daß Robohund *von der Leine* will: Drang, in die Wirre zu rennen.

»Oh, mein ärmstes Hundchen!« Frauchen zerrt Leine stramm, Band ihrer Liebe. »Bitte verlaß mich nicht!«

Aber J-Loop Worte nicht mehr verstehen, nur Hände streicheln. Dringend notwendig: Waschtag. Ist dumm, daß J-Loop noch nie Kopfwäsche gekriegt hat. Macht ihm Angst die Sache, weil sein Plattendrehen im Howling ist bloß Schwarzarbeit. Für Behörde ist J-Loop bloß arbeitsloser Hund, kriegt grad mal Knochenstütze. Jeder weiß: biste auf Knochenstütze, kriegste ganz billige Kopfwäsche. Bei der Wäche geht dein Robohirn ab ins Wellenkörbchen, die Wäscher machen neue Version. Die Meute erzählt Geschichten: Robohunde sterben bei der Sache, du verlierst die Spur. Macht 'nem Straßenroboköter echt Schiß, Spur zu verlieren. »Loopy, nun mach mal kein auf Schoßhündchen hier«, knurrt ihn Princess Lickety an. Ist ne heiße Robohündin vom Howling Club. »Hundemeute hält zusammen, holste Stöckchen?« Stöckchen gut geholt, weil sein Interschnauz macht bloß noch Hund-zu-Hund mit, seit Würmer zu Besuch, und zwei Tage später Hund J-Loop kommt aus Rathaus stolziert, fröhlich an Frauchens Leine, frisch gewaschenes Hirn in Schädel. Keine Würmer, nichts. J-Loop fühlt wie Ambient-Hund! Schlagen beide Straßenleger auf, J-Loop mit perfekter Bettelnummer: Vorderpfoten über Kreuz, treuer Blick aus feuchten Augen, Fell zu Berge im Manchester-Regen. Frauchen fängt an mit traurigem Singsang: »Bitte, helfen Sie den Obdachlosen! Kaufen Sie den Big Biscuit. Nur vierundfünfzig Pfund!« Genau jetzt kriegt J-Loop die Message: Lockruf im Hirn. Keine Würmer, das, kein Jucken: Stimme ist stark und leidenschaftlich. Dauerhunger.

J-Loop geht von der Leine. Zieht Leine aus Frauchens Hand. Frei laufen, verzweifelter Ruf hinterher, keine Chance. Hey, im Reich der wirren Windhunde!

Regennaß und an der Nase geführt von fremder Stimme, J-Loop ist nach fünfzig Minuten in Süd-Schickitown. Stimme sagt: Kratz hier an Tür am großen Menschenhaus. Kleines Mädchen macht auf, guckt an J-Loop und schreit: »Noodles! Du bist wieder zuhause?«

Noodles? denkt J-Loop: Scheiße, wer ist Noodles?

»Mama, Noodles ist zurückgekommen!« ruft kleines Mädchen ins Haus, dann zerrt sie J-Loop mit rein, reißt an loser Leine.

Sieben Wochen J-Loop lebt wie Hundeprinz von Schickitown: warme Decken, saftige Steaks, Ultra Flohpuder, eigener Plateausohlen-Stiefel zum Kauen. Jeden Tag Spiel mit kleinem Mädchen, immer viel gute Whistle-Knochen zu fressen, aber nur klein bißchen Schnüffeln im Interschnauz. Weiß nicht, was sagen. Jede Nacht schlafen bei Feuerglut im Kamin.

Jede Nacht Hundetraum träumen.

Noodles schwebender Stimme Freiheit zum Jaulen geben, im Moment des Todes; Zittern zum Stillstand des Hundehirns im Rathaus-Hundebad. Jede Nacht, jede Nacht wieder Tod von Schickihund in ihm: J-Loop fühlt sich besessen von Geschichte. Wie Noodles sterben bei Spitzenklasse-Kopfwäsche; wie Flüstern von Knochen bleibt lebendig in Körbchenwellen. Wie Glut im Kamin, ja? Wie Noodles muß warten und warten bis J-Loop kommt für Kopfwäsche: noch ein schwarzer Robohund! Genau gleich, Modell Labrador! Bißchen billiger, aber keine Zeit zum Überlegen. Wie Noodles Stammbaummuster in die Wellen flutscht, direkt ins Hirn von J-Loop.

Sieben Wochen gehen vorbei, immer dieser schrecklich dumme Traumhund in J-Loop drin, läßt ihn nie in Ruhe! Sieben Wochen, dumme Spiele mit zweitklassigem Frauchen; ersticken in Decken, naßweiches Fleisch, Pailletten im Maul von Plateausohlen-Stiefel. Enges enges Lederhalsband, macht Hund wund! Zu viel. Zu viel zu wund. Sieben Wochen, dann steht

J-Loop auf in der Nacht, schnüffelt rum, dreht Schlüssel in Hintertür mit Pfoten, voll die Robonummer. Tür gegen Superhund. Keine Chance! Jaul!

Laufen auf den Straßen von Manchester, erinnern: Regen und Pisse und ranzige Katzen jagen. Noodles heult im Hirn: Wo bin ich? »Hol Stöckchen, Noodlehirn!« Hund-zu-Hund Interschnauz Palaver. »J-Loop am Steuer um Doppelpack.« Noodles nur noch Knurren im Hinterkopf. Auf dem Rücken. Zurück ins alte Revier, früh Morgen: Da ist altes Frauchen, neues Modell Robohund an neuer Leine. J-Loop geht's dreckig, als er das in die Nase kriegt; sagt aber Auf Wiedersehn von anderer Straßenseite. *Muß meinen eigenen Trip machen, Frauchen.* Verkauf viele *Biscuits*! Hofft, das ist angekommen. Dann rübertragen zum Howling Club, Princess Lickety finden. Ist ans Tischbein gebunden. »Willst du von der Leine, mein gute Robohündin?« knurrt J-Loop.

Wirr, wild und unterwegs. Alle drei, J-Loop, die Prinzessin und Noodles in ihm drin, wegrennen aus Manchesters Klauen. Pfote an Pfote an Pfote tollen sie, raus aufs Land, wo Frischfleisch duftet hinterm Stadttor. Schnüffeln Duft von Freiheit und Abenteuer, machen Haus ohne Hütte unter Sternenglitzern.

Haste schon Stöckchen geholt?

Diese kleine Geschichte erzählt von J-Loop selber, vom freßgierigen Hundewesen.

Dub Wirr
(Crawling Kingdog Remix)

gierig Wurm kommt angekrochen
(ich sag)
stets gierig Wurm kommt angekrochen
schlechter Beat verdreht mein Sinn
Dogga Track! Dogga Track!

Würmer quälen mich seit Wochen
Werd mir ein Stück Kette ziehn
Heul den Mond mir weg

Teufelswurm ist schwer am Jucken
(ich sag)
schlimm Teufelswurm ist schwer am Jucken
geiler Stoff in meinem Futter
Dogga Track! Dogga Track!
ich werd an meiner Leine zucken
such mir eine scharfe Mutter
Heul den Mond mir weg

fieser Wurm schmeißt mich aufn Rücken
(ich sag)
fieser Scheißwurm schmeißt mich aufn Rücken
auf mein verfilztes Fell
Dogga Track! Dogga Track!
mein Halsband reiß in Stücken
brauch einen Knochen schnell
Heul den Mond mir weg

Wahnsinnswurm – ich hab kein Schiß
(ich sag)
irrer Wahnsinnswurm – ich hab kein Schiß
ich hab 100 000 Volt
Dogga Track! Dogga Track!
Hör den Lockruf der Wirrnis
Hab das Stöckchen geholt
Heul den Mond mir weg
(Hastes geholt?)
Heul den guten alten Mond mir weg

Die Charismaschine

Die *Vollständige Tabelle der Charisma-Werte: 1895 bis 2105* von Emerson und Scott enthält die Persönlichkeitswertungen Tausender von Menschen, die in dem im Titel angegebenen Zeitraum eine Punktzahl von mehr als 1575 Jagger erreicht haben. Mein Exemplar neigt dazu, beim Aufschlagen stets die Seiten für das Jahr 1999 zu zeigen, da ich über diesen Abschnitt meine Uni-Examensarbeit geschrieben habe.

Für jenes Examen hatte ich mich auf die bekannteren Persönlichkeiten konzentriert, da meine Arbeit eine vergleichende Analyse aller schon vorhandenen Forschungsergebnisse war. Mein jetziges Projekt, das erste, das ich aus freien Stücken unternahm, war etwas ehrgeiziger: Ich wollte eine Figur untersuchen, die bis jetzt noch unberührt von forschenden akademischen Händen geblieben war. Deshalb richtete ich bei der nun zu beschreibenden Tätigkeit meine Aufmerksamkeit auf das untere Ende der charismatischen Skala. Welche höhere, ordnende Macht meinen Blick schließlich auf den Namen meiner Wahl lenkte, weiß ich nicht zu sagen; doch gelenkt wurde ich, davon bin ich inzwischen überzeugt. Ich gebe hier den kompletten Eintrag wieder:

Lucinda Tonguebright (1978–1999)
Sängerin, Komponistin, Musikerin, Schauspielerin
Charismawert (geschätzt): 1576 Jagger

Das schien mir doch eine unerfreulich magere Zusammenfassung eines Lebens zu sein, wenn es auch nur so kurz währte: Sie war gerade einundzwanzig, als sie diese Welt hinter sich ließ. Und dann auch noch ein so niedriger Wert: Nur zwei Jaggerpunkte weniger, und sie hätte es gar nicht auf die Liste geschafft. Es versteht sich von selbst, daß ich vor jenem Augenblick noch nie ein Wort von Lucinda Tonguebright gehört hatte. Eins war offensichtlich: Ihren Eintrag hatte sie erst im Jahr ihres Todes geschafft – 1999. Ein kurzer Blick auf die vorhergehenden Jahre bestätigte meine Vermutung: Erst ihr Tod hatte das Interesse an ihrem Leben geweckt. Das geschieht häufig, besonders, wenn der Tod geheimnisumwittert oder öffentlichkeitswirksam ist oder gewaltsam eintritt. Vielleicht war es der Name; der wunderbare Name – eine Sängerin, deren Name »leuchtende Zunge« bedeutete. Vielleicht lag es aber auch daran, daß sie so nah am Abgrund des Vergessens schwebte. Was immer es gewesen sein mag, ich fühlte mich stark zu dieser jungen Frau hingezogen, die vor über 150 Jahren geboren worden war. Ich konnte nur hoffen, daß sie sozusagen unberührt genug war. Ich ging rasch zu meiner Computermaschine und gab ihren Namen und ihr Geburtsdatum in mein Expertensuchprogramm ein. Sie können sich meinen Unmut ausmalen, als ich feststellen mußte, daß schon eine Ausgrabung vorgenommen worden war. Ein Forscher, dessen Namen ich nicht kannte – Professor Alexander Bringhome – hatte die Archive bereits nach just dieser Sängerin durchforstet. Es sah so aus, als müsse ich noch einmal Emerson und Scott konsultieren und eine neue Wahl treffen.

Irgend etwas aber zog mich noch immer zu der Frau hin. Ich fand rasch heraus, daß Professor Bringhome die Archive zuletzt 2047 befragt hatte, vor zweiundachtzig Jahren! Einer plötzlichen Eingebung folgend, startete ich eine Suche nach Arbeiten oder Artikeln, die sich mit der jungen Frau beschäftigten. Zu meiner großen Freude gab es keine. Der Professor hatte sie offensichtlich nicht interessant genug für eine Veröffentlichung gefunden. Großartig! Nun hatte ich also ein Thema, das meiner aufstrebenden Talente würdig war.

Die folgenden Tage verbrachte ich mit einer höchst erfreulichen Beschäftigung: Ich sammelte alle bekannten Werke der Sängerin. Es handelte sich um einen erstaunlichen Nachlaß für eine so früh Verstorbene – vier Langspielplatten; die Hauptrolle in einem Kinofilm; ein Lyrikband; mehrere Fernsehauftritte. Dazu noch die verschiedenen Medienzeugnisse – Interviews, Profile, Rezensionen und Photographien – sowie einige persönliche Stücke, derer ich habhaft werden konnte: freizügige Schnappschüsse, Fanpost, Demobänder und Ähnliches; ich hatte bald genug Material zusammen, um mit meiner Untersuchung zu beginnen.

Erheblich spannender wurde diese Aufgabe durch das äußere Erscheinungsbild von Miss Tonguebright, das einiges zu wünschen übrig ließ; sie war tatsächlich so außergewöhnlich unattraktiv, daß direkt zu vermuten war, es müsse einen anderen, erregenderen Grund für ihren Charismawert gegeben haben. Von ihrem Leiden gibt es wenig zu berichten, es enthält nichts, was nicht schon in anderen Medienuntersuchungen dieses Zeitraums zu finden ist. Wie ich schon zu Beginn vermutet hatte, war es vor allem der Tod der jungen Frau – auf der Höhe des Ruhms – der einen vielversprechenden Ansatzpunkt für meine Talente bot.

Miss Tonguebrights Fahrzeug wurde verlassen in der Nähe eines berüchtigten Gewässers gefunden, ein Fluß, über den eine hohe Brücke führte, die eine finstere Versuchung für Verzweifelte war. An jenem Wochenende hätte sie bei einem angesehenen Musikfestival auftreten sollen; zwei Wochen später wurde ihre Leiche von einem gänzlich anderen Publikum begrüßt, als man sie aus dem Wasser zog. Die behördliche Untersuchung kam zu dem Ergebnis »Tod durch Unglücksfall«.

Mit Hilfe meiner Medienspuren-Sammlung stellte ich eine eigene Charismaberechnung an; sie ergab einen Wert von 1629 Jaggerpunkten, ein beträchtlich höherer Wert als der, den Emerson und Scott errechnet hatten. Nachdem ich diesen neuen Wert mitsamt der dazugehörigen Berechnungen an den Herausgeber des Buches gesandt hatte, versuchte ich noch eine Woche lang, weitere Spuren zu finden, die mit ihrem Tod zu tun hatten; vielleicht hoffte ich, das psychologische Trauma zu enträtseln, welches zu ihrem Tod geführt hatte.

Als ich auf verschiedene Presseberichte stieß, die von der offensichtlichen Nervosität der Sängerin im Hinblick auf das bevorstehende Festival sprachen und eine gewisse Lustlosigkeit bei ihren letzten Auftritten beklagten – ein Kritiker nannte sie »dünn und verbraucht« –, schien es unvermeidlich, die Untersuchungen abzubrechen. Darauf stellte ich mich ein, nicht ohne Bedauern, denn ich hatte die junge Künstlerin und ihr Werk in den letzten Tagen sehr ins Herz geschlossen. Ich hörte fast jeden Abend ihre Plattenaufnahmen und sah mir in immer kürzeren Abständen den Film an, in dem sie die Hauptrolle spielte. Es ließ sich nicht leugnen: Die charismatische Wirkung, die Lucinda allein auf mich ausübte, war viel, viel höher als der neue Wert, den ich eingesandt hatte.

Diese neu entdeckte Leidenschaft wäre allerdings völlig folgenlos geblieben, hätte nicht mein ehemaliger Professor eine Bemerkung beim Dinner gemacht, zu dem er mich einige Wochen später bat. Ich hatte seine freundliche Einladung gern angenommen –, war ich doch in den letzten Wochen kaum aus meiner bescheidenen Behausung herausgekommen. Nach einem hervorragenden Menü begannen der Professor und ich, uns über gemeinsame Interessensgebiete auszutauschen. Als er mich fragte, woran ich denn zur Zeit meine Fähigkeiten messen würde, erwähnte ich ganz ohne Hintergedanken mein Interesse an jener Frau namens Lucinda Tonguebright; worauf der Professor bemerkte: »Aha, das Bringhome-Projekt!«

Ich war in höchstem Maße erstaunt und hakte sofort nach: »Was? Sie kennen die Arbeit von Professor Bringhome?«

»Kennen? Kaum, nur ein paar Gerüchte.«

»Sein Name ist mir untergekommen«, sagte ich. »Er hat in den Archiven ebenfalls nach Lucinda… ich meine Miss Tonguebright gesucht. Es ist die einzige andere verzeichnete Nachforschung. Welcher Art war sein Interesse für diese Frau?«

»Ich bin nicht ganz sicher. Sein Name wird unter den älteren Mitgliedern des Lehrkörpers nur im Flüsterton ausgesprochen.«

»Wollen Sie damit sagen, daß Bringhome …«

»Ja, er war Professor an unserer Universität.«

Diese Neuigkeit weckte in mir wiederum das unbestimmte Gefühl, daß mein Interesse an Lucinda Tonguebright kein bloßer Zufall war. Ich konnte nur schwer meine Neugier verbergen, als ich mich umgehend nach Bringhomes Forschungsgebiet erkundigte.

»Hm, nun … ich glaube, es ging um Systeme zur Imagewiederbeschaffung«, antwortete mein Gastgeber. »Es gab wohl so etwas wie einen Skandal. Bringhome mußte deshalb seinen Lehrstuhl aufgeben.«

»Was für einen Skandal?«

»Es hatte etwas mit einem Sponsorenvertrag zu tun. Aber ich weiß wirklich nur sehr wenig darüber.«

Die Folge dieser Andeutungen war natürlich, daß ich schon am nächsten Tag meiner alten Alma Mater, der University of Manchester, einen Besuch abstattete. Ich nahm an einem der Eingangstore Platz, die ins Innere des Computerapparates führten, und gab die Worte Bringhome, Alexander ein. Wie erwartet, wies die Maschine meine Anfrage zurück. Ich hielt kurz inne, um sicher zu gehen, daß wir unter uns waren, dann zog ich aus meinem Koffer das jüngst erworbene Entschlüsselungsgerät Houdino Modell Superior. Nachdem ich dieses an der Maschine angebracht hatte, mußte ich mich nur noch ein paar Sekunden gedulden, bis sich der Vorhang auf zugegeben illegale Weise hob.

Unglücklicherweise waren die so gewonnenen Informationen wenig hilfreich; offensichtlich hatten die Behörden es für angeraten gehalten, der Nachwelt so wenig wie möglich über Bringhome zu überliefern. Kein Wort über den sogenannten Skandal, lediglich der Hinweis, daß seine Entlassung im Jahre 2050 wegen »unprofessionellen Verhaltens in Bezug auf den Xikon Sponsorenvertrag« erfolgte.

Zurückgekehrt in mein Studierzimmer, vertraute ich mich –

inspiriert von der göttlichen Stimme und dem himmlischen Spiel von Miss Tonguebright – nun wieder meiner zuverlässigen Suchmaschine an, um jeglicher verfügbarer Information über Professor Bringhome und die Firma namens Xikon habhaft zu werden. Bei Bringhome ergab die Suche wenig mehr als einige Erwähnungen in Büchern über die Geschichte der Imagewiederbeschaffung, und diese waren alle voll des Lobes über seine Fachkenntnisse. Als sei der Skandal aus dem kollektiven Gedächtnis getilgt worden. Es gelang mir zumindest, eine Photographie des Gesuchten ausfindig zu machen: Sie zeigte eine düstere, verhangene Miene, gezeichnet von innerem Schmerz. Die Suche nach Xikon-Einträgen erwies sich als ertragreicher; unter anderem fand sich eine Geschichte der Gesellschaft, aus der ich hier einige wichtige Personen zusammenfassend zitiere:

Die Xikon GmbH wurde in den letzten Jahren des 20. Jahrhunderts gegründet; das Unternehmensziel bestand darin, eines der führenden Unternehmen auf dem Gebiet der Medieneffekt-Technik zu werden. Der Erfolg des bahnbrechenden Imagewiederbeschaffungssystems – berühmtestes Beispiel war der Marylin-Monroe-Film *Manche mögen's heißer denn je* aus dem Jahr 2009, für den aus allen Filmauftritten, Fotos und Sprachaufnahmen ihrer tragisch kurzen Karriere ein völlig neuer Leinwandauftritt konstruiert wurde – machte das Unternehmen bald zum weltweit führenden auf seinem Gebiet. Die Monroe war nur die erste einer langen Reihe wiedererweckter Künstlerinnen und Künstler.

Als vier Jahre später die »realitätsverstärkte« Version der Software noch größeren Erfolg hatte, weckte das in der Öffentlichkeit eine ungeahnte Nachfrage nach den »neuen und verbesserten« Stars. Wie sehr die Leichtgläubigen unter den Fans an diese Fälschungen glaubten, ließ sich allein am steigenden Verlangen nach »Liveauftritten« feststellen. Die Entwicklung der Holographiemaschine im Jahre 2034 ermöglichte es Xikon, dieses Verlangen zu befriedigen. Von nun an konnten alle öffentlichen Manifestationen dreidimensional generiert werden, und zwar mit Hilfe eines einfachen Laptops. Filmstars, Fernsehgrößen, berühmte Sportler, sogar Mitglieder des Königshauses: Wer genügend Spuren zu den Medien hinterlassen hatte, konnte nun wiederbeschafft, verbessert und mit einer Art von simuliertem Leben versehen werden – wenn es das Urheberrecht zuließ. Mit Hilfe künstlicher Intelligenz bekamen diese sogenannten »Simultainer« eine Stimme und sogar so etwas wie eine eingeschränkte Persönlichkeit. Irgendein Faktor fehlte allerdings noch, um die Gleichung voll aufgehen zu lassen; in einem Brief an das Unternehmen hieß es: »Wundervoll, Ihre Prinzessin Di. Aber wo ist das Leuchten in ihren Augen?« Angesichts zunehmender Konkurrenz durch Mitbewerber entschloß sich Xikon daher im Jahr 2046, das Projekt Auferstehung ins Leben zu rufen. Dieses visionäre Vorhaben, geleitet von Professor Bringhome von der University of Manchester, sollte die »lebensechteste« Wiedererweckung auf den Markt bringen, die es je gegeben hatte. Wie es in den Werbebroschüren hieß, würde Xikon »eine so sehr verstärkte Simulation herstellen, daß selbst die eigene Mutter ihr einen dicken Wiedersehenskuß aufdrücken würde!«

Ich kann nicht verhehlen, daß mich beim Lesen eine leise Enttäuschung überkam; anscheinend war Professor Bringhome aus rein kommerziellen Gründen an Miss Tonguebright interessiert gewesen – er wollte lediglich ihr Image auferstehen lassen. Über diese Modeerscheinung wiederbeschaffter Images in der Mitte des letzten Jahrhunderts hatte ich gehört: Die notwendigen wissenschaftlichen Voraussetzungen waren sogar Teil meines Lehrplans im Studium gewesen. Die oben zitierte Unternehmensgeschichte widmet dem kühn betitelten Projekt Auferstehung jedoch nur einige abschätzige Zeilen, nennt das Vorhaben einen Fehlschlag sondergleichen und macht es gar für den späteren Untergang des Unternehmens verantwortlich.

Es gab einen Aspekt in dieser Darstellng, der mich verwirrte: Für eine erfolgreiche Imagewiederbeschaffung mußte Miss Tonguebrights Charismawert doch bei weitem zu niedrig gewesen sein. Für ein solches Vorhaben wählte man gemeinhin eine sehr berühmte Persönlichkeit, denn nur bei einer solchen konnte man mit ausreichendem Quellenmaterial rechnen. Als mir der Grund plötzlich klar wurde, fühlte ich eine tiefe Verbundenheit mit Professor Bringhome: Auch er mußte sich in das seltsam anziehende Image der mausgrauen jungen Frau verliebt haben. Auch er mußte ihr einen persönlichen Charismawert gegeben haben, der weit über ihrer tatsächlichen Wirkung gelegen hatte.

All meine Nachforschungen hatten mich jedoch keinen Deut näher an die Gründe für Lucinda Tonguebrights Selbstmord geführt. Wieder verdunkelte eine unergründliche Verzweiflung all meine Gedanken; ich konnte diese Verzweiflung bisweilen nur dadurch in Schach halten, daß ich meine Sinne in die gesammelten Werke der Künstlerin versenkte. Doch auch, nachdem der letzte Ton verklungen war, schien ein Nachhall durch die leeren Zimmer meines Hauses und die Kammern meines Herzens zu wehen. Sie können sich daher meine Überraschung vorstellen, als ich einige Tage später über meine Kommunikationsmaschine folgende Nachricht erhielt:

Sehr geehrter Mr. Newne,
ich hoffe, Sie werden dieses unverschämte Eindringen in Ihre Privatsphäre entschuldigen. In den vergangenen Tagen bin ich durch einen leistungsfähigen (und illegalen) Überwachungsdienst auf Ihr Interesse an Professor Bringhomes Leben und Werk aufmerksam geworden. Ich hoffe ebenso (möge mir bis zum Ende dieses Briefes nicht die Hoffnung ausgehen!), daß Sie mir eine heimliche Überprüfung Ihres Hintergrundes und Ihrer Lebensverhältnisse verzeihen werden. Professor Bringhome war mein Vater, und wenn Sie ein ehrliches Interesse an seiner

Arbeit haben, bitte ich Sie, mir so schnell als möglich zu antworten. Ich habe ein Angebot, das Sie interessieren dürfte.

Mit freundlichen Grüßen

Miss Hildegard Bringhome

Der Leser sei versichert, daß ich tatsächlich auf diese Mitteilung antwortete, und zwar so schnell wie nur möglich, und daß ich so eine Verabredung mit Hildegard Bringhome zum nächstmöglichen Termin traf.

Ihr Haus lag glücklicherweise in West Didsbury, einem gepflegten und begrünten Vorort von Manchester, nicht sehr weit von meinem Wohnort entfernt. Ich stand vor ihrer Haustür, nervös, wie ich es seit meiner frühen Jugend nicht mehr gewesen war. Man schrieb inzwischen Winter, und eine schwere Wolkenbank verdüsterte das große und sehr alte Haus, das vor mir lag. Kein Lichtstrahl fiel aus den Fenstern, obwohl es schon recht spät war.

Ein junger Mann, eine Art Hausdiener, öffnete die Tür. Er bat mich in einen trübe beleuchteten Salon; die Kerzen, die hier und dort auf den antiken Möbeln plaziert waren, sorgten eher für flackernd tanzende Schatten als für nennenswerte Beleuchtung. Eine der Wände war vollständig von Büchern eingenommen und mit diesen beruhigte ich meine Nerven, während ich auf Miss Bringhome wartete. Ich fand ein schön gebundenes Exemplar von Emersons und Scotts *Charisma-Tabellen* in der seltenen Ausgabe von 2077. Ich hatte selbige gerade wahllos aufgeschlagen und studierte die Einträge des zufällig gefundenen Jahres, als eine Stimme hinter mir ertönte: »Wir haben einen ganz ähnlichen Geschmack, wie ich sehe.«

Ich drehte mich erschrocken um, das Buch immer noch aufgeschlagen in der Hand. Vor mir, in einer Ecke des Raumes, in die sich nicht einmal das Kerzenlicht gewagt hatte, saß eine alte Frau. Sie trug ein einfaches cremefarbenes Kleid. Ihr runzliges und eingefallenes Gesicht schien im Dämmerlicht darüber zu schweben. »Miss Bringhome«, stotterte ich. »Sie überraschen mich. Ich wußte nicht...«

»Bitte, setzen Sie sich doch«, antwortete die Greisin.

»Wir haben einiges zu besprechen.«

Ich nahm Platz, in einiger Entfernung von ihr. Das Gesicht der Frau oszillierte ständig zwischen verschiedenen Elementen: Einmal schien sie von unglaublichem Alter zu sein; dann wieder blitzte unter der faltigen Maske eine Ahnung der ergreifend schönen jungen Frau auf, die sie sicher einmal gewesen war. Wir sprachen ein wenig über ihren Vater, und sie verriet mir, daß er 2053 gestorben sei, im Alter von 39 Jahren; er war, wie sie sagte, »vor seiner Zeit gealtert und mitgenommen von dieser elenden Sache mit Xikon«.

Als ich sie so von dem Unternehmen sprechen hörte, fragte ich sofort nach Einzelheiten des Skandals. Hätte ich geahnt, wie sie reagieren würde, wäre ich sicher etwas vorsichtiger gewesen.

»Skandal!« sagte sie beinahe fauchend. »Ich verbitte mir diesen Ausdruck. Keine Rede mehr davon, hören Sie? Mein Vater hat sich Wort für Wort an die Abmachungen mit dem Unternehmen gehalten. Später haben sie zwar behauptet, er habe sein Ziel verfehlt. Doch das ist eine unerhörte Lüge. Wenn überhaupt, dann war mein Vater *zu* erfolgreich bei seiner Arbeit. *Verdammt* erfolgreich!«

Diese Ausdrucksweise schockierte mich doch ein wenig, besonders, da sie von einer älteren Dame kam. Ich versuchte, das Gespräch wieder in ruhigere Gewässer zu leiten und fragte nach dem Angebot, von dem sie in ihrem Brief gesprochen hatte.

»Das ist schnell erklärt«, antwortete die Greisin. »Ich habe die Papiere meines Vaters vorbereitet, damit Sie sie untersuchen können.« Sie deutete auf einige gebundene Notizbücher, die auf einem kleinen Tisch neben mir lagen. »Es wäre mir eine große Freude, wenn Sie hineinsehen würden.«

»Miss Bringhome... ich fürchte, ich bin dafür kaum qualifiziert...«

»Ich möchte lediglich, daß Sie die Aufzeichnungen meines Vaters lesen. Das ist alles, worum ich Sie bitte. Und um einen kurzen schriftlichen Bericht, in dem Sie Ihre ehrliche Meinung über die kommerzielle Verwertbarkeit der Arbeit darlegen. Sehen Sie, ich habe großes Interesse daran, daß der Ruf meines Vaters gerettet wird, und zwar von akademischer Seite, die Sie repräsentieren.«

»Wenn ich einwerfen darf … ist es nicht vielleicht ein wenig spät, um …«

Ich konnte den Satz nicht zu Ende bringen.

»Mein Herr! Erzählen Sie mir in meinem Alter nichts von ›zu spät‹! Ich habe so viele Jahre darauf gewartet, daß sich jemand für die Arbeit meines Vaters interessiert. Seien Sie versichert, daß ich mich großzügig zeigen werde.«

Allein schon, um sie zu beruhigen, willigte ich sofort in das angebotene Honorar ein. Ich war in Wirklichkeit schon ganz versessen darauf, die Aufzeichnungen mitzunehmen, um sie in Ruhe zu studieren. Aber auch das entsprach nicht ihren Wünschen: »Ich muß Sie daher bitten, Gast in meinem Hause zu sein, solange Sie an Ihrem Bericht arbeiten.«

So also begann mein Aufenthalt im Haus der alten Frau. Ich zog schon am nächsten Tag ein und brachte nichts als einige grundlegende Notwendigkeiten mit, Kleidung und dergleichen, dazu einige meiner Bücher. Mir wurde ein geräumiges Schlafzimmer zugewiesen; dasselbe, wie sie mir versicherte, in dem ihr Vater geschlafen hatte. Ich dachte kurz über die verschlungenen Pfade nach, die mich zu dieser seltsamen Aufgabe geführt hatten, dann schlug ich Professor Bringhomes erstes Notizbuch auf und begann zu lesen:

»Manche Menschen«, so begann er, »brennen sich selbst ins Zelluloid ein, auf die Photoplatte, die Leinwand, in die Pixel, ins Vinyl, auf den Videoschirm. Wir erkennen die magische Präsenz dieser Menschen und nennen sie photogen oder audiogen. Oder noch einfacher: Selbst wenn sie häßlich sind, nennen wir sie schön. Wir sagen, sie hätten ›Charisma‹, abgeleitet vom griechischen *charis*; ein religiöser Terminus, der ausdrückt, daß jemand mit göttlichen Gaben gesegnet ist. Daß diese wenigen Erwählten nicht nur ihrer Zeit, sondern *allen* Zeitaltern gehören, ist lange Zeit als poetische Wahrheit akzeptiert worden. Ich bin jedoch inzwischen der Ansicht, daß diese Transzendenz eine physikalische Gegebenheit unseres Universums ist. Die Großen und die Guten sterben nicht; sie verwandeln sich vielmehr von niederer Materie in reines, unverfälschtes Image, welches in all jenen, mit denen sie in Berührung kamen, lebendig bleibt. Dort erwarten sie uns, zersplittert in Wolken von Wahrnehmungen, und es braucht nur ein geeignetes Instrument, diese wieder zu versammeln.«

Ehrlich gesagt, waren das Standardformulierungen, typisch für jene Zeit; nur die Bemerkung, daß Charisma eine physikalische Eigenschaft des Universums sei, schien ungewöhnlich. Ich war jedenfalls bei meinen gesamten Forschungen noch nie auf diese Idee gestoßen und nahm daher automatisch an, Professor Bringhome spreche in Allegorien. Aber je mehr Tage und Nächte ich in jenem Haus verbrachte, desto mehr wurde mir bewußt, daß hinter seinen philosophischen Betrachtungen ein realer, wenn auch etwas vermessener Ehrgeiz stand. Er glaubte offensichtlich an die Konstruktion eines Instruments: einer Maschine, die das Charisma aus dem Äther einsammeln könne. Er nannte dies Gerät die Charismamaschine.

Die komplizierten Gleichungen und langwierigen mathemathischen Diagramme (von denen ich nur wenige verstand) konzentrierten sich schließlich auf ein wiederkehrendes Bild: zwei Spiralen, die sich umeinander wanden wir akrobatische Schlangen. Zunächst dachte ich, es handele sich um die Abbildung der DNA-Struktur, worin mich auch die häufige Erwähnung der sogenannten »genetischen Eigenschaften« des Images bestärkten; ein Phänomen, das Bringhome als »photogenetisches Kontinuum« bezeichnete. Erst allmählich wurde mir klar, daß es sich bei den Diagrammen um Darstellungen der Maschine selbst handelte; Blaupausen der Charismaschine sozusagen.

Ich gebe gern zu, daß ich all diese Vorstellungen reichlich verstiegen fand. Bringhome behauptete, die damalige Technologie zur Imagewiederbeschaffung könne durch seine Erfindung verstärkt und entschieden verbessert werden, so daß nicht mehr nur ein kopiertes *Image* der gewählten Person, sondern vielmehr eine exakte *Replikation* von dieser hergestellt werden könne; »Wellen im charismatischen Feld«, so Bringhomes Worte, »die von der materiellen Quelle gänzlich ununterscheidbar« seien. Als wäre das nicht schon wahnsinnig genug, behauptete er außerdem, daß »die funktionsfähige Charismaschine eine stimulierende Umgebung« sein werde; »damit meine ich, daß die Produkte solcher Wiederbeschaffung eigene Wahrnehmungen haben werden; sie werden lebendig sein«.

Etwas später wurde zum ersten Mal Lucinda Tonguebright erwähnt. Ihr Name war nur einer von vielen auf einer Liste von Möglichkeiten. Er war jedoch andersfarbig unterstrichen, wahrscheinlich zu einem späteren Zeitpunkt. Von da an bestanden die Aufzeichnungen zu einem großen Teil aus Spekulationen über ihr Leben und Werk. Was mich natürlich an meine eigene zunehmende Besessenheit erinnerte. Während meiner Studien bekam ich die Tochter des Professors nur selten zu sehen. Die Dame des Hauses hielt sich meistens in ihren eigenen Gemächern auf. Auch der stumme junge Diener zeigte sich nur dann, wenn ich nach Nahrung verlangte. Ich hatte alles, was ich brauchte; so verging die erste Woche. Ich war in den Aufzeichnungen inzwischen bei der Behandlung des Sponsorenvertrages mit Xikon angelangt. Das Unternehmen hatte großes Interesse an Bringhomes Ideen zur »vollverstärkten Replikation«, wiewohl er im Briefwechsel mit dem Unternehmen niemals von Wahrnehmungen oder Erkenntnisfähigkeit sprach. Er erkannte wohl, daß solche Ideen besser private Spekulationen blieben. Das Projekt Auferstehung, wie es genannt wurde, entwickelte sich für die Universität zum Prestigeobjekt, und Professor Bringhome fühlte sich, das wurde aus seinen Aufzeichnungen deutlich, unter enormem Druck, Resultate präsentieren zu müssen. Das könnte ein Grund dafür gewesen sein, daß er jegliche wissenschaftliche Sorgfalt und Vorsicht fahren ließ. Wie sonst ließe sich erklären, daß er mit einem nicht getesteten Prototyp der Charismaschine einen ersten öffentlichen Versuch der Wiedererweckung wagte? Lucinda Tonguebright war das Objekt seines Experiments. Er lud zu dieser Vorführung sowohl den Senat der Universität als auch den Aufsichtsrat von Xikon ein.

Unter diesen Umständen war es vielleicht ein Glücksfall, daß das wiedererweckte Image nur etwas länger als zwei Minuten zu flackerndem Leben erwachte. In diesen zwei Minuten (wenn wir dem extrem emotionalen Bericht Bringhomes folgen) spie und heulte die halbfertige Miss Tonguebright und schleuderte ihrem Schöpfer Beleidigungen entgegen; zwei wertvolle Minuten Leben, in denen sie Galle spuckte und versuchte, eins der Aufsichtsratsmitglieder von Xikon handgreiflich zu attackieren. Widerstrebend schaltete der Professor die Charismaschine schließlich ab; das Image verschwand mit einem dünner werdenden Schrei.

Selbst wenn man in Betracht zieht, daß diese Schilderung der Ereignisse dem erhitzten Gemüt Professor Bringhomes entsprungen war, fällt es schwer, irgend etwas an diesem Bericht glaubhaft zu finden. Ein Image, das Körperflüssigkeiten produzierte, das schreien und *handgreiflich* werden konnte? Ich konnte diesen Ungeheuerlichkeiten unmöglich Glauben schenken. Es war wahrscheinlicher, daß Bringhome übertrieben hatte; daß Miss Tonguebrights Image schlecht reproduziert worden war. Irgendein Systemfehler hatte das Image sicher viel lebendiger aussehen lassen, als es jemals gewesen sein konnte.

Dennoch mußte an jenem Tag im Medienlabor der Universität etwas Außergewöhnliches geschehen sein. Innerhalb einer Woche hatte sich Xikon als Sponsor zurückgezogen, und Bringhome wurde zum nächsten Monatsersten gekündigt. Dieser war jedoch so ungehalten ob solcher Behandlung – seine Aufzeichnungen laufen an dieser Stelle geradezu vor Galle über –, daß er bei nächster Gelegenheit seinen Schreibtisch räumte und all seine Forschungsergebnisse mitnahm.

Offenbar war er finanziell unabhängig, denn er hatte in seinem eigenen Haus – demselben, in dem ich mich jetzt aufhielt – bereits ein Laboratorium eingerichtet. Hier setzte er seine Studien nun auf eigene Faust fort und versuchte, eine verbesserte Version der Charismaschine zu bauen. Erst nach einem Jahr intensiver Arbeit fühlte er sich imstande, einen neuen Versuch der Wiedererweckung zu wagen, wiederum mit dem Image von Miss Tonguebright. Das Experiment schlug erneut fehl, das Image erschien diesmal nur fünf Sekunden lang. Daraufhin zog sich der Professor von jeglicher menschlicher Gesellschaft zurück. Man kann nur erahnen, welches Feuer der Leidenschaft ihn in den nächsten zwei Jahren antrieb. Schließlich war er der Ansicht, er habe alle notwendigen Modifikationen vorgenommen und war entschlossen, das Image der jungen Frau diesmal »so schnell oder langsam, wie sie selbst es wünscht« erscheinen zu lassen.

Nun folgen die erstaunlichsten Passagen der Notizen. Am 22. August 2053 schaltete Bringhome die Maschine ein, um, wie er sagt, »einen letzten Versuch zu unternehmen, die Hand voller Sehnsucht in die Vergangenheit auszustrecken«. Hier sind die Aufzeichnungen zum ersten Mal unterbrochen. Der nächste Eintrag ist sieben Tage später datiert. Er beginnt mit folgenden Worten: »Ich habe sie aus der Luft ins Leben gezerrt. Zuerst nur ein Wellenschimmer im Zentrum der Maschine. Eine Prinzessin des Zweifels.« Dann fängt er an, das Image in der zweiten Person anzureden. »Langsam, ganz langsam hat sich deine Gestalt aus Molekülen jenes anderen Reiches gebildet. Ein Ding aus Staub, nur ein schwacher Hauch aus Form. Und dann eingeschrieben, lebendig in Masken dunklen Lichtes. Meine Prinzessin der Codes; wie können sie deine Erscheinung in den Schmutz ziehen. Mein Puzzle-Mädchen, meine Herrin der Träume!« Der nächste Eintrag stellt in sauberer Handschrift fest: »Der genaue Betrag an Charisma in einem begrenzten Feld ist immer ein fester und gleichbleibender Betrag. Damit will ich sagen, daß für jede erfolgreiche Auferstehung ein anderer, weniger wertvoller Körper sein Image aufgeben muß. Das System bleibt ausgeglichen. So sei es; eine solche Vision ist sicher jedes Opfer wert. Lucinda wird nur mir gehören.« Und dann, eine ganze Seite einnehmend: »Morgen wird sie leben!« Hier endet das letzte Notizbuch.

Mit bebendem Herzen schloß ich das Buch. Ich saß in der Bibliothek, wo mich Hildegard Bringhome willkommen geheißen hatte; saß zweifellos an demselben Schreibtisch, an dem ihr Vater diesen Bericht geschrieben hatte. Ich erinnerte mich, daß der Professor im Jahre 2053 gestorben war, just im Jahr seines letzten Experiments. Hatte dies seltsame Unternehmen – oder sein Scheitern – irgendwie seinen Tod herbeigeführt?

Der Raum war sehr dunkel, erleuchtet nur von einigen verlöschenden Kerzen, bei deren Licht ich gelesen hatte. Ich hatte das Zeitgefühl verloren und war überrascht, als ich auf meine Taschenuhr blickte und sah, daß es bereits nach Mitternacht war. Ich hatte das Gefühl, nicht allein in der Bibliothek zu sein, als wäre die Atmosphäre durch Bringhomes Schriften lebendig geworden. Nach und nach wurde mir klar, daß dieses Gefühl keine Einbildung war. Ich drehte mich um und bemerkte Miss Bringhome, die auf ihrem gewohnten Platz hockte. Ich hatte mich zwar inzwischen an ihr plötzliches Auftauchen gewöhnt, konnte aber dennoch nicht verhindern, daß es mich nervös machte.

»Sie haben zu Ende gelesen, wie ich sehe«, sagte sie. »Haben Sie sich eine Meinung gebildet?«

»Ja, das habe ich in der Tat.« Ich nahm all meinen Mut zusammen und fuhr fort: »Miss Bringhome... ich fürchte, daß Ihr Vater trotz seines unbestrittenen Fachwissens unter tiefgreifenden Wahnvorstellungen litt.«

Die alte Frau schwieg einen Moment. Dann läutete sie mit einer kleinen Glocke nach dem jungen Diener. Ich war tatsächlich der Meinung, ich würde nun des Hauses verwiesen. Statt dessen sagte sie zu dem Diener. »William, der gnädige Herr wünscht die Werkstatt zu sehen.« Bevor ich mich dazu äußern konnte, wandte sie sich wieder mir zu: »Das Labor meines Vaters«, erklärte die Greisin. »Ich werde Sie dort treffen.«

Von dem Augenblick an, als mein Blick zum ersten Mal auf Lucinda Tonguebrights Namen fiel, hatte ich das Gefühl gehabt, von einer höheren Macht geleitet zu werden; als ich nun vom Diener eine kurze Treppe in den Keller des Hauses hinuntergeführt wurde, wußte ich, daß diese Macht mich völlig im Griff hatte. Die Stufen mündeten in einen schmalen Gang, an dessen Ende der Diener eine schwere Tür aufschloß. Darin stand eine große zylindrische Form, die das ganze dunkle Gewölbe beherrschte. Trotz der Dunkelheit war mir sofort klar, worum es sich handelte. Der Apparat war etwa zwei Meter hoch, hatte gut einen Meter im Durchmesser und bestand aus einem breiten Sockel, von dem sich ein Paar einander umschlingende Röhren erhob. Die Röhren waren aus Messing oder einem ähnlichen Metall und waren so gebogen, daß man durch eine Öffnung in den leeren Raum im Zentrum des Gerätes gelangen konnte. Ich konnte nicht an mich halten und rief:

»Die Charismaschine!«

»Glauben Sie es immer noch nicht?« fragte eine Stimme hinter mir. Ich drehte mich um und sah Hildegard Bringhome im Korridor näher kommen. Sie glitt an mir vorüber und stellte sich neben der Maschine auf. »Jetzt werden Sie sicherlich einen positiven Bericht schreiben, hoffe ich?«

»Ich… ich…« Ich stotterte etwas und sprach dann die Worte, die mich den Rest meines Lebens verfolgen sollten: »Ich müßte sie erst einmal in Aktion sehen.«

Die alte Frau sah mir einen Moment tief in die Augen und nickte dann ihrem Diener zu. Der junge Mann legte einige

Schalter um, die in den Sockel der Maschine eingelassen waren, woraufhin die Röhren von geisterhafter Energie durchströmt zu vibrieren und der Raum in der Mitte erwartungsvoll zu leuchten begannen. Miss Bringhome sog einen weichen Lichtstrahl in sich auf, was auch sie mit Energie zu erfüllen schien: als würde sie Kraft aus der Maschine schöpfen. Sie schritt voller jugendlichem Tatendrang um die Charismaschine und gab dem Diener Anweisungen, wobei sie mich ab und zu mit leicht manischem Gesichtsausdruck ansah.

Selbst ich mit meinen rudimentären Kenntnissen der Maschine und ihrer Funktion konnte sehen, daß der Apparat dringend einer Reparatur bedurfte. Die Röhren gaben inzwischen ein fürchterliches Geräusch von sich, so als wären hundert gequälte elektrifizierte Seelen darin gefangen, und das innere Licht tanzte ein irres Funkenballett. Die Maschine schien Luft anzusaugen, was mir den Atem raubte; die wenige Luft, die ich in die Nase bekam, stank nach etwas, was ich nur als verbrennendes Fleisch identifizieren konnte! Ich war so überwältigt, daß ich meinte, ohnmächtig werden zu müssen.

Dann sah ich, wie sich im Innern der Maschine eine schattenhafte Gestalt bildete; ein Schatten, der seine Substanz aus der umgebenden Luft zog, der von Sekunde zu Sekunde dunkler wurde und von feurigem Leuchten durchzogen war. Ich konnte mich kaum rühren. Sollte ich jetzt etwa Lucinda Tonguebrights Image zu sehen bekommen?

Aber das Image war zu dunkel, zu massig. In dem Lichtzylinder zeichnete sich die Gestalt eines Mannes ab. Vielleicht wurde eine arme, zufällig ausgewählte Seele aus der Luft gezerrt. Aber nein: Als sich die Gestalt stabilisierte und das Gesicht vage Ähnlichkeit mit menschlichen Zügen bekam, erkannte ich es schreckerfüllt. Dies schmerzverzerrte, gebrochene Gesicht, dieser halbfertige Mund, zu einem grauenhaften Schrei geöffnet; das waren die mutierten Züge Professor Bringhomes!

Ich mußte an meine soeben beendete Lektüre denken: Bringhomes Theorien zum Charismaaustausch hatten sich als richtig erwiesen. Damit die Charismaschine arbeiten konnte, verbrauchte sie als Brennstoff das Image ihres Schöpfers. Offensichtlich funktionierte die Maschine immer noch nicht zufriedenstellend, vielleicht wegen ihres Alters. Jetzt war ihr Schöpfer in ihrem Kraftfeld gefangen und schrie nach Befreiung.

Mit einem Schlag erwachte ich aus meinem Bann. Miss Bringhome stand neben mir und starrte verzückt auf das gefangene Image ihres Vaters. Ohne mich eines Blickes zu würdigen, fragte sie: »Glauben Sie es nun?« Bevor ich ein Wort sagen konnte, umklammerten mich zwei kräftige Arme von hinten. Es war William, der Diener. Angewiesen von Miss Bringhome schob er mich immer näher an die Maschine heran. Sie wollten mich austauschen! Mein Image an die Maschine verfüttern, um den Professor zu befreien!

Ich wehrte mich nach Kräften, aber mein Körper fühlte sich ausgehöhlt an, so als hätte der Austausch bereits begonnen. Erst als mein Gesicht schon jenseits der Schwelle war und ich fühlte, wie mir die Seele ausgesogen wurde, mobilisierte ich eine letzte Kraftreserve. Mit großer Anstrengung gelang es mir, mich umzudrehen und den Diener dabei mit herumzureißen. Er war nun in meiner vorherigen Lage: gegen die Öffnung der Charismaschine gedrückt. Ich hörte Miss Bringhome schreien, fühlte einen kalten Schauer. Dann schob ich den Diener ohne Zögern oder Bedauern hinein.

Die Maschine hatte ihn gepackt. Eine Sekunde lang sah es so aus, als würden der Schatten des Professors und die erschreckte und sich wehrende Gestalt des Dieners miteinander tanzen, eine Art perversen Walzer. Dann gab es eine Lichtexplosion, die sie beide einhüllte und aus der nur einer von ihnen schließlich wieder auftauchte.

Es war Professor Bringhome. Oder vielmehr sein Image. Es schwebte über dem reglosen Körper des Dieners, eine schimmernde, durchsichtige Gestalt, die ihre Hände vors Gesicht hob, vielleicht eine ungläubige Geste. Nur die Augen der Gestalt strahlten so etwas wie Leben aus; sie brannten vor Verlangen und richteten sich nun auf Hildegard Bringhomes lächelndes Gesicht. Dann stieg Bringhome aus der Maschine und schwebte auf die ausgebreiteten Arme seiner Tochter zu.

Ich stand abseits, immer noch unter Schock wegen der Ereignisse der letzten Minuten. Ich hätte auch Luft sein können, so wenig beachteten mich die beiden. Ganz langsam, als seien sie ängstlich ob der verlorenen Jahre, vereinigten sich Vater und Tochter in einer zögernden Umarmung.

Erst in diesem Moment ging mir auf, daß der Professor niemals eine Tochter gehabt hatte, und daß sein ursprüngliches Experiment nur allzu erfolgreich gewesen war. Denn vor meinen Augen streifte Miss Bringhome ihre Images ab, das der alten wie auch das der wunderschönen jungen Frau, welches ich ab und zu hatte aufblitzen sehen. An ihrer Stelle erschien die kompromißlose Gestalt Lucinda Tonguebrights, jedoch aus Licht und nicht aus Fleisch und Blut. Nun fielen mir die Worte aus Bringhomes letztem Notizbuch wieder ein: »Lucinda wird nur mir gehören.« Die beiden spinnfadenzarten Silhouetten umschlangen einander und spiegelten so auf intime Weise die Charismaschine hinter ihnen wider.

Ohne ein weiteres Wort verließ ich das Labor. Ich stieg schnell die Stufen hinauf und eilte durch die Vordertür davon. Ich holte nicht einmal mehr meine Sachen aus dem Schlafzimmer. Mir genügte es, dies mitzunehmen: *diesen* Körper; dieses zitternde, massige, ungeschickte Durcheinander aus Fleisch und Blut.

Weltraumschmerz und Liebesschiffe

Heute morgen waren Fernsehen und Zeitungen voll von Bildern, die den Himmel in Flammen zeigten. Jetzt, da die britische Mondrakete endlich gestartet ist, fühle ich mich verpflichtet, von meiner eigenen Mondfahrt zu berichten. Halten Sie mich für verrückt oder für einen Lügner; das liegt ganz bei Ihnen, wer Sie auch sind und welche Welt Sie bewohnen mögen.

Vor fünf Jahren wurde ich gebeten, mich einem Team von Wissenschaftlern anzuschließen, das die Flugbahn berechnen sollte. Als erster Assistent des angesehenen Professors Lucas Gull, des renommiertesten Fachmannes auf dem Gebiet der Schwerkraftforschung, war es meine Aufgabe, ihn beim Errechnen der optimalen Flugkurve für die Mission zu unterstützen und sämtliche Faktoren des Weltenraumes in Betracht zu ziehen.

Tatsächlich fanden wir eine völlig neue Welt.

Ich wage zu behaupten, daß ich der erste war, der die Entdeckung machte: Ich bemerkte einen kleinen Fleck auf einem Instrumentenschirm; eine winzige Unregelmäßigkeit im Schwerkraftfeld der Erde, leicht zu übersehen.

Glücklicherweise berichtete ich Gull am nächsten Morgen von meiner Beobachtung. Die meisten erfahrenen Astronomen schenkten der Anomalie natürlich keine weitere Beachtung. Sie hielten es entweder für einen Computerfehler oder für eine zwar reale, aber zu kleine und daher zu vernachlässigende Abweichung.

Viele einsame Monate arbeiteten Gull und ich daran, den Grund für die Abweichung einzugrenzen. Ich gebe gern zu, daß auch ich zweifelte, als nur Gull seine überraschende Schlußfolgerung präsentierte: *nämlich daß der Planet Erde noch einen zweiten, zusätzlichen Mond besitze.* Die leichte Unschärfe auf dem Bildschirm war nichts anderes als der Schatten eines weiteren Trabanten in einer unbekannten Umlaufbahn, unsichtbar und rätselhaft. Nach den Beobachtungen und Daten mußte dieser Zusatzmond sehr klein und sehr erdnah sein.

Professor Gull beschwor die zuständigen Stellen, den Raketenstart zu verschieben, weil die Existenz eines zweiten Mondes störend auf die Flugbahn einwirken könne. Natürlich hielt man ihm vor, er sei im Irrtum, auf dem Holzweg, vielleicht gar wahnsinnig – hatten nicht die Amerikaner den Flug vor Jahren ganz ohne solche Probleme bewerkstelligt? Aufgrund seiner Hartnäckigkeit verlor Gull schließlich seinen Posten in dem Projekt.

So kam es, daß der geschaßte Professor und ich unsere eigene Mission ins Leben riefen, nämlich die exakte Größe, Masse und Umlaufbahn von Luna Zwei, wie wir unseren Fund nannten, zu ermitteln. Wir arbeiteten von Gulls eigenem Labor aus und brauchten noch ein volles Jahr, in dem wir mit sehr bescheidenen Mitteln auskommen mußten, bis wir sichere Ergebnisse vorweisen konnten. Der zweite Mond umkreiste die Erde genauso schnell, wie sie selbst sich drehte, und befand sich deshalb immer über dem gleichen Punkt auf dem Planeten, nämlich irgendwo über der Innenstadt von Manchester, England. Er befand sich genau vier Meter über der Erdoberfläche und hatte einen Durchmesser von nur 28,065 cm. Weitere Berechnungen ergaben die genauen Koordinaten: ein Straßenname, sogar eine Hausnummer.

Einfache Nachforschungen verrieten uns, daß die Bewohnerin des Hauses eine gewisse Mrs. Gladys Selene sei. Laut Einwohnermeldeamt lebte sie allein dort.

Ich erinnere mich, daß es am frühen Abend war, als wir dort eintrafen. Dennoch war es schon dunkel. Das Haus unterschied sich in nichts von den anderen der Straße: ein kleines, zweistöckiges Vier-Zimmer-Reihenhaus, sozialer Wohnungsbau. Schwaches gelbliches Licht drang aus einem Fenster im ersten Stock.

Die Tür öffnete sich einen Spalt breit, eine Frau mittleren Alters dahinter. Gull schob sie beiseite und stürmte ins Haus. Sie fing an zu schreien und mit uns zu streiten, brach dann aber plötzlich zusammen, als hätten Jahre des Streitens sie erschöpft. Tränenüberströmt, betrunken von billigem Wodka und offensichtlich resigniert deutete sie nach oben.

Im vorderen Zimmer fanden wir ihr einziges Kind, ein Junge

von zehn Jahren. Sie sagte, sein Name sei Joe; Joseph Selene. Zuerst konnten wir kaum fassen, wie unglaublich dick der Junge war. Dann sah ich, daß sein aufgeblähter, gedehnter Bauch leuchtete; er strahlte pulsierendes, bernsteinfarbenes Licht aus und war die einzige Lichtquelle im Zimmer. Der Junge hatte sein ganzes Leben in diesem engen Raum verbracht, ohne Schulbildung oder Kontakt zur Außenwelt. Er konnte weder sprechen noch schreiben und vegetierte in schmerzlicher Einsamkeit dahin. Seine einzigen Freuden waren Mondkarten, Bilder der ersten Mondflüge und Modelle der Apollo 11-Mondfähre, die im Zimmer verteilt waren. Gladys gab auf Nachfrage an, daß Joseph mit Hilfe eines Handlungsreisenden gezeugt worden war, an dessen Namen sie sich nicht mehr erinnerte, geschweige denn an seine Absichten. Sie wußte nur noch, daß er billige Atlanten verkauft hatte.

Meßinstrumente wurden in Joes Venen gestochen, sein Körper gescannt. Ein dunkler, giftiger Fleck war auf dem Ausdruck zu sehen, der dem ursprünglichen Fleck auf den Schwerkraftmessungen ähnelte.

Ich kann das folgende kaum niederschreiben, ohne wieder den Schrecken zu spüren, den diese Entdeckung in mir hervorrief: Der zweite Mond lebte im Bauch des Jungen und wartete sehnsüchtig darauf, geboren zu werden.

»Wunderschön …«, flüsterte Gull. »So wunderschön …«

Er entschied, daß Joe besser nicht transportiert werden solle, »um das Gravitationsfeld nicht zu stören«, also brachten wir unser gesamtes Instrumentarium ins Haus und bauten eine Art Feldlabor auf. Ich sollte die Nacht über Wache halten: ein Nachtwächter für den zweiten Mond der Erde. Nachdem die anderen gegangen waren, ließ ich mich in einem Stuhl neben dem Bett des Jungen nieder. Schnell versank ich im langsam pulsierenden Rhythmus des Mondlichts. Ich fühlte, wie mich der Mond ins Reich der Träume zog … Plötzlich. Wo bin ich?

Eine öde, graue Landschaft, übersät mit Löchern. Ich nehme an, dies ist das Innere von Joes Schädel, die gewundene Oberfläche seines Gehirns, zu träge zum Denken. Bis sich eine Gestalt im Michelinmann-Outfit in langsamen Sprüngen vom Horizont her nähert. Er trägt den antiquierten NASA-Raumanzug, bekannt aus den alten Aufnahmen der Apollo-Landungen. Das Gesicht des Astronauten ist hinter seinem Lichtschutzvisier verborgen, und er spricht mit müder Stimme, unterbrochen vom Rauschen der Funkverbindung: »Hat ja ziemlich lange gedauert«, knistert er.

»Wer sind Sie?« frage ich; meine Worte schweben durch die schwache Schwerkraft dieser schlaftrunkenen Welt.

»Erinnert sich niemand?«

Ich schaue auf das Namensschild an seinem Raumanzug.

»Kommandant Armstrong? Apollo 11?«

Die Gestalt nickt langsam; Spiegelbilder der Erde hüpfen über sein dunkles Visier.

»Aber was wollen Sie?« frage ich. »Ich meine ... was machen Sie hier? Ich meine ... ich dachte, Sie ...«

»Wären tot? Ja. Seit vielen Jahren, aber es gibt noch viele Fahrten zu machen. Ich bin hier auf dem Trabanten Selene gelandet, um die Mission zu beenden.«

»Die Mission? Was ist mit dem Jungen?«

Ich wachte am frühen Morgen auf, es war noch dunkel. Ich brauchte ein paar Sekunden, bis ich merkte, daß etwas nicht stimmte. Dunkel! Der Junge! Ich sprang voller Panik aus dem Stuhl und stieß mir schmerzhaft den Kopf an die Wand.

Jemand mußte mich in der Nacht umgesetzt haben. Jetzt bekam ich es mit der Angst. Ich versuchte, mich zu orientieren – Blitz! Netzhaut verbrannt. Licht durchströmt mich, wie beim Start.

Gull und die Mutter des Jungen stürmen herein. Einer von beiden hat das Licht angeschaltet und mich schreiend und in der Ecke kauernd gefunden. Mein Stuhl war an die Wand gedrückt, weit weg von seiner ursprünglichen Position. Alle Möbel waren vom Bett des Jungen abgerückt, weggeblasen von einer stärkeren Kraft. Die Plastikmodelle der Mondraketen lagen überall zerschmettert herum. Joe Selen lag auf dem Bett und bewegte sich leicht; am Leben.

Gull lief zu seinen geliebten Instrumenten, die alle tot waren, nachtschwarz; die Frau lief zu ihrem geliebten Jungen, dem sie ungläubig die Hände auf die schlaffen Hautfalten legte, wo eben noch jener Bauch gewesen war, der ihre ganze Welt bedeutet hatte. Das Licht von dort war verschwunden, es war in die Augen des Jungen geflossen; floß endlich, in den Nachwehen lächelnd, irgendwohin …

»Was ist passiert?« Gull schüttelte mich. »Was ist hier drin passiert? Wo ist das Licht?«

Ich lächelte. »Er ist gestartet, Gull.« Dann konnte ich das Lachen nicht mehr unterdrücken. »Er ist losgeflogen! Neil Armstrong! Er ist ohne uns losgeflogen!«

Dubschiffe

(Blues für einen verirrten Astronauten)

Himmelslichtbogen
nennt mich verrückt, nennt mich verlogen
die Welt die ihr kennt
egal was und wo
Himmelslichtbogen

es ist lange her
verdammt lange her

der Himmel nimmt sich ne Scheibe
in der Umlaufbahn bleiben
nennt mich mondsüchtig
schattendunkler Schattenjunge
Apollo im Leibe

es ist lange her
verdammt lange her

in der Flugbahn das Gift
wir träumen vom Raumschiff
umklammert von Schwerkraft
endloser Abstieg
verschlafen im Zahlengriff

es ist lange her
verdammt lange her
geliebtes Equipment
hebt ab zum Firmament
Netzhaut-Countdown
Schmerzweltgeschmack
Traumbild aufsteigend

es ist lange her
verdammt lange her

Schädellichtbogen
Mutter am Draht
er ist ohne uns geflogen
irgendwo irgendwann
Schädellichtbogen

es ist lange her
Geschwindigkeit höher
Scheitelpunkt des Herzens
bewegt und bewegend
verdammt lange her

4. TEIL

Der Kuß des Spiegelbildes

Exemplare

Es war ein kleiner Käfig, ungefähr zehn mal zehn Zentimeter und fünf Zentimeter hoch. Jemand hatte ihn auf die Fahrbahn gestellt. Käfig ist vielleicht ein bißchen übertrieben: Er war aus dünnem Drahtgeflecht und hatte keine Tür.

Im Käfig – ein Wurm. Ein Wurm, ein gemeiner Regenwurm *(Annelida lumbricus)*, vielleicht fünf Zentimeter lang, ziemlich dick, leicht aufgebläht in der Mitte.

Es war früh am Morgen, kurz nach sieben. Ein paar Leute standen um den Käfig herum; neugierig, mehr nicht. Niemand hatte gesehen, wie er dahin gestellt wurde. Eine Straßenbahn mußte wegen der kleinen Versammlung anhalten. Der Fahrer stieg aus seiner Kabine, um die Leute zu ermahnen, die ihm den Weg versperrten. Sie zeigten auf den Käfig. Der Fahrer versuchte, ihn wegzuräumen.

Überraschenderweise war der Käfig jedoch mit Hilfe irgendeines Haftstoffes hartnäckig am Asphalt befestigt. Der Fahrer wurde nun ärgerlich und sorgte sich um seinen Fahrplan. Er bat alle, beiseite zu treten, und kletterte zurück in seine Fahrerkabine. Er fuhr seine Straßenbahn langsam auf den Käfig zu.

Der stand mitten auf der linken Schiene.

Die Straßenbahn erwischte ihn voll, man hörte ein Knirschen; die Straßenbahn fuhr weiter. Der Fahrer hielt nicht an, um den Schaden zu begutachten.

Der Käfig war zermalmt, zur Seite gebogen, und das Drahtgeflecht war zerrissen. Der Wurm war durch eine Öffnung gedrückt worden und lag nun in zwei sich windenden Hälften auf dem Asphalt. Die Menschen zerstreuten sich, so als sei nichts geschehen. Schon bald trat jemand auf eine Wurmhälfte und zerquetschte sie. Wahrscheinlich bemerkte diese Person nicht einmal, was sie da tat.

Niemand weiß, was mit der anderen Hälfte passierte.

Zwei Tage später stieß man etwa zur gleichen Tageszeit auf einen weiteren Käfig. Er stand an derselben Stelle in Manchester – in jenem kurzen Abschnitt der Market Street, der von den Piccadilly Gardens wegführt. Er war aus dem gleichen Material wie der erste, nur ein wenig größer, fünfzehn Zentimeter im Quadrat bei gleicher Höhe. Der Draht war etwas weitmaschiger. Er hatte keine Tür.

Im Käfig – eine Maus. Eine Maus, eine gemeine Feldmaus *(Apodemus sylvaticus)*, mit sauberem grauen Fell und einem langen rosigen Schwanz, der zufrieden über den Boden wischte.

Wieder mußte eine Straßenbahn anhalten, wieder versuchte der Fahrer erfolglos, den Käfig mit bloßer Hand wegzuräumen. Dann entschied er sich, ihn mit der Straßenbahn wegzuräumen. Ein paar Leute protestierten vehement gegen diese schockierende Grausamkeit. Der Fahrer ließ sich jedoch auf keine Diskussion ein.

Er hielt nicht an, um den Schaden zu begutachten.

Über den Vorfall wurde auf Seite sieben der *Manchester Evening News* berichtet.

Fünf Tage später tauchte ein größerer Käfig auf. Er hatte etwa einen Quadratmeter Grundfläche und war sechzig Zentimeter hoch. Die Gitterstäbe an den Seiten und oben waren aus Stahl. Der Käfig war auf die Straßenbahnschienen betoniert worden. Niemand hatte gesehen, wie das geschehen war. Er hatte keine Tür.

Im Käfig – ein Hund. Ein Hund, eine gemeine Promenadenmischung *(Canis familiaris)*, vielleicht halb Collie, halb Deutscher Schäferhund. Er war sandfarben mit einigen braunen Flecken. Er knurrte und war offensichtlich mit seiner Lage unzufrieden, denn der Käfig war etwas zu klein für ihn. Der Hund drehte sich wieder und wieder um sich selbst, stieß den Kopf gegen die Gitterstäbe und versuchte, sie zwischen die Zähne zu bekommen.

Eine stattliche Menschenmenge hatte sich versammelt, die Leute schoben einander beiseite, um einen Blick zu erhaschen. Eine Frau kniete neben dem Käfig, um das arme Tier zu beruhigen. Der Hund knurrte sie voller Wut und Furcht an.

Vor dem Käfig war eine Straßenbahn zum Stehen gekommen. Dahinter hatte sich ein langer Stau aus Bussen und anderen Straßenbahnen gebildet. Jemand alarmierte die Polizei. Nach zehn Minuten traf ein Streifenwagen ein, und ein ratloser Polizist rief über Funk Verstärkung. Bald hatte die Polizei die Kontrolle auf dem Platz übernommen, leitete den Verkehr um und versuchte, die Leute zurückzuhalten, während Straßenarbeiter die Gitterstäbe durchsägten.

Der Hund wurde freigelassen und aufs Polizeirevier gebracht. Die Arbeiter entfernten den Käfig und machten die Fahrbahn frei.

Der Vorfall wurde am Abend in den Nachrichten des lokalen Fernsehsenders gemeldet, und die landesweiten Medien wurden aufmerksam. Die Story wurde mit den beiden vorherigen Ereignissen, mit dem Wurm und der Maus, in Verbindung gebracht. BBC brachte es in den *Nine O'Clock News* als Schlußnachricht.

Inzwischen hatten fast alle Einwohner Manchesters von den seltsamen Vorfällen gehört, und in Pubs und Wohnzimmern, in Restaurants und Waschsalons blühten die Spekulationen. Manche meinten, es handelte sich um eine politische Aktion, die Tierrechtsaktivisten steckten dahinter. Andere waren überzeugt, es sei nur der schlechte Scherz eines Übergeschnappten. Für einige war es ein brillantes konzeptuelles Kunstwerk, ein pointierter Protest gegen eine gefühllose Gesellschaft.

Die Polizei ihrerseits hatte den Hund im Labor untersuchen lassen. Das Fell war voller Grassamen, verklebter Futterreste und bewohnt von der üblichen Flohkolonie. Das einzig Interessante war ein Spritzer silberner Farbe hinter einem Ohr. Die chemische Analyse ergab eine »unbekannte Zusammensetzung«.

Die Polizei untersuchte auch die Aufnahmen der verschiedenen Überwachungskameras in den Gardens. Alle fünf Kameras waren in den frühen Morgenstunden ausgefallen. Am nächsten Tag versammelte sich am bewußten Ort eine kleine Menschenmenge. Die Leute waren gespannt; sie wollten sehen, was als nächstes passierte. Zeugen des Unerklärlichen werden. Bedauerlicherweise blieb die Straße frei, und nach etwa einer halben Stunde zerstreute sich die Menge. Am folgenden Tag warteten schon weniger Neugierige, und wieder war kein Käfig zu sehen. Jeden Tag wurden es weniger Schaulustige, bis die Leute nur noch an der Stelle vorübergingen, kurz zur Seite blickten und dann ihren Weg fortsetzten.

Zwölf Tage nach dem Vorfall mit dem Hund, als sich niemand mehr um die Sache kümmerte, tauchte der vierte Käfig auf. Es war der bisher größte: vier mal vier Meter, drei Meter hoch. Gitterstäbe im Abstand von fünf Zentimetern. Er hatte keine Tür. Er mußte in den einsamen, frühen Morgenstunden dort aufgestellt worden sein.

Im Käfig – ein Pferd. Ein Pferd, eine Vollblutstute *(Equus caballus)*, mit glänzendem schwarzem Fell und nachtblauer Mähne. Sie stand auf allen vieren im Käfig, ruhig und gelassen. Nur ein gelegentliches Schnauben aus den Nüstern und die Wolken ihres warmen Atems bewegten die kalte Morgenluft.

Während die Polizei noch über das weitere Vorgehen beriet, wurde der ganze Bereich weiträumig abgeriegelt.

Mittlerweile war wieder eine große Menschenmenge zusammengekommen, die mit jeder Stunde größer wurde. Ein Kamerateam tauchte auf, um die Ereignisse zu filmen und das Durcheinander zu vergrößern. Ein Trupp Straßenarbeiter durchtrennte die Gitterstäbe, das Pferd wurde in die Hände eines Tierarztes übergeben. Das arme Tier wurde rasch untersucht und dann in einen Pferdetransporter geladen. Die Arbeiter machten sich daran, den Käfig zu entfernen. Das dauerte drei Stunden, und am Ende war die Straße ein Trümmerfeld.

An jenem Tag floß kein Verkehr durch Piccadilly Gardens. Der Vorfall war Thema in allen Nachrichtensendungen und in jeder Tageszeitung. Im Internet wurden mehrere Websites eingerichtet, die sich mit den Käfigen und ihren verschiedenen Insassen beschäftigten. Die Polizei überwachte den Platz rund um die Uhr, das Kamerateam und eine große Gruppe Schaulustige campierten an der Kreuzung, um die Errichtung des nächsten Käfigs nicht zu verpassen. Jedermann erwartete, daß irgendwer, eine Gruppe, eine Person, öffentlich die Verantwortung für die Aktionen übernehmen werde. Niemand tat es.

Also warteten die Menschen. Es schien, als befinde sich das ganze Land in einem Zustand gespannter Erwartung.

Es dauerte einundzwanzig Tage, bis auch der letzte maßlos enttäuschte Neugierige den Schauplatz verließ.

Und fünfundsiebzig einsame Tage nach dieser Enttäuschung… Im Käfig – ein Jaguar. Ein Jaguar *(Panthera onca)*, heimisch in Lateinamerika; eine große, fauchende Bestie, die heiße Gedanken an die Heimat ausdünstete. Mit großen tiefschwarzen Flecken auf dunkelgelbem Grund drehte er sich in allerkleinstem Kreise, gerade mal so gehalten von den Stäben.

Niemand wagte sich näher heran; ein Kreis der Angst bildete sich statt dessen um den Käfig. Die Zeit und die Stadt kamen zum Stillstand, so als würde das Raubtier den Schritt der Zeiger bestimmen. Es dauerte zwei Tage, bis der Jaguar sicher aus dem Käfig war, und selbst betäubt rief er noch Furcht und Schrecken hervor.

Dieser Vorfall machte rund um den Globus Schlagzeilen und wurde sogar im Parlament diskutiert. Verrückte Manifeste wurden veröffentlicht, die nutzlose Erklärungen anboten; ein verzweifelter Mann stellte sich den Behörden, um für die Vorfälle bestraft zu werden. Die Polizei ließ ihn nach zweitägigem Verhör laufen. Hastig wurden Entwürfe für Bücher und Filme erstellt, die zumeist auch Abnehmer fanden. Ein Sortiment von Spielzeugkäfigen kam auf den Markt, fünf verschiedene Modelle mit detailgetreuen Nachbildungen von Wurm, Maus, Hund, Pferd und Jaguar. Jeder Käfig ließ sich durch einen anderen Geheimmechanismus öffnen, um die Tiere freizulassen. Die Käfige waren der Renner im Weihnachtsgeschäft.

Und dann – nichts. Kein neuer Käfig tauchte auf. Monate vergingen. Es gab Theorien, daß die Vorfälle abgeschlossen seien. Das Gerede nahm ab, wurde Erinnerung, dann Vergessen. Ein paar Witze blieben übrig, das war alles.

Genau ein Jahr nach dem ersten Zwischenfall erschien endlich auf geheimnisvolle Weise der nächste Käfig. Etwas über ein Quadratmeter, zwei Meter hoch. Gitterstäbe im Abstand von acht Zentimetern. So fest im Erdboden verankert, daß man tiefe Fundamente vermuten konnte. In jeder Hinsicht wie die anderen Käfige, mit einer Ausnahme: dieser hatte eine Tür. Eine offene Tür, angelehnt, und ein großes, schweres Vorhängeschloß, das an einer verstärkten Querstrebe hing. Das Vorhängeschloß war offen, und der winzige Zwischenraum zwischen Bügel und Schließe zog das Auge magisch an. Im Schloß steckte kein Schlüssel. Einmal geschlossen, immer geschlossen.

Im Käfig – nichts. Nichts, Leere. Ein schmerzhaftes Gefühl der Abwesenheit; und die Umstehenden, die riesige Menge der schweigend Gaffenden dachte, endlich, endlich ist etwas entkommen!

Bis sie begriffen.

Der Käfig wartete …

Ein Mann, ein Mann mittleren Alters *(Homo sapiens)*, gepflegt gekleidet, als sei er auf dem Weg zur Arbeit in einem Versicherungsbüro, trat aus der Menge hervor.

Creeping Zero

Heut nacht haben wir fünf gefangen. Wir warn ziemlich gut. Mr. Bone sagt, wir sind beinah im Soll. Ich hab jedenfalls gedacht, wir warn ziemlich gut, aber Toppits hat gemeint, Scheiße ist, wir haben noch jede Menge zu tun, bis wir am Bonus schnuppern können. Wir hatten nämlich auch schlechte Tage, weißte? Richtig schlechte Tage, wo wir beinah gar keine gefangen haben. Aber jetzt holn wir auf. Heut nacht haben wir fünf gefangen.

Heut nacht haben wir drei gefangen. Ziemlich gut. Aber nicht so ziemlich gut wie letzte Nacht.

Heut haben wir keinen gefangen. Ist manchmal so. Da fängt man keine. Manchmal fängt man einen, meistens zwei. Manchmal drei. Manchmal fünf. Einmal haben wir sechs gefangen, einmal sogar sieben. Das war unser Rekord, sieben. Das war ein Spitzentag, wir haben Preise gekriegt. Wir haben noch nie vier gefangen, nicht ein einziges Mal. Ich hab immer gedacht, das wär bloß ein komischer Zufall, bis Mr. Bone uns erklärt hat, daß man nie vier auf einmal sieht. Die Zahl mögen sie nicht. Er weiß auch nicht wieso, und Edie auch nicht und Shiva auch nicht, und die glaubt, sie weiß alles. Aber heut haben wir keine gefangen, und das ist praktisch das gleiche wie vier fangen, weil man ja nie vier fängt, nicht ein einziges Mal. Aber Mr. Bone sagt, das ist geschummelt, so zu denken.

Heut nacht haben wir zwei gefangen. Nicht gut, nicht schlecht, eben der normale Fang für einen Tag oder eine Nacht. Ich mag die Dunkelfahrten am liebsten. Alle sagen, nachts ist gefährlicher, weil sie dann meist rauskommen, und darum kriegen wir auch mehr Geld für die Nachtschicht, aber mir ist das egal. Mir ist egal, wieviel wir kriegen, Hauptsache, wir fangen so viele wie möglich. Darüber lachen dann immer alle, weil sie immer bloß übers Geld reden: Lohn und Bonus und Preise, außer Edie, die redet überhaupt nicht viel, und außer Shiva, die ist ein bißchen verrückt, aber das ist egal, weil keiner so viele fängt wie sie. Also reden eigentlich bloß Mr. Bone und Toppits übers Geld. Das reicht auch. Ich mags am liebsten so um drei oder vier Uhr morgens, wenn die ganze Stadt uns gehört. Die Straßen sind so still, so still und beinah zärtlich. Es kommt einem so vor, als wenn wir nicht durch Manchester fahren, sondern schweben würden. Heut nacht haben wir zwei gefangen.

Heut haben wir wieder zwei gefangen. Das sind schon ne Menge Zweier. Bald müssen wir wieder Dreier fangen und Fünfer und Sechser, und wer weiß, vielleicht auch Siebener. Der Rekordfang für ein Team steht bei neun, aber das war das Mambo Suicide Team, die sind berühmt für beinhartes Spiel, und außerdem räumen sie in Gorton auf. In Gorton muß man bloß aus dem Haus gehen, schon hat man fünf gefangen, alles voll von ihnen. Aber wir sind im Abschnitt Levenshulme, da gibts lange nicht so viele, und heut haben wir zwei gefangen.

Heut nacht haben wir drei gefangen. Vor kurzem hätte ich noch gesagt, wir warn ziemlich gut. Jetzt warn wir jedoch ziemlich schlecht. Mr. Bone flucht, Toppits sagt, das wars, kein Bonus, und Shiva flippt aus im Transporter, weil sie es nicht rauslassen kann. Wir sind fünf. Wir sind das Creeping Zero Team. Ein Team sind immer fünf. Ich finde das ziemlich clever, daß wir fünf sind, weil dann kann immer einer im Wagen bleiben, und die anderen vier gehen raus auf Patrouille. Wenn die zusammen bleiben, kann man sie nämlich nicht für eine Gang von denen halten. Weil die ja nie zu viert sind. So hats mir Mr. Bone jedenfalls erklärt. Mr. Bone ist der Boß, Toppits der Fahrer, Edie spürt sie auf, und Shiva, na ja, Shiva ist halt Shiva. Sie ist die Kanone. Sie hat schon Hunderte gefangen. Ich? Ich bin der Kleine, der

Lehrling. Dies ist mein erstes Team. Ich hab noch nie einen gefangen. Ich schleife sie bloß zum Wagen zurück und zieh ihnen die Haut ab.

Heut haben wir keinen gefangen. Ich will gar nicht drüber reden.

Heut haben wir einen gefangen. Was soll ich sagen? Wir sind einfach raus, Edie vorweg, haben einen Einzelgänger aufgetrieben, haben ihn gefangen, haben ihn erledigt, ich hab ihm die Haut abgezogen, und das wars. Den Rest des Tages sind wir bloß durch die Straßen gezogen, und ich hab versucht, mit Edie zu reden, hab ihr gesagt, daß ich eines Tages auch ein Sucher werden möchte, aber sie wollte mir nicht antworten, ich glaube, sie lebt einfach in ihrer eigenen Welt. Mr. Bone meint, zum Sucher wird man nicht, zum Sucher wird man geboren, aber Toppits meint, das wär ein Haufen Scheiße. Aber was weiß der schon? Wer weiß überhaupt was? Heut haben wir einen gefangen.

Heut nacht haben wir fünf gefangen. Wir warn ziemlich gut, und wir warn voll bei der Sache, bloß daß uns einer entwischt ist. Das heißt, wir haben eigentlich vier gefangen. Was natürlich nicht das gleiche ist, wie wirklich vier fangen, denn das passiert nie, und damit hat sichs. Es ist bloß einer entwischt. Shiva war natürlich so was von wütend. Sie kann es nicht ab, wenn einer entwischt. Und Toppits schimpfte wieder wegen dem Bonus, dabei war es eigentlich seine Schuld, daß einer entwischt ist. Das wollte er mit seinem Schimpfen bloß verbergen, das hab sogar ich gemerkt. Aber das Komischste daran war, als einer entwischt war, da wurden die anderen vier total wütend, weil sie gemerkt haben, daß sie nur noch vier waren, schätz ich. Normalerweise sind sie ganz friedlich, wenn man sie erst mal gefangen hat, aber diese vier gingen total wütend auf uns los, und ich hatte echt Schiß, weil genau so hat Creeping Zero einst Wesley verloren:

Sie hatten fünf gefangen, und einer ist entwischt, und die vier anderen sind ausgerastet. Aber diesmal hat Shiva alle vier erwischt. Und erledigt.

Heut haben wir keinen gefangen. Ist mir egal. Ich war immer noch ganz fertig von gestern nacht, und ich muß immer an Wesley denken, jetzt, wo ich einmal damit angefangen habe. Ich hab ihn nie getroffen, ich hab nämlich seinen Platz eingenommen. Aber das ganze Team redet immer von ihm, als ob er weiß, wie großartig er gewesen ist, obwohl er doch verlorenging. Mir wär es lieber, sie würden das lassen, denn das heißt, ich muß auch mal großartig werden. Ich hoffe, das werde ich auch eines Tages, ich hoffe, ich werde ein Spitzen-Sucher, aber wenn ich dran denke, wird mir schon wieder ganz anders. Heut haben wir keinen gefangen. Gut.

Heut haben wir einen gefangen. Wir warn ziemlich gut. Eigentlich ist das nicht besonders gut, einen zu fangen, aber diesmal wars gut, weil wir ihn am Leben lassen mußten. Manchmal muß man einen am Leben lassen. Man kriegt mehr Geld dafür, da freut sich Toppits. Mr. Bone hatte gehört, daß die Uni einen lebendig haben wollte, und deshalb mußten wir ganz vorsichtig sein, weil sie normalerweise lieber sterben, als am Leben zu bleiben. Es ist für mich das erste Mal, daß einer am Leben bleibt. Es war ein Weibchen. Wenn es ein Männchen gewesen wäre, hätte es mir nicht so viel bedeutet, aber es war keins. Es war ein Weibchen. Wir banden sie im Transporter fest, und ich mußte zugucken, wie sie an den Fesseln zerrte. Ich weiß nicht, es ist irgendwie anders. Aus der Nähe ist es irgendwie anders. Ich hatte es mir anders gedacht. Ich hatte gedacht, aus der Nähe könnte man den Unterschied leicht sehen, konnte man aber nicht. Sie sah nämlich genauso aus wie wir. Aber irgendwie auch sehr schön. Und deswegen irgendwie anders. Und Mr. Bone sagt, man muß aufpassen, wenn man so was denkt, denn daß sie aussehen wie wir, das ist nur Tarnung. Darum ist Edie so wichtig, sagt Mr. Bone, weil ohne Sucher würden wir ja nie wissen, wen wir fangen sollen. Und heute haben wir eine lebendig gefangen.

Heute haben wir sechs gefangen. Und alle sind wahnsinnig gut drauf. Ich weiß bloß nicht, was mit mir los ist. Ich muß immer an die von gestern denken, die wir am Leben gelassen haben, das Weibchen. Warum fangen wir sie eigentlich? Keiner weiß es. Ich hab Mr. Bone gefragt, der ist der Boß, und der weiß es auch nicht. Ich hab Toppis gefragt, der sagt, wir machens wegen des Geldes, und ich hab Shiva gefragt, und die sagt, wir machens, damit wir sie umlegen können. Und ich hab Edie gefragt, und Edie hat nicht geantwortet. Und dann hat Mr. Bone gesagt, so was dürfte man nie fragen, das ist ne dumme Frage, da kann man genauso gut den Mond fragen, wieso er jede Nacht wieder aufgeht. Wir fangen sie einfach und gut. Und heut nacht haben wir sechs gefangen. Und dann mußte ich wieder an Wesley denken, wieso er verlorengehen wollte.

Heut nacht haben wir zwei gefangen. Ziemlich gut. Ziemlich schlecht. Weiß nicht. Ich denk an das Mädchen, ich meine das Weibchen. Und ich denk über Wesley nach und über den Job und so. Es gibt nur zwei Arten auszusteigen, sagt Shiva. Sterben oder Verlorengehen. Und natürlich findet sie, Sterben ist die bessere Art, der einzige Weg, weil Verlorengehen heißt, man geht eines Nachts einfach weg, weg vom Wagen, weg vom Team, und dann wird man einer von ihnen, einer von den Verlorenen da draußen, und wandert immerzu herum. Wandert, bis man gefangen wird. Als ich anfing, von Wesley zu reden, hat sie sich einfach weggedreht und an ihrer Kanone rumgefummelt. Also hab ich gewartet, bis es ruhig war, und hab Mr. Bone gefragt, und er hat gesagt, darüber sollte man nicht nachdenken. Aber Wesley ist doch verlorengegangen, sag ich. Ja, Wesley ist verlorengegangen, und Mr. Bone guckt ganz komisch. Aber er wird zurückkommen, sagt er. Und ich frage, was das heißen soll. Und er sagt, so wie Edie zurückgekommen ist.

Heut haben wir einen gefangen, oder warens zwei? Weiß nicht mehr.

Heut nacht haben wir ein paar gefangen. Glaub ich jedenfalls. Ich kann einfach nicht aufhören, Edie anzustarren, jetzt, wo ich weiß, daß sie verlorengegangen und dann zurückgekommen ist, und jetzt ist sie Sucher und kann die Verlorenen ganz leicht aufspüren. Vielleicht muß man erst verlorengehen, wenn man die Verlorenen aufspüren, wenn man ein Sucher werden will. Vielleicht wars das, was Mr. Bone meinte: Man muß zum Sucher geboren sein; weil, zum Verlorengehen muß man bestimmt geboren sein. Und ich hab Schiß, Schiß, daß ich so geboren bin, das Verloren gehen in mir drin, und daß ich eines Tages einfach so weggehe.

Heut nacht haben wir was gefangen. Was wars bloß? Das ganze Team hat vom Fangen einen Schaden gekriegt. Das ist nämlich der Alptraum: Man fängt einen Verlorenen, und der will nicht zurückkommen. Nicht so wie Edie, die kam mit Spürsinn zurück, nein, er ging total wütend auf uns los. Das muß Wesley sein. Es muß Wesley sein, den wir gefangen haben, aber Mr. Bone sagt keinen Ton, und Edie ist kurz vorm Ausrasten, und Shiva putzt stundenlang ihre Kanone, und Toppits redet nicht mal mehr übers Geld, so schlimm ist es. Aber wir mußten unseren Job machen. Haben wir auch. Wir sind raus, wir haben ihn gefangen, wir haben ihn erledigt, ich hab ihn zum Wagen zurück geschleift und ihm die Haut abgezogen. Wir mußten unseren Job machen.

Heut nacht haben wir zweieinhalb gefangen. Wir warn ziemlich gut, und alle sind gut drauf, weil noch niemand einen Halben gefangen hat. Es ist nicht wirklich ein Halber, wir nennen sie bloß so, wenn sie gerade am Verwandeln sind. Gibst jedenfalls sehr selten, und jetzt kriegen wir ganz bestimmt den Bonus. Und alle sagen, ich war ganz toll, sogar Toppits, weil ich den Halben mitgefangen habe. Ist der erste, den ich jemals gefangen habe, und dann noch so was Besonderes. Und dann sind wir durch die Nacht geschwebt, und wir haben alle gesungen.

Crawl Town

Der alte Tom Sharpsaw erzählte immer, daß niemand Crawl je verlassen würde, und deshalb sei der Friedhof so voll. Und deshalb würden die Grabsteine sich so aneinander reiben. Deshalb sei der Boden so verdorrt. Deshalb sei die Siedlung so verrottet. Deshalb sei das Essen so schlecht. Deshalb hielten die Busse immer am Straßenrand. Deshalb hätten wir keine Fußballmannschaft. Deshalb seien immer alle Fensterscheiben kaputt. Deshalb gingen die Straßen im Kreis und träfen sich in der Mitte wieder. Deshalb schiene die Sonne wie das Licht im Kühlschrank und der Regen rausche herab wie die Klospülung. Deshalb trügen wir Mädchen alle Trainingsanzüge aus Sackleinen. Deshalb stünden in der Stadtbibliothek alle Stadtpläne im Aufklärungsregal. Deshalb hat die Rathausuhr nur einen Zeiger und sieben Ziffern. Und geht rückwärts. Deshalb, sagte er. Deshalb, deshalb.

Der alte Tom wohnte im Dachgeschoß vom Palast des Verschwindens. So hieß die Spielhalle neben dem Friedhof. Der Weg dorthin führte über die umgefallenen Grabsteine, das nannten wir Totenkopfsteinpflaster. Wir Kinder hingen ziemlich oft im Palast des Verschwindens rum, wo konnte man sonst schon hin, außer in die Fabrik, und die war zu gut bewacht. Man konnte an sechs Automaten spielen. Eigentlich nur fünf, einer war nämlich nur für Erwachsene. Das war der berühmte Intravenus-Automat.

Soviel zur aufregenden Freizeitgestaltung in Crawl: Man konnte drüber nachsinnen, was das schöne Intravenus-Mädchen wohl anstellte. Wir nahmen einfach an, daß die Maschine weiblich sei, das hatten wir im Gefühl.

Crawl. Ein komischer Name für eine Stadt, aber wenn ihr ein paarmal ins Klo gegriffen habt und vom Weg abgekommen seid und eines Tages hier auflauft, dann wißt ihr schon, wo der Name herkommt. Crawl liegt irgendwo nördlich von Manchester, das lernen wir jedenfalls in der Schule. Ich sage euch jetzt jedoch nicht, wo genau, sonst kommt ihr noch in Versuchung. Ich jedenfalls wurde hier geboren, das ist meine Entschuldigung. Wenn ich »geboren« sage heißt das: Hier wird natürlich niemand tatsächlich geboren – man wacht einfach eines Morgens auf und ist da, allein in einem fremden Bett, kann nirgendwo hin, und dann merkt man, ach du Scheiße, ich habe schon mein ganzes Leben hier verbracht, was jetzt? Aber, wie Tom sagt, Flucht steht nicht im Wörterbuch. Glaubt es mir, ich habe nachgesehen.

Die Automaten im Palast des Verschwindens ließen sich nur mit altem Geld füttern. Man ging also zum Wechselschalter, gab dort sein Taschengeld ab, und Tom händigte einem eine Handvoll antiker Münzen aus. Die meisten zeigten den Kopf eines Königs auf einer Seite, Charles III. oder so. Und fast alle wiesen Bißspuren auf. Bei manchen saßen die Bißspuren so tief im weichen Metall, daß die Automaten sie nicht mehr annahmen. Und für den Intravenus-Automaten brauchte man eine ganz spezielle Münze, die wir nie zu sehen bekamen. Tom bewahrte sie in einer Kiste hinter der Theke auf. Und er saß den ganzen Tag da, las seine Zeitung und schaute uns Kindern beim Spielen zu. Ab und zu murmelte er was vor sich hin, daß es mit der Welt abwärts ginge, ich meine natürlich, mit der Stadt.

Die *Crawl Gazette* war vier Seiten dünn. Sie erschien einmal im Monat. Es waren immer vier Seiten, auch wenn es gar nicht genug Nachrichten oder Anzeigen für vier Seiten gab; dann blieben einfach ein paar Spalten leer. Manchmal blieben auch ganze Seiten leer. Es gab eine berühmte Ausgabe, wo die ganze Zeitung bis auf die Titelzeile leer war. Wenn es etwas zu berichten gab, dann normalerweise von der Überfüllung des Friedhofs oder die Kampagne zur Abschaffung des Intravenus-Automaten. Manchmal gab es auch Neuigkeiten über das jüngste Produkt der Fabrik. Nur deswegen las ich das Blatt: um zu erfahren, was uns die Fabrik diesen Monat gegeben hatte. Sie gab uns immer eine Sache pro Monat.

Tom Sharpsaw besaß einen Roboter, der ihm im Palast des Verschwindens zur Hand ging. Es war ein spinnenartiges Teil, dem schon zweieinhalb Beine fehlten, mit einem einzigen Glubschauge, das oft von einer seltsamen Flüssigkeit getrübt war. Manchmal ragte aus seinem runden Körper eine lange Nadel hervor. Diese steckte es in eine Steckdose. Der Roboter hieß Ibis. Tom sagte, das sei die Abkürzung von Informations-Beschaffungs-System, aber wo das zweite I herkommt, weiß ich auch nicht. Er hatte Ibis aus der Bibliothek gestohlen, das heißt, mit dem Roboter war nicht viel los, er konnte höchstens überprüfen, wer wieviel an welchem Automaten gespielt hatte.

Behauptete Tom jedenfalls, aber wir vermuteten, daß er noch eine ganze Menge mehr draufhatte, zum Beispiel den Zugangscode zum Intravenus-Automaten.

Tom hatte so seine eigenen Ansichten zum Thema Klauen: Er betrachtete es nicht als Vergehen, weil ja jeder wußte, daß er es gewesen war. Das meiste, was er klaute, war sowieso nutzloses Zeug, und niemand wollte es zurück. Wie ich schon sagte, fehlte ein Zeiger der Uhr und einige Ziffern. Und? Wer brauchte in Crawl schon eine Uhr? Wofür sollte man pünktlich sein? Tom hatte also nur seine Bürgerpflicht getan; der lange dünne Zeiger wurde in seinem Garten hinter dem Palast eingegraben, damit

Kletterpflanzen sich daran emporranken konnten. Aus einigen der Ziffern machte er Möbel, die Zwei beispielsweise wurde mit Beinen versehen zu einem Eßtisch. Aber die meisten Sachen, die er klaute, verwendete er fürs Weiterbauen der Spielautomaten; die Ziffer vier diente als Sockel für den ButterflyCircle-Automaten. Die Automaten wurden nie fertig, es gab immer noch etwas hinzuzufügen.

Ihr könnt euch vorstellen, warum Tom der einzige Erwachsene war, mit dem ich öfter mal redete. Er erzählte ziemlich verrückte Geschichten und besaß diese tollen Spielautomaten und überhaupt. Und manchmal nahm er mich auf eine seiner Einbruchstouren mit und brachte mir einige dunkle Geheimnisse des gewaltsamen Eindringens bei. Manchmal durfte ich ihm auch helfen, neue Teile an den Automaten zu installieren, das machte natürlich am meisten Spaß. Aber vor allem mochte ich ihn, weil er der einzige war, der je davon sprach, dem Klammergriff der Stadt zu entkommen.

Das war zwar nur Gerede, aber wenn schon.

Ibis war aus der Fabrik gekommen. Wenn etwas aus der Fabrik kommt, müssen wir erst einmal entscheiden, wofür es gut ist. Das passiert im Rathaus. Manchmal finden sie partout keinen Sinn und Zweck für das Ding. Bei Ibis war es ziemlich offensichtlich, wegen der Beine und des Auges und des Computers. Deswegen wurde er der Bibliothek zur Verfügung gestellt. Natürlich nur, bis Tom ihn klaute. Ich habe ihm dabei geholfen. Da hatte der Roboter schon zweieinhalb Beine weniger – niemand vermißte ihn. Man muß sich die Bibliothek von Crawl nur mal anschauen, dann sieht man gleich, daß die kein Informations-Beschaffungs-System brauchte: Es gab einfach nicht genug Informationen zu beschaffen. Das Ganze war eigentlich bloß eine Art Hütte. Klein, schäbig, aus Holzbrettern gebaut, kurz vorm Einstürzen. So klein, daß sie höchstens hundert Bücher da drin gehabt haben können. Tom meinte sowieso, ein Buch sei genug für ein ganzes Leben, vor allem, wenn man es auf seine spezielle Art lese.

»Was meinst du damit?« fragte ich ihn. »Was für eine spezielle Art?«

»Jeden Tag ein Wort«, lautete seine Antwort.

»Jeden Tag ein Wort? Und das soll ein Leben lang dauern? Glaube ich nicht.«

»Probier es aus, Mädchen. Wie ist dein Einsatz?«

Tom Sharpsaw hatte auf seinen Regalen im Palast des Verschwindens eine ganze Menge Bücher stehen. Jedenfalls mehr als die Bibliothek. Das Besondere daran war: Tom hatte die Bücher alle selbst geschrieben. Wir wetteten also: Ich sagte, wenn man jeden Tag ein Wort eines Buches lesen würde, brauchte man nicht sein ganzes Leben lang dafür, und er hielt dagegen, doch, das brauche man. Er war so siegessicher, daß er mir die Wahl des Buches überließ, an dem wir die Theorie überprüfen wollten. Also schaute ich sie mir alle an: unfertige Romane, Bauanleitungen, Wörterbücher der Illusionen, ein zensierter Atlas der Welt, Gedichtsammlungen. Ich suchte mir natürlich den Atlas aus, denn das waren ja schließlich nur Karten.

»Da sind jede Menge Wörter drin«, sagte Tom.

»Echt? Wo?«

»Ortsnamen. Hier, ganz hinten. Tausende.«

»Okay. Ich nehme einen Gedichtband.«

Ich griff mir ein zerfleddertes Taschenbuch, ein dünner Band im Selbstverlag mit dem Titel *Die Versilberung*. Der Autor war Zenith O'Clock, eines der Pseudonyme, die Tom bisweilen verwendete. Ich blätterte das Buch rasch durch: Es waren nur dreißig Seiten, sechsundzwanzig davon mit Gedichten bedruckt. Wenn man genauer hinsah, waren es gar keine Gedichte, eher eine Kurzgeschichte, die mit vielen Leerzeilen und wenigen Wörtern pro Seite auf dreißig Seiten gestreckt war.

»Lesen wir das ganze Buch?» fragte ich. »Auch das am Anfang, Inhaltsverzeichnis und so? Oder nur die Gedichte selbst?«

»Nur die Gedichte«, antwortete Tom.

»Was ist los? Willst du nicht gewinnen oder was?«

»Lies einfach die Worte, jedes einzeln.«

»Okay, mach ich. Du wirst schon sehen, wie viele Tage ich brauche.«

»Fang an.«

»Okay, los geht's.«

Ich las das erste Wort vor: »Möglicherweise ...«

Das Problem ist klar, oder? Ich erzähle diese Geschichte mit dem Gedichtband, damit ihr einen Eindruck davon kriegt, wie Tom Sharpsaws Verstand arbeitet. Ich konnte ja das nächste Wort, »könnte«, erst am nächsten Tag lesen. Und dann mußte ich jeden Tag zum Palast gehen, bloß um das nächste Wort zu lesen. Ich kam nur bis zum Vorlesen folgenden Satzanfanges: »Möglicherweise könnte man sagen, daß eines Abends, spät in ferner Zukunft, alle Spiegel der Welt ...«, wofür ich fünfzehn Tage brauchte, und danach hatte ich einfach jede Lust verloren.

Bis heute bin ich mir nicht sicher, ob ich diese Wette nun gewonnen oder verloren habe. Auf jeden Fall mußte keiner von uns seinen Einsatz zahlen.

Tom Sharpsaw hatte also einen Verstand wie die Straßen in Crawl: Er traf einen in der Mitte eines Gedankens, aber aus der entgegengesetzten Richtung, wenn ihr versteht, was ich meine. Am besten kann man ihn durch die Maschinen beschreiben, die er baute. Er baute diese seltsamen Konstruktionen aus allem, was er in die Finger bekam, auch aus manchen Produkten der Fabrik. Dinge, die andere Menschen für absolut nutzlos hielten, wurden bei ihm zu verwirrenden Spielen zusammengesetzt. Ich nenne sie Spiele, aber man konnte eigentlich nicht recht erkennen, wie sie gespielt werden sollten. Man mußte sich in ihnen zurechtfinden, ihre Geheimnisse beim Spielen entschlüsseln. Ich vermute, das Ziel des Spiels bestand eigentlich immer darin, herauszufinden, wie es gespielt wurde.

Und ich schätze, die Fabrik funktioniert genauso. Manchmal liefen wir hin, standen am Außenzaun und schauten, ob irgendwas hergestellt würde. Wurde es natürlich nie. Niemand hat je gesehen, wie die Fabrik etwas ausgeliefert hat; die Produkte lagen einfach irgendwann auf dieser Spezialplattform, dem einzigen Teil des gesamten Geländes, den wir überhaupt anfassen konnten. Der ganze Rest des Zauns war elektrisch geladen. Zwischen den Zäunen liefen Wachroboter auf und ab.

Die Fabrik schützte sich selbst.

Da stand sie, in sicherer Entfernung, abgeschirmt von den drei Zäunen und dem Wassergraben; der Dreh- und Angelpunkt, um den das Städtchen Crawl langsam kreiste. Ein riesiges Bauwerk aus bröckelndem rotem Backstein, auf dem in schmutzigweißen Buchstaben Herkules Mill 1897 geschrieben stand. In der Schule lernten wir, daß vor langer, langer Zeit einmal Menschen darin gearbeitet hätten, bevor alle Arbeitsprozesse automatisiert wurden. Am Ende, hieß es, habe nur noch eine einzige Person den gesamten Komplex gesteuert. Ich fand besonders aufregend, daß diese letzte Aufsichtsperson eine Frau gewesen war, wahrscheinlich, weil ich mich selbst so gut in dieser Rolle sehen konnte: allein durch die gewaltigen Hallen der Fabrik wandernd und ein Heer von Robotern überwachend. Als junges Mädchen hatte ich solche Tagträume, ich sah mich in einem langen, fließenden Ballkleid, ich weiß auch nicht, warum. Ich tanzte darin mit einem gutaussehenden männlichen Roboter.

Niemand weiß, was mit der letzten Aufseherin geschehen ist. Sie muß vor Jahren, vor Jahrhunderten gestorben sein.

Und nun gehen Nacht für Nacht die Lichter der Fabrik an, eins nach dem anderen, und die ganze Stadt lauscht dem Surren der versteckten Maschinen. Tom glaubt, daß sie sich eines Tages in ihren eigenen Prozeßdiagrammen verstrickt hat und keine menschlichen Eingriffe mehr brauchte. Aber sie produziert noch immer und folgt ihren eigenen verdrehten Anweisungen …

Das Beste war, daß ich einmal erlebt habe, wie die Fabrik

etwas auslieferte. Nein, das stimmt natürlich nicht. Ich war nur einmal diejenige, die ein Produkt auf der Lieferplattform fand. Ich habe nicht gesehen, wie es dahin kam, niemand bekommt das zu sehen. Ich kam bloß eines frühen Morgens herunter zur Fabrik, und da lag es, dieses … Ding. Es war ein flacher kreisförmiger Gegenstand aus Kunststoff von ungefähr dreißig Zentimeter Durchmesser. Auf beiden Seiten war eine spiralförmige Rille in den Kunststoff geritzt. Im mittleren Bereich klebte ein Papieretikett, auf dem etwas geschrieben stand. Ich las, daß der Gegenstand *Pixelkids Come Out Tonight* hieß und von jemandem namens Janus Fontaine hergestellt worden war. Ich wußte nicht, was es war, aber anstatt es zum Rathaus zu bringen und dort registrieren zu lassen, schleppte ich es zum Palast und zeigte es Tom. Er war genau so ratlos wie ich und sagte, das müsse er sich in Ruhe ansehen.

Ich hatte das Produkt nach einiger Zeit schon ganz vergessen, weil ich von Tom nie wieder etwas darüber gehört hatte. Aber etwa sechs Monate später fand ich das Ding plötzlich als Bestandteil des SharkMagnet-Automaten wieder. Tom hatte die Scheibe so eingebaut, daß sie sich drehte und die Rille dabei einen winzigen Diamantsplitter berührte, den er aus einem gestohlenen Halsband gebrochen hatte. Und das machte ein Geräusch! Die rotierende Scheiben machte ein Geräusch, ich glaube, so eine Art Musik, aber ganz anders als alles, was ich bisher gehört hatte.

Da habt ihr's: Auf der einen Seite die Fabrik, die diese seltsamen Produkte herstellte, die kaum Gebrauchswert besaßen, bis man ihren Code knackte. Auf der anderen Seite der alte Tom Sharpsaw, der seine verlorenen Tage damit füllte, verdrehte, unkontrollierbare Automaten zu konstruieren. Sie spiegelten einander wider.

Zum Beispiel das SnakeLoop-Spiel, das er erfunden hatte: lauter Metallröhren, die sich umeinander wanden und manchmal Wolken von grünem Rauch ausstießen. Dabei mußte man zuerst mal herausfinden, wie man den Automaten einschaltete, weil das nämlich jedesmal anders funktionierte, wenn man sein Geld in den Schlitz geworfen hatte. Und glaubte man dann eines Tages, man habe jetzt aber das Einschalten raus, und man hatte alle grünen Wolken mit der dazu gehörenden Parfümkanone heruntergeholt, was entdeckte man dann? Daß das Einschalten noch gar nicht das Einschalten gewesen war. Daß das Einschalten nur den Öffnungsmechanismus in Gang setzte, der aus den Wolken bestand. Erst wenn man die Wolken in einer bestimmten Reihenfolge erledigt hatte, startete man den SnakeLoop-Automaten. Erst dann konnte man richtig anfangen, das Spiel zu spielen, und das hatte überhaupt nichts mit Wolkenabschießen zu tun, viel mehr mit Schlangen und Schleifen und dem Rhythmus des Herzens und dem Schatten des Auges... Tja, das ist Fabrik. Tom hängt auch in der Schleife; so wie wir alle. Und deshalb wird niemand Crawl jemals verlassen, und deshalb ist der verdammte Friedhof so überfüllt. Und vielleicht finden wir eines Tages heraus, was die Fabrik wirklich produziert. Das Große Produkt, so nennt es Tom. Denn all diese Dinge, die sie uns schenkt, sind nur Nebenprodukte, glauben zumindest die Experten; Fehlproduktionen zum Beispiel oder mißlungene Experimente. Tom glaubt allerdings etwas anderes: daß die Fabrik uns diese Produkte gibt, damit wir den Prozeß zum Abschluß bringen. Und wenn wir jemals herausfinden sollten, was das Endprodukt ist, wer weiß, vielleicht können wir dann ja hier raus...

Es macht mir schon angst, bloß daran zu denken.

Tom hatte also fünf Automaten gebaut: den SnakeLoop, den ButterflyCircle, den PlagueCircus, den SharkMagnet und den LiquidTiger-Automaten. Und wie ich schon sagte, sie wuchsen alle mit den Jahren immer weiter, und in den meisten steckten hier und da irgendwelche Kleinigkeiten, die aus der Fabrik stammten. Beim Intravenus-Automaten jedoch war es anders: der war ein fertiges Produkt. Das ganze Ding war so, wie es war, aus der Fabrik gekommen, voll gebrauchsfertig. Das einzige Problem bestand darin, daß niemand den Sinn und Zweck entdecken konnte.

Die Form half einem da auch nicht unbedingt weiter: Das Ding wirkte wie eine makellose Kugel aus irgendeinem glänzenden Metall. Wenn man dagegen klopfte, klang es hohl und voller Widerhall, aber anscheinend konnte man das Ding nirgendwo öffnen. Zwei kleine kreisförmige Löcher, im Winkel von neunzig Grad, ließen einen Blick ins Innere zu: Es war raucherfüllt und roch nach Asche. Mit zwei Metern Durchmesser war die Kugel sicherlich eines der größten Produkte überhaupt, aber das mußte nichts heißen: Die kleinsten Gegenstände stellten sich oft als die nützlichsten heraus, wie zum Beispiel die Vogelschuhe, die sich großer Nachfrage erfreuten. Aber was sollte man mit der Intravenus anfangen? Eine große, hohle Kugel mit zwei Löchern drin, das war's. Sie wurde zum Rathaus gerollt, wo alle Fabrikprodukte angemeldet werden sollten.

Natürlich hieß sie damals noch nicht Intravenus-Automat, sie hatte gar keinen Namen. Aber dann kam Tom Sharpsaw vorbei. Er stattete dem Hof des Rathauses, wo alle nutzlosen Objekte aufbewahrt wurden, einen nächtlichen Besuch ab – und schon hatte der seltsame neue Automat ein neues Zuhause im Palast des Verschwindens gefunden.

Natürlich wußte auch Tom anfangs nicht, wozu die Kugel gut sein sollte, aber dann fing er an, daran herumzuwerkeln, und jetzt kommt, glaube ich, der Roboter Ibis ins Spiel. Höchstwahrscheinlich hat Ibis den geheimen Code des Automaten geknackt, denn alle Fabrikprodukte sind auf irgendeine seltsame Weise miteinander verbunden.

Wir kennen bloß diese Weise nicht, die seltsame.

Tom Sharpsaw mußte dann nur noch aus dem geheimen Code einen Münzbetrieb basteln, der natürlich nur mit der Spezialmünze in Gang gesetzt werden kann. Und schon war die Hauptattraktion des Palastes fertig. Er malte die Kugel schwarz an und schrieb in geschwungenen roten Buchstaben *Intravenus* darauf. Er gab ihr diesen Namen erst, als er herausgefunden hatte, wofür sie diente, und deshalb waren wir Kids natürlich total scharf drauf, sie mal auszuprobieren. Ich war ein bißchen sauer auf ihn, weil er mich nicht hatte mithelfen lassen beim Basteln. Das fand ich unfair. Ich hatte gehofft, zumindest als erste an die Maschine gelassen zu werden. Aber dann malte er auch noch Nur für Erwachsene darauf. Das war das erste Mal, daß man so was in Crawl zu sehen bekam. Und Tom war sehr streng mit dieser Regel, also spielten bloß ein paar Männer aus der Stadt auf der Intravenus. Nicht nur Männer: Ein paar Frauen fingen auch damit an. Sie starrten durch eins der Löcher, und durch das andere Loch fiel ein Lichtstrahl aus einer Lampe, die Tom dort angebracht hatte. Wir konnten uns einfach nicht vorstellen, was sie dort zu sehen kriegten. Nicht alle waren jedoch von der Aufstellung dieses Spielautomaten begeistert; schon bald riefen einige der älteren und konservativen Mitbürger der Stadt Crawl eine Kampagne ins Leben, die forderte, den Intravenus-Automaten abzuschalten oder gar zu zerstören. Das machte uns natürlich noch neugieriger. Wir löcherten die Spieler, wenn sie aus dem Palast kamen, was sie gesehen hätten, was passiert sei, wie es gewesen sei, was das Geheimnis sei? Bitte, bitte, bettelten wir, bitte, verratet uns, was dahintersteckt. Aber niemand tat es. Sie verließen den Palast des Verschwindens mit abwesendem Gesichtsausdruck, als ob sie betrunken wären oder so. Fast alle, die an dem Automaten gespielt hatten, versammelten sich am Außenzaun der Fabrik und starrten das Gebäude an. Wie einen Tempel. Wir wurden schließlich so neugierig, daß ein paar von uns beschlossen, sich im Hinterzimmer zu verstecken, wenn Tom abends den Palast abschloß.

Außer mir waren das Bobby, Janet und Flo.

Bobby machte noch einen Rückzieher – ich glaube, er hatte zu viel Schiß. Also blieben nur wir drei Mädels übrig. Was uns an dem Automaten reizte, war nicht sosehr die »Nur für Erwachsene«-Regel; es war vor allem der Name: Wir wollten uns natürlich alle irgendwann mal verlieben. Worauf kann man in einer Stadt namens Crawl sonst schon hoffen? Wir quetschten uns also in die kleine Rumpelkammer, wo die ganzen Dinge um uns herumstanden, für die Tom Sharpsaw noch keine Verwendung gefunden hatte. Es war dunkel, es war unheimlich, und was noch schlimmer war, ich fühlte mich irgendwie schuldig Tom gegenüber, weil ich ihn so mies hintergehen wollte, nach allem, was er mir beigebracht hatte. Ich beabsichtigte das Können, das ich von ihm hatte, gegen ihn einzusetzen. Ich konnte also gar nicht anders als mich beschissen fühlen.

Aber das Intravenus Girl rief nach uns, und alles andere war egal.

Tom wohnte in ein paar kleinen Zimmern über dem Palast. Wir mußten einige Stunden ausharren, bis oben alles ruhig und kein Lichtfünkchen mehr zu sehen war. Und dann warteten wir noch ein bißchen, um ganz sicherzugehen. Anschließend schlichen wir hinaus.

Die Kiste mit der Spezialmünze zu finden war ganz einfach. Und bei meinen Diebeskünsten war es noch einfacher, das Schloß zu knacken. Da lag die Münze! Wie sie glitzerte, ganz anders als die normalen Münzen. Diese war blank und glänzend, ohne hungrige Beißspuren. Frisch geprägt – aber wie konnte das sein, wo doch der Kopf einer Königin darauf war. Elisabeth II. Wie lange war das denn her? Das wußte keine von uns. Wir hatten natürlich einen Plan. Flo würde Wache stehen, Janet mir beim Automaten helfen und ich als Erste durch das Loch schauen, ich hatte ja schließlich auch den Schlüssel geklaut. Tom hatte die Kugel mit Drahtseilen an die Decke gehängt, damit die Öffnungen auf Augenhöhe waren. Das war für uns Mädchen natürlich zu hoch, also mußte ich mich auf einen Stuhl stellen. Janet hielt den Stuhl fest, ich kletterte drauf, und dann sagte ich ihr, sie solle die Münze in den Schlitz werfen. Das tat sie auch, und der Lichtstrahl schoß durch das eine Loch, während ich nervös und vorsichtig mein Auge an das andere Loch drückte. Und dann sah ich ins Innere der Venus.

Zuerst war alles voller Nebel, wirbelnde Dunkelheit, vom Lichtstrahl zerschnitten. Dann prallte der Strahl von der Innenfläche ab, wurde zurückgeworfen, traf sich selbst, und wo er sich selbst traf, zweigte ein weiterer Strahl ab. In wenigen Sekunden war das ganze Innere der Kugel von kreuz und quer schießenden Lichtstrahlen durchzogen. Es waren so viele, daß sie sich in spektraler Umarmung trafen: In der Mitte verschmolz das Licht zu Farben.

Und in den Farben begann sich ein Bild zu entwickeln, formte sich zu einem Gesicht. Ein Gesicht, das ich schon gesehen hatte, in einem Bilderbuch in der Schule. Die letzte Aufseherin! Sie versuchte, zu mir zu sprechen… Da hörte ich Flo von der Tür rufen, und ich dachte, Tom muß irgendwie wach geworden sein, vielleicht hat er ein Geräusch gehört, oder er hat den Lichtstrahl bemerkt. Und dann fing Janet an zu schreien und zerrte mich vom Stuhl. Ich lag auf dem Boden, Janet neben mir, Flo rannte zu uns rüber. Plötzlich sah ich Ibis, den Roboter, der sich auf seinen verbliebenen dünnen Beinchen aufrichtete und mit seiner elektrischen Nadel auf meinen Körper einstach, und dann fing ich auch an zu schreien, vor allem, als ich Tom Sharpsaw sah, der sich über mich beugte und fürchterlich wütend den Kopf schüttelte…

Das fällt mir jetzt alles wieder ein, weil Tom Sharpsaw vor kurzem gestorben ist. Er hat es nie geschafft, aus der Stadt herauszukommen, und jetzt ist ein neuer Mieter auf dem Friedhof. Nach dem Vorfall, von dem ich gerade erzählt habe, verloren wir uns aus den Augen, und kurze Zeit später schloß der Palast des Verschwindens für immer seine Tore. Tom schloß sich mehr oder weniger darin ein, kam nur heraus, um sich was zu essen zu besorgen oder um ab und zu etwas zu klauen. Irgendwann hörte auch das auf, und wir sahen kaum noch was von ihm.

Und vorbei war es mit dem Intravenus-Spiel.

Ich ging zur Beerdigung, ich weiß selbst nicht genau, wieso. Ich war die einzige. Natürlich hatte er mir als Kind sehr viel bedeutet, und natürlich wurde mein Leben ohne ihn ziemlich langweilig. Ich arbeite inzwischen für die Stadtverwaltung, ich verwalte die Fabrikprodukte. Davon hatte ich als Kind bestimmt nicht geträumt. Aber immerhin wissen wir heute vielmehr über die Fabrik, über den geheimnisvollen vierten Zaun, der in unserem Denken existiert. Ich glaube, das Zusammensein mit Tom war so eine Art Flucht; ja, wahrscheinlich. Als ich auf den regennassen Grabsteinen stand, mußte ich hinübersehen zum Palast des Verschwindens, der die letzten dünnen Sonnenstrahlen verdunkelte. Das Gebäude war in einem grauenhaften Zustand: die Fenster verrammelt, das Dach durchlöchert, ein paar Vögel flogen ein und aus, das Ganze mit Spinnweben behangen.

Was soll ich sagen? Es war ganz einfach, das Türschloß zu knacken. Manche Tricks verlernt man nie. Als ich die Tür aufmachte, hatte ich das Gefühl, ich würde zwanzig Jahre zurückspringen, aber was ich dann sah, versetzte mir einen ziemlichen Schock. Die ganze Spielhalle war von den Automaten erobert worden. Ich konnte gar nicht mehr erkennen, wie viele es waren, denn Tom hatte sie anscheinend nach und nach alle miteinander verbunden und eine riesige Maschine konstruiert. Ein Spiel jenseits aller Regeln – ich konnte nur staunen und mich fragen, wieviel Einsamkeit nötig gewesen war, dieses Monster zu erschaffen. Ich schaltete das Licht an. Zum Glück gab es noch Strom. Und dann stand ich schweigend und mit offenem Mund da und schaute. Der ganze Raum war vom Spiel erfüllt. Röhren und Kabel sprossen scheinbar zufällig in alle Richtungen; Räder warteten darauf, sich zu drehen; Keilriemen spannten sich um Zahnräder und Rollen; Hebel waren angesetzt; Kreisel balancierten auf dem Horizont. Und dann, genau im Zentrum, die aufgehängte Kugel der Intravenus.

Ich erinnerte mich an Toms Worte über das Große Produkt, daß wir alle der Stadt entfliehen könnten, wenn wir der Fabrik helfen würden, dieses herzustellen.

War dies das Große Fluchtspiel?

Ein plötzliches Geräusch erschreckte mich. Irgend etwas huschte hinter einem Teil des Automaten hervor. Es war Ibis, der Roboter. Ich bemerkte, daß er nur noch drei Beine hatte. Er stand ein wenig unbeholfen auf diesem Dreifuß und sah mich erwartungsvoll an. Also ging ich zum Tresen und fand dort die Münzkiste. Zum zweiten Mal in meinem Leben knackte ich das Schloß. Da lag die Spezialmünze und wartete auf mich, mit einem Zettel daran. Darauf stand: »Los geht's, Mädchen.«

Es gab keinen eindeutigen Weg zum Intravenus-Automaten, ich mußte über verschiedene Maschinenteile klettern. Diesmal brauchte ich natürlich keinen Stuhl, das Guckloch war genau auf meiner Augenhöhe. Ich war nicht ganz sicher, ob das Spiel jetzt wohl fertig war. Wie ich Tom kannte, würde es nie ganz fertig sein. Vielleicht war das nun meine Aufgabe ...?

Die Münze fiel glatt in den Schacht. Der Lichtstrahl fiel durch das Loch, und um mich herum erwachte die riesige Maschine, die der Palast jetzt war, zu geräuschvollem Leben.

Ich drehte mein Auge auf Zündung.

Orgmente
(Remix)

William Meta Meta III. lieh sich gestern abend künstliche Haare und schmiß eine Funkenparty. *Nur für Roboter!* tönte die Einladung, aber die Super Tele Illunauten schlüpften elegant hinein. Alle, wirklich alle waren da und amüsierten sich sportlich. Maschinen, berühmt oder kokett, traf man mehr oder weniger bekleidet und zerlegt. Die Quietschsauber Gang saute Tisch 9 völlig ein. Lady Swankish, Chefin der kriselnden Baby

Metal GmbH, verlor einige Körperteile im Pudding. (Dunkle Gerüchte rankten sich um DJ Pixel Juice.) Die Abendunterhaltung an den Tischen wurde von einem Newcomer bestritten, einem gewissen Tony Tango, eine Art Illusionist. (Dunkle Gerüchte zu tiefgründig zu schnell.) Er verwandelte Wein in Öl, trunken vor Lachen. Das Lachen wurde mit freundlicher Unterstützung der RoboVaz International zur Verfügung gestellt. (Laßt los! Laßt los!) Jede Menge Gesauge an Vurtfedern, darunter auch eine reizende rosa Feder, die zum sofortigen Ausbruch einer vollautomatischen Orgie führte. (DJ-Hände, bewegt euch, bewegt euch.) Wir können nur vermuten, wie hoch die Rechnung für die Reinigung war! Der großartigste Teil des Abends war jedoch Benji Spikes Vorführung seiner neuesten »Cyborgmente«-Kollektion. Der selbsternannte *avant primitive* hält die Halbwelt in Atem. (Scratchlandschaften.) Junge Models, edelstahlschön, klapperten den Laufsteg ab und strippten im Takt des letzten Lab-Test-Residue-Albums. (DJ-Hände Schallschauer.) Welch ein Anblick! So viel nackter, polierter Chrom – man war geblendet! Ein leuchtender Junge unbekannter Machart hatte sich die Unterlippe mit einem menschlichen Zeigefinger gepierct. (Solch ein Lärm, solches Knistern, solches Schlingern!) Ein anderes Model, ein weiblicher Paradroide, hatte sich ein menschliches Auge – sehend! – mitten in die Zunge einsetzen lassen. Augen und Ohren und Brustwarzen und Nabel, alle gespendet von gut bezahlten Freiwilligen, kontrastierten aufs Wunderbarste mit schimmernden Metallhäuten. (DJ-Hände feuchtes Vinyl.) Wir könnten fortfahren; der beeindruckendste Aspekt der Show war jedoch der fortschrittliche Einsatz der neuen Anti-Verschleiß-Flüssigkeiten. (Schnellfeuer-Fingerübungen.) Die menschlichen Körperteile waren noch am Leben, so gut war die Konservierung! Benji Spike behauptet, sie würden sechs Wochen halten, bevor der Geruch zu unappetitlich wird. Wie wundervoll! (Laßt los! Laßt los!) Aber das Beste zum Schluß: Stellt euch unsere freudige Erregung vor, als wir zwischen den Platinbrüsten einer jungen Roboterin – tatsächlich! – einen geschmackvoll angebrachten, voll ausgefahrenen menschlichen Penis erblickten! (Dunkle Gerüchte zu tiefgründig zu schnell.) Bravo, Monsieur Spike! (DJ-Hände, bewegt euch.) Oh, meine lieben, reizenden Leser, ihr hättet dabei sein müssen!

\\\\\\\ FraktalScratch ///////

\\\\\\\ ///////

\\\\ ////

\ /

DJ-Hände

Dunkle Gerüchte rankten sich um DJ Pixel Juice, ihre Soundlandschaften waren einfach zu tiefgründig, zu schnell scratchte sie sich hindurch. Ihre Hände, hieß es, bewegten sich jenseits der Schallschauer, verwandelten sich im Scheinwerferlicht in Geisterhände. Es mußten einfach mehr als zwei ausgestreckte Hände sein, die solchen Lärm, solches Knistern, solches Schlingern auslösten. Die puren Skills beim Spiel mit den neuen Anti-Verschleiß-Flüssigkeiten. Feuchtes Vinyl wiegte sich im Takt zu ihren Schnellfeuer-Fingerübungen; Matrizenästhetik, Fraktalscratch am Limit (ihr hättet dabei sein müssen) der menschlichen Abmischung. Die Echos der Beats machten noch sechs Wochen die Runde in Clubland. Pixel Juice lockte eine Rekordzahl von Neugierigen zum Magnetic-Field-Wochenend-Rave, wo sie Topact war. Es heißt, das halbe Universum wurde am Eingang abgewiesen (ihr hättet echt dabei sein müssen), sogar die mit Eintrittskarten. Die Schlägertrupp GmbH hatte Bonusalarm gegeben – strikte Einlaßkontrollen, nur für Mitglieder, absolut drogenfrei. Ums Gelände wurden hohe, breite und elektrisch gesicherte Mauern gezogen. Blaue Blitze erleuchteten den Nachthimmel, wenn sich irgendein Loser wieder einen kräftigen Stoß Access-No-Areas durch den Körper gejagt hatte.

Tief in der Nacht, die Musik des Aufwärmsets pulsierte durch die Dunkelheit; draußen an der summenden Schutzwand zog ein Junge etwas Verführerisches aus seiner Umhängetasche und bot es einem Schlägerbabe an. Das Babe ging nicht auf den Deal ein, aber der Junge gab ihr den Schuß auch umsonst. Fünf Minuten später sah sie gestreifte Pinguine, und der Junge begann mit einem Spritzer hochwertiger Vaz sein Vorspiel mit der Schutzwand. Geklautes Polizeimaterial. Sehr glitschig!

Der Junge hieß Marco und war erst sechzehn. Mager, aber lang aufgeschossen, von Kopf bis Fuß in schwarze Seide und einen Hauch von Spitze gekleidet. Er hatte ein gewisses Funkeln in den Augen, in seinen ganzen Bewegungen. Die Menge machte ihm Platz, gab ihm seinen eigenen Raum. Er tanzte nicht, zumindest sah man es nicht; aber sein Geist zuckte zu einem selbstgemachten Beat. Die Nacht war voller Rauch; leuchtendes Purpur, scharf an den Rändern, weich fließend im Zentrum, wo sich die Musik konzentrierte und die Leute bewegten. Und wie sie sich bewegten! Pixel Juice hatte sie in der Hand, ließ sie glitzernd versinken, strahlend wieder auftauchen. Über dem Gelände schwebten auf dem riesigen Bildschirm die Hände der Frau in ihren Handschuhen; verwischte Bewegung, tausendfach vergrößert. Die linke Hand mixt tiefe Baßlinien, die rechte streut die Zeichensetzung des Rhythmus. Sie kommt mit all den alten Sachen, dem Zeug, das man nirgendwo mehr kriegt, den Voodoo Grooves. Die Decks verströmten bei jedem Stich mit der Nadel Farbwellen. Die Hand, die die Nadel setzt, die die Farben bringt, die die Trance erzeugen, die die Menge ausflippen lassen, im Tanz, der die Farben bringt, die die Hände bewegen, die tanzen und die Nadel setzen. Und tief in diesem Rückkopplungsstrudel steht Marco; er tanzt nicht, er wankt nicht. Er hat was Größeres vor. Dies war sein Augenblick, er wußte es.

Die After-Show Party war eher ein Burn-Out: Playboys von Plattenfirmen, Babes aus der Umlaufbahn, die Pressegang, die üblichen Schizos. Das Zelt schwamm in billigem Bier und dem üblen *Hirntod Wodka* Mixgetränk des Sponsors. Die Schlägerfamilie hatte das Zelt umstellt und reichte einen Joint herum. Sie hatten Hunde und ein paar geschmackvolle verborgene Waffen, aber es gab keinen Ärger. Die Parasiten waren zum Geschäftsessen in der Speedkantine. Daß Pixel Juice die Party schon vor Stunden verlassen hatte, kümmerte keinen. DJ Pixel Juice hing nie lange auf solchen Partys herum. Sie gab keine Interviews. Sie war nie bei Preisverleihungen. Keine bekannten Laster, was die Jungs aus der Marketingabteilung schwer ankotzte. Okay, keine Drogen für die Raver, wenn sie meint, aber reich endlich mal das Nasenpulver rüber, ja? Okay, sie ist lesbisch, und? Seit Jahren dieselbe feste Freundin? Hör doch auf. Wo ist die Story? Schnief, schnief.

Und diese Freundin, Molly, ging jetzt Hand in Hand mit Pixel zurück zum Wohnwagen. Drei Uhr morgens, noch nicht hell. Scheinwerfer erleuchteten den Weg. Ein A&R-Typ lag mit dem Gesicht im Schlamm. Dünner Regen fiel. Molly klappte einen kleinen Regenschirm auf. Hinter ihnen, in gebührendem Abstand und leicht angetrunken, hielt ein Juniorschläger die Augen offen. Plötzlich blieb Pixel stehen. Musik war zu hören. Der Wachmann zuckte, griff zur Waffe. Die Musik kam aus Pixels Privatbus. Das war übel, und das war erstaunlich. Der Wagen sollte eigentlich Hochsicherheitszone sein. Es ging ihr nicht um den Bus, der war ihr scheißegal; es ging ums Vinyl: Ihre unbezahlbaren Platten waren da drin. Der Partyschläger torkelte also voran, das Funkgerät auf den Bus gerichtet. Er rief durch seine Knarre Verstärkung; Molly versteckte sich hinter ihrem Schirm. Pixel Juice stand nur da und starrte. Und lauschte. Diese Musik, die da sanft, schnell und funky aus der offenen Bustür schwebte…

Der Spitzenfix für alle Groovejunkies. *Pixelkids Come Out*

Tonight. Der Große Preis. Staub von Engelsflügeln. Oft davon geredet, nie zu Gesicht bekommen. Nie berührt, nie gespielt und ganz bestimmt nie gescratcht in all den Jahren, die Pixel Juice im Geschäft war, und noch länger. Dieser Sound stammte aus der Steinzeit, aus den 1970ern. Vor der Geburt der Welt. Das war besser als ein Cunnilingus von einem Gott der Antike.

Pixel befahl dem Schläger mit einer Handbewegung, einer schwarzen Handschuhbewegung, sich zurückzuhalten. Ihre linke Hand. Mit der Rechten, mit dem gelben Handschuh, öffnete sie die Bustür. Sie ging ganz leicht auf, kein Kratzer, das Schloß noch glitschig und warm. Das Zeug kannte sie: Hochleistungs-Vaz; sie schmierte ihre Platten damit ein, um ihre Oberflächen zu verändern. Jetzt aber hörte sie nur die Musik. Sie folgte ihr ins Innere. Drinnen war es dunkel bis auf das Glitzern der Platte, die sich auf einem ihrer persönlichen Plattenteller drehte. Feuer fing. Es gab mal eine Zeit, da hätte sie für dieses Exemplar getötet. Jetzt sah sie über die Musik hinweg ins Dunkle. Eine Gestalt hing auf ihrer Couch. Lag ausgestreckt, aß anscheinend einen Apfel, sah sehr cool aus und ging alles am Arsch vorbei.

»Hey, Pixel«, sagte die Gestalt gelangweilt. »Wie geht's? Nette Musik, hm?«

»Was willst du dafür haben?«

»Steck dein Geld ein, Pixel. Du weißt, darum geht es nicht.«

»Okay.«

»Und schick den Schläger weg, ja?«

Pixel rief Molly etwas zu, die unruhig an der Tür wartete. Eingeschnappt schlenderte Molly zu dem Wachmann rüber, und die beiden zogen zurück ins Zelt. Pixel kam wieder herein, schloß die Tür hinter sich und machte eine schwache Lampe an. Es war bloß ein Junge, der da lag, und ein ziemlich gutaussehender noch dazu. »Wie heißt du?« fragte sie.

»Nenn mich Marco.«

»Hast du was dagegen…«

»Nur zu.«

Pixel ging zum Deck. Sie drehte die Lautstärke ein bißchen höher. Und dann schwebte ihre linke Hand genau einen Millimeter über der kreisenden Platte. Sie wartete auf den Beat wie die Katze auf die Maus. Jetzt! Die Hand zuckte herab und legte einen eigenen schwarzen Baß darauf.

»Oh!« sang die Gestalt im Scratchtakt. »Ja, das gefällt mir, o ja.«

»Okay.« Pixel mischte es herunter bis auf einen Backbeat, sanft, aber funky. »Was willst du?«

Die Gestalt biß in den Apfel. »Wie machst du das? Das ist alles.«

Wie machst du das? Wie kann man so scratchen? Was steckt unter diesen Handschuhen? Stimmt es, daß du einen Pakt mit dem Teufel geschlossen hast? Worin besteht das Geheimnis? Was ist der Deal? Warum keine Interviews? Was steckt hinter dem Einsamkeitsimage, das du so kultivierst? Wann lächelst du? Warum bist du so distanziert? Wo ist der Geist, der dir alles beigebracht hat? Wie werde ich auch so? Kannst du es mir beibringen? Wieviel kostet es? Immer wieder die gleichen Fragen. Und dieses ganze sauer verdiente Pop-Geheimnis sollte sie wegwerfen, für eine lausige Maxi aus dem letzten Jahrhundert? Schmink dir das ab. Niemals. Und auch wenn dieser Bengel Marco sagt, »Ich hab noch mehr von dem Zeug«, was er natürlich tut, auch dann ... so einfach aufgeben, na ja, vielleicht, nur ein bißchen, fast ...

»Warum willst du es wissen?« fragte die DJ. »Willst du die Story verkaufen?«

»Ich will großartig sein, was sonst.«

»Du bist DJ?«

Der Junge nickte. »Wär ich gern.«

»Da gibt es leichtere Methoden. Wenn du an solche Platten rankommst ...«

»Platten kann ich kriegen. Kein Problem. Aber ich kann nicht… ich weiß einfach nicht, was ich mit ihnen anfangen soll. Ich kann die Leute nicht in Bewegung bringen. Sie *bewegen* sich nicht für mich.«

Pixel Juice nickte. Vielleicht erinnerte sie sich an ihre Angst in diesem Alter; die Angst vor der leeren Tanzfläche. Und an das Verlangen, das sie so weit getrieben hatte, auf der Suche nach dem Geheimnis. Die Opfer, die sie unterwegs gebracht hatte.

»Ich würde alles tun«, sagte der Junge. »Alles.«

Langsam, ganz langsam streifte sich Pixel Juice also den Handschuh ab, den linken Handschuh, den schwarzen. Und ihre Hand glitzerte hart, silbern, stellenweise angelaufen. Das Geräusch, das zarte Surren und Klicken der Fingergelenke, als sie sich ausstreckten, winzige Hebel, lange Finger, länger als eine menschliche Hand. Das Geräusch und der Anblick der enthüllten Hand ließen Marco nach Luft schnappen; vor Bewunderung, nicht vor Überraschung. Bewunderung für den perfekten Mechanismus, nicht Überraschung wegen der Enthüllung, denn er hatte so etwas schon vermutet.

»Du bist ein Roboter.«

»Nein. Nur die Hand. Der Rest ist echt.«

»Kann ich… kann ich sie anfassen?«

Pixel Juice nickte, und der Junge strich über das warme, nachgiebige Metall. »Gute Arbeit«, sagte er. »Sehr gute Arbeit. Muß ordentlich was gekostet haben.«

Pixel Juice nickte, nannte aber keinen Preis.

»Okay…« Marco zog seine Hand zurück. »Das wäre der Baß. Was ist mit der anderen Hand? Der Hochtönerhand?«

Die DJ schüttelte den Kopf. »Nein. Mehr kriegst du nicht.« Sie zog sich schon wieder den Handschuh über. »Danke für die Platte. Geh jetzt.«

»Metallmusik hab ich schon gehört, tausendmal. Das ist nichts im Vergleich zu deinen Fähigkeiten. Da ist noch mehr. Da muß noch mehr sein. Die rechte Hand…«

»Ich habe dich lange genug ertragen, junger Mann. Dieser Bus hat einen Alarmknopf. Ich muß ihn nur drücken.«

»Versuch's doch.«

Pixel versuchte es.

Schweigen, das langsame Grinsen des jungen Mannes, das sagte, na, was ist? Und dann zog er von irgendwo eine Pistole hervor, eine rohe, selbstgemachte Knarre.

»Du willst es nicht wirklich wissen«, antwortete Pixel. »Wirklich nicht. Glaub mir.«

»Laß mich das entscheiden.«

»Es ist eine Frage der Entwicklung. Du bist noch nicht so weit.«

»Nicht so weit? Entwicklung? Ich bin so weit. Ich bin bereit. Ich bin entwickelt.«

»Mit einer Knarre in der Hand?«

»Schlampe.«

Die ganze Nacht hing an diesem Wort, sie hatte nur darauf gewartet, daß es ausgesprochen wurde.

Pixel Juice stürzte zur Tür, aber Marco war schnell auf den Beinen. Es gab ein Handgemenge, und dann hatte sie ihn am Hals gepackt, ganz leicht, ihre Baßhand im schwarzen Handschuh um seinen dünnen weißen Hals. Und der Mechanismus drückte zu, weil sie es wollte, die langen gestreckten Finger folgten ihren Algorithmen.

Und der Junge ... der Junge ... ahh ...

Die Sache ging weiter, als sie eigentlich sollte, vor allem, als der laute Knall in seinem Schädel brannte und ihr Körper an seinem zusammensackte.

Marco ließ die Waffe fallen. Auf seinem Anzug waren Blutflecken. Auf seiner besten Jacke. Apfelsaft und Blut. Pixels linke Hand umklammerte immer noch seine Kehle.

Mit beiden Händen, mit seinen dünnen, weißen Menschenhänden versuchte Marco, die Metallfinger aufzubiegen. Aber sie war noch am Leben, gerade noch lebendig genug, um den Mechanismus zu kontrollieren. Marcos Hände wurden feucht, er rang nach Luft, nach Befreiung, nach einem Ausweg aus einer tollen Nacht, die plötzlich superscheiße lief. Schließlich wurde der Körper der Frau schlaff, die Hand in der schwarzen Hülle öffnete sich leicht und erstarrte dann. Endstellung. Endlich konnte er wieder atmen, wenn auch nur knapp; Marco analysierte die Lage. Er tastete nach seiner alten Coolness, nach der Coolness und dem Feuer, das ihn auf diesen Plan gebracht hatte. Es hätte ganz schnell gehen sollen; rein, die Platte eintauschen, das Geheimnis ergründen, den Deal abklären, raus. Vielleicht ein bißchen drohen, wenn nötig, aber kein Mord.

War sie wirklich tot? Er war nicht sicher. Er blickte an ihrem Körper hinunter, der an seinem Hals hing. Ihre andere Hand, die mit dem gelben Handschuh, hing schlaff herab, die Finger auf dem Boden.

Geräusche von draußen: Klopfen an der Tür, Hämmern, Leute draußen, die redeten, schrien. Die Pistole. Jetzt erst begriff er, daß er geschossen hatte. Das wollte er nicht. Scheiße!

Ein Gesicht drückte sich an die Scheibe. Was hatten sie gesehen?

Marco ließ seinen plötzlich kraftlosen Körper zu Boden gleiten. DJ Pixel Juice lag jetzt auf ihm, auf seinem Schoß. Marco griff nach ihrer rechten Hand. Fast abwesend bemerkte er, daß sie sich noch bewegte, der letzte lebendige Teil ihres Körpers. Mit der dunklen Ahnung, daß er die Sache genausogut zu Ende bringen könnte, begann er, an ihrem Handschuh zu zupfen. Er konnte die Hand darin fühlen, sie war warm und sehr weich, mit einem vibrierendem Puls. Schließlich zog er den Handschuh ab, jeden eng sitzenden Finger einzeln, dann den Rest, endlich.

Spektrales Leuchten. Ihre Hand war ein Regenbogen tausender leuchtender Farben. Aus ihrem Ärmel, aus ihrem *Handgelenk,* pulsierte ein flatterndes Bündel ein lebendiger Wasserfall, aufwärts und in alle Richtungen, die *Form* der Hand bildend. Die Form des Handgelenks, die Form der Handfläche, die Form der Finger, fünf. Die Hand wuchs, dehnte sich, stieg empor, flog, teilte sich, wurde eine Wolke, die in der Luft der Musik folgte.

Der Junge konnte nichts tun als laut nach Luft schnappen.

Die Farben! Die Farben!

Ihre Hand bestand aus Schmetterlingen.

Er schrie, als die Schläger die Tür aufbrachen.

Bass Dust

Also, die fangen diese Käfer, ja, irgendwo in Südamerika. Und dann reißen sie ihnen die Deckflügel ab und mahlen sie ganz ganz fein. Zu Pulver. Sagt der Typ jedenfalls. Das Zeug ist so dunkelrot wie Blut. Und dann streut man dieses Pulver auf die Platte, gutes altes Vinyl natürlich, und dann gibst du der Platte ein paar Nadelstiche mit dem guten alten Diamanten. Und dann geht's ab – Hey, Mr. DJ! Rutsch mir den Club herunter! Ewiger Groove, wie geschmiert, los, tanz, mein Herz, und brich zusammen, bitte, bitte. Ich meine, so einen Baß hast du noch nicht gehört. Wie das Spiegelbild vom Mondbaß im Meer, so tief. Die Leute kriegten einen Orbaßmus auf der Tanzfläche, ich sag's dir. Ehrlich! Und eine kleine Prise von dem Zeug reichte schon, um den Laden fast in die Luft zu jagen, also denk ich mir, Mann, was man mit ein paar Gramm machen könnte. Na, ich kauf dem Typen was ab. Sah komisch aus, der Typ, dünn wie 'n Strich, Wangenknochen so scharf wie 'ne Schere. Und das ist nicht alles: Er holt seine Blättchen raus und baut einen. Na, da hab ich doch nichts dagegen, aber dann rollt er bloß dieses Bass-Dust-Zeug da rein. Nein, ehrlich, ich schwörs dir, so war's! Er nimmt also einen Zug bis ins Kleinhirn, dann reicht er mir die Tüte. Sagt, hier, Kumpel, hör da mal rein. Ich denke, was? *Hör* mal rein, hat er gesagt? Na gut, denk ich, und höre rein. Ich mein, ich rauche mal rein, verstehste! Ganz tief rein, und die

Wolke ist voll in mir drin, die Baßwolke, sie ist in meinen Adern, und auf einmal zuckt dieser beschissene Jazz Funk durch meine Venen. Wär ja nicht so schlimm, aber ich hasse Jazz Funk. Das Problem ist, ich krieg den Track nicht mehr aus dem Kopf, fliegt da drin rum wie ein Käfer, als wärn dem Baß Dust wieder Flügel gewachsen. Und er sagt: Das bleibt da jetzt für immer drin, aber das ist schon okay, du kannst es remixen. Und wie geht das? frag ich. Und er sagt: Oh, da mußt du dir bloß ein bißchen Dub Juice besorgen. Dub Juice? frag ich. Klar, sagt er, ich hab grad welchen dabei. Muß ich also dieses neue Zeug kaufen und schlucken und dann, wow, ich sag dir, ich fühle mich … *like a version, dubbed for the very first time …*

Ereignisse in der Limousine eines Rockstars

Jetzt geht's los. Let's rock! Knacken wir das Baby und reißen es weit auf. Reiß es ein, leg los mit dem Massaker. Niemand hier, nur wir. Fahr los, Hellmobile!

Ja, er wollte allein fahren. Wir haben seine eidesstattliche Erklärung, die Fahrt selber ist auf Videoband aufgezeichnet – inklusive Aufnahmen aus dem Wageninneren – und aus der Luft per Satellit verfolgt worden. Sämtliche Beweismittel können eingesehen werden. Seine verbalen Aussagen während der Fahrt zeigten natürlich eine gespaltene Persönlichkeit, die nicht mit sich im Reinen ist, aber er äußert zu keinem Zeitpunkt irgendwelche Zweifel an seiner freiwilligen Entscheidung, sich dieser Aufgabe zu stellen. Wir haben ihm auch angeboten, das Auto von einem Roboter steuern zu lassen. Das wurde abgelehnt. David Pool war von dem ursprünglichen Unfall so stark emotional betroffen, daß er niemanden (oder nichts) anderes bei der Replikation ans Steuer lassen wollte. Außerdem behauptete er, als Erfinder des umstrittenen Systems Roadmuse sei er besser auf dessen komplexe Algorithmen eingestellt als jede Maschine.

Wir mußten ihm widerstrebend zustimmen.

Es war unbedingt notwendig, daß diese zweite Fahrt der ersten bis ins kleinste Detail glich. Deshalb begann David Pool mit dem Experiment zu exakt der gleichen Zeit – 2 Uhr 15 – und am selben Ort – dem Parkplatz des Burgess Shale Hotels in Manchester. Das Auto war exakt der gleiche Typ (abgesehen von kleinen Modifikationen, die zur Durchführung des Experiments nötig waren) – eine taubenblaue Rolls-Royce Herperus Limousine. Und die Wetterbedingungen, die Verkehrslage (wegen der vorgerückten Stunde glücklicherweise recht ruhig) und andere Umwelteinflüsse der gewählten Nacht würden, so die Voraussage, denen der ersten ganz ähnlich sein.

Wir bereiteten alles fehlerlos vor.

Pools erste Worte auf dem Kommentarband lauten: »Hier fängt alles an.« Dann lacht er, so als sei ihm selbst aufgefallen, wie prätentiös das klang.

Der einzige wirkliche Unterschied zwischen den beiden Fahrten war die Identität der Person in der Limousine. Die konnten wir natürlich nicht beeinflussen, außer dadurch, daß wir verschiedene Gewichte und Bewegungslenker an Pools Kleidung befestigten, die auf Fahrwerk und Schwerpunkt die gleiche Wirkung hervorrufen sollten wie der ursprüngliche Fahrgast: der alternde und ziemlich übergewichtige Rocksänger Lucas Novum.

Wir taten alles Nötige. Außer natürlich, die Behörden von unserem Vorhaben in Kenntnis zu setzen.

Um 2 Uhr 17 bog David Pool vom Hotelparkplatz nach links in die Peter Street ein. Unsere beiden Beobachtungsfahrzeuge folgten in gebührendem Abstand, um den Verlauf und Ausgang des Experiments nicht zu beeinflussen.

Die Informationen aus den Datenbanken des Originalwagens gaben uns – zumindest teilweise – die Vorlage für unsere Fahrt; dieser Vorlage folgte Pool, als er um 2 Uhr 21 die Stereoanlage des Wagens einschaltete. Er hörte nun eine exakte Wiedergabe der Musik, die bei der ursprünglichen Fahrt gespielt hatte. Dann stellte Pool den Handbetrieb aus und ließ seine Finger nur leicht auf dem Lenkrad ruhen, welches sich jetzt vollständig bewegte.

»Let's rock«, murmelt Pool; auch hier folgt er der Vorlage. Von jetzt an wird die Musik der Motor sein.

Ich werd einen Aufruhr anzetteln, so richtig auf die Kacke haun. Ein Loch in die Nacht schneiden, durchklettern, mich vom Mond küssen und lecken lassen. Oh, yeah, ich bin der King of Bass, Baby.

Der sonst sehr steife Professor Pool scheint Lucas Novums Sprachmuster und Wortwahl vollständig übernommen zu haben, nachdem er in den Wagen gestiegen ist. Pool hatte vor dem Experiment keinerlei Anhaltspunkte für dieses Verhalten geliefert. Offenbar hatte er die nach dem Unfall geborgenen Tonbandaufzeichnungen gründlich studiert, um die Worte, die während der Fahrt gesprochen (oder gesungen) wurden, genau zu imitieren. Vielleicht meinte Pool, diese Identifikation sei essentieller Bestandteil einer erfolgreichen Replikation der Fahrt.

Wir können natürlich der Tatsache nicht ausweichen, daß David Pool seit dem Tod des Rockstars Anzeichen einer massiven geistigen und seelischen Krise gezeigt hatte. Dessen Tod war von der Presse hartnäckig mit der Benutzung des Roadmuse-Systems in Verbindung gebracht worden. Diese Gerüchte hatten Pool dazu gebracht, das System selbst zu testen; indem er exakt denselben Weg zurücklegte, geleitet von exakt derselben Musik, hoffte er, das tadellose Funktionieren der Roadmuse-Technik unter Beweis zu stellen.

Je länger die Fahrt dauerte, desto weiter ging jedoch diese beunruhigende Anverwandlung, bis der Professor die Worte des Rockstars förmlich herausschrie. An dieser Stelle bestanden wir darauf, das Experiment abzubrechen, was Pool mit einem völligen Abbruch der Kommunikation zwischen unseren Beobachtungswagen und der Limousine beantwortete. Pool hatte die Kabel herausgerissen, die sein Mikrofon mit der Dachantenne verbanden. Er schaltete das Mikrofon jedoch nicht aus, wohl um seine Kommentare der späteren Analyse anheimzustellen. Schlecht informierte Journalisten haben dies als Anzeichen für einen inneren Kampf in Pools Bewußtsein gedeutet, eine Auseinandersetzung zwischen dem pflichtbewußten Wissenschaftler und dem launischen Rockstar.

Ein paar Hintergrundinformationen: Am 15. Oktober des letzten Jahres hatte Lucas Novum mit seiner Band ElectroSpasm ein Konzert in Manchester gegeben. Das Konzert war ein großartiger Erfolg, wie es bei einem der bedeutendsten Rockmusiker der Welt zu erwarten war. Die Party jedoch, die nach dem Gig im Burgess Shale Hotel stattfand, entwickelte sich zu einem handfesten Streit zwischen dem Sänger und dem Rest der Band. Lucas hatte daraufhin das Hotel verlassen, um in den frühen Morgenstunden in seiner Heimatstadt herumzufahren, der Stadt, in der sein Aufstieg zur Weltherrschaft im Pop-Business begonnen hatte. Er machte sich nicht die Mühe, seinen Chauffeur zu wecken. Wir wissen, daß sein Fluchtinstinkt wie auch der vorangegangene Streit durch den Konsum großer Mengen von Freizeitdrogen angeregt und verstärkt wurde. Die Fahrtroute der Limousine war dann auch ein zufälliges, planloses Gewirr von Strecken durch die leere Stadt, geleitet allein von den hochgeputschten Begierden des Rockstars.

Eine Fahrt, die etwas weniger als fünfunddreißig Minuten dauern sollte.

Beinahe ein Jahr später fuhr David Pool nun diese Strecke nach, die Musik im Wagen imitierte exakt jede Kurve, jeden Geschwindigkeitswechsel, jede Klimaveränderung; die primitiven, hämmernden Rhythmen lieferten den perfekten Soundtrack für die Fahrt.

Novum hatte eines der ersten Demo-Exemplare der Version 2.2 des Roadmuse Fahrspur Systems erhalten. Roadmuse, von

Professor Pool in unserem Soundlabor entwickelt, war eine Echtzeit-Rückkopplungs-Anlage, bei der jede Note der Musik, jeder Rhythmus, jede Instrumentierung von der Bewegung des Fahrzeugs selbst und dem Zustand der durchfahrenen Umwelt initiiert wurde. Wie unser Werbeslogan es treffend ausdrückte: »Roadmuse: der Original Soundtrack des Lebens!« Für diese Gratisversion zu Demonstrationszwecken hatte Pool das System mit Samples aus dem reichhaltigen Werk Novums und seiner Band ElectroSpasm gefüttert. Die Fahrt war daher eine Improvisation auf Basis der simpelsten musikalischen Muster: hektisches Schlagzeug, primitive Baßlinien, kreischende Gitarrensoli und hin und wieder ein markerschütternder Schrei in hoher Tonlage.

Die Technik, die dieses Zusammenwirken von Musik und Leben ermöglichte, war recht einfach: Pools genialer Einfall bestand darin, die Schnittstelle mit echten interpretativen Fähigkeiten auszustatten. Um 2 Uhr 29 beispielsweise begann es zu regnen. Frühere Systeme hätten auf diese Klimaveränderung mit einem einfachen Synthesizer-Beat reagiert; Version 2.2 wartete mit einem wesentlich dunkleren Nebengeräusch auf: Jeder Regentropfen wurde zu einer widerhallenden Note und formte so eine düstere und doch elegante Melodie der Nacht.

Mr. Novum wird sich wohl manchmal gewünscht haben, solch berückende Musik aus seinem eigenen recht begrenzten Erfahrungsschatz erschaffen zu können.

Erstaunlicherweise begann es auch auf der zweiten Fahrt um 2 Uhr 31 zu regnen, als hätte diesmal die Musik Einfluß auf die Geschehnisse in der realen Welt genommen, und nicht umgekehrt. Auf dem Kommentarband ist deutlich ein Ausruf des Erstaunens von David Pool zu vernehmen.

Bring mich nach Hause, Honey. Ja, nimm mich hart ran. (Ausruf) Oh, yeah, Baby, ich spür den Regen, die ganze Welt wird naß. Mach mich naß!

Die entscheidende Verbesserung, die Pool zur neuen Version der Roadmuse beigetragen hatte, war die verstärkte Wahrnehmungs- und Meßempfindlichkeit des Rückkopplungsmoduls. Die kleinste Veränderung in der Atmosphäre des Fahrzeugs hatte spürbaren Einfluß auf die entstehende Musik. Er behauptete, daß selbst die Körpertemperatur der Insassen in Melodie umgewandelt werde. Er stellte noch weitergehende Behauptungen auf, zum Beispiel, daß das System sogar auf die Gedanken der Insassen reagieren werde.

Damals fanden wir diese Behauptungen absurd; nun aber, nach der Auswertung der Testergebnisse, scheinen sie die einzig mögliche Erklärung für die Ereignisse während der beiden nächtlichen Fahrten zu liefern. Es scheint gar, als habe David Pool die Fähigkeiten der Systemschnittstelle noch unterschätzt.

Nachdem sie eine Weile ziellos auf Manchesters Straßen umhergekurvt waren, fuhren die Limousine und ihr Geist auf dem Deansgate aus der Stadt heraus.

Es war 2 Uhr 37.

Wir glaubten, daß Lucas Novum auf dem Weg nach Hulme war, dem Vorort, wo er seine Jugend verbracht und Electro-Spasm gegründet hatte. Alle Welt weiß, daß er nie so weit kam, aber wir können jetzt exklusiv die genauen Umstände enthüllen, die zu seinem Unfall führten.

Um 2 Uhr 42 erreichte er den Kreisverkehr am Ende des Deansgate. Wenn er nach Hulme wollte, hätte er nun den Kreisel in Richtung Chorlton Road verlassen müssen. Er blieb jedoch im Kreisverkehr und fuhr immer wieder ganz herum. Die Musik bildete diese Kreisbewegung präzise ab und bewegte sich ebenso in einer komplexen aufsteigenden und wieder fallenden Fuge, begleitet von starkem Feedbackrauschen. Um 2 Uhr 47 schließlich kann er sich aus diesem seltsamen Geisteszustand und der Umklammerung des Kreisels lösen. Er biegt allerdings nicht, wie vermutlich beabsichtigt, in die Chorlton Road ein, sondern in den Mancunian Way. Er rast die Schnellstraße herunter, nimmt rasch Geschwindigkeit auf und erreicht bald eine Höchstgeschwindigkeit von 110 Meilen pro Stunde. Dann schert er nach links aus und nimmt Kurs auf die Ausfahrt Princess Road.

Auf ganz ähnliche Weise bricht die Musik aus ihrem Fugenkorsett und steigert sich in einen plötzlichen Ausbruch der Leadgitarre. Alle anderen Instrumente verschwinden aus der Aufnahme. Am Ende dieser Passage kommt ein harmonisch abgestimmtes Feedback dazu und erzeugt einen geradezu ätherischen Soundfluß. Der Klang der Gitarre erinnert jetzt an eine Glocke und scheint aus reiner Luft gemacht.

Um 2 Uhr 49 rast Lucas Novum mit seiner Rolls-Royce-Limousine gegen einen der Brückenpfeiler der Autobahnüberführung.

Die Musik bricht in Flammen aus.

Die letzten Worte des Rockstars waren »Das Glas! Das Glas!« Ein Schmerzensschrei, den wir zunächst als Reaktion auf die zerberstende Windschutzscheibe deuteten.

David Pool hätte an dieser Stelle das Experiment im letztmöglichen Moment abbrechen sollen. Seine diesbezügliche Absicht ist im von ihm unterzeichneten Vertrag deutlich ausgedrückt. Wir als Unternehmen denken, alles in unserer Macht Stehende getan zu haben, um seine Sicherheit zu garantieren. Leider hatten wir keine völlige Kontrolle über das Experiment.

Pools letzte Worte weichen leicht von denen des Rockstars ab; der Professor schreit stattdessen: »Das Glas! Das Spiegelglas!« Dies ist das einzige Mal, daß er die Vorlage verläßt, und es war dieser einzige Hinweis, der uns der Unfallursache auf die Spur brachte. Jede kritische Äußerung über Pools geistigen Zustand auf dieser, seiner letzten Fahrt muß im Hinblick auf sein wissenschaftliches Engagement abgemildert werden. Denn jenseits aller Zweifel hat er nachgewiesen, daß die Roadmuse in der Tat menschliche Gedankenmuster in Musik verwandelt.

Was er jedoch bis zu jenen letzten Augenblicken nicht ahnen konnte, war die Rückleitung dessen, was die Schnittstelle aufnahm, ins Gehirn des Benutzers. Das System verwandelte nicht nur Gedanken in Musik, sondern auch Musik zurück in Gedanken.

Der erste Unfall wurde ebenso wie der zweite vom drogenumnebelten Gehirn des Rockstars verursacht, das eine Melodie der Zerstörung produzierte. In der Rückkopplung dieser selbstmörderischen Musik gefangen und dazu verurteilt, sie endlos zu reproduzieren, wählte das Fahrzeug den einzig möglichen Ausweg.

Letztendlich rasten beide Limousinen in einen Spiegel.

Einmalige Gelegenheit – Hyper-Alice

Meine Damen! Fühlen Sie sich manchmal allein und wie eine Außenseiterin, bloß weil Sie sich nicht trauen, Ihr wahres Ich zu zeigen? Keine Angst – jetzt gibt's Hyper-Alice, das beste Spiegelimage, das derzeit erhältlich ist. Egal, wie schlecht Sie sich fühlen, wie müde, wie unkommunikativ, egal, wie echt *gelangweilt* Sie von der ganzen traurigen Unterhaltungsmühle sind: Hyper-Alice sieht gut für Sie aus! Einfach das unauffällige Bedienungselement aktivieren (paßt in jede Handtasche!), und sekundenschnell wird jeder von Ihrer strahlenden Erscheinung geblendet sein! Ein Trickspiegel, der Ihre positiven Seiten weit übers Normalmaß verstärkt. Freunde, Kollegen, Liebhaber, die Familie – sie werden Sie mit neuen Augen sehen und im Spiegel ihrer eigenen Sehnsüchte entdecken. Psychologen sagen: die beste Methode, Menschen zu beeindrucken. Hyper-Alice! Es ist ganz einfach: Werden Sie das Spiegelbild. Funktioniert bei Parties und anderen sozialen Verpflichtungen, indem die Schnittmenge aller dort benötigten Verhaltensweisen programmiert wird. Und diesen Monat neu: Meine Herren! Lassen Sie sich nicht im Gesichtswettbewerb verdrängen – holen Sie sich jetzt Ihren Hyper-Elis! Speziell auf die wechselnden Imageansprüche des modernen Mannes abgestimmt. Werden Sie der Sohn, den Ihr Chef nie hatte.

- Beide Modelle haben auch eine Umkehrfunktion (durch einfachen Knopfdruck zu aktivieren). Keine Belästigung mehr: Verzerren Sie den Spiegel. Zeigen Sie der Welt ihre schlimmsten Ängste in Ihrem Gesicht. Und wenn Ihnen das Leben einmal zu anstrengend wird: einfach auf Leerlauf umschalten. Garantierte Null-Ausstrahlung! Die ultimative Flucht vor allem.

Hyper-Alice und Hyper-Elvis: die Zukunft der Persönlichkeit*.

**Wichtiger Hinweis:* Lesen Sie die Gebrauchsanweisung sorgfältig – ihre persönliche Ausstrahlung kann je nach den wechselnden Kursen des International Beauty Index ab- oder zunehmen.

Die Versilberung

Möglicherweise könnte man sagen, daß eines Abends, spät in ferner Zukunft, sämtliche Spiegel der Welt den Entschluß faßten, sich zu vereinigen. Während die meisten Menschen Spiegel nur als reflektierende Oberflächen betrachten, haben einige Religionen, die dem Mystischen zuneigen, in Spiegeln die Türen in ein anderes, tiefergehendes Reich gesehen. Nun jedoch muß man sie als Adern bezeichnen: die Adern einer riesigen, unsichtbaren Kreatur, in denen Licht fließt. Ein Wesen mit Photonenblut.

Jahrhundertelang hat dieses Wesen seine Adern so verschlungen, daß jede Reise des Lichts wieder an ihrem Ausgangspunkt endete. So konnten wir uns selbst sehen. Aber nun, durch diese silbrige Verbindung, wirft der Spiegel nicht mehr das erstaunte Gesicht seines Besitzers, sondern das nicht minder schockierte Gesicht eines völlig Fremden zurück.

Das Gesicht eines Fremden.

Dem man nur die Zunge herausstrecken, entgegenschreien oder fassungslos ins Auge blicken kann.

Wir müssen uns vorstellen, daß dieses Spiegelwesen sich eines Tages vielleicht gestreckt und dadurch all seine Adern neu geordnet hat. Vielleicht unabsichtlich. Vielleicht gewollt.

Es hatte keinen Zweck, die Spiegel zu zerstören, denn jeder Ersatzspiegel, neu gekauft oder gar neu gefertigt, zeigte nur wieder den gleichen Fremden. Es wurde auch rasch deutlich, daß man überall in der Welt, egal, in welchen abgelegenen Spiegel man blickte, immer denselben Partner zu Gesicht bekam.

Dieses Phänomen wurde als Versilberung bezeichnet. Im Laufe der Zeit nannte man auch das Phantasieabenteuer so, in dessen Adern das Licht fließen sollte.

Die genaue mathematische Form, nach der die Blutbahnen der Versilberung sich verhalten mußten, um den beobachteten Effekt zu erzielen, wurde schließlich berechnet: eine hochkomplizierte elfdimensionale Kurve. Die abstrakte Schönheit dieser Kurve mag sich vielleicht den Wissenschaftlern erschlossen haben: Den Milliarden Menschen überall auf der Welt, die ihre Spiegel nicht mehr in der vorgesehenen Weise benutzen konnten, half sie keinen Schritt weiter. Um ein offensichtliches Beispiel anzuführen: Wie konnte sich eine junge Frau mit langen, wallenden Locken im Angesicht eines alten, verbrauchten und kahlköpfigen Mannes die Haare kämmen?

Denn einige Männer wurden nun von Frauen widergespiegelt. Die Versilberung kannte keine Vorurteile. Alte spiegelten sich in Jungen; Schwule in Heteros, Schwarze in Weißen; Reiche in Armen. Diese Aufhebung der Schranken sorgte zunächst für viel Ärger beiderseits der Glasfläche. Zum Glück flossen in den Adern der Versilberung zwar Licht-, aber keine Schallwellen. Die Flüche blieben also unhörbar, wenn man sie auch von den Gesichtern ablesen konnte. Aber nach erstaunlich kurzer Zeit akzeptierten die Menschen in aller Welt ihre neuen Spiegelbilder und begannen, mit ihnen zusammenzuarbeiten. So kam es, daß alte, verbrauchte und kahlköpfige Männer lernten, das Kämmen langer, wallender Locken nachzuahmen. Und nach allgemeiner Ansicht war die Welt durch die Versilberung ein angenehmerer Ort geworden.

Störend war allein eine einfache mathematische Komponente: Jede Ader der Versilberung hatte nur zwei Eingänge – einen Anfang und ein Ende. Daher funktionierte der Prozeß nur, wenn die Zahl der Erdbewohner eine gerade Zahl war. Beim ewigen Wechsel von Tod und Geburt kam es aber natürlich vor, daß ein Mensch vor seinen Spiegel trat und den Gruß seines Partners erwartete, jedoch nichts als eine stumpfe Fläche vorfand, eine Leere, ein erschreckendes Loch.

Dieses Phänomen wurde Bewölkung genannt und führte bei den meisten dazu, daß sie Spiegeln aus dem Weg gingen, bis die Weltbevölkerung von ungerader zu gerader Anzahl zurückgekehrt war und jede Lichtader sowohl Anfang als auch Ende besaß.

Dann erschien ein neues Gesicht und gab einem ein neues Spiegelbild. Jedes Lächeln wurde perfekt nachgeahmt. Die Welt war wieder im Gleichgewicht.

Bis die Versilberung sich erneut einmal streckte; diesmal nicht nur im Raum, sondern auch in der Zeit, durch Zukunft und Vergangenheit. So daß man möglicherweise sagen könnte, daß eines Tages, spät am Abend, sämtliche Spiegel sämtlicher Zeiten der Welt…

Bevor es verschwindet

Neulich war ich mit Kid Signal essen, und er erzählte was von einer neuen Attraktion, einem Mädchen draußen im Casino, die eine gepflegte Fischplatte einfährt. »Sie wird Monkey Funk genannt«, sagt Kid und stopft sich den Hals voll, »ist anscheinend zum Angeln geboren. Willst du sie mal antesten? Vielleicht reicht's ja, um den Wurm loszuwerden und für die Maus und mich bleibt noch ein bißchen übrig?«

»Iß weiter«, sagte ich. »Und laß den Wurm aus dem Spiel.«

Kid war ein gelungenes Experiment: Die Maus, die in seinem Magen lebte, war ein freundliches kleines Wesen, wenn sie nur genug zu essen bekam, und war bei jedem Klatsch auf dem neusten Stand.

Manche hatten weniger Glück.

Ich warf Kid einen Fisch zu, natürlich nur einen ganz winzigen, für den Tip.

Dann klinke ich mich aus. Irgendwas wird gefressen, und alles ist dunkel, bis ich in der TramCat sitze, dicht gedrängt und schwitzend. Ich sage euch – ich war das einzige halbwegs menschliche Wesen im Wagen. Die Tram war ein rollender Zoo, übervoll mit Schlangenmädchen, Hundejungs, Schweinemenschen, Vogelhirnen. Alle Arten. Sie kreischen und grunzen und machen einen Höllenlärm, weil heute ihr Glückstag ist.

Na klar. Alles schon gehört, ungefähr tausendmal. Aber wenn dieses neue Mädchen tatsächlich Affen in sich hatte, dann war das ein ganz schöner Sprung auf die Nahrungskette, und vielleicht konnte ich ja endlich genug Fischgeld einfahren, um meinen Kopf reinigen zu lassen. Konnte eine Wäsche gebrauchen.

Am Stadtrand taumelten wir alle raus auf den CatParkplatz. Die verrückte Horde raste sofort zu den Toren des Casinos, ich blieb ein wenig zurück, fühlte mich plötzlich so leer. Der Schädelwurm nagte wieder an etwas Wichtigem, ein weiterer Krümel meines traurigen Lebens ging dabei flöten. Irgendwas über meine Mutter, oder war es meine Freundin, ich weiß nicht mehr. Was war es bloß, verdammt?

Dunkelheit.

Im Foyer tauschte ich ein paar Fische gegen Chips und schlenderte in den Saal, wo Fraktal Roulette gespielt wurde. Es war rappelvoll, alles dicht an dicht. Tony McHool spielte an einem der Räder und fütterte dabei seine Kobra. Tony war einer meiner todsicheren Kunden; ein magerer Junge mit einer noch dünneren Schlange, den ich eines Tages beim Pokern in einem Hundeloch in der Innenstadt aufgegabelt hatte. Die Kobra schlängelte sich aus seinem Hemd, aber ich wußte genau, wo sie aus seinem Körper wuchs, er hatte es mir nämlich auf dem Männerklo gezeigt, als wir den Deal klarmachten. Ich erspare mir die unappetitlichen Einzelheiten: Danach mußte ich ihm bloß noch ein paar Fische leihen, damit er spielen konnte. McHool setzte gerade einen Hai auf alles oder nichts. Immer ein schlechter Typ, selbst wenn man eine Schlange dabei hat.

»Kennst du Monkey Funk?« fragte ich ihn.

»Was soll das sein? Eine neue Krankheit, auf die sie uns checken?«

Er sah nervös aus, die Schlange ebenso. »Bist du sicher?« fragte ich. »Sie hat in letzter Zeit ziemlich abgeräumt.«

»Laß uns bitte in Ruhe. Das Rad dreht sich.«

Sicher. Das Unglücksrad, mit allen Zahlen des Universums drauf und noch ein paar mehr. Die Einsätze waren hoch, eine winzige Kugel rollte herum wie ein sterbender Planet; es fiel die Minus 7, 01377 – der Schwerkraft folgend.

Dicht dran, aber kein Hai, nicht einmal ein Hecht. McHool fluchte und würgte seine Schlange ein bißchen. Dann sammelte er die Reste seines Schwarms ein. Ich hielt ihn an der Tür zum Nebenraum an, wo die Hyperwürfel rollten. »Du spielst verdammt hoch heute, Schlangenschwanz«, sagte ich. »Willst du mir schon mal meinen Anteil geben?«

»Wir gehören nicht mehr zu dir, Bandwurm. Wir arbeiten jetzt für Mr. Pork.«

Ich schüttelte den Kopf, die Schlange zischte mich eine Weile an. Ich konnte nicht viel mehr tun als ihm folgen. Hyperwürfel. Wirf die Zahlen auf den grünen Filz, schau zu, wie sie taumeln, fallen, vom Sein ins Nichtsein und zurück. Sieh dir die

Croupiere an, wie sie die Würfel mit ihren Alienaugen verfolgt, bis sie wieder emportaumeln. Vierdimensionales Würfeln. Der Hyperwürfel hat sechsunddreißig Zahlen, von denen nur sechs in unserer Welt existieren. In unserer schäbigen kleinen Welt... Hier war nichts zu holen, niemand sah auch nur im entferntesten affenartig aus, schon gar nicht vollbehaart, wie Kid Signal versprochen hatte. Ich setzte einen Hecht auf die 27. Der Würfel zeigte eine 29 aus einer anderen Welt. Dicht dran, aber kein Hecht, nicht einmal ein Hering. Nicht einmal ein Fischstäbchen und erst recht keine Chips. Früher war ich mal ein richtig guter Angler, denn nichts lockt die dicken Fische so an wie ein Wurm. Aber heute konnte ich mich gerade noch dran erinnern, von welchem Planeten die Zahlen kamen.

Ich wollte schon ins Kartenzimmer zu einer Quantenpokerrunde schauen, da schlenderte niemand anderes als Cleetus McPork heran, mit den beiden Ferkeln, die ihm aus den Händen wuchsen. »Bandwurm«, grunzt er. »Mach dich vom Acker. Das ist jetzt meine Weide.«

»Sagt wer?«

»Pinky und Perky, wer sonst?« Er wedelt mit seinen Ferkelhänden, bis sie quieken.

Hört zu, ich hätte diese beiden kleinen Quieker in einem fairen Kampf ganz locker ausknocken können, aber Mr. Pork hatte einen fiesen Wurf von Schweinejungs im Schlepptau. Und mittendrin in diesem Fleischberg ein wunderschönes Mädchen mit nachtschwarzem Fell. Todsicher war das Monkey Funk, aber Mr. Pork war mir zuvorgekommen.

Ihr Anblick allein warf mich fast um, sie sah mich aber auch an, mit ihren leuchtend menschlichen Augen. So als wüßte sie genau, wer ich bin, tief in meinem Inneren, wo nicht einmal der Wurm hinkommt. So als wüßte er, daß er geschlagen ist... Wieder Dunkelheit.

Mein Bewußtsein kehrt zurück, als ich in Mr. Porks private TramCat geschleift werde, ein echtes Höllenvieh, eingerichtet wie ein Puff circa Jahrgang 2017, überall Leopardenfell und Schildpatt. An der Wand hängt ein gerahmtes Photo einer Maus mit einem menschlichen Ohr auf dem Rücken. Der Legende nach war dies das Erste Lebende Patent, und Mr. Pork machte einen Kratzfuß davor. Dann drückt er Monkey Funk sanft und weich in die Kissen und befiehlt den Schweinejungs, im Nebenzimmer zu warten.

»Fühl dich ganz wie zu Hause, Bandwurm«, sagt er und gießt sich einen Drink ein, das Glas in einem Ferkelmaul, die Karaffe im andern. Coole Nummer. »Auch einen Schluck?«

»Was ist das?« frage ich mit echt billigem Grinsen. »Schweinebrühe?«

»In der Tat. Jahrgangsbrühe, wenn ich bitten darf. Aus meinem eigenen Keller.«

»Ich passe.«

Er zwängte seinen Wanst neben das Affenmädchen und legte ein Ferkel um sie. Pinky oder Perky? Konnte ich nie auseinanderhalten. Dem Mädchen schien es nicht viel auszumachen. Ich schätze, ein Mädchen mit dickem Fell kann eine Menge ab.

»Also, Band«, legt der Schweinemann los«, ich habe gehört, du hast Ärger.«

»Ich komme damit klar.«

»Das habe ich anders gehört. Ich habe gehört, dir frißt es das Gehirn weg. Ich habe gehört, dein Bandwurm hat auf Löschen geschaltet. Kann doch keinen Spaß machen, die ganzen schönen Erinnerungen zu verlieren. Schon mal beim Patentamt gewesen?«

»Sicher. Sie sagen, daß es meine eigene Schuld ist. Habe ihn falsch gefüttert, sagen sie.«

»Scheißreine! Fürs Experimentieren zahlen sie uns gerne, aber wenn man mal Nachschub braucht... nichts. Bei einem meiner Jungs spielte der Schweineanteil verrückt. Fing an, ganze Fetzen aus ihm rauszureißen. Sah gar nicht hübsch aus. War verdammt schwer, die Flecken wieder rauszukriegen.« An dieser Stelle streichelte er zärtlich sein Leopardensofa. Das Sofa schnurrte tief und krümmte sich seiner Hand entgegen. »Habe natürlich für die Operation bezahlt. Illegaler Doktor.«

»Und?«

»Erfolgreich, aber ziemlich unschön. Mußte den Mann schließlich entlassen. Was soll man mit einem Mann, der nichts von einem Schwein hat? Stimmt doch, oder, Schätzchen?«

Das Mädchen ließ ihren haarigen Schwanz aufreizend über Mr. Porks riesigen Schenkel streichen. Mir war nicht klar, ob sie ihn oder mich aufgeilen wollte.

»Die Sache ist die«, fuhr das Schwein fort, »ich habe dich lieber auf meiner Seite als gegen mich. Schließlich gibt es nicht allzu viele Patente, die richtig angeln können. Was ist? Willst du die Operation?«

»Ein freundliches Angebot, Mr. Pork, aber... ich bleibe lieber für mich, okay? Einsamer Wolf.«

»Ich kannte mal einen einsamen Wolf, einen richtigen. Komischer Kauz, heulte dauernd den Mond an. Mußte ihn schließlich einschläfern lassen.« Mit diesen Worten drückte er auf einen Knopf auf seinem Schildkrötentisch, worauf die TramCat zum Leben erwachte. Der ganze Raum schwankte leicht, als das Fahrzeug seine Beine ausfuhr. Sogar der Tisch erschrak und schoß zur Tür, mit etwa einem halben Millimeter pro Stunde. Er gehörte nicht zu den Schnellsten.

»Hey, was ist los?« Ich sah durchs Fenster, daß wir uns vom Casino entfernten.

»Bitte, Mr. Worm, setzen Sie sich doch. Sie werden sonst noch einen Unfall haben.«

Ich dachte schon über den Unfall nach, den ich gleich haben würde, und darüber, vielleicht auf Pinky und Perky loszugehen, die beiden Quieker an den Schultern rauszureißen, als die Schweinejungs auch schon schwer und schwitzend durch die Tür kamen. Das nächste Stück hat sich wieder der Wurm geholt und in die Dunkelheit gerissen.

Darum muß ich die Geschichte auch aufschreiben, damit ich alles festhalte, bevor es verschwindet.

Am Ende der Dunkelheit kommt die Erinnerung: Ich renne durch die Straßen, Monkey Funk neben mir und das Grunzen hinter uns kommt immer näher. Wir rannten in einer riesigen genetischen Fabrik herum. Von allen Seiten strömte der beißende Geruch von Sex auf uns ein, große Fässer voller Sex, darin sie die Ursuppe kochten. Ich hörte zwar, daß die TramCat aufholte, ebenso die Klauen der Schweinejungs, aber ich wagte nicht, mich umzusehen, ich lief einfach weiter. Ich hatte Mühe, mit dem Affenmädchen Schritt zu halten, vor allem, als sie sich eine der Leitern emporschwang, die an den Fässern hingen.

Klettern war nicht gerade meine Stärke, aber die Furcht spornte mich an. Die Fässer waren kirchturmhoch und oben offen, mit einer Beobachtungsplattform um den Rand. Mir wurde schlecht, als ich hineinsah, denn irgendwas, Gott weiß was, schwamm darin herum. Ich schaute also zur anderen Seite.

Die Schweinejungs steckten natürlich jetzt in der Gülle – habt ihr schon mal ein Schwein auf einer Leiter gesehen? Einer zog seine Knarre. Die Kugel schlug unter mir durchs Metall, und ein Strahl der Suppe schoß aus dem Faß. Unten schrie jemand, als er von dem Zeug getroffen wurde. Dann begann die TramCat, am Faß hinaufzuklettern, und das hätte auch geklappt, wenn Pork es nicht so mit der Sonderausstattung übertrieben hätte. Eben kroch das Fahrzeug noch zu uns herauf, als es im nächsten Moment das Gleichgewicht verlor, weil die Terrasse und der Minigolfkurs auf seinem Rücken den Schwerpunkt verschoben hatten.

Wie jede Katze der Welt versuchte auch diese, auf den Füßen zu landen und tanzte dieses verrückte Luftballett, das fast immer irgendwie hinhaut. Fast immer... nur diesmal rissen ihre Krallen ein Stück aus dem Faß heraus. Zu viel Gewicht. Wir warteten nicht auf die Schreie der Schweinejungs, als die ganze Suppe auf sie herniederrauschte. Monkey Funk nahm einfach meine Hand, und wir sprangen von Faß zu Faß, von Spezies zu Spezies, von Dunkelheit zu Dunkelheit zu …

Ich habe Monkey Funk gerade diese Stelle vorgelesen. Das tun wir jede Nacht: Ich lese aus alten Tagebüchern vor, während meine Erinnerung verblaßt, sie versucht, die Vergangenheit für mich wieder zusammenzusetzen. Sie sagt, wir seien schon als Kinder befreundet gewesen und hätten zusammen Fische aus den Fässern geklaut, und darum habe sie mich auch vor Pork gerettet. Ich muß ihr einfach glauben. Ich kann nur noch glauben, was mir erzählt wird.

Es ist seltsam – ich habe mich damit abgefunden, daß der Wurm eines Tages alles verschlungen haben wird. Ich denke nicht mal mehr an die Operation. Ich weiß nicht, vielleicht ist der Wurm sogar gut für mich. Für immer im Jetzt leben. Wie auch immer. Aber das Lesen der Tagebücher ist ziemlich frustrierend. Kann gut sein, daß dies meine letzte Reise in die Vergangenheit ist. Zu viele Dinge ergeben beim Lesen einfach keinen Sinn mehr. Ich weiß zum Beispiel nicht mehr, wie Kid Signal aussieht, und was zum Teufel ein Hyperwürfel ist? Alles so weit weg, ich weiß nicht mal mehr, wie ich selbst aussehe, wenn ich nicht in den Spiegel schaue oder in Monkeys Augen, wenn wir uns küssen.

Und alle Geschichten verschwinden, eine nach der anderen …

Pixel Dub Juice

(Sublimerix Remix)

Vier Kinder gehn Zauberkraft shoppen
Und können den Zauber nicht stoppen
Der Junior-Zuhälter

Wird ziemlich schnell älter
Sieht er seinen Vater beim Poppen.

Das Buch ist ein Ramschladen nur:
Ein Junge fällt rein auf ne Uhr
Die Werbung hat Macht,
Der DJ die Nacht –
Und Godzilla liegt neben der Spur.

Ein Penner der Spezies *canus*,
Ein alternder Star namens Janus –
Sie hungern nach Fetisch
Und zahlen mit Seefisch,
Und ein Käfer hat Feuer im Anus.

Der Regen fällt weinend herab
Gepixelte Jungs fahren ab
Mehr DJs, mehr Nacht –
Weiß Noon, was er macht?
Seit Jahren war der nicht im Club!

In New York hat ein Roboter Streß
Mit Bauchzange, Feder und Vaz
Die Spiegel verhext
Ein tödlicher Text
Abgeschrieben bei J. L Borges

Der Schreibstil ist manisch-frenetisch
Erzeugt werden Worte genetisch
Klingt wie Philip K. Dick
Mit nem musischen Tick
Und gymnastischen Trick – alphabetisch

Jede Menge perverse Naturen
Und Waffen und Drogen und Huren
Man müßte es zensieren
Oder schlecht rezensieren
Dann freuen sich die Agenturen

Nachtshopping

Und Jahre später, als Klein-Tommy älter war, viel älter und gar nicht mehr klein, und im neunten Laden einen Wechselanzug anprobierte, bekam er leichte Kopfschmerzen. Er bat den Verkäufer um ein Glas Shadow und setzte sich einen Augenblick, um sich zu sammeln. Der Anzug registrierte seinen Zustand, lockerte sich am Hals und um den Brustkorb und änderte seine Farbe von Showsilber zu einem beruhigenden Pastellblau. Der Shadowsaft bedeckte den Schmerz mit dunkler, sanfter Hand, und Anzug und Shadow gaben mit vereinten Kräften ihr Bestes, um Thomas von seinem Unwohlsein zu befreien.

Der Verkäufer fragte, ob alles in Ordnung sei, und Thomas antwortete, ja, danke, und wieviel der Anzug koste? Er erwarb den Anzug, der Verkäufer fragte, ob er ihn einpacken solle, und Thomas antwortete, das sei nicht nötig, er wolle ihn gleich anziehen, und ob sie wohl seine alte Kleidung entsorgen wollten.

Dann stand Thomas auf, um seine Brieftasche in die neue Jacke zu stecken. Eine neue Tasche entstand, wo Thomas' Hand lag. Doch als er seine Hand hineinsteckte, stieß er mit seinen Fingern an etwas Hartes und Warmes. Er zog sie wieder heraus und hielt nun einen Schlüssel in der Hand, einen goldenen Schlüssel. Der Verkäufer war überrascht von diesem Anblick, auch, weil eben noch gar keine Tasche da gewesen war.

Thomas ging nach Hause und überlegte, ob es vielleicht klüger wäre in seinem Zustand, eine TramCat zu nehmen. Aber er beschloß, daß ein Spaziergang ihm guttun werde, der Anzug stimmte zu und verwandelte sich in einen wetterfesten Anorak, die Schuhe in Wanderstiefel. Bald jedoch hatte sich Thomas verlaufen, was ihm seit Jahren nicht mehr passiert war, und er fragte sich, ob der Shoppingbezirk wohl vergrößert worden war, weil er dieses Viertel noch nie gesehen hatte. Er ging zum ersten freundlichen Kiosk, dessen Regale mit Kompaßkäfern für verschiedene Richtungen gefüllt waren. Er kaufte einen für seinen Heimatladen, schluckte ihn und fühlte sich gleich besser. Er ließ sich von dem Käfer in seinem Bauch leiten und schritt munter durch die fremden, verschlungenen Gassen. Doch je weiter er ging, desto unbekannter wurde die Gegend. Immer öfter kam er an Läden vorbei, die mit Brettern zugenagelt waren, und die Straßen wurden immer leerer. Schließlich kam er an einen Ort, den er kannte: eine kleine Rasenfläche mit einem einzelnen Baum und einer Bank. Hier rastete Thomas eine Weile und schlief ein. Sein Anzug verwandelte sich sanft und unbemerkt in ein langes Nachthemd. Zum ersten Mal seit langer Zeit träumte er von seiner Mutter und den Shoppingabenteuern in seiner Jugend.

Als er erwachte, war die künstliche Nacht schon hereingebrochen, und der künstliche Mond hing am Himmel des Viertels. Seltsamerweise wechselte sein Anzug nicht mehr die lang fließende Gestalt. Der Platz war ganz leer, nur ein Laden flüsterte noch im schwachen Licht. Das Schild über der Tür war in einer Sprache verfaßt, die er nicht kannte. Er fühlte keine Richtungsweisung mehr im Bauch, und sein Kopfschmerz war ohne Shadow zurückgekehrt wie ein längst vergessener Gedanke.

Also ging er in den Laden.

Er war bis obenhin voll mit allen Dingen, die er je gekauft hatte, und allen, von deren Kauf er geträumt hatte. Die Groschengeister und die Vogelscheuche, das Wörterei und die singenden Kekse, die Rauchpläne und die Hundesamen, und alle Shadows der Welt waren ausgestellt, wie Teile des beruhigenden Nachthimmels. Er griff in eine frische Tasche in seinem Nachthemd und fand eine Pennymünze des alten Geldes. Davon kaufte er einen einsamen, flüsternden Geist. Als er den Laden verließ, glaubte er eine Gruppe von Menschen unter dem Baum auf dem Rasen sitzen zu sehen. Einer der Menschen, eine Frau, rief ihn bei seinem Namen. Die Kinder um sie herum forderten ihn auf, sich zu beeilen.

Und sein Anzug wurde zu Asche.

EPILOG

Armbanduhr

Ich glaubte so fest an die unsichtbare Uhr, daß ich sofort ins Klassenzimmer zurücklief und sie hinter einem Bücherstapel unter meinem Tisch versteckte. Ich wollte nicht, daß sie irgend jemand zu Gesicht bekam; diese Uhr gehörte ganz allein mir.

Ab und zu, in langweiligen Unterrichtsstunden, zog ich die Bücher ein wenig nach vorn, um sie nur anzuschauen. Auch nicht eine Sekunde lang irritierte es mich, daß man auf einer unsichtbaren Uhr die Zeit nicht ablesen konnte. Die Zeit war unwichtig: wichtig war die Unsichtbarkeit.

Die Magie.

Am Abend nahm ich sie mit nach Hause, band sie mir tatsächlich ums Handgelenk. Ich legte sie über Nacht unter mein Kopfkissen. Am nächsten Tag trug ich sie zur Schule, aber dann bekam ich Angst, jemand könnte sie mir wegnehmen, und versteckte sie wieder unter meinem Tisch.

Bloß an die Uhr zu denken reichte mir. In der Pause traf ich Colin Bradshaw und seine Kumpel. Er fragte mich, was die unsichtbare Uhr mache. Sie lachten mich alle aus.

»Wie spät ist es, Noonie?« riefen sie. »Wie spät ist es?«

Ich rannte zurück ins Klassenzimmer, griff unter den Tisch, schob vorsichtig die Bücher beiseite.

Die unsichtbare Uhr war verschwunden.

DANKSAGUNG

an die folgenden Publikationen
für die Originalabmischungen

The Big Issue für »Call of the Weird« und »Solace«; *City Life* für »Homo Karaoke«; dem *Guardian* für »Tweedles«; *Raise* für »Before it Disappears«; *Random Factor* für »Blurbs«; *Waterstone's Diary 1997* für »The Shoppers«

mit Dank